Jakob der Letzte

Ausgewählte Werke in Einzelbänden
Mit Materialien, Kommentar und Nachwort,
herausgegeben von Daniela Strigl und Karl Wagner
Band 2

Peter Rosegger

Jakob
der Letzte

Eine Waldbauerngeschichte
aus unseren Tagen

Herausgegeben und
mit einem Nachwort
von Daniela Strigl

VORWORT

Dieses Werk hat einen tieferen Zweck, als den, bloß zu unterhalten. Es soll eine auffallende und wichtige Erscheinung der Gegenwart schildern, es soll ein Bild geben von dem Untergange des Bauerntums in unseren Alpen.

Ich fühle von dem, was den Bauernstand angeht, mich fast persönlich betroffen, und so zwang mich mein Herz, dieses Buch zu schreiben. Es ist ein Stück tragischer Wirklichkeit; der Dichter hatte das Gemälde nur zu gruppieren, zu runden und im besonderen die wenigen Blumen, die in Wüsten und auf Ruinen sprossen, mit Liebe zu pflegen.

Was heute vorgeht, da draußen in den Bergen, es vollzieht sich nicht so sehr von Natur wegen, es vollzieht sich durch die Schuld der Menschen.

Es ist ein an sich altes, aber in unseren Tagen vertieftes Vorurteil, daß der Bauer keine Bildung habe. Diese Anschauung kann nicht etwa darin ihren Grund haben, daß im allgemeinen der Bauer unvernünftig lebe und vielen Vorurteilen ergeben sei. Denn jene Leute, die sich vorzugsweise die Gebildeten nennen, nämlich die Städter, leben vielfach noch unvernünftiger als der Landmann und sind noch größeren Vorurteilen unterworfen. Man denke nur einmal nach und vergleiche im ganzen die Sitten des Landmannes mit den Zuständen und Angewohnheiten des Städters. Wer sich wie der Bauer an die Natur hält, der kann wohl roh, sinnlich und eigennützig sein, nie aber in solcher Weise abirren von den gesunden Wegen, als es den Leuten im Bereiche der Überkultur möglich ist und geschieht.

Der Landmann gilt vielmehr bei den Städtern für ungebildet, weil ihm das Schulwissen fehlt, weil er nicht höhere Mathematik treibt, die Naturgeschichte nicht aus Büchern gelernt hat, nicht mitsprechen kann über Politik und Theater, keine gelehrten Abhandlungen zu schreiben versteht und sich nicht fein zu gehaben weiß.

Das ist ja eben ein Zeichen von der krankhaften Verbildung vieler Weltleute, daß diese im allgemeinen nicht wissen, was Bildung ist. Wenn jemand die Meinung aufstellte, gebildet solle jeder sein, aber jeder brauche nicht das Gleiche zu wissen; die Bildung müsse erstens dem Charakter eines Menschen, zweitens seiner natürlichen Fähigkeit und seinem Berufe angemessen sein; als gebildet könne jeder gelten, der seine sittlichen Eigenschaften entwickelt habe, seinem Stande gerecht werde, indem er das Seinige leistet, der sich in seine Verhältnisse zu fügen wisse, den näheren Mitmenschen zum Wohlgefallen und sich selbst zur Befriedigung sei: Wenn jemand diese Meinung aufstellte, ich könnte nicht anders, ich müßte ihm recht geben. Jeder Beruf, jeder Stand fordert seine Kenntnisse, seine Fertigkeiten und seine besonderen Tugenden. Wenn der Bauer als Bauer tüchtig ist, nachbarlich und zufrieden in seinen engen Grenzen, dann hat's keine Not, dann ist er in seiner Art ebenso gebildet als der Philosoph auf dem Lehrstuhl, von dem kein Mensch verlangen wird, daß er den Pflug zu führen und den Dünger zu schätzen verstehe. Das allgemeine gesellschaftliche Wohl verlange, sagt man, Teilung der Arbeit, und die schwerste Arbeit sollte die geachtetste sein.

Da möchte ich mich bedanken, wenn gerade der älteste Beruf des Menschengeschlechts und die wichtigste Arbeit für dasselbe nicht mindestens ebenso hoch bewertet würde, als die weniger wichtigen, etwa jene Beschäftigungen, die erst durch die menschlichen Gebrechen, Leidenschaften und Laster notwendig wurden, als die

Arzneikunde, die Rechtskunde, oder als die Leistungen, die nur von der künstlich gezüchteten Genußsucht verlangt werden! Wenn man einwendet, daß etwa zu letzteren eine größere Fähigkeit nötig sei, als zum Bauernstande, so wäre, abgesehen von anderem, darauf zu entgegnen, daß heutzutage der Bauer schon eine sehr tüchtige Kraft sein und einen sehr klugen Kopf haben müsse, wenn er sich in seinem Stande tapfer soll behaupten können.

Denn es ist fast alles gegen ihn. Während man allerorts, vom Reichsrate bis zum letzten Winkelverein herab, die Phrasen von der Wiederaufrichtung des braven Bauernstandes hören kann, spitzen sich die wirtschaftlichen und gesellschaftlichen Verhältnisse auf das schärfste zum Nachteile unseres Bauernstandes zu. Mancher reiche Herr, der im Parlamente schöne Reden hält für den Bauer, für den Mann der Arbeit, drückt daheim auf seinen Gütern den Arbeiter so arg er kann, bringt die nachbarlichen Bauern um Haus und Hof und zwingt ihnen, wenn sie sich nicht lieber in der weiten Welt zerstreuen und verlieren, wieder die Zustände der alten Hörigkeit auf.

Aber der Bauer ist in dieser Sache auch nicht ohne Schuld, und nun kommt der Grund, aus welchem man dem Landmann von heute die Bildung absprechen muß. Er mag und will sich nicht mehr schikken in seinen Stand, er schämt sich seiner, nicht allein, weil dieser Stand gedrückt und verhöhnt wird, sondern noch vielmehr, weil auch den Bauern der Größenwahn erfaßt hat. Er will etwas „Besseres" sein, als der Vater gewesen. Er trachtet zu lernen, aber nicht für seinen Stand, oder des Wissens wegen, sondern um möglichst ein „Herr" zu werden. Das ist nicht ein Zeichen der Bildungsbedürftigkeit, es ist ein Zeichen von Verrohung des Gemütes, vom Schwinden der Treue, und vom Hunger nach „Ehre" und „vornehmeren" sinnlichen Genüssen. Es wäre einerseits kein Wunder, daß man von einem Stande abspringen will, der von allen Seiten ausgesogen, mißbraucht und übervorteilt wird. Indes, so war es mehr oder minder ja zu allen Zeiten, und dem Bauer wohnt naturgemäß eine Kraft inne, solchen Widerwärtigkeiten zu trotzen. Die Gegenwart hätte ihm vielleicht Mittel geboten, sich wahrhaft frei und geachtet zu machen. Aber er verlor seinen festen Bauerncharakter und damit seine Beharrungskraft. Die Krankheiten der Zeit haben ihn erfaßt, die Fahrigkeit, der Größenwahn. Er ist nicht mehr für seinen Stand gebildet und gestählt, und so vollzieht sich gegenwärtig eine merkwürdige Flucht. Es vollzieht sich eine Flucht vom Pfluge zum Hammer, vom Hammer etwa zum Zirkel, von diesem zur Feder, zum Doktorhut und so weiter. Nichts will im Staate mehr Grundstein bilden, alles will Dachgiebel sein – wäre es ein Wunder, wenn eines Tages der Bau das Übergewicht bekäme? Der Bauer, weil er nicht in die Höhe kann, so strebt er in das Weite aus; nach allen Richtungen der Windrose hin eilt der schollenflüchtige Landmann; von zehn Flüchtlingen versinken auf fremdem Boden neun ...

Unsere hohen Herren – die lüstern nach der Scholle greifen, aber nicht um sie zu bebauen, sondern um sie verwildern zu lassen und darauf ihres Lebens höchstem Berufe, der Weidmannslust zu frönen – haben bereits die Stirn, zu behaupten, daß in den Alpen der Bauernstand nicht mehr zu halten und auch überflüssig sei. „Mit der Einfuhr von Feldfrüchten keine Konkurrenz mehr möglich." Das ist der Standpunkt des Händlers und nicht der des Bauers. Der Alpenbauer ist überhaupt nicht da, um zu „konkurrieren", sondern um auf seinem Boden für sich zu arbeiten und zu leben. Zwar einfach zu leben, aber naturgemäß und als freier Mann. Es wird sich zeigen, ob bei dem steten Wachstum der Bevölkerung unsere wenn auch oft kümmerliche Erdscholle verachtet werden darf, ob der Mensch des Jagdwildes willen heimatlos sein soll, und ob das Reh und der Hirsch seine Herrschaft in unseren Bergen behaupten kann. Schon heute vollzieht sich alljährlich eine Völkerwanderung von den Städten aufs Land, ins Gebirge. Noch kehren sie, wenn die Blätter gilben, wieder in ihre Mauern zurück, aber es wird eine Zeit sein, da werden die wohlhabenden Stadtleute sich Bauerngründe kaufen und bäuerlich bewirtschaften, Arbeiter sich solche aus der Wildnis roden und reuten. Sie werden auf Vielwisserei verzichten, an körperlicher Arbeit Gefallen und Kräftigung finden, sie werden Gesetze schaffen, unter denen wieder ein feststängiges, ehrenreiches Bauerntum bestehen kann, und das Schlagwort vom „ungebildeten Bauer" wird man nicht mehr hören.

Aber das alte Bauerngeschlecht wird vernichtet sein. Wie in unserem Alpenlande der Kampf gegen dasselbe und die Vernichtung vor sich geht, das soll dieses Buch erzählen. Es sei jedoch nicht geschrieben, bloß um ein Bild von dem äußeren Wandel zu stellen, sondern vor allem, um bei Lostrennung von der Heimatsscholle die Vorgänge im Menschenherzen zu schildern; und es sei geschrieben der Treue wegen, die in meinem Jakob lebt.

Erster Teil

EIN SELTSAMES PFINGSTFEST

Das war am heiligen Pfingstsonntag nach der Mahlzeit.

Jakob, der Hausvater, saß in der wohldurchwärmten Stube und las in einem alten Buche. In weißen Hemdärmeln, wie er war – der durchnäßte Lodenrock trocknete am großen Kachelofen – stützte er seine Arme breit auf den Eschentisch, und die Finger über dem Buche ineinandergeschlungen, las er das „Besetzel" vom heiligen Geist. Er las vielleicht nicht mit voller Andacht, wie sie sich für einen so hohen Festtag wohl geziemte, denn bisweilen hob er sein Haupt und blickte hinaus in das Schneegestöber. Die Flocken wirbelten so dicht, daß die Linde, die dort an der Wegtorschranke stand, nur als dunkle verschwommene Masse durch das trübe Grau schattete. Die hohen Fichtenbäume vor dem Hause, welche kaum über die Hälfte hinauf sichtbar waren, beugten ihre verknorrten Äste unter den Schneelasten, die jungen Lärchen auf dem Anger standen wie Zuckerhüte, und dort, wo gestern die maienhaft blühenden, duftenden Holundersträucher gestanden, waren eitel Schneeberge. Die Säulen der Torschranke hatten hohe Hauben auf, wie der Bischof, wenn er draußen zu Sandeben die Firmung hält. Die Zaunstecken hatten spitze und stumpfe Hütlein, Helme, Schnäbel, Kissen und Bänder von Schnee.

Wenn das Pfingststaat sein soll!

Jetzt kam der Wind und fegte den Schneestaub von den Bäumen, Sträuchern und Dächern des Hofes und ließ ihn tanzen und wehte ihn an die Fenster, wo er sich in die Ecken, Ritzen und an die Rahmen schmiegte.

„Gott sei Dank, daß der Wind kommt!" sagte der Jakob, „sonst wollt's bald Fetzen geben in den Kirschbäumen und Linden. Die Elessen-(Traubenkirschen-)Stauden hat's schon zerrissen. Ist ein schlimmer Kamerad, der Schnee, wenn er zu solcher Jahreszeit kommt."

Auf den Dachgiebeln und unter den Vorsprüngen der Dächer hüpften und schwirrten Vögel umher; die Finken und Drosseln waren vom Walde, die Zeischen und Lerchen von dem Felde hergekommen und mußten sich bei den Schwalben zu Gaste laden, Schutz und Unterstand suchen im Reuthofe. Aus dem Hause war ein wilder Knabe gestürmt, um mit Schneeballen nach ihnen zu werfen.

Der Jakob beobachtete den Knaben, der mit heißen Wangen und Augen im Schneegestöber umlief, von jungen Bäumen den Flaum auf sich niederschüttelte und mit Geschrei und Geschleuder das ratlose Geflügel verfolgte. Schier mit Wohlgefallen schaute der Jakob darauf hin, als dächte er: das wird auch einmal ein rechter Altenmooser Jodel! Dann öffnete er das Fenster und rief scharf hinaus: „Jackerl! Laß mir die Vögel in Ruh' und geh' herein, es ist zum Beten!"

Jetzt stand der Hausvater aufrecht. Was er in seiner Gebirgstracht für ein strammer stattlicher Mann war! Das frische jugendliche Gesicht glatt rasiert bis auf den Schnurrbart; die Nase scharf und kühn gebogen, die Augen unter dunkeln Brauen etwas tief liegend und freundlich blau von Farbe. Bart und Haar waren lichtblond und schimmerten schier ein wenig golden; das Haar war rückwärts kurz geschnitten und vorne quer und locker über die Stirne gelegt. An der Stirne waren, wer genau sehen wollte, einige Blatternarben. So aufrecht der Mann dastand, der Kopf war leicht vorgeneigt, das ist kein Wunder bei einem hochgewachsenen Haus- und Familienvater, der auf die Seinen immer herabschauen muß, der auch das kleinste zu seinen Füßen kniende oder an seinen Knien krabbelnde Wesen nicht übersehen darf, der seine Kraft und seine Sorge und seine Liebe aus dem Boden zieht, auf dem er steht, und von seinem Haupte wieder niederspendet auf diesen Boden und auf alles, was darauf wächst und ihn umgibt. Er ist immer der Säemann und der Erntende zugleich. Der Aufrechte, aber der Kopfgeneigte.

Nun spitzte der Jakob die Lippen und tat einen hellen Pfiff. Alsbald kamen die Hausleute aus den Kammern, aus der Küche, aus den Stallungen herbei und versammelten sich in der großen Stube zur Pfingstandacht am Nachmittage, die heute nicht wie sonst draußen in der Kapelle abgehalten werden konnte.

Es waren derbe, eckige Knechte und schäkernde Mägde; es war ein buckeliges Männlein dabei und es waren halberwachsene Jungen, gleichsam eine niedergehende und eine aufgehende Zeit. Alles harmlos munter. Es kam auch die Hausmutter herein, ein etwas schmächtiges blasses Weib, welches – so jung an Jahren es noch sein mochte – allen Übermut und alle Bausbäckigkeit den Kindern abgetreten zu haben schien. Ein Knäblein hing an des Weibes Kittelfalte, das noch blässer als die Mutter war und kreisrunde, ganz vergißmeinnichtblaue Augen hatte. Auch der Knabe Jackerl war zur Tür hereingetollt, über und über voller Schnee, wurde aber in solcher Gestalt vom Vater zurück in die Küche gewiesen, wo er – den Hut ausschlenkernd – der alten am Herde kauernden Einlegerin Schnee und Wasser ans Gewand warf. Weil die Alte sich dagegen auflehnte, so sprang er an die Hühnersteige, die unterhalb des Herdes war, sprengte Schnee hinein und trällerte:

> Hendl bi bi,
> Hendl bo bo,
> Wannst ma koan Orl (Eierchen) gibst,
> Stich ih dih oh!

In der Stube gingen die Leute zu den Sitzbänken, die ringsum an den Wänden waren, und knieten davor auf dem Fußboden nieder, so daß sie bei gefalteten Händen ihre Ellbogen auf die Bänke stützen konnten. Der Jakob nahm vom Hausaltare, der hoch in der Wandecke angebracht war, das kleine hölzerne Kruzifix herab, stellte es mitten auf den Tisch und zündete davor eine aus dem Wachsstock abgewickelte Kerze an. Dann langte er vom Wandnagel die große Rosenkranzschnur, kniete damit auf einen Schemel an den Tisch, machte unter lautem Ausruf der Worte mit dem Daumen über Stirn, Mund und Brust die Kreuzzeichen und begann zu beten.

„Jetzt wollen wir", hub er an, „zum Heiligen Geist rufen, daß er uns erleuchte in Glück und Unglück zum rechten Tun und Lassen. Und wollen Gott bitten um ein gesegnetes Jahr in Feld und Stall für uns, unsere Nachbarn und alle Freund' und Feind'. Wollen auch beten für alle, die aus diesem Haus hinausgestorben sind – christlich zu gedenken." Dann beteten sie den „glorreichen Rosenkranz" zum Gedächtnisse an die Auferstehung, Himmelfahrt des Herrn und an die Sendung des Heiligen Geistes. Der Hausvater sprach stets den ersten Teil des Gebetes, das Gesinde sprach im Chor den zweiten Teil desselben, und es erscholl schier harmonisch wie gedämpfter Orgelklang.

Während des Gebetes wollte zwar ein vorwitziger Knecht seiner schalkhaften Nachbarin mit dem Zeigefinger ein „Bröserl" den entblößten Arm kitzeln; der Hausvater hörte das mühsam und vergebens verhaltene Kichern der Angegriffenen, setzte einen Augenblick im Gebete aus und warf einen ernsthaften Blick auf das schäkernde Pärchen, sofort war dieses ruhig und die Andacht nahm ihren würdigen Fortgang.

Noch bevor sie zu Ende war, polterte zur Türe ein Mann herein, strampfte an der Schwelle den Schnee von den Füßen, schüttelte den Schnee von Hut und Rock, kniete dann neben einen Knecht an die Bank hin und betete mit. Er wurde weiter nicht beachtet. Als das Gebet unter nochmaliger Anrufung des göttlichen Geistes „um Weisheit und Beständigkeit" zu Ende war und der Hausvater das Kreuz gemacht hatte, sagte dieser, sich von seinem Schemel erhebend: „Schau, der Knatschel! Wir haben dich ein wenig zum Beten gebraucht."

„Schadet mir eh nit", antwortete der früher Eingetretene, während auch er steif und unbehilflich aus der knienden Stellung aufstand. Der Nachbar Knatschel war's, der auf dem Heimweg aus Sandeben im Reuthofe zusprach, um sich ein wenig von der Unbill des Wetters zu erholen.

Er war ein untersetzter Mann mit kurzem Halse und breitem, stets gutmütig lachendem Gesicht, das heute vom Frost und vielleicht auch von etwas anderem gerötet war.

„Ein sauberes Pfingstsonntagswetter, das!" sagte der Knatschel.

„Eh hasen frei wahr", redete der buckelige Alte in seiner ihm eigenen weitläufigen und unbestimmten Ausdrucksweise drein, „so fein weiß haben die Kirschbäum' schier völlig lang nimmer 'blüht, als wie dasmal. Das ist richtig wahr auch."

„Wird schon wieder aper werden", meinte der Jakob.

„Drei Vierteljahr Winter und ein Vierteljahr kalt", sagte der alte Knecht, „namla wohl, so geht's hisch zu, bei uns im Gebirg."

„Geh' her zum Tisch", lud der Jakob den Nachbar ein, „und schneid' dir ein Brot ab." Damit tat er aus der Tischlade einen großen Laib Brot mit Schneidmesser, legte beides auf den Tisch und setzte sich auch selber hin.

Der Knatschel setzte sich daran, füllte aus der Tabaksblase seine Pfeife, zog ein zierliches Stahlzänglein aus dem Hosensack, hielt es einem kleinen Mädel hin (das so dastand und am Finger sog) und sagte: „Geh' Dirndl, bring' mir Feuer!"

Während die Kleine zur Herdglut hinauslief und bald mit einer glühenden Kohle im Zänglein zurückkam, sagte der Knatschel: „Ja, Nachbar, ich hab' mir's anders gemacht. – Brav' Dirndl, kriegst zu Lohn einen sauberen Mann, wenn du groß bist." Blies die Kohle rotglühend und steckte sie in die Pfeife. „Ja, Nachbar", fuhr er paffend fort, „ich hab' mir's anders gemacht."

„Was meinst?" fragte der Jakob.

„Mir ist's zu dumm worden in Altenmoos. Wer sich's besser machen kann – ein Lapp, der's nit tut."

Der Jakob sah ihn fragend an.

Der Knatschel beugte sich vor gegen ihn, gab noch ein paar Rauchstöße von sich, daß die blauen Strähnlein wagrecht in der Luft schwammen, und sagte halblaut: „Mein Haus hab' ich verkauft."

Dann belauerte er den Eindruck, welchen diese Nachricht auf den Nachbar machen würde. Weil aber der Jakob gar so unbeweglich dasaß, als hätte er das Wort nicht verstanden, wiederholte der Knatschel noch einmal: „Mein Haus hab' ich heut' verkauft."

Jetzt zuckte der Jakob ein wenig mit den Augenwimpern, des Weiteren blieb er immer noch unbeweglich und blickte den Knatschel fragend an.

„Ich rat' dir's auch, Jakob", sagte der Knatschel, „wirf's hinter dich, das kümmerliche Altenmoos, wo der Mensch sich sein Lebtag lang rackern muß, daß er in seinen alten Tagen ohne Sorg' verhungern kann. Laß das Fretten sein. Verkauf den Bettel. Der Kampelherr zahlt gut. Nimmt auch den Reuthof, hat er gesagt, aus Gefälligkeit nimmt er ihn, wenn du hergibst. Zahlt nit schlecht. Meinen Grund kennst. Siebzig Joch just genau, wenn man Heid' und Weid' dazutut. Rat' einmal, was er mir dafür auf die Hand gelegt hat, der Kampelherr!"

„Leicht etwan gar hasen einen Hut voll Taler!" redete wieder der buckelige Alte drein.

„Soviel gibt der Teufel für eine arme Seel", sagte ein anderer Knecht, wie sie sich jetzt auf die Bänke herumgesetzt hatten. Der Knatschel beachtete diese Bemerkung nicht, sondern sagte noch einmal: „Rat', Jakob, wieviel hat er mir auf die Hand getan?"

„Gar im Ernst, Nachbar?" fragte jetzt der Jakob, „und du hättest dein Haus verkauft?"

„Hast schon einmal einen Tausender gesehen?" schmunzelte der Knatschel und nestelte seine stark abgenützte Brieftasche auf.

Der große nagelneue Geldschein lag auf dem Tisch, der Jakob starrte draufhin wie auf ein Gespenst, das man zuhalb mit Neugier, zuhalb mit Grauen ansieht. Die Knechte machten lange Hälse und blinzelten schier stumm vor Ehrfurcht auf die Erscheinung hin.

„Möcht' ich's doch frei ein klein Eichtel angucken, das Sündenpflaster", murmelte der alte Knecht und kam ein wenig gegen den Tisch gebuckelt.

„Das Pflaster wollt' uns nit schaden", witzelte ein anderer, „vielleicht tät's auch dir deine Gicht und Gall ausziehen, Luschelpeterl."

„Selb' kunnt eh frei sein, mir wollt's taugen, selb' ist eh wahr", kicherte der Alte.

„Ist rechtschaffen gut, daß wir schon den Rosenkranz gebetet haben", sagte eine Magd, „nach so einem Bildl da", sie deutete auf den Tausender, „wär's mit aller Andacht vorbei."

„Geht's, geht's", meinte ein altkluger Bursche, „immer einer kauft sich die Höll mit so einem Fetzen. Die krieg' ich wohlfeiler, wenn ich sie haben will."

„Selb' wird eh leicht namla wahr sein", gab der buckelige Luschelpeterl lachend bei und hockte sich, während die anderen noch aus achtungsvoller Ferne die unerhörte Geldnote betrachteten, in seinen Ofenwinkel.

„Wenn der Mensch gescheit ist", sagte jetzt eine Magd, „so denke ich, wird er sich wohl auch den Himmel damit kaufen mögen. Nit?"

„Hisch wahr, namla wohl wahr. Den Himmel auf der Welt." So der Luschelpeterl. „Der andere Himmel – der da oben – der himmlisch' Himmel, der kostet gar nichts, als wie das Leben, hi, hi, wohl gewiß wahr."

„Da!" schmunzelte nun der Knatschel und hieb mit Wucht, wie der Spieler einen scharfen Trumpf ausspielt, den zweiten Tausendguldenschein auf den Tisch, „da hab' ich noch einen!"

„Sapperment!" sagte der Jakob.

„Gelt!" rief der Knatschel, „gelt, Nachbar, das ist ein gutes Jahr, trutz daß es schneit am Pfingstsonntag!"

„*Zwei* hat er dir gegeben für dein Haus und Grund!" fragte der Jakob mit leiser Stimme.

„Du kannst *drei* haben für deines!" sagte der Knatschel. „Besinn' dich nit lang, Nachbar, tu' deine Wasserstiefel an und geh' eilends auf die Sandeben. Beim Fleischhacker sitzt er, der Kampelherr. Seine Geldtaschen hat einen schauderhaften Bauch, kann ich dir sagen. Als Winkelbauer gehst jetzo fort, als gemachter Herr kommst heim."

„Heim?" fragte der Jakob kopfschüttelnd, „*heim?* – Wie kann der Mensch sein Haus verkaufen!"

„Knatschelvater!" sprach jetzt einer der Knechte, „geh', steck' dein Fliegenpapier nur wieder ein. Hergibst eh nix davon."

Des wollte der Knatschel schier verdrießlich sein, daß die zwei Geldnoten, die er nun wieder bedächtig zusammenfaltete und in die Brieftasche schob, kein größeres Aufsehen gemacht hatten. Das Haus wollte in gewohnter Ordnung bleiben, gleichmäßig langsamen Ganges. Da war draußen plötzlich ein Prasseln und Krachen, daß die Holzwände ächzten, finstere Schneestaubwolken wirbelten an den Fenstern vorüber. Die Leute schauten sich an.

Bald jubelte der Wildfang Jackerl mit der Nachricht herein: Von der Linde sei ein großer Ast niedergebrochen und habe die Kapelle niedergeschlagen.

Als der Jakob dieses hörte, sprang er von seiner Bank auf.

„Die Kapelle!" rief der Knatschel, „deine Jakobikapelle da draußen hat's derschlagen? Nachbar, wenn *das* kein Wink vom Himmel ist!" In die Hände klatschend rief er noch lauter: „Der heilige Sankt Jakob ist hin! Reuthofer, verkauf dein Haus!"

Der Hausvater ging in Hemdärmeln, wie er war, zur Tür hinaus und durch den wogenden Sturm der verstümmelten Linde zu.

In den Lüften tanzten die Flocken und die Schwalben.

DAS LIEBE
ALTENMOOS

Am Vorabend zu Fronleichnam – das war neun Tage nach dem Schneesturm – leuchtete über den Bergen von Altenmoos der helle glühende Sommertag. Die frischgrünen Lärchen, die drüben am Hange in jungen Beständen prangten oder eingesprengt waren in die dämmernden Fichtenwälder, hatten – wer sie näher besah – auf ihren Zweigen purpurrote Kätzchen. Aber auch die Fichtenwälder waren zu solcher Zeit nicht so dämmernd als sonst, die weichen Triebe der Zweige und Wipfel, an denen auch manch rotes Blütenzäpfchen stand, hatten ein helleres Grün über die Wälder gehaucht. Auf den Wiesen, in deren Furchen unter Ampfer- und Lattichblättern klare Wässerlein dahingurgelten, standen in Gruppen Ahorne und Eschen, die erst auszutreiben begannen. An den Feldrainen und Gehöften schimmerte das weiße und rosige Geflocke der blühenden Kirsch- und Wildäpfelbäume, und der Duft von den weißen Blütenzapfen des Traubenkirschenstrauches erfüllte weithin die Luft mit seiner berauschenden Süße. Die Hafer- und Roggenfelder an den Lehnen schauten in ihrem schönen bläulichen Grün auf die Wiesengründe nieder. Dazwischen lagen Weideblößen, auf welchen weiße und scheckige Herden glockten; in eingezäunten Angern Schafe und Ziegen, die zu solcher Stunde schon satt waren und miteinander scherzten oder sich ein wenig faul auf dem Rasen sonnten.

Auf freien Höhungen und in traulichen Talmulden, aber auch an steinigen Lehnen, am Waldrande oder in geschützten Schluchten standen Gehöfte, größere und kleinere, teils von Kirschbäumen, Linden und Eschen schier überwuchert, teils frei mit ihren Bretterdächern wie Taubengefieder in der Sonne schimmernd, teils auch bestanden von einer Gruppe wuchtiger, in Stürmen starr und unbesiegbar gewordener Schirmtannen. An den Häusern kleine Gemüse- und Ziergärtlein, in welchen Reseden dufteten und Pfingstrosen flammten und inzwischen auch — selbst eine Blume, der Blumen pflegend — manch fröhlich Mägdlein. Von einem Gehöfte zum anderen führten Wege, die mit Büschen und Bäumen bestanden waren, über Feldlehnen hin zogen sich die weißen Fäden der Fußsteige, auf welchen jetzt zur Feierabendzeit junge Bursche zu zweien oder auch zu mehreren gesellt, langsam dahingingen und Jodler sangen.

Von dem Hügel aus, auf dem das Haus des Jakob, der Reuthof stand, konnte man in weiter Runde die Gegend übersehen. Man hörte aus der Ferne den Reigen der weidenden Herden und den halb in den Lüften verwehten Hall der Sänger. Man hörte auch aus dem engen Talgrunde herauf das traumhafte immerwährende Rauschen der Sandach. Diese Tiefgründe und dieses rauschende Wasser kamen aus hochgelegenen Wildschluchten, zogen sich hier im weiten Halbrund um den Hügel des Reuthofes, durchschlängelten die Gegend, Altenmoos genannt, um dann stundenlange Enggräben entlangzuziehen und bei dem Pfarrdorfe Sandeben in das Tal der Freising auszumünden. An der Sandach standen Getreidemühlen, an den höher gelegenen Halden duckten sich dort und da die grauen Hütten der Sommerstadeln und der Holzhauer.

Auf dem Hügel des Reuthofes stand man wie mitten in dem weiten felder- und wiesenreichen Bergkessel, und ein wellenliniges, in ferneren Höhen blaundes Waldrund schloß den Gesichtskreis. Wo sich so die Linie zog zwischen Erde und Himmel, da stand hier und dort aus jüngerem Waldwuchs das scharfe Zähnchen eines Tannenbaumes oder eines struppigen Lärchenwipfels in das Firmament auf, gleichsam wie Lanzen, die auf der Hochwacht die stille Berggemeinde Altenmoos einfriedeten. Von dem Dachfenster des Reuthofes aus konnte man eine Felsenspitze sehen, die hinter dem westlichen Höhenzug emporragte – ein Zeichen des nahen Hochgebirges.

Eine Kirche hatte die Gemeinde Altenmoos nicht, sie war eingepfarrt zu Sandeben. Für den Hausgebrauch hatten alle größeren Höfe ihre Kapellen oder Kreuzsäulen, davor die Leute, die nicht zur Pfarrkirche kommen konnten, ihre Andacht zu verrichten pflegten. Mit den Vorgegenden war die Gemeinde Altenmoos durch einen einzigen Fahrweg verbunden, der an den Hängen und Wänden der Sandachschluchten hin angelegt über zahlreiche Stege und Brücklein führte.

Wenn man vom Reuthofe aus der Sandach entlang aufwärts ging, so kam man durch Wald und Geschläge, an welchen manch rauchende Kohlenstätte stand, dann kam man in Haselnuß- und Erlengebüsche, und dann kam man in Sand- und Steinhalden, wo zwischen der wildwuchernden Pflanzenwelt moosige Felsblöcke lagen, die herabgekommen sein sollen von dem Hochgebirge, das sich hinter diesen Vorbergen gewaltig erhebt. An den beiden Hängen ziehen sich einengende Felsrippen nieder. Hier klettert der kümmerliche Fußsteig über einen Steinwall, der mit Wildfarn, Dornsträuchern und Schierling bewachsen ist. Das Wasser gräbt sich unten schäumend und schreiend durch eine Kluft, die tief und finster und so eng ist, daß ein Mann mit ausgespreizten Beinen zugleich an beiden Rändern stehen könnte. Heute greift hier das Geflecht der Baumwurzeln und Sträucher, das Gefilze der Moose von beiden Ufern schon so sehr ineinander, daß die unten durchfließende Sandach an dieser Stelle kein Tageslicht mehr hat.

Hinter dem Steinwall weitet sich die Schlucht und der Fußpfad schlängelt von dem rauhen Schutthügel nieder in einen stillen Grund, der von nackten Felswänden umstanden ist. In dem kleinen sandigen Tale wuchert kein Gestrüppe, stehen nur in Gruppen schlanke und üppige Fichtenbäume. Das Wasser rieselt im breiten

Bette fast lautlos und so klar, daß man jedes Goldfünklein sprühen sieht in seinem Sandgrunde. In diesem Wasser ist keine Forelle zu sehen, im Gefelse kein Vogel zu hören; aber Eidechsen pfeifen, wenn man ihnen auf den Schweif tritt. Wir biegen um eine Fichtengruppe, und es liegt ein See da. Er ruht in einem Kessel und hat mehrere Buchtungen. An seinem Rande, wo bemooste Felstrümmer hervorragen, ist er durchsichtig, an tieferen Stellen grün wie der reinste Smaragd; gegen die Mitte hin dunkelt sich die Farbe, dort soll – so spricht die Sage – das Wasser unermeßlich tief sein.

Hinter dem See – wenn wir unsere Schritte weiter lenken – hebt ein dumpfes Tosen an. Schreiten wir zehn oder zwölf Minuten lang dahin in diesem kühlen Grunde, so werden unsere Kleider feucht von einem feinen Wasserstaub; auch an allen Bäumen hängen Tropfen. Dann stehen wir vor dem Wasserfall. Der springt turmhoch von einer Felsenrinne nieder, macht zwei große Absätze, in denen er schneeweiße Bänder bildet, und stürzt sich in einen Tümpel. In diesem Tümpel schäumen, kreisen und kochen die wild herabgeworfenen Wellen, daß aus den eisigen Quirlen ein Nebelqualm aufsteigt, der alles Gestein und alle Pflanzen betaut, die im Grunde stehen. Der ebene Sandgrund mit seinen grünen Säumen ist hier zu Ende, hinter dem Wasserfall heben die hohen Felswüsten an.

Das kleine Hochtal war von den letzten Häusern des Altenmoos nur eine Stunde weit entfernt, aber selten kam ein Altenmooser hinauf. Es hatte niemand dort etwas zu suchen, und wer doch einmal über das Hochgebirge mußte, der rastete wohl auf einem Stein am See, aber nicht lange. Der Grund war ihm zu leblos und zu still. Das Hochtal war benannt: Im Gottesfrieden.

Also ist das Berg- und Waldrund beschaffen, das unsere Gemeinde umgibt und in welchem der Jakob Steinreuter sein Haus hat. Das liebe Altenmoos.

DER MANN MIT DEN TAUSENDERN SIEDELT AB

An diesem Vorabende zu Fronleichnam, da zu Altenmoos der frohe Feiertag anhub und auch im Reuthofe die knechtlichen Arbeiten schon zur Ruhe gekommen waren, hielt der Jakob noch nicht Rast. Er hämmerte an der Kapelle die letzten Dachbretter fest; nun war der Schaden wieder getilgt, den der stürzende Lindenast angerichtet hatte. Die darüber aufragende Linde prangte in voller Pracht, und man merkte im finstergrünen Buschwerk kaum mehr die Scharte, wo der Ast herabgebrochen war. So hatte der Sommer rasch und ruhmreich gesiegt über jenen tückischen Eindringling zu Pfingsten, wie solcher zur Frühsommerszeit wohl manchmal anzurücken pflegt in der hochgelegenen Gegend von Altenmoos.

Zu wahrer Erhebung gereichte es dem Jakob, daß dem Bildnisse in der Kapelle nichts geschehen war. Der roh geschnitzte, mit Farben bemalte heilige Jakobus war damals unversehrt auf seinem Altar stehengeblieben, während der gebrochene Ast unter Schnee und Splittern zu seinen Füßen lag. Dieser Heilige war der Schutzpatron des Hauses. Jakobs Vater hatte Jakob geheißen, und dessen Vater hatte auch Jakob geheißen, und so der Großvater und der Urgroßvater, und jeder Hausvater auf dem Reuthofe hatte Jakob geheißen, weil vor Jahrhunderten der Mann, welcher die Ansiedlung gegründet, den Grund urbar gemacht und die Steine ausgereutet, Jakob geheißen hatte. Jakob, der Steinreuter. Von dem frommen Sinn und der kunstreichen Hand dieses ersten Jakob stammte, den Überlieferungen der Familie gemäß, das Bildnis, und so war die Statue und der Name ein besonderes Band, das sich von Geschlecht zu

Geschlecht herabflocht und jeden Jakob Steinreuter enge mit seinen Vorfahren und seiner Scholle verknüpfte.

An die innere Wand der Kapelle war in aufrechtstehender Richtung eine Reihe von etwa sechs Schuh langen Brettern genagelt. In jedes dieser Bretter waren gegen den oberen Rand hin die Buchstaben J. S. eingeschnitten, und darunter eine Jahreszahl. Das waren die Leichbretter; auf jedem derselben war ein Jakob Steinreuter ausgestreckt gelegen drin im Hause, bevor sie ihn auf den Kirchhof trugen. Dann sind zum Gedächtnisse diese schmalen Läden hier aufgestellt worden in der Kapelle des heiligen Jakobus.

An diesem Tage sollte der Heilige, gleichsam zur Urständfeier, besonders geschmückt werden. Die kleine Angerl mit den langen schwarzen Haarsträhnen, die eben aus der Schule heimgekehrt war, kam und brachte ein mit Wasser gefülltes Glas, in dem zwei Pfingstrosen staken. Und es kam der kleine Friedel mit den kugelrunden Vergißmeinnichtaugen, der brachte das andere mit Wasser gefüllte Glas, in welchem zwei weitere Pfingstrosen staken.

„Brav seid ihr!" sagte der Jakob zu seinen Kindern. Dann nahm er ihnen die Gläser aus den kleinen Händen und stellte sie zu beiden Seiten der Statue auf. Er mochte dabei vielleicht weniger an den heiligen Apostel, den das geschnitzte Bild vorstellen sollte, denken, als vielmehr an seine Voreltern, die das Bild gestiftet und bewahrt hatten und die er in ihm verehrte.

Vom Schachen herüber, barfuß, in zerfasertem Höslein, mit struppigem Haar und glühenden Wangen, kam der Jackerl, er zerrte zwei gefällte Lärchenbäumchen herbei und schrie lustig vor sich das Sprüchel hin:

    Droben auf dem Kögerle
    Sitzen drei Vögerle,

Oans g'hört mein, oans g'hört dein,
Oans g'hört dem Regerle.

Als er mit seinen Bäumchen an Ort und Stelle war, erfaßte er schnell das Beil, hieb es in die Holzwand der Kapelle, daß es darin stecken blieb. Der Vater verwies ihm dies, und alsogleich riß der Knabe das Beil wieder an sich, schleuderte es über den Angerzaun, daß es Funken gab in den Steinen, und lief mit dem Geschrei: „Droben auf dem Kögerle sitzen drei Vögerle!" davon.

Als endlich an und in der Kapelle alles in Ordnung war, nahm der Jakob den kleinen sanften Friedel an der Hand und sagte. „Wenn *du* Jakob hießest und der andere Friedel – wär' mir lieber. Der andere *Friedel?* es ist zum Lachen. Unfriedel, wenn er geheißen wär'. – Komm, Bübel."

Er ging mit dem Knaben den ebenen Fahrweg hin gegen das Nachbarhaus des Knatschel, das dort drüben am Rande des Waldes stand. Dasselbige Haus war in Aufregung. Der Knatschel tat seit acht Tagen nichts mehr, als übersiedeln. Sein Weib, sein Gesinde, seine Ochsen halfen ihm dabei, teils mit Freuden, teils mit Schmerzen, teils mit Stumpfheit; den Ochsen freilich ist es gleichgültig, woher und wohin sie müssen, überall an den Pflug und an die Fleischbank, sie sind überall Ochsen. Das ganze Haus räumte der Knatschel aus, die rußigsten Kästen und Kübel und Pfannen und Bettstätten schleppte er auf großen Karren davon.

Der kleine Friedel blickte jetzt nicht hin, sondern auf die gegenüberstehende Berglehne, an welcher Bauernhäuser in einiger Entfernung voneinander standen.

„Vater", fragte der wißbegierige Knabe, „wie heißt es dort?"

„Dort heißt es bei den Grubbauern", antwortete der Vater.

„Und auf der anderen Seite, ganz oben auf dem Berg, ganz oben, wo das Weiße ist, wie heißt es dort?"

„Dort heißt es beim Guldeisner", sagte der Vater und sagte es in einem schier feierlich getragenen Tone. Der Guldeisner war der größte Bauer zu Altenmoos, sein Grund war so weit, daß man – wie der Luschelpeter sich ausdrückte – mit einem guten Schustermesser daraus fünf Bauerngüter schneiden könnte. Der Guldeisnerhof mit seinen vielen Wirtschaftsgebäuden lag oben auf der Hochfläche da wie ein kleines Dorf. Das Wohnhaus war zur Hälfte gemauert und schaute mit der weißgetünchten Wand schier hochmütig herab auf die in der Gegend weitum zerstreuten Nachbarn.

„Vater", fragte der Friedel, „wie viele Häuser sind auf der Welt?"

„O Kind!" antwortete der Vater, „die Welt ist weit, nur Gott kann sie durchwandern und die Häuser und die Menschen zählen. Ich weiß nur von Altenmoos."

„Und wie viele Häuser sind in Altenmoos?"

„In Altenmoos sind – wenn du der Lunselstina ihre Höhle und andere Hütten nicht dazuzählst – genau einundzwanzig Häuser."

„Wieviel ist das?" wollte der Kleine wissen.

„Wenn du", belehrte der Vater, „deine Finger zusammenzählst an beiden Händen und deine Zehen an beiden Füßen und dazu die Nase im Gesicht, so hast du einundzwanzig."

„*So* viele Häuser?!" rief der Knabe verwundert. „Und welches ist die Nase?"

„Pst!" machte der Vater plötzlich, blieb stehen, legte die Hand dem Söhnlein auf die Achsel, beugte sich vor und flüsterte: „Siehst du? Guck' einmal dort zwischen die Eschen durch an den Waldrand hin – siehst du?"

„Eine rote Geiß!"

„Das ist ein Reh!" sagte der Vater.

Das Tier hatte ein wenig grasen wollen auf der Wiese, aber es witterte Menschen. Hoch hob es das Haupt, lauerte ein Weilchen und sprang dann mit großen Sätzen in den Wald zurück. Der kleine Friedel hatte sich schier seine großen Augen herausgeschaut; es war das erste Reh, das er gesehen. Selbst für Jakobs Augen waren solche Tiere eine Seltenheit. Der Guldeisner, dem die Jagd gehörte, war ein grimmiger Schütze und ließ nicht viele laufen. Drüben in den Herrschaftswaldungen soll es schon mehr Wild geben, auch schöne Hirschen darunter. Der Jakob hat sein Lebtag erst einmal einen Hirschen gesehen, und der lag draußen in Sandeben auf einem Leiterkarren, reckte noch im Tode die Herrlichkeit seiner Geweihe empor und hatte den aufgeschlitzten Bauch voll grünen Reisigs.

Den Hohlweg heraus kam etwas Holperndes, die Siedelfuhr des Knatschel. Es war die letzte. Er saß selber drauf und leitete das Ochsenpaar; hinter ihm auf einem Kornsack saßen sein Weib und seine taubstumme Schwester. Die taubstumme Schwester schaute mit Befremdung um sich, sie wußte nicht, was das bedeuten soll; jetzt wegfahren, vom Hause weg, da es doch schon bald Nacht wird! – Und die Schwägerin neben ihr, die hat das Vortuch im Gesicht und weint, und der Bruder voran, der hat eine lange Wurzen im Mund und schmunzelt. Was das bedeuten mag!

Als der Wagen herankam, redete der Jakob den Knatschel zum Gruße an: „Du hast es eilig, Nachbar. Ich denke, du kommst für heute schon zu spät und für sonst immer noch früh genug nach Sandeben."

„Heut' lieber wie morgen", antwortete der Knatschel. „Bedien' dich, Steinreuter!"

Er hielt dem Jakob vom Karren herab eine neue, fein juchtene Zigarrentasche hin. Und den Spruch dazu: „Bedien' dich!"

Wie vornehm er sich gehaben kann! Und auch beim Schreibnamen ansprechen, wie der Amtmann! – Der Jakob ging mit seinem Knaben neben der knarrenden Fuhr des Auswanderers einher.

„Gelt, mir merkst den Altenmooser nimmer an!" sagte der Knatschel. „Na, nimm eine. Sind amerikanische."

„Vergelt's Gott!" lehnte der Jakob ab. „Mir tät' übel werden davon. Aber schau, Nachbar, ich kann allerweil noch nicht glauben, daß es Ernst ist bei dir!"

„Reuthofer!" rief der Knatschel, „du kommst mir bald nach. Denk' daran, da bei der Torschranke hab' ich dir's gesagt: Du kommst bald selber nach hinaus!"

„In der Totentruhen", sagte der Jakob, „sein kann's wohl, der Mensch weiß nicht Tag und Stund'."

„Nicht in der Totentruhen!" rief der Knatschel. „Leicht wohl eher auf des Kampelherrn Kaleschwagen!"

„Ich wünsche dir ein langes Leben", entgegnete der Jakob, „aber das wirst du nicht erleben."

„Hast du schon gehört, daß der obere Nock auch fliegt?" fragte der Knatschel. „Den vertreiben die Schulden und muß er noch froh sein, daß ihm der Kampelherr Haus und Grund abgelöst hat. Besser verkaufen, als verganten. Allemal besser."

„Für den Nock hätte sein Schwager, der Guldeisner, was tun sollen", meinte der Jakob.

„Der Guldeisner?" lachte der Knatschel. „Pass' auf, der verkauft selber!"

„Was sagst du?" fragte der Jakob und hielt sein Haupt gegen den Fuhrmann hin.

„Verkauft selber! Der Kampelherr steht schon im Handel mit ihm. Der Jagd wegen, heißt's. Ihr kommt mir alle nach, Altenmooserleut'. Alle!"

Der Jakob schüttelte den Kopf.

„Besuch' mich einmal", lud ihn der Auswanderer ein, „in der Sandeben, gleich hinter der Kirchen. Kennst es ja, das Haus, was der

Kreuzbäck gehabt hat. Wirst alleweil einen guten Tropfen finden bei mir."

„Ein Wirtshaus?"

„So was. Etwas ein Geschäftel muß der Mensch doch haben, sonst wird ihm Zeit und Weil' lang."

„Knatschel!" sagte jetzt der Jakob, „gib Achting, daß du dich nicht verraitest! Auf der Sandeben ist der Tausender nicht soviel wert, wie in Altenmoos. Dort kostet der Brotlaib einen halben Gulden, dahier kannst, wenn du selber keinen backest, einen um zwei Sechser haben und einen größeren."

„Bauernbrot gefressen hab' ich mir genug, mein Lebtag", lachte der Knatschel, „jetzt will ich einmal Guglhupf (Kuchen) haben." Und er versetzte den Ochsen eins mit der Peitsche.

„Thomas", sagte jetzt sein Weib und stupfte den Knatschel am Rücken, „tu' mir den Gefallen und halt' ein bissel still. Wir sind bei unserer Rainsäulen. Schau, wenn sie eine Leich' haben hinausgetragen vom Knatschelgut, dahier haben sie die Truhen abgesetzt zum Urlaubnehmen. Und da will ich auch absteigen und dem Heimboden behüt' Gott sagen."

„Dummheiten!" schrie der Knatschel und hieb noch schärfer auf das Ochsenpaar drein. Ein Ruck, und da waren sie auf fremdem Boden.

„Fahret gut!" rief der Jakob und hielt seine Hand über den Karren hin, „ich wünsch' euch Glück!"

Ohne anzuhalten schüttelte der Knatschel die gebotene Rechte kurz. Das Weib hatte sie auch gefaßt und wollte sie nicht loslassen, so daß der Reuthofer noch eine Strecke nebenherlaufen mußte.

Als er endlich ledig war, stillstand und dem Gefährte nachblickte, sah er, wie das Weib des Thomas, das Gesicht in die vorgehaltene Schürze pressend, heftig schluchzte. Der Knatschel knallte mit der Peitsche, daß es widerhallte in den Wäldern.

„Ist das der Mann mit den Tausendern gewesen?" fragte der Knabe, als das Gefährt hinter der Talbiegung verschwunden war.

Der Jakob wendete sich und ging mit dem Knaben zwischen den grünenden Haferfeldern hin. Er war verstimmt. Nun hob er eine Erdscholle auf und betrachtete sie sinnend.

„Was ist denn das?" fragte der Friedel.

„Das ist *unser* Tausender, mein Kind", sagte der Vater. „Der kann nicht zerreißen und nicht verbrennen. Zu Mehl kann ich ihn zerreiben, in die Luft kann ich ihn streuen und ist doch nicht umzubringen. Und wenn ihn der Mensch pflegt und Gott gibt Sonnenschein und Regen vom Himmel, so ist er ein wohlversichertes Gut und bringt alle Jahr' seine Zinsen, es mag im Land Krieg oder Frieden sein."

„So einen Tausender", sagte jetzt der Kleine, „hat der Jackerl gestern der Kuh nachgeworfen, daß er auseinandergespritzt ist."

Der Vater entgegnete: „Dem Erdklumpen hat das nicht geschadet, der tut sich schon wieder zusammen, aber der Kuh kann es geschadet haben. Und dem Jackerl wird es geschadet haben. Ja! Dein Bruder wird mir neuding ein so arger Wildfang, daß ich ihn morgen auf den ganzen Tag in den Moosbarren sperren muß."

Nun war es, daß der Wildfang an jenem Abende gar nicht ins Haus kam. Zuerst wurde nach ihm gepfiffen, er kam nicht. Dann ging die Angerl hinaus auf den Hügel und schrie: „Jackerl!" so laut sie konnte, auch der Wald half ihr schreien. Der Knabe kam nicht. Als es schon finster war, ging der Reuthofer mit einem Haselstock bei den Nachbarn um und fragte, ob sein Bub nicht gesehen worden sei. Die Dreisambäuerin schlug ihre Hände zusammen und jammerte, das arme Kind sei sicherlich ins Wasser gefallen! Ganz Altenmoos wollte sie aufstöbern, um den Knaben zu suchen. Dem Reuthofer machte der Jammer des Weibes nicht viel Herzleid, er kannte seinen Jungen.

Als der Jakob Steinreuter auch zum Stindel im Stein kam – in den Hof, der hoch am Berge unter einem massiven Felsblock stand, welcher kurzweg der Stein genannt wurde – erfuhr er zwar auch dort nichts von seinem abhandengekommenen Jackerl, hingegen eine Neuigkeit, die eigentlich keine mehr war. Der Guldeisner sei mit dem Kampelherrn in Unterhandlung und wolle sein Gehöfte denn wahrhaftig verkaufen.

In der darauffolgenden Nacht konnte der Jakob nicht schlafen. Wenn der Guldeisner verkauft, dann verliert die Gemeinde Altenmoos ihren Grundstock. Wenn die Guldeisnerleute mit Mann und Magd, mit Kind und Knecht auswandern, dann wird es langweilig werden hierum. Wenn die Guldeisnergründe zu Wald anwachsen – und die hohen Herren lassen alles Wildnis werden – dann – –

Es wird ja nicht wahr sein, tröstete sich der Jakob, es *kann* ja nicht wahr sein. Das Haus vertun und davonzigeunern! Nein, es ist nicht, es ist nicht. – Wenn ich nur ein Stündel schlafen könnte, bevor es tagt!

DER KIRCHGANG NACH DEM GELDE

Nun war der Morgen des heiligen Fronleichnamstages. Das stille, grünende Altenmoos lag im jungen Sonnenfrieden da. Aus den Höfen hervor, von den Lehnen und Leuthen herab, an den Wiesensteigen heran kamen die Leute in schmuckem Feiertagsgewande und gingen dem Hauptwege zu, wo sie sich in Gruppen vereinigten, um selbander unter ruhigen Gesprächen gegen die ferne Pfarrkirche zu wandern.

Es waren ihrer heute viele. Obwohl an den Werktagen arbeitend vom Sonnenaufgang bis zum Niedergang, sind sie am Feiertage doch nicht müde; gestern war es an den Händen, heute ist es an den Füßen, und die Zunge haben sie auch mit, daß sie können schwatzen unterwegs, und die Augen, daß sie den kirchlichen Aufzug sehen zu Sandeben, und die Gurgel, durch die etwelchen Trunk zu tun einige gesinnt sind. Der Weg ist hier glatt, dort steinig, die Sonntagswanderer loben weder das eine, noch beklagen sie das andere. Die jüngeren Weibspersonen haben hellrote Busentücher um, und vorne am Joppenlatz steckt ein Sträußl von Herzenstrost und Rosmarin. Oder sie tragen das Sträußchen zwischen dem Gebetbuch und dem weißen, viereckig gefalteten Taschentüchel in der Hand. Die Burschen haben grüne Zweige von Reseden und Nelken auf den Hut gesteckt bekommen – von wem, das sagt keiner, denn es kann sich's jeder denken. Und bei dem Blüml steht die Wildhahnfeder, das Starke beim Schönen, das Kecke beim Zarten. Selbst die alten Männer tragen auf ihren schwarzen breiten Filzhüten ein helles Röslein, denn irgendwo und irgendwie muß an solchen Festtagen die Lebensfreude der Waldbergbewohner hervorblühen.

Das junge Volk gesellt sich zusammen zum Schäkern und Necken, und der frische Sandlersebast behauptet dreist, dem Bachhäuseldirndl wäre am Busen das Rosmarinstammel lose geworden, und er will ihr den Freundschaftsdienst erweisen, selbiges zu befestigen.

„Brav bist, Sebast, daß du frei soviel Nächstenlieb' hast", redete da der alte Luschelpeterl drein, der mit seinem wulstigen roten Regenschirm hinten nachhumpelte. Er trug ein recht altweltisches Gewand, der Luschelpeterl, einen vergilbten lodenen Frack mit Messingknöpfen und einen ausgeschweiften gelbgrünen Zylinderhut mit breitem Band und der großen Schnalle. Seit dieser Hut und dieser Kopf beisammen waren, hatten beide Farbe gewechselt, der blonde Kopf war grau und der grüne Hut gelb geworden. Das Gewand war alles hübsch mit grünem Tuche ausgebrämt; aus diesem waren allerlei Bäumchen, Schnörkeln und andere Zierraten geschnitten und auf die Ärmeln, Brustflügeln, Taschen und Schößeln genäht worden, was zu dem verwitterten Gesichte des Alten mit dem grauen Bartwisch unter der Nase gar nicht übel stand.

„Festmachen das Rosmarinstammel, eh' wahr auch. Brav bist, Sebast", sagte er noch einmal.

Das Bachhäuseldirndl, die Dullerl, schlug dem kecken Burschen auf die Finger: „Da hast nix herzugreifen, Bübel!"

„So wohl, so wohl!" stimmte der Luschelpeterl bei, da sang eine Amsel. Der Gesang war so schmetternd hell, daß sich alles umsah nach dem Vogel. Und er war nirgends zu sehen, und dem Gesange nach meinte man, er müsse einem der Leute auf der Achsel sitzen.

„Aha!" rief der Luschelpeterl plötzlich, „da haben wir den Kampel, da drinnen da! In mein Regendach hinein hat er sich verfangen. Wohl, wohl, gewiß auch noch!"

Die Kirchengeher stellten sich rings um ihn, und die Dullerl war besonders begierig, den kleinen Sänger zu sehen. Der Luschelpeterl langte mit dem Arm sorgfältig in den zusammengefalteten Schirm hinein, der Vogel kreischte, der Peterl mußte ihn gefaßt haben, als dieser nun aber den Arm langsam wieder zurückzog und den Schirm auseinander tat, war kein Vogel da. Obzwar es bekannt war, daß der Luschelpeterl mit einem Blatte, das er auf die Zunge tat, allerlei Vogelstimmen täuschend nachzuahmen verstand, saßen sie ihm doch fast allemal auf, wenn er in guter Laune seine Kunst übte.

„Jetzt ist er mir auskommen!" murmelte der Alte mit weinerlichem Gesichte, spreitete die Finger aus und starrte in die Luft. Hierauf wandte er sich an die Dirnlein, und mit zwinkernden Augen sprach er die Vermutung aus, eine oder die andere werde den Vogel in der Tasche haben. Jede leugnete es, aber untersuchen ließ sich keine.

Weit hinter diesem munteren Völklein ging eine Gruppe von Männern, darunter der Sepp in der Grub, der Rodel, der Stindel im Stein, der Oberstöckel und der Jakob. Sie waren für einen solchen Frühsommermorgen fast zu ernsthaft. Sie führten in langsamem Takt ein angelegentliches Gespräch. Auch der Jakob redete. Er pflegte sonst außer Hause nicht viel zu sprechen, er stotterte ein klein wenig, aber man horchte doch, wenn er den Mund auftat, es war allemal der Mühe wert.

„Es darf nicht sein", sagte der Jakob, „wir müssen es abwenden."

„Wir müssen dem Guldeisner zureden, soviel wir können, er darf nicht verkaufen!" so auch der Stindel im Stein.

„Seid ihr einverstanden, Nachbarn?" fragte der Jakob, „daß wir heute abends, wenn wir von Sandeben heimkommen, miteinander zum Guldeisner gehen und ihm die Sache vorstellen? Es darf und es darf nicht sein. Wenn der Guldeisner losgeht, dann wird alles rutschend in Altenmoos."

„Hingehen kann man", meinte der Oberstöckel, „ob's was hilft, ist eine Frage. Ja, wenn das viele Geld nicht wär'!"

„Das Geld und jetzt auf einmal das Geld!" rief der Jakob völlig aufbrausend. „Haben wir Altenmooser jemals nach Geld soviel gefragt? Haben wir eins, ist's gut, haben wir keins, leben wir auch so, arbeiten vielleicht lieber und schlafen besser. Was wir brauchen, das wachst auf unserem Grund: das Brot auf dem Feld, Milch und Butter auf den Wiesen, die Leinwand auf dem Flachsacker, die Wolle auf den Schafen und das Leder auf den Rindern. Was braucht man da Geld?"

„Ist so, ist eh so", stimmten die anderen bei.

„Wollen wir Fleisch", fuhr der Jakob fort, „wir haben es in den Schweinen, Eier legen uns die Hühner. Die Handwerker haben wir im Haus. Salz, Tabak und sonstiges Kleinzeug, auch den Steuergulden zahlen wir von dem Erlös der paar Stückeln Vieh, die wir verkaufen, oder vom Hafer. Was brauche ich denn sonst noch?"

„Wohl, wohl, ist eh so", sagten die anderen.

„Und die Leute jetzt alleweil nur Geld, mehr Geld, viel Geld! Verkaufen ihr Heu, ihren Wald und gar noch ihre Häuser und Hosen ums Geld. Mir graust!"

„Wirst recht haben, Nachbar, wirst recht haben", sagte der Rodel und machte eine Bewegung mit der Hand, als wollte er etwas in der Luft fangen. Wenn er diese Geste tat, da wußte man schon, er hat was Gescheites zu sagen. Und dumm war er nicht, der schlanke, hagere, etwas gebückte Mann; obgleich einäugig, sah er doch manches klarer und richtiger, als viele andere mit zwei Augen. „Verkaufen auch ihre armen Seelen!" rief er aus, „es ist eine verdammte Sach', es ist gerade, als ob das Geld ansteckend wäre, wie's Nervenfieber."

„Rodel, das wird nicht wahr sein", redete der Bauer Klachel drein. „Bei meinem Nachbar Knatschel sind seit vierzehn Tagen zwei Tausender gelegen. Wenn Geld ansteckend wär', so hätt' ich davon kriegen müssen. Ich hab' mich nicht ausräuchern lassen und auch sonst kein Gegenmittel angewendet."

Der Rodel tat, als habe er den Witz nicht gemerkt, faßte den Klachel am Rockflügel, blieb mit ihm stehen und sagte: „Die anderen haben meine Red' verstanden, dir sag' ich's deutlicher: Die Geldgier steckt an. Dagegen magst dich wohl brav räuchern lassen mit Wacholderstauden und Johanneskraut."

„Da laß ich mich lieber mit Tausendguldenkraut räuchern!" darauf lachend der Klachel.

„Hat denn dieser Kampelherr gar soviel Geld?" fragte der Stindel.

„Gottslästerlich viel soll er haben", antwortete der Rodel, „ich hab' gehört, wenn der seinen Reichtum in lauter Gulden hätte und tät' nach einer guten Mahlzeit anfangen, die Gulden zu zählen, und schnell zählen, und nichts als zählen, und keinen Bissen essen, ehevor er mit dem Zählen fertig wär', so müßte er bei seinem Geldzählen verhungern."

„Verdammter Kerl!" knurrte der Sepp in der Grub.

„Wer ist er denn eigentlich, dieser Kampelherr?" fragte der Stindel im Stein.

„Soviel ich gehört habe, soll sein Vater ein ungarischer Kornlieferant oder Sauhändler, oder so was gewesen sein", wußte der Rodel zu berichten.

„Und was hat der Sohn für ein Geschäft?"

„Kein schlechtes", sagte der Rodel, „der Sohn ist Millionär. Von Leuteschuldbriefen Papierschnitzeln abschneiden ist das einzige Handwerk, das in Wahrheit einen goldenen Boden hat. Früher hat er Gewerkschaften besessen, der Kampelherr, und eine ganze Eisenbahn soll er gehabt haben. Aber weil die Zeiten unsicher werden, so hat er die Sachen verkauft und will sich jetzt rechtschaffen breit auf Grund und Boden hinsetzen. Grund und Boden kann nicht zerstört werden und nicht davonlaufen. Und kostet auch nicht viel, man läßt Wald wachsen und braucht keine Leute dazu und zahlt für

Wildnis nicht viel Steuergulden. Der Staat verliert dabei, aber das macht nichts. Einmal wird der Wald doch was wert. Kurz und gut, es ist ein sicher angelegtes Geld. Dazu das Jagdrevier, macht auch Spaß. Anschicken können sie sich's, die Herren!"

„Du kannst dir's halt ausdenken, Rodel", zollte der Sepp in der Grub dem Sprecher sein Lob.

„Wissen möcht' ich's doch, wie er ausschaut, so ein Millionär", meinte der Klachel.

„Ist zu sehen", belehrte der Sepp, „zu Sandeben beim Fleischhakker soll er sich jetzt aufhalten."

„Was gilt's!" rief der Klachel, „was gilt's, ich meld' mich heut' bei ihm! Kosten tut's nichts. Vielleicht schenkt er mir was."

„Schenken?" lachte der Rodel, „Narr, wenn der schenken tät', wär' er kein Millionär geworden."

„Einen Hunderter kunnt er mir schon schenken", meinte der Klachel, „ein Hunderter ist bei so einem gerade soviel, wie bei unsereinem ein Groschen, wenn man ihn dem Bettelmann schenkt. Vergelt's Gott sag' ich gern dafür. Und wirft er mich hinaus, so macht's nichts, denk' mir halt: bin eher auch draußen gewesen."

„Klachel, du bist ein Wichtling!" rief jetzt der Jakob, „wär' doch eine Schand', wenn sich ein Altenmooser Bauer von so einem fremden Herlaufer bei der Tür hinauswerfen lassen tät'! Was geht uns der Kampelherr an!"

„Man wird doch reden dürfen", brummte der Klachel.

„Wenn du glaubst, mein lieber Klachel", sagte der Rodel, „der Kampelherr selber sitzt draußen beim Fleischhacker, so bist wieder auf dem Holzweg. Der Kampelherr weiß sich was Besseres, als in einem Dorfwirtshaus tagelang zu warten auf die Gimpel, die ihm zufliegen sollen. Der da draußen, das ist nur sein Unterhändler, mußt du wissen."

„Unterhändler oder Kampelherr!" rief der Klachel und schlug mit den Armen um sich, als wollte er in der Luft anfangen zu schwimmen, „ist mir alles eins, wenn er nur Geld hat."

Unter solchen Gesprächen waren sie hinausgekommen durch den Steppenwald; dieser gehörte nicht mehr zu Altenmoos, sondern der Herrschaft Rabenberg, was man schon den schönen schlanken buschigen Bäumen ansah, die keinem Bauern wirtschaften helfen mußten. Als unsere Kirchgänger zur Hirschenklamm kamen, wo an beiden Seiten die Wände aufsteigen, mußten sie still sein. Hier führte die Sandach das große Wort. Sie war da schon ein stattlicher Fluß, sie rauschte in ihrem wilden Bette, und das Rauschen hallte in den Wänden so sehr, daß keiner sein eigenes Wort verstand. Der Jakob war des schier froh, ihm hatte das Gespräch schon lange nicht gefallen.

Weiter hin begegnete ihnen der Rabenberger Waldförster mit der Büchse. Der Klachel rückte vor ihm den Hut, der Waldmann dankte herrisch und schritt vorüber.

„Das ist mir auch einer!" sagte der Sepp in der Grub, „an so einem Tag, wenn der Christenmensch in die Kirche geht, steigt er im wilden Wald um. Jetzt möcht' ich erst fragen, was der Wald, wenn er wachsen soll, notwendiger braucht, den Förster mit der Büchsen, oder den Segen Gottes!"

„Das ist derselbige", wußte der Rodel zu erzählen, „der vor kurzem im Steppenhaus gesagt haben soll, die Bauern müßt' man totschlagen. Wo ein Bauer wär', kunnt' sein Lebtag kein Wald wachsen."

„Ich bin auch für den Wald", sprach der Jakob, „und weiß recht gut, daß der Wald für den Menschen da ist, und nicht umgekehrt. Ich zügele den Wald, daß ich ihn schlagen kann. Mein Vater hat's auch so gemacht. Unter siebzig Jahren stocke ich keinen Baum. Meine Vorfahren haben zwei- und dreihundertjährige stehen gehabt. Der

Reuthof wird's beweisen, daß Bauer und Baum recht gut nebeneinander stehen können."

„So ist's!" stimmten die anderen bei.

Endlich lichteten sich die Berge, es kam der erste Holzrechen der Sandach. Hinter einer grünen Höhe, die sich als Ausböschung des Berges ins Tal hineinbog, reckte ein ziegelroter Riesenzwiebel seine Spitze in die Luft. Das war der Kirchturm zu Sandeben. Das Dorf steht auf einer sachten Anhöhe, denn der Talgrund ist ein graues Sandmeer, über das sich die Sandach in zahlreichen Bächlein ergießt. Über den Sand hin sind Holzrechen gezogen, um das aus den Steppenwäldern hervorgeschwemmte Holz aufzufangen. Am jenseitigen Gelände stehen rauchende Kohlenstätten, die ihr Rauchen und Rußen freilich auch an diesem Fronleichnamstage nicht unterbrechen konnten. Vom Kirchturme der Pfarre zum heiligen Michael klangen jetzt drei Glocken so hell und lustig, daß der Klachel den Spaß sagte: „Schau, schau, der heilige Michel jodelt uns schon entgegen."

Die Dorfgasse war zu beiden Seiten mit frischen Birkenreisern geschmückt, das Kirchhofstor mit einem Tannenkranz geziert. Die Treppe hinan war schwarz von Menschen, darüber wehten rote Fahnen, und auf schwankenden Stangen ragten brennende Laternen. Vom Steinbühel her knallten Pöller. Unsere Altenmooser schlossen sich der betenden Gemeinde an. Am Fronleichnamstage bittet der Bauer den lieben Gott um ein fruchtbares Jahr und um Abwendung schwerer Gewitter. Was dem Vater das Kind, das ist dem Bauer das grünende Kornfeld – eine zitternde Freude.

Nach dem Gottesdienste kam der Stindel im Stein zum Jakob, der eben auf dem Kirchhof am Grabe seiner Vorfahren eine stille Andacht verrichtet hatte, und fragte ihn, ob er nicht mitgehen wolle zum Fleischhackerwirt, dort wären heute alle Altenmooser beisammen.

„Sollen sich nichts abgehen lassen", antwortete der Jakob kurz. Er dachte sich's nun, warum ihrer heute so viele aus Altenmoos nach Sandeben gekommen waren. Nicht die Kirchenfahnen hatten so sehr gewinkt, als vielmehr die Tausender des Knatschel, die gestern vorausgegangen. Ein Kirchgang nach dem Gelde.

Der Jakob sollte aber an diesem Tage auch einen anderen Ärger zu verwinden haben. Trat der Knatschel aus seinem weißgetünchten Holzhäusl, das er eben erst bezogen, ging auf den Reuthofer zu und sagte, das wäre schön vom Jakob, daß er auch einmal hervorkrieche aus dem ödweiligen Graben. Er, der Knatschel, könne heute zwar noch keine Einladung machen, es sei alles drunter und drüber und das Gesuch zum Weinausschänken fange erst an, beim Amt zu liegen. Aber einen guten Bekannten, wenn er sehen wolle, der Jakob! Er solle ein wenig mitkommen!

„Ein guter Bekannter?" fragte der Jakob, „mag ja sein. Soll sich zeigen, wenn er was will von mir."

„Wird nichts wollen von dir, denke ich", sprach der Knatschel. „Wir haben ihn einsperren müssen, sonst wäre er gleich, wie er dich vom Fenster aus gesehen hat, davongelaufen. Und einholen wirst du den nicht; du hast zwar längere Füße, aber er jüngere."

„Solltest von meinem Buben reden?" fragte der Jakob, „ist er bei dir?"

„Mußt ihm's nicht verübeln. Ist ihm halt auch langweilig geworden drin bei den Waldbären. Ist mir gestern nachgelaufen und hat sich hinten auf den Wagen gesetzt. Er geht nimmer heim, sagt er."

„Alsdann werden wir ihn heimtragen", sprach der Jakob.

„Da wirst du ihm wohl früher die Knochen zerschlagen müssen."

„Schlagen werden wir nicht. Er soll herauskommen."

Nicht lange hernach, und aus der Haustür des Knatschel schoß der Jackerl. Als er den Vater sah, stutzte er und duckte sich an die

Wand. Die langen Haare hingen ihm wüst über das Gesicht, den Blick ließ er ein paarmal wild auf den Vater springen, die Fäuste hatte er geballt – so stand er da und stemmte den Kopf seitlings an die Wand.

Der Vater trat zum Knaben und sagte freundlich: „Jackerl, wir gehen jetzt heim."

Der Junge rührte sich nicht.

Der Jakob wollte ihn am Arm nehmen, den riß er aus und kreischte: „Ich mag nicht!"

„Sei nicht störrisch, Kind!"

„Ich mag nicht heimgehen!"

„So sage mir, warum du nicht heimgehen willst!"

„Weil Ihr mich einsperren werdet!" stieß der Knabe hervor und begann zu gröhlen.

„Aber du zwingst mich ja, dich zu strafen", sagte der Vater. „Und ich tu's, so oft es sein muß – drauf kannst dich verlassen." Aber gleich setzte er dazu: „Schau, Jackerl, du könntest es so gut haben wie der Friedel, der folgt in Güte. Du hast mir schon viel Kummer gemacht; ich soll dir's gar nicht sagen, Kind, wie wehe es mir tut, daß ich dich strafen muß. Jackerl, schau, gib her die Hand, ich hab' dich lieb. Und wie kannst du deinen Eltern davonlaufen! Deine Mutter hat die ganze Nacht Angst gehabt um dich."

Eine Träne rann dem Jungen über die Wange, er schämte sich ihrer, strampfte den Fuß in den Erdboden und schrie: „Nein! Nein! Nein!"

„Also nicht?"

„Nein!"

„Hast du es deiner Mutter nicht versprochen, daß du ihr heut' Haushüten helfen wirst? Und du willst nicht freiwillig mit mir gehen?"

„Ich werde gehen, aber allein. Ich laß mich nicht treiben!"

„Gut, versprich mir's, Jackerl, daß du heute abends daheim sein wirst."

Der Knabe schwieg.

„Ich brauche jetzt keine Gewalt, mein Kind", sagte der Vater mit gedämpfter Stimme. „Ich will dir vor aller Leut' Augen keine Schmach antun. Aber versprich mir, daß du heimgehst!"

„Das werde ich!" stieß der Knabe heraus und strampfte die Erde.

„So sind wir jetzt miteinander fertig", sagte der Jakob, dann ging er seines Weges. Er hatte ja auch an anderes zu denken an diesem Tage. Der Junge blieb noch eine Weile lehnen an der Wand und schloß die Augen und schloß die Fäuste.

Plötzlich lief er die Dorfgasse hinab und davon.

Aus dem Fleischhackerwirtshause, wo heute die Altenmooser zusammengekommen waren, um zu sehen, wie ein Millionär ausschaut, hörte man einen Gesang:

> Was hat mein Vater 'dacht,
> Daß er kan Herrn hat g'macht!
> Wia war das Ding so fein,
> Wann ih a Herr kunnt sein,
> Geld in mein Beutel hätt',
> Bratel zum Essen hätt',
> Trinken kunnt Wein.

Und der Chor:

> Widl, widl, widl, Geldel hätt'!
> Widl, widl, widl Essen hätt'!
> Widl, widl, widl Wein.

FRANZ, BLEIB' DAHEIM!

Die Schirmbäume am Guldeisnerhof warfen ihre Schatten; sie warfen solche über die Felder hinab und sogar eine Strecke jenseits der Bergblöße wieder hinan, denn es war schon am späten Nachmittage. Drei Männer stiegen den Feldweg herauf gegen den Hof. Es waren der Sepp in der Grub, der Rodel und der Jakob vom Reuthofe. Sie waren der Verabredung nach zusammengekommen und heraufgegangen, jetzt wollten sie sehen, ob sie Glück hätten.

Der Hof bestand in zahlreichen Gebäuden. Ställe, Scheunen, Schoppen, Dreschtennen, Fruchtkästen und zwei Wohnhäuser, alles stattlich und in bestem Stande erhalten. Das eine kleinere Haus, welches schier versteckt unter Kirschbäumen stand, war das Ausgedingstübel, das jetzt keine Insassen hatte, weil keine Ausnehmer, keine „Alten" vorhanden waren. Das andere, das große Haus, welches fast mitten in dem Kranze der Gebäude stand, aber doch so, daß es mit seinen vielen Fenstern frei in die Gegend aussehen konnte, trug an einer seiner Wände weiße Schußscheiben mit schwarzem Zentrum; der Guldeisner pflegte auf Scheiben zu schießen, wenn im Revier kein Reh war; und die Scheiben mit den Meisterschüssen ließ er sich selber zu Ehren an die Wand nageln.

Vor diesem Gebäude blieben die drei Männer stehen, um sich auszuschnaufen und hinzuschauen in das weite Land. Von keinem Hause in ganz Altenmoos hatte man eine so weite freie Aussicht, als vom Guldeisnerhof. Über die Waldbäume hinweg, die unten den Gesichtskreis engten, konnte von hier aus das Auge auf ferne Berge fliegen, die mit ihren weichen Linien in der Fremde draußen standen. Wenn dort die Sonne aufging, war es ihr erstes, daß sie dem Guldeisner zu den Fenstern hineinleuchtete in sein Bett, oder in die Kaffeeschüssel, wenn solche schon auf dem Tische stand. So gut hatten es die tiefer unten liegenden Häuser nicht; der Reuthof hatte gar keine Kaffeeschüssel, und ihre saure Milchsuppe mußten die Leute dort des Morgens im Schatten essen, während hier schon der goldene Sonnenschein lag.

„Ein schöner Platz ist's, der da heroben", sagte der Sepp.

„Das Getreide wird halt doch um acht Tage später zeitig, als unten bei uns", entgegnete der Rodel.

„Hingegen ist es schwerer im Körndl", meinte der Jakob.

„'s ist alles fester und körniger, was da heroben wachst. Wär's mein, das Gut, ich wollt's nicht verkaufen."

Gegenüber dem Hause, am Holzschoppen-Kobel, stand mit versilbertem Halsbande geschmückt, der große schwarze Kettenhund. Er riß nicht an seiner Kette, er keifte und bellte nicht aufgeregt, wie die kleinen Kläffer, die an anderen Häusern hingen, er rasselte nur ein wenig und ließ in gemessenen Zwischenpausen ein würdiges Knurren hören.

Die Männer traten nun in das Haus und ohne viel Umstände in die große Stube. Da war niemand. Sie setzten sich an die Wandbank und der Sepp und der Rodel stopften ihre Pfeifen an. Der Jakob rauchte nicht, er schaute für sich in der Stube umher und dachte: Schöner, als die meinige, ist sie nicht. Aber größer ist sie. Tische stehen hier zwei, weil einer für die vielen Leute zu klein wäre. An der Stubenecke sind die Heiligenbilder nicht anders, wie bei mir. An der Wand bei den Tischen in Lederheftlein herum stecken die Löffel nicht anders, wie bei mir. Nur ihrer viel mehr. Sechsundzwanzig Löffel, und große! Das braucht was, jeden Tag in so einem Haus! Sechsundzwanzig Löffel! und was sie erst mit der Gabel essen! Und mit den Fingern! Und was sie trinken! Schlecht, hört man, wird nicht gelebt beim Guldeisner. Er selber versteht's und seinen Leuten gunnt er auch was. Soll unter seinem jungen Gesinde ja viele nahe Verwandte haben, der Guldeisner. – Na, ist recht.

So waren sie da und dachten ihr Teil und warteten in der geräumigen Stube. Alle Fenster waren geschlossen, und daß die Luft in solchem Raume etwas mürfelt, das bemerkt ein Bauer nicht. Die alte langweilig tickende Wanduhr hinter dem massigen Kachelofen zeigte schon die siebente Abendstunde. Von den gegenüberliegenden Waldbergen leuchtete das Sonnengold noch so hell zurück und zu den Fenstern herein, daß in der Stube eine grünliche Dämmerung war.

Jetzt kam von der Küche herein eine runde Magd mit feingeflochtenen Haarzöpfen, freundlichen Augen und frischer Gesichtsfarbe. Sie bedeutete den Männern, wenn sie etwa bei dem Guldeisner was zu schaffen hätten, so sollten sie so gut sein und ein klein wenig warten, dann möchten sie ins Stübel kommen. Er sei just aufgestanden.

Als die Magd hernach wieder zu ihrem prasselnden Herdfeuer hinausgegangen war, schmunzelte der Sepp, und sein Schmunzeln sagte mehr als sein Wort: „Das ist sie gewesen."

„Schau einmal zum Fenster hinaus", sagte der Rodel und tastete in die Luft hinein, „dort beim Brunnen steht auch eine!"

„Richtig!" sprach der Sepp, „eine säuberer, wie die andere. Diese schwarzen Augen! Die sind schwärzer wie der Teufel!"

„Und leicht auch gefährlicher!" meinte der Rodel.

„Und im Garten dort steht auch noch was!" sagte der Sepp.

„Meiner Seel'!" rief der Rodel, „*das* ist erst die Schönste! Salat begießen tut sie. Herrschaft, bei der ihrem Begießen muß es gut wachsen sein!"

„Ihre Kittel tragen da heroben die Weibsbilder nicht allzu lang."
„Macht aber nichts, haben keine zerrissenen Strümpfe an."
„Haben halt gar keine an."
„Der Guldeisner hat's gern so, essen mögen seine Weiberleut', so viel sie wollen, aber mit dem Gewand sollen sie sparsam sein, wird er halt meinen."
„Tut's eh leicht, wenn's schön warm ist."
So tratschten sie, auch Männer können es, wenn sie Langweile haben. Der Guldeisner war unverheiratet, wußte die fleißigsten und frischesten Dienstboten in seinem Hof zu versammeln, und so ging die Arbeit allzeit munter von statten.
„Das ist halt das Schlimme!" sagte nun der Jakob mit einem schwermütigen Atemzug.
„Was meinst, Nachbar", fragte der Rodel, „der Sparsamkeit mit dem Gewand wegen?"
„Wenn er Kinder tät' haben, der Guldeisner, rechtmäßige Kinder, er wäre festgenagelt an sein Haus und Grund." So der Jakob.
Dann kam die Magd wieder: Jetzt könnten sie schon ins Stübel gehen.
„In Gottesnamen!" sagte der Rodel und zwinkerte mit dem einen Auge, das er hatte, „packen wir ihn an."
Und sie gingen in das Nebenstübel, das voller Sonnenlicht war, weil das große blanke Fenster gegen Sonnenuntergang hin stand. Und wie vornehm eingerichtet! Am Fenster rosenrote Vorhänge, die an einem Eisenspänglein zum Verschieben waren. An den Wänden, über alten kunstvoll geschnitzten Schränken, Porzellankrüge und Teller, gegenüber der Tür ein Spiegel übergeneigt an der Wand hängend, so daß die Eintretenden darinnen ihre eigenen Füße wie über einen schiefen Fußboden herabsteigen sahen. Ferner an der Wand ein paar vielgabelige Hirschgeweihe, ein Schießgewehr und

ein Weidmesser. Auf Bett und Stühlen war die grauenhafteste Unordnung, und der Guldeisner saß in Hemd und Unterhose an dem unbedeckten braunen Tischchen und schlürfte just seinen Morgenkaffee, wobei er das Gesicht in die Schale steckte, so daß die Eintretenden von seinem Kopfe nichts sahen als den schwarzen wirren Haarwust.

„Geht's nur her, Nachbarn!" rief er mit schnarrender Stimme noch zuhalb in das Kaffeegefäß hinein. Als er dieses endlich pfusternd auf den Tisch gestellt hatte, sah man den Altenmooser Großbauer von Angesicht zu Angesicht. Auf breiten Achseln saß kurz- und dickhalsig ein runder Kopf. Üppiges verfilztes Haar, kleines Gesicht mit stark vorstehenden Wangen- und Backenknochen, buschige Augenbrauen, große schwarze und unruhige Augen, plumpe Stumpfnase, an der sich die Nüsternflügel weit aufzogen, wenn er in Erregung kam. Das einzige, was an dem Manne wohlgepflegt war, mußte wohl der Schnurrbart sein; der war so kohlrabenschwarz, daß man ihn für gefärbt hätte halten können, war so dicht und kurzgeschnitten und mit dem Schermesser scharf abgegrenzt, daß es aussah, als hätte der Guldeisner zwischen Mund und Nase ein wulstiges Filzlein geklebt. Alles übrige war sorgfältig rasiert, was an der sonst ungefügen und verwahrlosten Gestalt das einzige Anzeichen gab, daß der Mann kein gewöhnlicher Waldbär sei. Er war in der Tat ein ungewöhnlicher.

„Geht's her, geht's her!" schnarrte er mit seiner breiten, fast schmetternden Stimme; man merkte gleich, der Mann war gewohnt, scharf in die Welt hinein zu reden, ohne die Worte viel zu mustern.

„Man kennt sich frei nicht aus", bemerkte der Sepp in der Grub, „stehst erst auf, Nachbar, oder gehst schon schlafen."

Er stand freilich erst auf, und ein Guldeisner kann die Tageszeiten umkehren wie er will, darüber hat er niemandem Rechenschaft abzugeben. Er überhörte also die Bemerkung. Sie sollten die Hosen,

Leibeln und Pfaiden von den Stühlen werfen und sich selber draufsetzen, war sein Rat, den die drei Männer sofort auch befolgten. Hierauf griff er, ohne sich von seinem Sitze zu heben, mit einer langen Hand ins Wandkastel, nahm einen Tonplutzer hervor, schenkte daraus drei Stengelgläschen voll und rief: „Mögt's ein' Schnaps?"

„Du kannst dir's halt anschicken, da heroben", sagte nun der Rodel einlenkend, nachdem er ein paarmal mit der Hand in die Luft gefahren war, als wollte er Fliegen fangen, „du laßt dir nichts abgehen auf deinem Berg, und recht hast. Ich tät's auch an deiner Stell', gunn' dir's. Du kannst besser leben, als wie etwan so ein Kampelherr, der im Land umfährt, um sein Geld loszukriegen, sich damit wohl Bauernhäuser kaufen kann, aber nicht das Ansehen und die Altgesessenheit vom Guldeisnerhof!"

„Hei, der Kampelherr!" schmetterte der Guldeisner lachend hervor.

Der Sepp blies von seiner Pfeife rasch nacheinander Rauch aus. „Die neueste Lug", sagte er dann und paffte wieder, „die neueste Lug', die in Altenmoos umgeht, hast sie schon gehört, Nachbar? Wird dir Spaß machen."

„He, Lug'? So!" schnarrte der Großbauer.

„Ja, ja! Sie sagen, der Guldeisner wollt' sein Haus verkaufen, sagen sie."

„Sagen sie das?" lachte der Guldeisner laut.

„Es wird nicht wahr sein", sprach nun der Jakob.

„Warum soll's nicht wahr sein?" schnauzte ihn der Großbauer an. „Morgen laß ich einspannen und fahr' nach Sandeben zum Kampelherrn. Ein Narr müßt' einer sein!"

„Nachfahren?" sagte der Sepp, „nachfahren wollt' ich ihm nicht. Wenn ich Guldeisner wär', schon gar nicht. So viel ich weiß, ist der Guldeisner noch keinem Bauern und keinem Herrn nachgefahren. Wenn der Herr was will, so wird er schon selber kommen."

„Ein Guldeisner weiß, was sich schickt", sagte der Großbauer, erfaßte eines der Gläschen, die er für die Gäste vollgeschenkt hatte und goß dessen Inhalt in seine eigene Gurgel.

Jetzt nahm der Jakob das Wort und sprach: „Nachbar, du machst Spaß. Deinen Hof verkaufst nicht. – Wenn unsereiner Kleinbauer sein klemmiges Gütel weghaben wollt' – Gott hüt' mich vor dem Gedanken! – es wär' zu begreifen. Aber du, der in diesem Gebirg seit altersher angestammt besser und freier lebt, als wie ein Graf; du, den alle gern haben weit um, dem alles nach Wunsch und Willen geht, vor dem sich – ich möcht' sagen – jeder Baum voll Achtung neigt und jeder Stein schier selber aus dem Weg springt – du dein Gut verkaufen, auswandern! Nein, Guldeisner, das ist nicht. Das ist nicht."

„Das ist nicht?" fragte der Großbauer und trommelte mit den Fingerknöcheln auf dem Tisch. „Es wird wohl doch schier sein. Ein Bauerngut mag noch so gut stehen, es macht Sorg' und Ärger. Was soll ich mich sorgen und rackern im Gebirg? Ich hab's nicht not. Ich zieh' mich ins Freisingtal hinaus, hab' keine Schereien mit den Dienstboten und Nachbarsleuten, wo doch alle Augenblick einer betteln kommt, der eine um Holz, der andere um Kornsamen, der dritte um Heu oder Stroh, der vierte um Fuhrwerk, der fünfte um Handwerker, was weiß ich! Und die Plackereien mit dem Steueramt – alle Jahr anders, alle Jahr mehr ohne Ziel und End'. Und fortweg die Kümmernis: im Frühjahr um Regen, zur Mahdzeit um schön' Wetter, zum Krautsetzen wieder um Naß, nachher um Wind, daß das niedergeweikte Korn wieder aufsteht; und blüht das Korn, soll Windstille sein, ist der Schnitt, soll die Sonne scheinen, ist im Herbst das Winterkorn im Keim, soll gleich Schnee drauf fallen, ist's im Winter zum Holzschleifen, will man Schlittenbahn haben – alleweil ganz und gar abhängig vom wetterwendischen Herrgott! Ein Narr müßt' einer sein!"

In der Hitze seiner Rede trank er das zweite Gläschen aus.

„Was du da sagst, das ist freilich wahr", gab der Jakob bei, „vom Herrgott ist der Mensch allemal abhängig."

„Wenn ich nachher draußen in meinem Schlössel sitze und Kupons abschneide, da kümmere ich mich den Teufel um Wind und Wetter!" rief der Guldeisner.

Der Rodel neigte sich ein bißchen vor: „Darf man fragen, wieviel er dir geben will?"

„Ist kein Geheimnis", sagte der Guldeisner kurz und bestimmt. „Wie es liegt und steht – dreißigtausend Gulden kugelrund."

Die Bauern schauten sich an.

„Guldeisner", sagte hernach der Rodel, „jetzt hab' ich keine Schneid mehr, daß ich dir abrate. Es ist viel Geld!"

„Ein Narr müßt' einer sein!"

„Es ist verflucht viel Geld!"

Der Jakob legte seine Hand auf den Arm des Guldeisner hinüber und sagte: „Ich rate doch ab. Nachbar, bedenk's. Wenn du von deinem Hochwald einen frischen Lärchbaum versetzest hinaus ins Tal, mitsamt der Wurzel versetzest, und ihm dort die beste Erden gibst und den fettesten Dung, und Naß und Sonne wie du willst – der Lärchbaum geht zugrund. Ein Gebirgsbaum läßt sich nicht versetzen, wenn er ausgewachsen ist, schon gar nicht. Ein Gebirgsmensch auch nicht."

„Larifari!" lachte der Guldeisner. „Vom Schlechtern aufs Bessere, das hat der Mensch noch allemal ertragen. Wenn unsere Buben Soldaten werden und gehunzt von den Obristen, da gefällt's ihnen freilich nicht draußen, das glaub' ich. Der Holzknecht Simon ist auch vierzig Jahre alt geworden zu Altenmoos; jetzt ist er Werksverwalter in der Krebsau. Der verdorrt gar nicht dorten wie ein versetzter Lärchbaum, der wird dick und fett und verlangt sich nicht mehr zurück ins Altenmoos. Ein Narr müßt' einer sein!"

„Wer sich's besser machen kann", sagte der Rodel achselzuckend, „ein jeder tut's. Aber gefährlich ist's. Wohl überlegen, Nachbar, wohl überlegen!"

„Wenn der Guldeisnerhof eine Herrenhub sollt werden, dann möcht's traurig ausschauen zu Altenmoos", sagte der Jakob nicht ohne Beklommenheit.

Darauf antwortete keiner etwas.

„Nachbar", fuhr der Jakob fort und legte seine Hand auf den Tisch hin gegen den Großbauer, „Nachbar, bleib' da! Du gehörst zu uns. Deine Vorfahren sind auf diesem Fleck geboren worden und gestorben, haben ein zufriedenes Leben geführt, sind alt geworden, wie draußen selten einer wird. Mit Geld und Herrenhuld hat sich kein Guldeisner wenden lassen seit die Schirmtannen stehen da draußen vor deinem Haus. Weit und breit ist dieser Hof bekannt und geachtet als erbgesessen und ehrenfest! Das Guldeisnerblut wär' ein frischer Brunnen, draußen tät' er in Sand verrinnen. Und auch unsertwegen, Franz, verlaß' uns nicht. Viele Verwandtschaft hast in Altenmoos; Leute, die sich bei dir anlehnen müssen, ihnen bist ein Halt, dir macht's nichts, du bist stark. Dir geht's gut, bleib' bei uns. Schau, wir halten alle zusammen, und sollt' dich auch einmal was Hartes treffen – Gott verhüt' es! – so sind wir dir brave Kameraden, wie du uns bist."

„Laß das sein, Reuthofer!" unterbrach ihn der Guldeisner in gleichgültigem Tone.

„Nein, es ist nicht möglich", fuhr der Jakob fort, „du kannst nicht davongehen, versuch's, du kannst nicht. Du wirst sehen, wie der Mensch verwachsen ist mit seiner Erden, mit allen Kräutern und Bäumen, die darauf stehen, selbst mit dem Käfer auf dem Grashalm und mit dem Vogel auf dem Wipfel, geschweige mit dem Vieh auf der Weide. Du wirst es sehen! In den besten Jahren, wie du bist, kannst du die Arbeit nicht entbehren und die Arbeit dich nicht. Ohne Arbeit stirbt der Bauersmensch ab, glaub' es mir. Wenn du schon was ändern willst, Guldeisner, eine brave Hausfrau nimm dir. Du hast die Wahl weitum. Mit lieb' Weib und Kind wirst es erst erkennen, was dein festgrundiger Hof bedeutet. – Franz, versprich es uns! Bleib' daheim!"

Der Großbauer hatte während dieser Worte des Jakob auch das dritte Gläschen Schnaps ausgetrunken. Jetzt stauten sich seine Nasennüstern auf. „Bedank' mich!" keuchte er, „keinen Vormund brauch' ich nicht. Ob ich ledig bin oder verheiratet, das geht dich nichts an, Grabendodl, verdammter! Der Zimmermann, dort hat er das Loch gemacht."

„Na, na, Guldeisner", sprach der Sepp, während die drei Bauern aufstanden, „brauchst dich nicht so anzustrengen mit dem Hinauswerfen, wir gehen schon freiwillig. Gute Nacht oder guten Morgen! wie du's brauchst."

So viel hatten sie ausgerichtet, die Bauern beim Guldeisner.

„Verdorben hab' ich's", sagte der Jakob, als sie aus dem Hause traten, „ich hab' ihn zu scharf getroffen."

„Getroffen oder nicht, es ist ein Stierkopf", antwortete der Rodel. Als sie die bezäunte Gasse zwischen Gemüsegarten und Hauswiese hinabgingen, sahen sie ein junges wohluntersetztes Weib, das beschäftigt war, die zum Bleichen über die Wiese hin aufgespannten Leinwandfächer zusammenzurollen.

„Auch eine Guldeisnerin", murmelte der Sepp, „ob er sie mitnehmen wird in sein Herrenschloß?"

„Ich denk'", schmunzelte der Rodel, „die laßt er uns da. Daß doch die Gattung nicht ganz ausgeht in Altenmoos." –

Sie schritten kopfschüttelnd talwärts. Unten, wo der Weg durch jungen Anwuchs ging, begegnete ihnen der Förster, oder

Waldmeister, wie er in der Gegend genannt war. Das war ein großer, stämmiger Mann in Jägertracht und stets mit dem Gewehr auf dem Rücken. Die Gebirgstracht, die er trug, schien aber nicht auf dieser Figur gewachsen zu sein, sie stand nicht ganz zu den manchmal fremdartigen Bewegungen des Mannes. Das Gesicht? Ein schöner roter Vollbart machte alles gut, was etwa die kleinen stechenden Augen und die unförmig lange Nase verdarben. Er war ein Ausländer. Seit wenigen Jahren bei der Herrschaft Rabenberg angestellt, ging er jetzt viel in Angelegenheit des Kampelherrn um, von dem es hieß, daß er auch die Rabenbergischen Waldungen ankaufen wolle.

„Ob der Guldeisner zu Hause ist!" fragte er die Bauern mit seiner eigentümlich scharfen, dabei etwas näselnden Aussprache.

„Nein", antwortete der Rodel, „da geht der Waldmeister umsonst hinauf."

„Will ich lieber umkehren", knurrte der Förster und schlug seitab einen Waldsteig ein.

„Warum hast du ihn angelogen?" fragte der Jakob seinen Nachbarn.

„Der wäre jetzt schnurgerad' hinaufgegangen und hätte ihm das Gut abgekauft", antwortete der Rodel.

„Mit der Lug' werden wir's nicht hintertreiben", sagte der Jakob. „Schlecht' Sach' muß man mit gut' Sach' totschlagen. Ich denk' aber, er verkauft nicht, 's ist lauter Trutz, was er sagt."

„Und auch Trutz, was er tut. Nachbarn, der Guldeisnerhof ist hin." So der Rodel.

Bald darauf trennten sich ihre Wege. Der Reuthofer dachte auf dem seinen noch lange: Nein, der Franz ist gescheit, er tut's nicht.

WIE DER JACKERL AUS ANHÄNGLICHKEIT DAHEIM BLEIBT

Als der Jakob Steinreuter nach Hause kam in seinen Reuthof, funkelten am Himmel schon etliche Sterne, und über den schwarzen Baumzacken des Nockwaldes ging der Mond auf.

An der Haustür stand der Jackerl.

„Geh' hinein!" befahl der Vater.

„Nein", antwortete der Knabe.

„Alsdann bleib' da stehen, so lang' du willst."

„Nein!" knirschte der Knab'. „Ich will Schottensterz haben, dann geh' ich fort. Ganz fort. Ich bleib' nimmer da!"

„Warum bist du denn nachher von Sandeben her heimgegangen?"

„Weil ich's versprochen hab'."

„Alsdann muß auch ich mein Versprechen halten", sagte der Jakob, ergriff mit festem Arm den Jungen und führte ihn in den Moosbarren.

Der Moosbarren war ein Hintergelaß des Wirtschaftsgebäudes, eine kleine Kammer, in welcher Stallstreumoos getrocknet und aufbewahrt zu werden pflegte. Es hatte zwei kleine glaslose Fenster und eine feste Brettertür, die von außen durch ein Kettlein angehängt werden konnte, so daß sie von innen nicht zu öffnen war. Dieser Barren war im Reuthofe das Zuchthaus.

Und da drinnen lag der wilde Jackerl nun wieder auf dem Mooshaufen, wo er schon recht oft gelegen war. Die Tür von innen aufzubrechen, zu einer Fensterluke hinauszukriechen, ein Fletzbrett zu heben, um unterhalb hinauszukommen, diese unfruchtbaren Versuche waren längst aufgegeben worden. Jetzt lag er rücklings auf dem Moos, ließ den Mond auf sein Gesicht scheinen und war ganz ruhig.

Es war ihm ja nichts Neues, im Kriege mit seinem Vater zu unterliegen, und er fand es eigentlich auch in Ordnung so. Er hielt den Vater im ganzen für einen braven Mann, dem man nun eben einmal zu gehorchen hätte, aus dem dummen Grunde, weil man der Schwächere ist. Der Jackerl will aber nicht gehorchen, solchen just am wenigsten, die es scharf von ihm verlangen. Schlecht genug, daß es fast allemal was Vernünftiges ist, was der Vater begehrt. Das jedoch ist nichts Vernünftiges, für alle Ewigkeit im Altenmooser Winkel sitzen zu bleiben, und die Welt ist so weit und ist so schön und hat so viel Sach'! Wir – der Jackerl – sind nun einmal zwölf Jahre alt. Leichter lauft der Mensch sein Lebtag nie, als in diesem Alter, und wenn er da nicht davonlauft, wann soll er's denn tun? – Einstweilen möchten wir einen Schottensterz haben.

„Jackerl!" rief draußen in der Nacht jemand, es war die Stimme der Schwester Angerl, „da greif an, wenn du hungrig bist!" Sie hielt ein Stück Brot zur Fensterluke herein. „So greif an, Jackerl!"

„Nein!" knirschte der Junge.

Das Dirndl hielt immer noch geduldig hinein, weil aber der Jakkerl fürchtete, daß sie die Hand doch zurückziehen könnte, nahm er seinen Filzhut und hieb ihn fest auf die Hand los. Das Brot fiel in der Kammer zu Boden, das Schwesterl draußen ging schluchzend davon. Der Jackerl hob das Stück Brot auf, als er jedoch ihr Weinen hörte, schleuderte er es wieder in den Winkel. „Ich will dich nicht. Sie soll still sein. Ich mag sie nicht weinen hören, ich mag nicht!" So wimmerte er zornig. Ein gutes Wort wollte er ihr nachrufen, aber statt dessen schrie er zur Luke hinaus: „Du Tretsch, du dumme Tretsch!" und schlug mit den Fäusten auf die Wand los und ächzte vor Wut.

Durch die Wandfugen strich kühle Luft. Der Knabe grub sich in das Moos bis an den Hals und schlief ein.

Am nächsten Morgen kam seine Mutter zur Tür und rief: „Bist schon wach, Jackerl?"

Er war freilich schon wach, gab aber keine Antwort. Mit einem Tone, der voller Güte war, sagte draußen die Mutter: „Kind, die Suppe steht auf dem Tisch, und du mußt was Warmes essen. Der Vater laßt dir sagen, wenn du brav bist, so darfst du kommen, wenn du aber trutzig wärst, so sollt' ich nicht aufmachen. Ich bitte dich, mein liebes Kind, tu' mir das Leid nicht an, sei wieder ordentlich und folgsam wie deine Geschwister, wir haben dich ja lieb und alles ist wieder gut. Geh', komm her, sei gescheit!"

Kein Lebenszeichen im Barren. Jetzt kam ihr die Angst, es möchte dem Knaben etwas widerfahren sein. Sie ging um die Ecke und schaute zur Luke hinein. Dort im Winkel stand er, strampfte jetzt den Boden und rief: „Nein! Nein!"

„So kann ich dir nicht helfen", sagte das Weib, „der Trutz ist noch immer stärker wie du, den müssen wir so lange aushungern, bis du ihn unterkriegst. Bleib' drinnen." Sie ging davon.

Der Junge fügte sich ins Unvermeidliche. Er sann auf Zeitvertreib. Auf dem Rücken lag er im Moos und hub an, allerlei Liedchen zu trällern, wie er sie von den Knechten gehört hatte. „Hi, ho! hi ho!" begann er und:

> Tulli ho!
> Follt ma da Huat in Boch,
> Tulli ho!
> Ih lauf eahm noch im Boch,
> Tulli ho!
> Er is scha weit, viel z'weit,
> Tulli ho!
> Hon gor ka Freud!

Dann spitzte er die Lippen und pfiff, und bald darauf – der Junge mußte sich in einer recht humoristischen Stimmung befinden – sang er ein anderes Liedl, wovon ihm besonders der letzte Teil anzuklingen schien:

> Vormittog buß' ih –
> Wos buß' ih?
> Mei Dirndl in da Ghoam (im Geheimen),
> Nochmittog bin ih –
> Wo bin ih?
> Auf n Tonzbod'n dahoam.
> Aft, wann mih mei Voder
> Z'an Koder
> In d' Schupfn einspirt,
> Tulli, do flick ih –
> Wos flick ih?
> Mei Hosn ban Knia.
> Und daß ma,
> Jo, daß ma
> Die Zeit nit long wird.

Darauf hub er an zu jodeln, bis er heiser war und sann auf neuen Zeitvertreib. Flink sprang er auf, kletterte an der Wand empor und hüpfte wieder auf das Moos herab; dann stellte er sich auf den Kopf und spreizte die Beine in die Luft. Dann begann er mit Händen und Füßen das Moos aufzumischen, daß die Fetzen nach allen Richtungen an die Wand und bis zur Decke flogen. Dann fiel er ins Gestreu, reckte alle Viere von sich und stellte sich tot.

Die Moosbarrentür blieb von außen angehängt und so lief der Jakkerl aus Anhänglichkeit nicht davon.

DER WALDMEISTER SCHÜTTELT DEN BAUM

In Altenmoos begann sich sachte manches zu ändern. Früher hatten die Bauern im Sommer ihre Herden — für die auf den eigenen Grundstücken zu wenig Futter wuchs — gegen mäßiges Entgelt auf die Hochweiden der angrenzenden Großgrundbesitzer getrieben, besonders auf die Rabensteiner Almen. Es war altes Herkommen, das sowohl den Hochweidbesitzern, als auch deren Pächtern, den Bauern, zugute kam. Seit einiger Zeit war das abgestellt worden, der Waldkulturen wegen, wie es hieß. Der Oberförster, Oberjäger und Waldmeister Ladislaus war aber zu leidenschaftlich, um lange ein Hehl daraus zu machen, daß den Bauern die Viehweiden nicht der Waldkulturen, sondern der Wildhegung wegen versagt wurden. Man rechnete so: Bekommen die Bauern von uns die Almweiden nicht, so können sie nicht Viehzucht betreiben, wirtschaften ab, müssen uns gut oder übel ihre Güteln verkaufen, und Herr im Lande ist der Hase und der Hirsch, die wieder unserem Vergnügen dienen. Zur Hälfte betreibt man's, zur Hälfte geht's selber. Der Bauer war von jeher ein Feind des Wildes, der Bauer muß ausgerottet werden.

Mit solchen Gedanken und Plänen ging der Ladislaus um. Ging um in der Gegend in Sachen seines „gnädigen Herrn", des Kampelherrn, und daß er sehe, was schon reif war zum Abfallen und was noch gesengt und gerüttelt werden mußte.

In denselben Tagen war's, daß er und der Bauer Dreisam zu Altenmoos aneinander gerieten.

Der Waldmeister war mit der Herrschaft Rabenberg käuflich an den Kampelherrn übergangen, er hörte seither nur mehr auf den Titel: Herr Oberförster.

Der Dreisam arbeitete an seinem Waldrain, wo er dran war, mit der Haue den zähen Rasen umzukehren, dem man mit dem Pfluge hier nicht beikonnte und der doch auch als Kornacker urbar gemacht werden sollte. Der Dreisam hatte eine große Glatze, dafür aber einen sehr langen flachsfalben Bart, der schier bis an den Gürtel hinabhing. Damit dieser Bart beim Rasenumgraben nicht hindern konnte, so steckte er ihn am Halse hinter den braunen Brustfleck hinab.

Da kam der Waldmeister gegangen.

„Ihr Altenmooser Bauern seid Trotteln!" mit diesem schönen Wort grüßte er den arbeitenden Mann.

„Auch so viel, Herr Waldmeister!" dankte der Dreisam. „Gescheiter wäre es freilich, alleweil im Feiertag umzugehen mit der Büchsen und sich das Futter von anderen Leuten bringen zu lassen, als selber sein Brot mit harter Müh' aus dem Boden zu graben."

„Korn bauen, das ist dumm", belehrte der Waldmeister, „seit durchs Land draußen die Eisenbahn geht, könnt ihr Bergbauern im Getreidebau mit den Ungarn und Kroaten nicht mehr konkurrieren."

„Die Kroaten wollen wir auch nicht kurieren", verdrehte der Dreisam, „wir wollen unseren Magen kurieren."

„Viehzucht!" rief der Waldmann, „Viehzucht müßt Ihr betreiben."

„Ja, und Ihr versagt uns dafür die Hochweiden!"

„Den Pflug in Scherben schlagen. Das Korn kaufen. Brauchst keine Dienstboten. Das Gras wächst von selber auf dem Boden."

„Schau", meinte der Bauer so halb für sich und stützte sich breit auf seinen Haustiel, „das wissen meine Ochsen besser wie der Herr Waldmeister. Die Ochsen wollen kein Gras fressen von einer Trift, die jahraus, jahrein nicht umgebrochen wird mit dem Pflug, und nicht manchmal Hafer oder Korn darauf angebaut. Die Ochsen sagen, so ein Ödgartgras wäre sauer und voller Moos. Nun, dem Herrn schmeckt's vielleicht besser."

„Mein lieber Bauer", entgegnete der Waldmeister nun in sehr höflicher, aber sehr überlegener Weise, „wenn Ihr über Landwirtschaft mit *mir* reden wollt, da müßt Ihr ein wenig weiter in der Welt herumgekommen sein, als von Altenmoos bis Sandeben. Ein wenig weiter, mein lieber Bauer!"

„Glaub's schon", sagte der Dreisam, „daß der Herr recht weit gelaufen ist."

„Gott sei Dank, ja. Ich bin an einem einzigen Tag weiter gekommen, als so ein Waldbauer sein Leben lang springt!"

Dachte bei sich der Dreisam: Mit dem ernsthaft zu streiten, ist mir zu dumm. Er schaukelte sich auf seinem Haustiel und warf plötzlich das Wort hin: „Weiter, als der Herr Waldmeister an einem Tag laufen kann, weiter ist mein Bart schon gewachsen." Er riß den langen Bart aus dem Brustfleck hervor.

Wie das gemeint sei?

„Nicht schlecht. Wetten wir eins miteinander, Herr, mein Bart ist länger gewachsen, als *er* an einem Tag laufen kann!"

„Ist ein Unsinn!" sagte der Waldmeister.

„Gilt's?" rief der Bauer. „Abgemacht. Am Sonntag beim Steppenwirt unten messen wir. Mit Zeugenschaft, Herr Waldmeister! Zehn Maß Unterländer, wenn's dem Herrn nicht zu viel ist?"

„Zwanzig Maß!" schrie der Waldmeister, „abgezapft muß er einmal werden, Euer Übermut."

„Vielleicht zapfen wir auf dreißig Maß", meinte der Dreisam.

„Gut, auf dreißig! Sehrrr gut!" schnarrte der Oberförster. „Am nächsten Sonntag beim Steppenwirt. Und jetzt adieu, Bauer. Es tut mir eigentlich leid."

„Was tut ihm?" fragt der Dreisam.

„Leid tut es mir, daß ich das Geld wieder davontrage, welches ich für Euch im Sack hab'. Vielleicht mag's der Nachbar Reuthofer."

„Ja, ist schon recht", sagte der Bauer und grub emsig weiter.

Der Oberförster ging davon. Fast unmutig packte er einen Fichtenbaum, schüttelte ihn, daß dürre Zapfen herabfielen und knirschte: „So muß man es schütteln, dieses Altenmoos. Was reif ist, fällt, was heut' nicht fällt, fällt morgen. Fest anpacken." – Er ging gegen den Reuthof.

Der Jakob war eben dabei, seinen Angerzaun, der das Gehöfte umfriedete, auszubessern. Er trieb frische Stecken je zu zweien in den Boden, legte lange Querstangen dazwischen und befestigte sie mit Weidenbändern. Er rüttelte nun an einem solchen Steckenpaar und sagte: „Halten mußt!" Da stand der Waldmeister vor ihm.

Dieser reichte ihm sogleich biedermännisch die Hand, in die der Jakob die seine ohne viel Gegendruck legte.

Zaun machen, das könne der Reuthofer, lobte der Oberförster, indem auch er einmal und mit Kennermiene an den Stecken rüttelte. Und er denke, der Reuthofer würde auch in anderen Stücken klüger sein, als manch' anderer Altenmoos-Bauer.

„Ja", sagte der Jakob, „ich will's probieren und gleich die Gelegenheit beim Schopf packen."

„Recht hast", entgegnete der Waldmeister rasch und griff nach seiner Geldtasche.

„Ah na", sagte der Jakob abwehrend, „zahlen werd' schier ich müssen. Um die Viehweide auf der Breitalm, wenn ich wieder bitten dürfte."

„Mit dem besten Willen nicht, Reuthofer", beschied der Waldmeister. „Es ist unglaublich, was die Viecher den jungen Baumpflanzungen schaden."

„Ich treibe ja keine Ziegen und keine Schafe hinauf", sagte der Jakob, „und die Rinder rühren kein Bäumel an, wenn sie Gras haben. Ehrlich sein, Herr Waldmeister. Er hat's ja selber schon gesagt, daß wir der Hirschen wegen abgewiesen werden."

„Nun, wenn du's weißt, wozu noch anfragen?" lachte der Oberförster. „Es ist so, die Ochsen sprengen uns den ganzen Wildstand. Können nichts mehr verstatten. Sei klüger, Steinreuter, wie dein Nachbar, der Dreisam, der Narr hat mich mit dem Gelde wieder davongehen lassen. Mußt wissen, ich habe Geld bei mir!"

Er solle es nicht verlieren, meinte der Jakob.

Ob er es nicht da lassen dürfte? fragte der Waldmeister.

„Bedank' mich schön", sagte der Jakob, „wir brauchen keins."

Der Waldmeister stutzte. Er begriff nicht, wie auf der weiten Welt ein Mensch leben könne, der kein Geld braucht. Ja nicht einmal welches haben wolle! Das müsse doch schon eine ganz verkommene Kreatur sein.

Für den Kampelherrn gehe er um, erklärte der Förster. Vorhin sei er auch beim Klachel-Bauer gewesen. Der sei ein kluges Köpfel, der Klachel, und verstehe seinen Vorteil. Dem habe er das Haus abgekauft.

„Der Reuthof ist nicht feil. Behüt' Gott!" Mit diesen Worten des Jakob war der Mann abgefertigt, der nun kopfschüttelnd wieder seines Weges ging. Ging diesmal aber nicht weit, ging nur ins Haus hinein, wo Maria, die Bäuerin, am Herde stand und das Mittagsmahl kochte. Zum Vorwand nahm er, daß er am Herd eine Zigarre anbrennen wolle, sagte hierauf der Bäuerin einige Artigkeiten über ihr junges gesundes Aussehen. Es wäre erstaunlich, schon so große Kinder und noch so glatt beisammen! Na, draußen auf der Ebene erst, wenn sie von harter Arbeit frei wäre und sich nichts abgehen lassen müsse, da würde sie erst sehen! – Sie, die Frau, würde diesmal hoffentlich vernünftiger sein als der Mann, der sich eben einmal in den steinigen Boden hinein verbissen habe. Der Jakob würde sich noch alle Zähne ausbeißen, und es sei schade drum.

„Bei so was red' ich nichts drein", sagte die Maria, „er wird schon selber wissen, was ihm taugt oder nicht."

Der Waldmeister schüttelt den Baum

Es seien andere Zeiten, fuhr der Waldmeister unbeirrt fort, Vieh und Hafer werde von Tag zu Tag billiger, Holz habe gar keinen Preis, besonders nicht im entlegenen Altenmoos, die Dienstboten seien kostspieliger und ungebärdiger als je. Früher habe Haus und Grund den Besitzer von dem Soldatenleben befreit, das sei nicht mehr. Früher habe ein Bauerngut beisammenbleiben müssen und hätten die Kinder des Hauses ihr Lebtag daran ein Heim gehabt; heute dürfe jedes Bauerngut zerrissen werden, wie man einen Papierwisch zerreißt, der nichts mehr gilt. Dazu die hohen Steuern, und wer sie rechtzeitig nicht zahlen könne, dem lasse der Staat das Haus verganten ohne Barmherzigkeit. Früher sei der Bauernstand ein Ehrenstand gewesen, heute mache sich über den Bauern jedermann lustig, weil er ja wahrhaftig ein Tor wär', wenn er es nicht einsehe, daß für ihn die Zeit aus ist.

Wenn der Reuthofer – fuhr der Waldmeister in seinen Auseinandersetzungen fort – sein Gütl verkaufe, so könne er das Geld in die Sparkasse oder auf Wertpapiere anlegen und davon alle Jahre seine Fexung machen ohne Müh' und Sorge. Wolle er sich nebenbei 'was erwerben oder wollen es die Kinder, so stünden Eisenwerke und hundert Fabriken in der Welt, wo der Mensch glänzenden Verdienst finde. Der Kampelherr meine es nur gut mit den Leuten und gebe ihnen Gelegenheit, das Glück zu ergreifen. Er wolle einen größeren Fleck beisammen haben und zahle die Häuser besser als gut. Das möge sie – die brave Frau – ihrem Manne begreiflich machen. Komme der Kauf zustande, so lege er, der Oberförster, ihr extra zehn nagelneue Dukaten auf die Hand.

„Sagen will ich ihm's schon", entgegnete die Maria, „aber bestechen laß ich mich nicht."

Damit war der Oberförster auch hier fertig. Überlaut ein munteres Liedel pfeifend, insgeheim über den „dummen Bauernstolz" knirschend, so ging er von hinnen.

Als er hinter dem Gehöfte am Moosbarren vorüberschritt, hörte er sich rufen. Aus der Fensterluke schaute ein schöner, aber verwilderter Knabenkopf.

„Lieber Herr Waldmeister!" rief der, „lasse mich aus. Sie haben mich dahier eingesperrt!"

Der Oberförster blieb stehen. „Was?" fragte er, „eingesperrt? Was hast du nur angestellt?"

„Fort will ich. Bleiben will ich nicht mehr in diesem Altenmoos. Die Welt will ich sehen. Deswegen haben sie mich eingesperrt. Geh', laß mich aus!"

„Da hört sich doch alles auf!" murmelte der Waldmeister.

„Die Jugend versteht ihre Zeit. Mit Gewalt aber wird sie gefangen gehalten in Gebirgswinkeln. Mit Gewalt! Alsdann bleibt sie freilich hocken und rostet ein. Und das nennen sie Heimatsliebe! Hundsfötter sind's! – Bist du dem Reuthofer sein Sohn, Kleiner? Gut ist's. Ich will den Kerl so lange würgen, bis er dich ausläßt."

„Mein Vater ist kein Kerl, und dem wirst du nichts tun!" rief der Knabe, „auslassen sollst mich."

„Habe ich den Schlüssel?"

„Geh' nur um die Ecke herum, dort ist die Tür. Die ist auswendig mit einer Kette angehängt. Die Kette mußt du abhakeln, sonst hast du nichts zu tun."

Der Waldmeister kam dem Auftrage nach, wie ein Knecht dem Befehl des Herrn. Als er das Kettlein losgehakelt hatte, wurde die Tür von innen aufgerissen, der Knabe fuhr heraus, rannte dem Oberförster den Kopf an die Beine und lief gegen den Wald hin.

Der Herr Oberförster-Oberjäger-Waldmeister war durch den plötzlichen, so unvorhergesehenen Anprall zu Boden gestürzt. Als er sich fluchend erhob, um den wilden Knaben zu züchtigen, war dieser freilich schon verschwunden in den Strüppen des Abhanges.

Übrigens ward dem Manne für die Unbill, die er an diesem Tage von den Altenmooser Leuten erfuhr, eine Genugtuung, noch bevor die Sonne überging. Er war ärgerlich seinen Wäldern zugeeilt und seinen Rehböcken, Hirschen und Auerhähnen. Die lieben Tiere, die sich so brav hegen, jagen und totschießen lassen! „Und diese kreuzverwindierten Bauern wollen hocken bleiben in den Waldbergen und möchten leben. Wollte man so einem einmal seinen Laufpaß auf den Buckel brennen, was das für ein Geschrei wäre! Wollte nur ich einmal ein Gesetz machen! Ausgepeitscht müßt' es werden, das ganze Bauerngesindel, aus der Gegend, wenn's nicht freiwillig ginge! Bauernwirtschaften! Das könnt' mir einfallen! Wie soll da der Wildstand aufkommen! Kostet ohnehin genug. Anstatt Hirschen – Ochsen, anstatt Jäger – Wildschützen! Das wäre sauber! Glauben denn diese Poppel, der Herrgott hat die Welt für die Bauern erschaffen? Das wollen wir ihnen anders beweisen, Gott sei Dank!"

Solche Gedanken der Entrüstung wurden unterbrochen durch ein Geschrei, das aus dem Waldstuberhäusel drang, an dem der Waldmeister eben vorübergehen wollte.

Die Waldstuberleute bestanden in acht Personen, welche auf dem kaum zwanzig Joch großen Gütel leben mußten. Da war der Waldstuber und sein Weib, so viel als der Altknecht und die Altmagd, da waren die zwei ältesten Kinder, die schon Jungknecht und Jungmagd abgeben mußten. Das dritte, ein achtjähriges Mädchen, hegte und pflegte die drei jüngsten Kinder, welche im Waldstuberhäusel so recht die Herrschaft spielten, die alles umsonst hatten und tun konnten, was sie wollten.

Die Waldstuberleute hatten kein gutes Jahr gehabt. Ihre Äcker, die hoch auf dem Berge am Waldrande lagen, waren dem frühen und späten Schnee und dem Hirschenhunger ausgesetzt. Die

Kartoffeln, die von solchen Plagen über der Erde geschützt waren, verfielen unter derselben der faulenden Krankheit, der Kohl wurde auf dem Stengel von den Würmern gefressen. Da die Kinder keine Schuhe hatten, so liefen sie barfuß umher draußen im nassen oder bereiften Grase, sie wurden krank, und der Arzt kostete mehr, als die Schuhe gekostet hätten. Die Sache aber war die: der Schuster konnte nicht borgen, der Arzt gab die Medizinen ohne Geld, schickte aber nach Verlauf des Jahres einen drohenden, Zahlung heischenden Brief.

So war viele Bekümmernis im Waldstuberhäusel, aber nun konnte es besser werden. Die junge Feldfrucht stand sehr hoffnungsvoll, die Kinder waren wieder frisch und munter, und ein Holzkohlengeschäft hatte einen größeren Geldbetrag abgeworfen, den zu holen der Waldstuber eben in Sandeben gewesen war. Froh gestimmt kam er heim, brachte den Kindern Wecken mit und dem Weibe ein Glas Wein mit Zucker und zeigte ihr schmunzelnd auch die mit Fünfguldenscheinen gespickte Brieftasche, welche Scheine nun alle Sorgen dämpfen sollten. Es waren nicht weniger als vierzig Gulden darin. Vor Vergnügen knickte der Waldstuber seine Knie ein und duckte sich zusammen, so daß der ohnehin kleine Mann noch kleiner wurde.

Zur selben Stunde trat ein halb „herrisch gewandeter" Mann in die Stube. Als der Waldstuber ihn sah, fühlte er urplötzlich eine Herzbeklemmung, denn für den Bauer ist es nie ein gutes Zeichen, wenn ein „Herr" in sein Haus tritt.

Der Fremde grüßte kühl, zog den grauen Hut vom Kopf und trocknete sich mit dem Taschentuch die Stirne, weil ihm heiß geworden war den Berg herauf. Es war im ganzen Wesen des Mannes etwas wie ein Vorwurf gegen die Waldstuberleute, dererwegen er an diesem Tage so sehr in Schweiß geraten war. Es währte gar nicht lange, so zog er einen Papierpack aus dem Sacke und löste von ihm mit kundigen Fingern einen grauen, länglich gefalzten Bogen.

„Michael Waldstuber, nicht wahr?" fragte der Fremde leichthin, man wußte aber nicht, fragte er den Genannten oder den Papierbogen. „Für den Waldstuber habe ich etwas."

„So", antwortete der Waldstuber, „wär' mir schon recht, wenn ich was tät' kriegen."

Die Kinder, die auf dem Fletz umherkrochen, machten lange Kragen auf den Tisch hin. Die Bäuerin ging in die Küche hinaus, sie ahnte schon, was da kommen würde.

„Da, leset!" der Fremde überreichte den Bogen.

„Oh, zum Lesen was", sagte der Waldstuber, „ich kann nicht lesen."

„So! na, das ist ja wieder einmal recht erfreulich."

„Mein Vater hat immer gesagt, der Bauer kriegt nicht viel Schönes zum Lesen, er soll's lieber gar nicht lernen."

„Steuerrückstände!" brummte der fremde Herr, denn es war der Steuerbote aus Krebsau.

„Hab' mir's gedacht", murmelte der Bauer, „hab' mir's eh' gleich gedacht. – Wie viel denn?"

„Fünfundzwanzig Gulden dreiundneunzig Kreuzer."

„Oh, wieso denn?" fuhr der Bauer erschrocken auf.

„Und fünfzehn Gulden einundfünfzig Kreuzer Zuschläge."

„Ei, doch nicht, doch nicht!" rief der Bauer entsetzt.

„Macht zusammen einundvierzig Gulden vierundvierzig Kreuzer, welcher Betrag binnen drei Tagen bei sonstiger Pfändung im Steueramt zu bezahlen ist."

Der Waldstuber schwieg, ging aber mit über den Rücken gelegten Armen rasch die enge Stube auf und ab, einmal das eine, einmal das andere Kind mit den Füßen von sich stoßend.

„Himmelgottverflucht!" stieß er plötzlich hervor und begann ein schauderhaftes Schelten und Wettern gegen die Bauernabtrenner und besonders gegen den Steuerboten, der manches scharfe Wort schon gewohnt, verblüfft stillschwieg und zuhörte.

„Kann ich dafür?" sagte er endlich. „Glaubt Ihr, es ist mir ein Vergnügen, zu den Nestern im Gebirg herumzuklettern und Grobheiten einzustecken? Ich habe Kinder daheim, wie Ihr, aber schaut sie einmal an, ob sie so gesund und vollwangig sind, wie die Euren. Wir vom Amt sind dieselben armen Teufel, wie Ihr, oder ärmer! ärmer! Die Boshaften von uns haben wenigstens *den* Trost, daß sie andere ums Geld bringen können."

„Höllvermaledeite Zustände das!" schrie der Waldstuber, und sein Haar sträubte sich auf, und seine Wangen waren erdfahl, „ich *hab'* das Geld nicht. Ich muß Mehl kaufen, daß wir was zu essen haben, den Kindern Gewand kaufen, den Arzt bezahlen, das Steueramt soll warten. – Ich laß bitten!" setzte er kleinlaut bei.

Der Bote schüttelte die Achseln. „Nichts zu machen", sagte er, „der Kloiber-Franz in Sandeben hat auch so geredet, just so, ist gestern vergantet worden."

Der Bauer schlug zum Boten gewendet die Hände zusammen und rief: „Seid Ihr denn nicht auch Menschen?"

„Wieso?" fragte der Steuerbote. „Wir sind Staatsbeamte."

„Und der Staat?"

„– ist kein Mensch."

„Der Teufel hol's!" schrie der Bauer.

In diesem Augenblicke trat der Waldmeister Ladislaus ein, um zu sehen, worüber denn hier so scharf gestritten würde. Als er die Sache begriff, und er begriff sie bald, sagte er lächelnd zum Waldstuber: „Du mußt heute andächtig zu deinem Schutzengel gebetet haben."

„Warum das wieder?" fuhr der Bauer, der sich gehöhnt glaubte, drein.

„Weil er dir einen Retter schickt zu rechter Zeit", sagte der Waldmeister, und hielt ihm seine Brieftasche hin: „Da drinnen sind deine fünfhundert Gulden."

Der Bauer trat erschrocken einen Schritt zurück und starrte auf die Ledertasche, die der Waldmeister vor ihn hinhielt. „Nimm's nur", sagte er freundlich, „nimm's, es gehört dein. Der Kampelherr schickt dir's für dein Haus und Grund."

„In Gottesnamen!" sagte der Waldstuber und nahm das Geld.

Da war er fremd im Hause seiner Väter.

DER GULDEISNER FÄLLT

Unten an der Sandach, wenn man gegen Sandeben hinausging, das letzte Haus hieß der Steppenhof. Es war der stattlichsten eines in Altenmoos. Es hatte ein großes Gehöfte, das aber zum Teile leer stand. An der glatten Wand des Hauses, deren Zimmerbäume nicht mit Äxten behauen, sondern mit der Brettersäge geschnitten worden, waren große längliche Fenster mit hellen Glastafeln, blau angestrichenen Balken und Fensterkränzen. Es hatte große Stuben, wovon eine sogar mit Eschenholz ausgetäfelt, braun, und mit roten Falzrändern bemalt war. An der äußeren Seite der Tür stand oben als schlauer Herbergsspruch: „Herr, bleib' bei uns, denn es will Abend werden!"; an der inneren Seite, gerade über dem Weihbrunngefäß, war zu lesen: „Heute zahlen, borgen morgen", worunter allerdings ein Gast mit Kreide die Verbesserungen angebracht hatte: „Heute borgen, zahlen morgen."

Der Steppenhof war nämlich ein Wirtshaus. Er hatte ja ursprünglich, wie jedes andere Haus zu Altenmoos, seine Felder, Wiesen und Waldbestände gehabt, aber weil er gar so nahe am Wege stand und so bequem am Wasser, so war allmählich ein Wirtshaus daraus geworden. Da mußte der Stepper bei den Gästen sitzen, oder in anderen Wirtshäusern zu Sandeben selbst Gast sein, damit die Wirte gelegentlich wieder bei ihm einkehren sollten. Und so ward vor lauter Wirt- und Gastsein der Bauernwirtschaft vergessen. Also gab's im Steppenhause nun Apfelmost, Branntwein und sogar zwei Gattungen echten Traubenweines, wovon die eine Gattung „der Ordinari", die andere „der Bessere" genannt wurde. Jeden Gast, der Wein verlangte, fragte der Wirt: „Einen Besseren?" und wenn das ja zumeist von den sparsamen Altenmoosern verneint wurde, so hatten diese sich alle Schuld selber beizumessen. Indes hatte selbst der „Ordinari" keine weiteren Untugenden, als daß er eben ehrlich sauer war. Auch Eierspeise und Kaffee konnte man haben beim Steppenwirt, und an Sonn- und Feiertagen Hammel-, Hasen- oder gar Schweinsbraten. Einer oder der andere der guten Altenmooser saß immer in der Wirtsstube, trank, rauchte oder „duselte". Wenn's zu Hause Verdruß gegeben, war es hier höllisch fein zu sitzen. Und wenn zu Hause alles gut ging, sah mancher nicht ein, warum er sich nicht ein „Seidel gunnen" solle. War ein vorteilhafter Viehhandel abgeschlossen, so saß sich's wie angegossen am Ahorntisch, und hatte einer Holz oder Hafer verkauft, so war gewiß die trockengeredete Kehle anfeuchtungsbedürftig. Auch gab es in Altenmoos Quartallumpen; das waren solche, die monatelang brav zu Hause blieben und arbeiteten, wenn sie endlich aber einmal ins Wirtshaus kamen, dann hockten sie tagelang darin fest, schliefen den einen Rausch auf der Ofenbank aus und tranken den anderen am Tische, bis ihr Geld, ihre Sackuhr und manchmal auch ihr Rock vertan war. Dann kehrten sie heim und war ihnen wieder wohl auf ein Vierteljahr.

An den Sonntagen nachmittags waren die drei Tische der Gaststube stets voller Leute. Der Stepper hatte seine weiße Schürze umgebunden, sein grünes Samtkäppchen auf die Kopfglatze gestülpt und sein Gesicht zu einer behaglichen Gemütlichkeit auseinandergezogen – da war der Wirt fertig. War er bei Humor, so brachte er allerlei Sprüchlein und Schalkheiten vor, mit denen er bisweilen andere, öfter aber sich selbst verspottete. So sagte er: „Nachbar! Hautschlechter Mensch! Für dich ist das frisch Wasser viel zu gut, du mußt heute Steppenwirts Wein trinken, damit du deine Sünden abbüßest." Oder: „Nein, Brüderl, gesoffen wird nicht, aber trinken, so viel du magst." Oder: „Müller, Schneider und Wirte werden nicht gehenkt, sonst ginge das Gewerbe leer aus." Oder: „Geh', gunn dir ein Stündel Rast bei mir, besser nicht arbeiten, als müßig gehen." Wenn einer seinen Rock auszog, so eilte der Stepper dienstfertig herbei und sagte: „Laß mich dazu. Das Leutausziehen können wir Wirte am besten."

„Der Dreisam kommt, ein braver Mann, Christenheit ausgenommen!" Mit diesen Worten grüßte er an unserem Sonntage den Genannten, der heute langsam, wie unentschlossen in die Stube trottete. „Was magst, Dreisam?"

„Heut' fragst *du* mich umsonst, Wirt", sagte der Eingetretene. „Heut' soll mir deine Alte ein feistes Pfannkoch machen, und Pfeffer drauf." Dann setzte er sich an den Tisch, hob mit der umgekehrten flachen Hand seinen Bart von der Brust weg, weil er unterhalb desselben aus der Brusttasche sein Pfeifenzeug hervorsuchen mußte.

„Pfannkoch und Pfeffer drauf?" fragte der Wirt.

„Heut' brauchen wir Durst", sagte der Dreisam.

„Das ist brav, das ist brav", schmunzelte der Wirt, „Durst ist der flinkste Kellner."

„Geht dein Besserer wohl nicht etwan auf die Neige?"

„Ich will die drei größten Altenmooser Stockfische damit ersäufen, was ich noch im Keller hab'", antwortete der Stepper.

„Alsdann werden wir halt eins trinken", sagte der Dreisam und schlug Tabaksfeuer.

„Sakerment noch einmal!" knurrte am anderen Tisch ein Holzknecht, „Durst braucht der heut'! Geld gibt's jetzt in Altenmoos, als ob die Guldenhäuteln auf den Haselstauden täten wachsen. Sonst ist uns alleweil der Durst zu stark und das Geld zu schwach worden. Heutzutag' geht's verkehrt."

„Eh' wahr auch", stimmte der alte Luschelpeterl bei, der an der Ofenbank saß. Auch er war heute ins Wirtshaus gegangen. „Bring' mir ein Stamperl Branntwein", hatte er vorhin zum Wirt gesagt, „aber Geld hab' ich keins."

„Tut nichts", darauf der Wirt, „Geld macht nicht glücklich, wenn man keins hat."

„Die Gimpeln und die Amseln werden nachher bezahlen, du weißt schon."

„Gut ist's, sagt der Teufel und dreht dem Pfaffen den Hals um!" rief geschäftig der Wirt und brachte nach allen Seiten hin das Verlangte.

Für die Stubengäste konnte sich übrigens der Steppenwirt heute wenig Zeit nehmen. Draußen am Bachrande, auf grünem Anger unter der Linde, waren Tische und Bänke aufgeschlagen noch vom Viehmarkt her. Dort war es an diesem Nachmittage verwunderlich überfüllt. Der Bauer, der die ganze Woche im Freien ist, sitzt sonst Sonntags gern in der Stube, auch bei schönstem Wetter, ja vergißt sogar manchmal ein Fenster aufzumachen; die dumpfige, rauchige und von Wein- und Menschendunst durchsetzte Luft mutet ihn sonntägig an. Aber heute war alles draußen. Es war nämlich dort das Unerhörteste zu sehen, was je in Altenmoos sich ereignen konnte. Der Guldeisner verkaufte sein Haus.

Breit an den Lindenbaum hingelehnt saß der Großbauer da und stemmte die Fäuste auf den Tisch. Er hatte eine kohlschwarze Fellhose an, die von den Knien ab mit steifem Leder besetzt war bis nieder zu den beschlagenen Bundschuhen; dann eine schwarze Weste mit einer Reihe großer Silberknöpfe. Und er hatte eine kurze Jacke aus dunkelbraunem Tuche an und einen schwarzen seidenwolligen Hut mit schmaler eingeringelter Krempe auf. An seinen Ohrläppchen blinkten zwei goldene Scheiblein. Um den Bauch trug er einen breiten, mit weißer Seide ausgesteppten Ledergurt, auf dessen Schild unter vielem Zierrat die Buchstaben F. G. standen. Das war der Franz Guldeisner in seiner Großbauerntracht.

Ihm gegenüber saß ein Herr mit blondem, gutmütig lächelndem Gesicht, kurzgeschnittenem Vollbart und Augengläsern. Er hatte ein graues Tuchgewand am Leibe und feine Wäsche, die an Hals und Ärmeln weiß und glatt hervorblinkte. Er war noch nicht alt, tat recht behaglich und gab sich schlicht und zuvorkommend gegen jeden. Dort unter dem Vordache der Stallung stand sein Wagen, an dem alles funkelte und der voran zwei Laternen aufgesteckt hatte. Ein Bauer bemerkte darüber, da wäre es leicht, bis in die Nacht im Wirtshaus sitzen, wenn man nachher in einem Wagen, der zwei Augen habe, heimfahren könne. Da glaube er schon, daß kein rauschiger Herr in den Bach falle.

Die beiden Männer, der Guldeisner und der graue Herr, hatten vor sich auf dem Tisch hohe schmale Flaschen stehen, „herrische Röhrln", wie der Wirt dartat, aus dem der Herr dem Bauer das Trinkglas füllte, so oft es hohl war.

Die übrigen Bauern hielten sich in gemessener Entfernung, plauderten halblaut unter sich über Feld und Vieh, Wind und Wetter, spitzten aber insgeheim die Ohren den beiden Männern unter der Linde zu. Der Guldeisner und der Kampelherr! – Unter den Bauern war auch der Waldmeister, was der Dreisam durch das Fenster hinein mit Wohlgefallen wahrnahm. Es sollte hernach ja an den Bart gehen. Der Waldmeister hatte eine kleine Gruppe um sich, der er allerhand Unterhaltung vormachte. Er konnte einen Silbertaler durch die Tischplatte stecken, ohne daß ein Loch war. Er konnte durch zwei Zauberworte ein entzweigeschnittenes Schürzenband wieder zusammenfügen, ohne daß eine Spur des Schnittes zurückblieb. Er konnte einen langen Karrenstrick verschlucken und bei den Ärmeln wieder herausspinnen. Mit Spielkarten machte er unzählige Künste, und allemal bedurfte er nur ein paar Beschwörungsformeln in der Kirchensprache (im Lateinischen), um die Zaubereien zu vollführen. Einige

Der Guldeisner fällt

Zuschauer waren von diesen Dingen vollends gefangen genommen; mit schallender Verwunderung oder nachdenklichem Kopfschütteln begleiteten sie die unheimlichen Taten des Waldmeisters. Anderen jedoch waren und blieben die Vorgänge am Lindentisch wichtiger, als der „Leutzumbestenhaber". Aus der Stube waren sie hervorgekommen, und sie rückten sachte um die beiden Männer zusammen.

Der Guldeisner hatte seinen schwarzen struppigen Kopf noch tiefer als sonst zwischen seine Schultern eingezogen. Der Hut lag neben ihm auf der Bank. Manchmal fuhr er sich mit der Hand rasch ins Haar, zauste an ihm, ergriff dann ebenso hastig das Trinkglas und goß dessen Inhalt in die Gurgel.

„Teufel!" brummte er jetzt, „es steigt mir der Graus auf!" Es war ihm verdächtig geworden, daß der Kampelherr für sein Gut eine so hohe Summe geboten hatte. Er schloß daraus, daß es noch weit mehr wert sein müsse und daß ihn der Herr überlisten wolle.

„Ich habe niemals", sagte der Kampelherr überaus gelassen, „auch draußen im Flachlande nicht, das Joch durchschnittlich teurer als mit sechzig Gulden bezahlt. Aber ich habe es bezahlt mit dreißig Gulden und habe es bezahlt mit fünfundzwanzig. Ihr Nachbar, der Knatschel, hat zweiundzwanzig Gulden bekommen und steht noch im Vorteil. Das Joch zu fünfundzwanzig trägt mir als Waldboden kaum anderthalb Prozent, kaum! Auf den Guldeisnergrund dreißigtausend Gulden zu dreiviertel Prozent anzulegen ist eine Torheit. Nur der Jagd wegen, offen gesagt, hätt's mir dafür gestanden. Mit Feldbau und Viehzucht haben Sie drei Prozent; so gut wie der Bauer verwertet den Boden keiner. Behalten Sie Ihren Hof, Guldeisner, ich rate Ihnen gut, behalten Sie ihn! – Gefällig?"

Das Zigarrentäschchen hielt er dem Bauer hin, er selbst hatte sich während der Auseinandersetzungen eine frische in den Mund gesteckt.

Die Umsitzenden hatten mit gemischten Empfindungen und Gebärden zugehört. Einerseits waren sie überrascht von den hohen Preisen, die sie hier nennen hörten, dann wurmte es sie, daß der Fremde ihre Grundstücke doch so wegwerfend abtat; anderseits hofften sie, daß deswegen der Handel nicht zustande kommen würde.

„Herr!" sagte nun der Guldeisner hastig, „da mögen Sie weit umgehen, einen Hof, wo alles so beisammensteht, das Vieh, die Fahrnisse doppelt und dreifach, die Gebäude in gutem Zustand, so was finden Sie nicht mehr." Fast im Flüstertone sagte er es, denn er war nicht gewohnt, sein Besitztum mit Worten zu loben, er wußte zu gut, es lobte sich selbst.

„Die Gebäude", antwortete der Kampelherr, „schätze ich nach dem Holzwert. Ich würde sie zu Kohlen verbrennen lassen."

Das wollte dem Guldeisner schier ans Herz zucken. Seinen stattlichen Guldeisnerhof zu Kohlen brennen! – Allein das Herrenschlössel draußen in Krebsau, das er sich bereits beschaut hatte, ist noch vornehmer, als das alte Bauernhaus da oben, es ist aus Backsteinen gebaut und mit Schiefern gedeckt, das kann nicht zu Kohlen gebrannt werden. Holz ist Holz, und Geld ist Geld. Jeder ein Narr, der sich's besser machen kann und tut's nicht ...

„Herr Kampelherr", sagte der Großbauer und seine Stimme bog sich weicher, als es ihm selber lieb war, „das einunddreißigste Tausend machen Sie voll! Werden nachher mit der Wirtschaft um so mehr Glück haben."

„Dreißigtausendsiebenhundert Gulden und keinen Kreuzer mehr", sagte der Kampelherr gleichmütig.

„Wenigstens", flüsterte der Guldeisner und legte sich mit dem Oberkörper über den Tisch hin, „wenigstens einen guten Leihkauf dazu!"

Der Guldeisner fällt

„Pfui Teufel!" brummte einer am Nebentische, „der Großbauer bettelt!"

„Leihkauf?" fragte der Kampelherr, „für wen denn? Der Guldeisner hat ja, so viel ich weiß, keine Frau."

„Das nicht, Frau nicht. Ist eh' so", stotterte der Bauer und trank.

„Ich bitte Sie, Stepper!" rief der Kampelherr dem vorübergehenden Wirt zu, „sagen Sie meinem Kutscher, daß er einspannen soll."

„Geschwind wie der Wind", entgegnete der dienstfertige Mann und eilte davon.

Der Guldeisner hatte sehr rote Wangen bekommen, seine Nasennüstern zuckten stark, seine Augen rollten lebhaft hin und her, und mit den Fingernägeln trommelte er auf dem Tische. Plötzlich riß er sein rotes Taschentuch aus dem Sack und rieb sich damit von der Stirne die Schweißtropfen. Hoch vom Bergesrücken herab winkten ihm die alten Tannen und Lärchen seines Waldes. Hinter jungem Anwuchs ragten die Kronen auf, von den Schirmbäumen seines Hauses. Einen Augenblick war ihm, als ob eine Stimme durch die Luft weine: Franz! Franz, bleib' uns getreu! – Die Stimme der Vorfahren, die im Grabe schliefen. – Der Kampelherr zog die Geldtasche hervor, um dem Wirte die Zeche zu bezahlen, und als der Guldeisner die großen Banknoten sah, die ganz unordentlich in das Lederfach hineingepfercht waren, da verlor er die Besinnung. „Gottswill, Kampelherr, der Guldeisnerhof gehört dein!" rief er und schlug in die Hand.

Mehrere der Umsitzenden sprangen von ihren Bänken auf.

„Schade um die braven Eltern, die du gehabt hast!" sagte einer halblaut. Das hörte der Guldeisner; sonst hätte er derlei Anzüglichkeiten mit stiller Verachtung bestraft, jetzt fühlte er die Notwendigkeit, sich zu verteidigen.

„Meine Eltern!" schmetterte er scharf auffahrend, „was habt ihr mit ihnen?" Dann sagte er gemütlicher: „Unsere Vorfahren – euere wie meine – sind selbst nicht in Altenmoos geblieben. Keiner! Kein einziger."

„Freilich sind sie nicht in Altenmoos geblieben", lachte der jetzt herbeigekommene Dreisam, „weil man sie hat hinausgetragen auf den Sandebener Kirchhof."

„Schon gut. Ganz gut", sagte der Guldeisner, aber jetzt war er heiser, „die mögen nicht einmal *begraben* liegen in Altenmoos. Und unsereiner sollt' da lebendig versauern? Ein Narr müßt' einer sein!"

Der Kampelherr brach eine frische Flasche an. Der Guldeisner hieb mit der Faust auf den Tisch, daß die Bretter surrten. „Aus ist's und gar ist's!" rief er. „Jetzt haben wir Feierabend. Jetzt ist's lustig, jetzt hebt der Festtag an!"

Der Kampelherr zählte ihm gleichgültig, als wären es Spielkartenblätter, die Banknoten vor. Dabei wollte sich der Wind einmischen, dieser war der Meinung, so viel Geld sollte nicht einem einzigen Menschen zufallen, und er suchte die Tausender ein wenig unter der Gesellschaft zu zerstreuen. Aber der Kampelherr beschwerte das gezählte Banknotenbüschel mit seinem Taschenmesser, daß er dem Bauern nun auch die Hunderter vorziffern konnte. Der Guldeisner nahm die Zigarre aus dem Mund, klemmte sie aber sofort wieder zwischen die Zähne; die Leute sollen sehen, daß ein Guldeisner wegen des Indensacksteckens von dreißigtausend Gulden das Tabaksfeuer nicht ausgehen läßt. Er bog den Papierbuschen mit scheinbarer Gleichgültigkeit zusammen und schob ihn in seine Brusttasche.

Da hieb ihm auf einmal der Altknecht des Reuthofers, der Luschelpeterl, die Hand auf die Achsel: „Franzel, namla wohl wahr, heut' zahlst eins!"

„Seit wann?" fragte der Guldeisner und wendete sich um, „seit wann sind denn wir zwei so gute Kameraden miteinand'?"

„Gute Kameradschaft ist alleweil schön. Gewiß auch", versetzte der Knecht, „wenn ich auch frei ein bissel älter bin als du, und ein Bauernknecht, desweg bin ich nicht hochmütig und verachte niemand. Bist auch einmal wer gewesen, Franzl. Wohl wahr ist's!"

Der Mann wußte nicht, wie ihm geschah. War er denn der Guldeisner nicht mehr, vor dem alle Altenmooser Leute Ehrerbietung oder Furcht hatten? – Er war es nicht mehr. Der Boden, auf dem er so fest und stolz gestanden, war plötzlich weggezogen unter seinen Füßen, er zappelte in der Luft. Aber er wollte zeigen, wo jetzt seine Stärke lag, nicht mehr auf dem Erdboden, sondern in der Tasche. Das Geld riß er heraus und schrie: „Steppenwirt! Das große Faß vom Besten zapf an! Die Altenmooser Leut' sollen trinken! Trinken, so viel sie mögen! Ich zahl' alles!"

Beugte sich nun der Sepp in der Grub vor von seinem Sitz und sagte: „Wir Altenmooser Bauern können freilich trinken, so viel wir mögen, das wissen wir. Und daß wir unsere Sach' auch selber zahlen können, das sollst du wissen." Er stand auf und ging in die Stube hinein. Mehrere machten es ihm nach, darunter der Dreisam und der Luschelpeterl.

Der Dreisam sagte: „Wir brauchen den abgehausten Guldeisner nicht dazu. Das größte Faß vom Besten wird sowieso angezapft. Der Herr Waldmeister soll hereinkommen, wir wollen jetzt ein anderes Zauberstückel miteinander probieren."

Der Waldmeister ließ nicht auf sich warten, und jetzt ging in der Stube die Geschichte mit dem Bart an.

„Wer hat den stärksten Bart?" fragte der Wirt seine Gäste.

„Der Dreisam!" riefen sie.

„Glaub' nicht", sagte der Wirt und zog einen Schlüssel aus dem Sack, *der* da, denn er sperrt mit dem Bart das Kellerschloß auf."

„Ernsterweise!" rief der Waldmeister schnarrend und zeigte auf den Dreisam. „Der Kerl sagt, sein Bart wäre länger gewachsen, als ich an einem Tag laufen könnte. Er soll den Ausspruch wiederholen!"

„Mein Bart ist länger gewachsen, als der Herr an einem Tag laufen kann", sagte der Dreisam und zog seinen Bart mit den Händen auseinander, daß man dessen ganze Länge und Üppigkeit sehen konnte. Hinter dem Ofen schlug eine Amsel.

„Altes Lügenmaul!" begehrte der Waldmeister auf. „Der Rauber in Grätz hat den längsten Bart gehabt, und hat ihm der nicht weiter, als bis an die Zehen gelangt! Der Friedrich Barbarossa, liest man, hat einen übernatürlichen Bart und ist doch nicht länger, als dreimal um den steinernen Tisch gewachsen. Und so ein lumpiger Bauernfant will sich prahlen mit seinem Fuchsschweif am Kinn."

„Schrei wie du willst", sagte der Dreisam, „mein Bart ist halt doch länger gewachsen, als du laufen kannst in einem Tag. – Sagt einmal, Männer, wie lang trag' ich schon den Bart?"

„Dreißig Jahr und länger", riefen sie.

„Wie voll? Wenn man die Haar' zählen will?"

„Die Haar'? Gewiß über zweitausend."

„Wie lang?"

„Eine halbe Elle im Durchschnitt das Haar", stimmten sie.

„Gut", sagte der Dreisam und schmunzelte, „zweimal im Jahr abschneiden, macht zweitausend Ellen Haar, in dreißig Jahren sechzigtausend Ellen. Kann der Herr an einem Tage sechzigtausend Ellen weit laufen?"

Hinter dem Ofen zwitscherte ein Gimpel.

Jetzt brach das Gelächter los.

„Ja", rief der Waldmeister, „wenn Ihr die Haare hintereinanderlegt! Ah, da glaube ich's!" Er lachte auch, aber sein Lachen war säuerlich. Übertölpelt! Bauernwitz! Es ließe sich – dachte er – schon was entgegnen, aber die Lümmel sind zu schlagfertig.

„Dreißig Maß, hat der Herr Waldmeister gesagt?" fragte der Dreisam mit einer ganz niederträchtigen Geschmeidigkeit.

„Sauf dich zu tot!" knirschte der Oberförster und verlor sich in der Menge. Der Gimpel hinter dem Ofen zwitscherte so lange, bis man dem Luschelpeterl sein Recht antat – einen guten Trunk, in welchem die Vogelstimmen denn auch bald erstickten.

Auf der Ofenbank neben dem Vogelpfeifer saß auch der Bauer Wegerer. Er hatte den Verlauf der Wette mit großer Aufmerksamkeit verfolgt, nun schüttelte er den Kopf und sagte: „Schau, schau! Hätt' mir's nit gedacht, daß es *so* ausgeht. Ist ihm rein aufgesetzt, dem Herrn Waldmeister, daß er den Wein muß zahlen."

Bei dem Wegerer war nämlich alles „aufgesetzt", das heißt angeboren, vorausbestimmt. Man soll sich bei dieser Anschauung nicht schlecht stehen: Man läßt alle viere gerad' sein, oder auch krumm, läßt den Herrgott einen guten Mann sein, oder auch einen schlimmen, und hat, was auch geschehen mag, keine Pflicht und keine Schuld. Jeder Hagelschlag aufgesetzt. Jede Faulheit aufgesetzt. Als man einige Zeit vor diesem Tage dem Wegerer den feisten Widder aus der Halde gestohlen hatte, verzichtete er auf die Verfolgung des Diebes. „Dem Widder ist's halt schon so aufgesetzt gewesen, daß er gestohlen werden muß."

Und als vorhin die Verhandlung gewesen war zwischen dem Kampelherrn und dem Guldeisner, hatte der Wegerer zwischen der Leut' Köpfe hingelugt und gemurmelt: „Wird er? Wird er nit?" Und als der Guldeisner gefallen war, klatschte der Wegerer erregt in die Hände und rief: „Gedacht hab' ich mir's! Ist ihm schon so aufgesetzt gewesen, daß er sein Haus muß vertun!"

Dem Guldeisner war nicht behaglich. Er saß immer noch am Lindentisch, wollte sich nun aber zum Heimgang rüsten. Heimgang? Er stand auf und ging. An der Brücke blieb er stehen und tat, als ob er in den Fluß hinabschaue, was die Forellen machten. Heimgang? – Einen Holzknecht, der des Weges kam, rief er an, ob sie zwei nicht miteinander gehen wollten?

„Wahr ist's", sagte der Holzknecht, „haben eh' einen Weg selbander." Er war geschmeichelt, daß ihn der Großbauer heute so freundlich angesprochen. Dem Großbauer aber war bange um sein Geld und darum wollte er den einsamen Weg nicht allein machen. Was war denn vorgegangen, daß er jetzt auf einmal die Furcht wahrnahm? Er war bisher alle diese Wege gegangen bei Tag und bei Nacht, daß ihn jemand anpacken und berauben könne, war ihm nie eingefallen. Den Guldeisnerhof und das weite Gelände konnte ihm keiner wegnehmen, forttragen. Und jetzt war jeder Wicht imstande, den Griff nach seinem Vermögen zu tun und ihn zum Bettler zu machen. So schwach war er geworden.

Die Unterhaltung unterwegs war einsilbig, und der Holzknecht dachte: Für deine Langweiligkeit hättest du dir just keinen Wegkameraden aufzugabeln gebraucht, die hättest du für dich allein heimtragen können. Bei dem Hofe angekommen, verabschiedete sich der Guldeisner von dem Begleiter kurz und herrisch; es wurmte ihn, daß er seiner bedurft hatte. Herrische, selbstmächtige Leute haben vor jedem Abneigung, von dem sie einmal eine Wohltat nehmen mußten; sie fühlen sich am behaglichsten bei Leuten, die sie je nach Belieben aufrichten oder niederdrücken können.

Im Guldeisnerhofe versammelte der Bauer noch an demselben Abend sein Gesinde. Er teilte den Knechten und Mägden mit, daß er den Hof verkauft habe, daß sie im Spätherbst nach eingeheimster Ernte ihren Jahrlohn erhalten würden und dann ihres Weges gehen könnten.

Die Leute schauten einander verblüfft an. Wenn der Winter kommt, sind sie obdachlos.

Müßten sich halt umsehen, war sein Rat, der Kampelherr brauche vielleicht Holzleute. Oder draußen in den Fabriken. Oder in den Lettenbacher Kohlenbergwerken. Wer arbeiten wolle, der finde überall Erwerb.

„In den Kohlenbergwerken", sagte ihm einer der Knechte halbsingenden Tones nach. „Na, wenn der Bauernknecht *über* der Erden keinen Platz mehr hat, muß er halt unter die Erden hinab."

„Schäm' dich, Bauer!" Dieses Wort schleuderte der zweite Knecht dem Guldeisner ins Gesicht. Dieser bäumte sich auf und warf dem Frechen einen finsterstolzen, drohenden Blick zu, einen Blick, der sonst die Keckheit und Widerhaarigkeit des Gesindes, wenn sie sich doch einmal herfürtat, sofort in den Grund zu bohren pflegte. Heute lachten sie ihm ins Gesicht. Die Knechte hatten besser lachen, als die Mägde.

Ärgerlich zog der Bauer sich in sein Zimmer zurück. Aber als er hinter sich die Tür zuschlagen wollte, klemmte sich ein Ellbogen dazwischen. Die Küchenmagd folgte ihm in die Stube und fragte, ob sie auch unter die Holzschläger oder Bergknappen gehen müsse?

„He, he", lachte er überlaut, „ist eh' in Altenmoos auch noch schön."

„Was soll denn geschehen mit mir?" fragte sie mit einer Stimme, die vor innerer Erregung heiser und tonlos war.

„Sepherl!" entgegnete der Bauer geschmeidig und drückte ihr die Hand. „Laß heute die Küchentür offen, ehevor du schlafen tust, wir wollen noch reden davon."

Spät abends, während die beiden in der Küche davon redeten, lehnte im Stalle am Futterbarren die Kuhdirn und schluchzte: „Dieser Guldeisnerhof ist mein Verderben."

DER JACKERL IST EIN ENGERL WORDEN

An dem Abende des Tages, als der Guldeisner sein Haus verkauft hatte, kamen vom Gebirge her Männer und kehrten im Steppenwirtshause ein. Sie kamen unverrichteter Sache, sie hatten ihn nicht gefunden.

Seit Tagen wurde das älteste Söhnlein des Reuthofers gesucht. Der Knabe war – wie es hieß – wegen Widerspenstigkeit in einen Moosbarren gesperrt gewesen, daraus entkommen und seither verschwunden. Man hatte bei den Nachbarn umgefragt, draußen in Sandeben gefragt, in den Wäldern gesucht, auf den Almen gesucht, man hatte ihn nicht gefunden, keine Spur von ihm entdeckt.

Weit hinten im Donnersgraben hauste ein Pechölbrenner, eines Köhlers Kind, das nie aus dem Walde fortgewesen. Dieser Pechölbrenner war voll Schnurren und Späße, er verstand allerlei Kurzweil. Er schnitt Pfeifen und spielte darauf; er machte aus trockenen Lattichblättern Drachen und Geier und ließ sie steigen; er schnitzte kleine Rädchen mit Hämmern, stellte sie ans Wasser und ließ sie klappern; er meißelte aus Föhrenrinden Hirsche und Kamele; er baute niedliche Grillenhäuschen, Mausfallen, machte Fliegenklappen, Schmetterlingsnetze und dergleichen. Diese Dinge trug er, wenn er mit seiner Pechöllagel hausieren ging, zu den Häusern, verschenkte sie an die Kinder und bekam dafür von der Bäuerin etwas zu essen. Der Pechölbrennernatz ward nie allein gesehen, wenn er über und über mit Sachen behangen in Altenmoos umging; immer folgte ihm ein Schwarm von Kindern, und manches Knäbel stieg ihm nach bis hinauf in den Donnersgraben, wo es dann in der Hütte des Waldmenschen geatzt und gehegt ward.

Der Pechölbrennernatz hatte sein Lebtag drei Weiber gehabt, aber nicht nebeneinander, das ist in Altenmoos niemals der Brauch gewesen, sondern hintereinander. Die erste hatte seinen Erwerb in bunten Wollkleidern und Seidentüchern vertan und mit dem fürnehmen Gewand ihren dürren Leib geziert, daß das Ding nur so gespensterhaft herumgeflattert war in der Gegend. Die zweite hatte seine Groschen in Schnaps vertrunken und nebstbei in den Sommerstadeln und Köhlerhütten herumgeschlafen. Die dritte war arbeitssam und sparsam, hatte aber dem Natz mitunter ein Scheit an die Füße oder an den Rücken geworfen, wenn er von seiner Hausiererei zu wenig Geld heimgebracht. Keine dieser drei Holden hatte ihm ein Kind geboren, und der Natz hätte gar gern so etwas Kleines gehabt, ein lebiges Kindel, oder deren mehrere oder viele. Sein einziger Wunsch war, ein König zu sein und ein Königreich voll Kinder zu haben. Die drei Weiber lagen nun längst draußen in Sandeben friedlich nebeneinander. Der Natz, wenn er an den Sonntagen hinauskam, betete allemal drei Vaterunser bei ihnen und ging dann wohlgemut wieder heim in seine Waldhütte. Jetzt ging ja frisch sein Leben an, er war ein altes Kind mit den Kindern und für die Kinder.

So war man auf die Vermutung verfallen, des Reuthofers Knabe, der Jackerl, sei vielleicht zum Pechölbrennernatz hinaufgegangen. Aber der wußte nichts von ihm, löschte jedoch sofort seinen Pechölofen aus und ging mit auf die Suche.

Jakob der Vater war am ersten Tage der Suche arg zornig gewesen auf seinen ungeratenen Sohn; am zweiten Tage kam er ins Bedenken, ob die Behandlung mit dem Moosbarren wohl das rechte Mittel gewesen sei, den Knaben zu bändigen; am dritten Tage hub eine heimliche Angst an, sein Herz zu zerfleischen. Seinem Weibe – der Maria – zu tat er wohl immer noch, als sei er gegen den Knaben aufgebracht, denn die Maria tat nichts mehr als weinen und beten.

Sie hatte sich mattgelaufen und heiser geschrien in der Gegend, und daß das Kind so lieblos und verblendet gewesen und seinen Eltern und Geschwistern entflohen sein sollte, als wären sie seine grimmigsten Feinde, das tat ihr am meisten wehe. Seine besonderen Wege war der Knabe von erster Kindheit an gern gegangen, mit fremden Leuten war er mehrmals fortgezogen und als fünfjähriger Knabe hatte er sich draußen in Sandeben einmal einer Zigeunerbande angeschlossen. Es hieß damals, die Landstreicher hätten den Knaben verhext und ihm ein Tränklein beigebracht, daß er seither keine Lab' und Lieb' daheim mehr empfinden könne. Die Maria bekannte nun, es sei ihr immer vorgegangen, mit diesem Kinde würde es eine andere Wendung nehmen als mit gewöhnlichen Kindern, sie behauptete, es habe immer ein ganz besonderes unerforschliches Wesen gehabt und es sei ihr oft beigekommen, Gott müsse mit ihm etwas Eigenes im Sinne haben. Wenn sich das Weib ausgeweint hatte, dann kam plötzlich wieder die Zuversicht, es müsse mit dem Jackerl zu einem großen Glücke ausschlagen. Wenn er nur so viel gewesen und zu mir gekommen wäre! rief der Pechölnatz häufig aus, wir wollten uns schon unterhalten haben miteinand'. Und hätt's sein müssen, das Umlaufen, so hätt' ich ihm die Pechölbutten auf den Buckel geschnallt: Jetzt lauf' um zu den Leuten, jetzt weißt warum!

Am vierten Tage des Suchens brachte jemand die Nachricht, oben am Fuße des Hochgebirges, im Gottesfrieden, am Rande des kleinen Sees, seien zwei Knabenschuhe gefunden worden. Als man diese Schuhe der Maria zeigte, wendete sie sich rasch davon ab, wankte in den Winkel der Stube und sank dort zu Boden. Es waren die Schuhe des Jackerl. Sie waren handgerecht aufgeriemt und von den Füßen gezogen worden, und das erklärten sich die Leute so: Der Knabe sei auf seiner Wanderung im Gebirge von Hunger befallen worden und habe in dem See Forellen fangen oder sich die wunden Füße baden wollen. Er habe die Schuhe ausgezogen, sei in das Wasser gestiegen, habe sich zu weit vorgewagt und sei in der Tiefe versunken. Etliche meinten, es könne auch anders gewesen sein: Der Knabe habe sich der Schuhe entledigt, um mit bloßen Füßen leichter die Felswand hinanzuklettern, und wenn sein Leichnam im Hochgebirge nicht gefunden werde, so sei er nach dieser Richtung hin davon und werde wohl so leicht nicht eingeholt werden können. Der Untergang im See war übrigens weitaus glaubwürdiger.

Da bis an den fünfundzwanzigsten Juli, als an dem Tage des heiligen Apostels Jakobus, keine Spur gefunden und keine Kunde von dem Knaben gekommen war, begingen sie in der Pfarrkirche zu Sandeben die Totenfeier für den verunglückten Jackerl.

Das Elternpaar war ruhig und ergeben. Der Schmerz hatte ausgetobt, jetzt war der Tag zum Gebet und frommen Gedenken. Es war ein düsterer Hochsommertag mit Regen und Donner. Die Kerzen des Altars widerstrahlten an der Vergoldung und legten ein trübes Rot an die Kirchenwände. Die Kirche war voll von Menschen, die Altenmooser hielten zusammen in Leid wie in Freude. Die Maria kniete in ihrer Bank und schloß die Augen. Frohe Bilder aus Jackerls Kindheit dämmerten in ihrer Seele auf; alle Unarten und Wildheiten des Knaben waren vergessen, heiter, schön, sanft, kindlich und zärtlich, wie man sich das Anbild eines Kindes denkt, so stand der Knabe nun vor dem schöpferischen Mutterauge, und schließlich versammelten sich alle ihre Gedanken und Empfindungen im Gottesfrieden, wo der See ist. Dort stand ihr Herz wie am Eingange der Ewigkeit, und sie klopfte an. Aber der Jackerl wollte nicht kommen, um zu öffnen. Und die Mutter weinte still in sich hinein.

Der Jakob kniete neben seinem Weibe. Sein Auge war tränenlos, sein Gesichtszug fast herb. Das Gedächtnis an sein Kind war nicht rein geworden von Bitterkeit und Vorwurf. Oft stand der körperlich so schön gewesene Knabe wie eine Mißgeburt vor ihm. Der trotzige Junge, dem der Zug aller Jakob Steinreuter, die Anhänglichkeit an Eltern und Heimatserde so ganz und gar mangelte, der das Vaterhaus mißachten und treulos verlassen konnte – war das wirklich ein Altenmooser Kind, war es kein Wechselbalg gewesen? Nichts war von jeher den Steinreuterleuten verächtlicher vorgekommen, als ein Stromer; ohne festen Grund und Halt wie seine Füße sind, ist der Charakter eines Vagabunden. Der rechte, echte, feste und treue Mensch muß irgendwo wurzeln, nicht anders wie ein Baum, ein Kornhalm. – Im Kirchenschiff flogen ein paar Schwalben umher. Selbst die losesten Geschöpfe, die beflügelten, wenn sie auch fortziehen, sie kommen alljährlich wieder zurück in ihre heimatlichen Dachfirste. Und so ein junger Nichtsnutz! Ein Steinreuterkind in Altenmoos davonlaufen! Davonlaufen! – Es hat ihm das Leben gekostet! – Wenn er sich's freiwillig genommen hätte! Wenn er in der Heimat sterben wollte, weil er, vom bösen Zauber gehetzt, in der Heimat nicht leben konnte! – Die Tat wäre eines Jakob Steinreuter würdig. Gott schütze uns! Warum hätte er das Wasser gewählt, welches die Teile seines Leibes der Heimatserde entführt und in das weite Weltmeer hinausträgt! – „Er ruhe im Frieden!" betete der Priester am Altar. Wo? fragte sich Jakob. Er hat im Leben keine Statt gehabt, er hat im Tode keine. Und das ist mein Kind gewesen! – So sann Jakob. Der Bauer zu Altenmoos konnte freilich keine Vorstellung davon haben, daß auch das Geschlecht der Steinreuter seinen Anteil hat an dem Geschicke des Ewigen Juden, daß auch dieses Geschlecht seinen friedlosen Weltpilger gebären muß, und daß solcher Sprößling um so ungebärdiger seine weiten Wege suchen muß, je enger und fester sich der Kreis dieser Familie gehalten hatte. Wenn ein Geschlecht sehr einseitig ist, so steht in ihm plötzlich ein Mitglied auf, das nach der entgegengesetzten Seite ausartet.

Heiterer als der stillblutende Schmerz der Mutter, als die zornige Liebe des Vaters, war bei dem Gedächtnisamte die kindliche Andacht der kleinen Geschwister. Sie saßen neben der Mutter und schauten in das Schiff der Kirche empor, ob mit den Schwalben denn nicht auch ihr Bruder dort umherfliege. Es war ihnen gesagt worden, daß der Jackerl ein Engelein des Himmels geworden sei. Der störrische, tollwitzige Bruder ein Engelein! Es ließ sich zwar nicht gut reimen, und ein Kinderkopf ist mitunter zu klein, als daß viel Ungereimtes darin Platz hätte. Die kleine Angerl schlichtete aber den Zwiespalt, indem sie dem kleinen Friedel zuflüsterte, es gebe halt auch wilde Engel, so wie es wilde Tauben gibt, und wenn der Jackerl im Himmel Flügel habe, so brauche er nicht durchzugehen, so könne er *durchfliegen*. Es war den Kindern nicht denkbar, daß der Jackerl in seiner ewigen Heimat ruhig sitzen bleiben würde.

Der Pechölnatz blickte in der Kirche fortwährend auf die zwei Kinder und freute sich sehr, daß sie nicht traurig waren; die Kinder müssen mit allem spielen können, auch mit dem Tode, und wenn sie einem Knochen Federn anbinden, so ist der Engel fertig.

Als sie nach dem Gottesdienste aus der Kirche traten, gerade unter dem Tore, gab der Jakob seinem Weibe etwas unsicher die Hand und sagte: „Es ist vorbei. Machen wir das Kreuz darüber."

Von diesem Tage an wurde im Reuthofe über den Jackerl kein Wort mehr gesprochen. Wenn dem Vater irgendwo ein Kleidungsstück des verlorenen Knaben in die Hand kam, so schleuderte er es fast unwillig von sich, und doch krümmten sich seine Finger, daß es daran hängen bliebe. Die Maria aber barg solche Stücke in ihrem Gewandkasten und an den langen Sonntagsvormittagen, wenn alle anderen in der Kirche zu Sandeben waren, öffnete sie den Kasten, herzte und küßte die Kleider des Knaben und netzte sie mit ihren heißen Tränen.

KIRSCHENESSEN

So viel öffentliches Leben hatte Altenmoos wohl seit Urzeiten nicht gesehen, als in diesem Sommer.

Sonst waren die Wege nur befahren gewesen mit zweirädrigen Heu- oder Kornkarren, die Straße nach Sandeben mit Holz- und Kohlenfuhren, mit Viehtrieben, mit dem flotten Steirerwäglein, wenn der Guldeisner oder ein anderer, der's tun konnte, in die Kirche fuhr. Und nun die mit Kisten und Kästen und allerlei Geräten hochbeladenen Wagen, welche vorsichtig die Berglehnen herabglitten und dann der Straße entlang zogen in der gleichen Richtung wie das Wasser. Feierlich gestimmte Menschen saßen auf dem Geräte oder gingen nebenher und hatten ihre Rücken vollgeladen.

Das waren die Auswanderer.

Das Siedeln aus dem Guldeisnerhofe hatte kein Ende nehmen wollen. Es waren zwar auch die Fahrnisse mit verkauft worden, doch hatte der Franz noch sehr viele Sachen, die nicht zum Hause, sondern zu seiner Person gehörten. Da waren alte kunstvoll gearbeitete Schränke, Stühle, Kästen, Bilder, Spiegel, Geschirre und Stockuhren. Die uralten Bettstätten seiner Vorfahren hatte er im Hause zurückgelassen, aber das Lotterbett aus rotem Zeug, das er sich selbst angeschafft, hatte er mitgenommen. Die Hämmer und Beile seines Vaters, das Spinnrad seiner Mutter hatte er im Hause zurückgelassen, den großen Wandspiegel, den er sich selbst zu Zier und Prunk angeschafft, hatte er mitgenommen. Als der Franz das letztemal durch die ausgeleerte Stube geschritten war, widerhallten seine Schritte so laut und unheimlich, daß er erschrocken um sich sah. Das Gewehr an der Schulter, dem Jagdhund pfeifend, so verließ er das Haus seiner

Väter. Als Chevalier wollte er fortziehen! Als er am Hausbrunnen vorüberkam, schleuderte ein Windstoß den aus dem Ständer sprudelnden Quell spritzend gegen den Franz hin. Zwei Knechte sahen es und sagte der eine: „Der Ständer besprengt ihn mit Weihbrunn!" „So schön!" sagte der andere, „gar der Brunnen spuckt ihm nach!"

Aber die Siedelfuhren des Guldeisner waren lange nicht die einzigen, die fortzogen. Nebst dem Knatschel und dem Klachel und dem Waldstuber hatten auch der Steppenwirt und der Zwieselbaumer ihre Häuser verkauft und selbst der Sepp in der Grub das seine. Der Sepp, der so feststängig schien: als er das Geld des Guldeisners sah, war's um ihn geschehen. Er hatte sich eine Weile gewehrt gegen die Versuchung, aber je länger er mit ihr umtat, je größer wurde sie. Er schlief nicht mehr, er aß nicht mehr und so verfiel er auf die Ausrede: Aus Gesundheitsrücksichten müsse er sein Gut verkaufen und Luft wechseln. Der Steppenwirt hatte sich ausbedungen, daß er auf der Hube sein Leben lang sitzen bleiben und Getränke ausschenken dürfe. Jetzt, da so viel Geld ins Land kam, sollte ja für das Wirtshaus eine gute Zeit anheben. Der Steppenwirt hing ein frisches Reisigbüschel vor die Haustüre als landesübliches Weinzeichen; einem eintretenden Gaste rief er zu: „He, Vetter! Es mahnt zum Einkehren und bleibt selber draußen, was ist das? – Das Wirtsschild ist's. Na, was schaffest?"

Nun hatte sich der Steppenwirt mit dem Waldmeister verabredet, in seinem Hause ein Auswandererfest zu veranstalten. Das war den Bauern, die ihre Taschen voll hatten, ganz genehm, sie wollten noch einmal lustig sein in Altenmoos, bevor sie davongingen; nicht mehr als kümmerliche Kleinbauern lustig sein, sondern als freie Leute von draußen, als „Herren". Dem Waldmeister war das Fest darum recht, weil es für das Häuserverkaufen und Auswandern der Übrigen Stimmung machte.

Und der Steppenwirt meinte, er wolle ein Wohltätigkeitsfest daraus machen, denn gute Einnahmen täten ihm immer wohl.

Der erste Sonntag im August war dazu bestimmt und nachmittags um 3 Uhr, als die Leute vom Gottesdienste in Sandeben zurück sein konnten, hub es an.

Der gewesene Guldeisner beteiligte sich nicht daran, der residierte bereits in seinem angekauften „Schlössel" bei Krebsau im Freisingtal und gab sich mit den Altenmooserleuten nicht mehr ab. Aber zwei Eimer Wein schickte er und ließ sagen, sie sollten auf ihr eigenes Wohl trinken, um das seine brauchten sie sich nicht zu kümmern. Der Wirt nahm vornehmen Wirtsbrauch an, indem er vom gespendeten Wein zwar nicht Stoppelgeld, wohl aber nach seiner Art Zapfengeld einzog. Eingeladen war ganz Altenmoos. Zu den Veranstaltern gehörte auch der Sepp und der Knatschel. Dieser war aus Sandeben gefahren gekommen; er fühlte sich heute als einer der Wichtigsten, war er doch der erste gewesen in der Gegend, der das Haus verkauft hatte, sozusagen der Bahnbrecher hinaus in die Welt.

Der Waldmeister, der zwischen seinem Herrn und den Bauern vielfachen und immer lebhafteren Vermittler abgab, waltete heute seines Amtes. Er hatte viel Reisig hergelassen, um das Haustor und den Tanzboden zu schmücken. Sonst pflegte man in Altenmoos nicht zu tanzen, so lange noch ein Kornhalm auf dem Felde stand, um nicht durch unzeitige Lustbarkeit Gott, den Herrn des Gewitters, zu reizen. Jetzt bangte den Auswanderern nicht mehr vor Sturm und Hagel; die meisten hatten ja auch die diesjährige Ernte, obwohl sie noch nicht reif war, bereits mitverkauft. Und wenn's den Kampelherrn schlägt, so tut's nicht weh, und tut's ihm weh, so helf' ihm Gott!

Auch der alte Pechölbrennernatz war da; der Lustbarkeit war er kein Feind, und wie ihm sonst die Kinder nachliefen, so tat er es heute den jungen Weibsleuten, und diese taten es ihm, denn er hatte die Zither bei sich. Da ist den Weibsbildern keiner zu alt, tanzt er schon selber nicht mehr, so spielt er doch dazu auf. Etliche Dirndeln hatten sich an den Sandler-Sohn zu Altenmoos, den Sebast, machen wollen, der vor dem Wirtshause etwas gelangweilt umherstrich. Der Sebast war ein schneidiger Tänzer, und was noch mehr ist, einer zum Heiraten. Der alte Sandler war schon mühselig und sollte demnächst seinen Sandlerhof auf den einzigen Sohn abtreten. Der Vater saß beim Wirtstisch, der Sebast setzte sich nicht dazu. Er war heute verstimmt. Da hatte ihn der Waldmeister fast zärtlich angesprochen, ob er nicht seinen Vorteil wahrnehmen wolle? Der alte Vater Sandler habe einen sorgenfreien Feierabend vollauf verdient und der Junge würde sich mit dem gescheiten Köpfel überall besser stehen, als da auf dem Berge oben, wo die Nachtigallen kohlschwarz wären und „krah! krah!" schrien. Der Sebast erkenne gewiß die neue Zeit und werde sie nutzen wollen. Allerwärts streben die Leute was Besseres an und trachten vorwärts zu kommen, warum sollte gerade der Bauer auf seiner jämmerlichen Scholle sitzen bleiben? Der Sebast möge seinem Vater raten, das Gütel zu verkaufen. Ein so günstiger Zeitpunkt komme sobald nicht wieder. Er – der Oberförster – wisse zwar nicht sicher, ob es der Kampelherr nehme, würde aber sein Wort dafür einlegen, und was der Herr kaufe, das werde auch anständig bezahlt.

Der Bursche hatte auf solche Vorstellungen nicht viel gesagt, sondern sich langsam gegen die Kugelbahn hingezogen. Dort schob er die Kugel hinaus, traf aber nichts. Er hatte zu scharf geschoben, da war sie links in die Ecke gefahren, dort an der aus Weiden geflochtenen Wand hoch aufgesprungen, dann niedergefallen und im Winkel liegen geblieben. – Ja, just so! Das Haus verkaufen! Jetzt! Jetzt, wo er gerade die Dullerl heiraten will!

Die Dullerl – der er gedachte – war heute daheim in ihrem Bachhäusel beim Vieh. So wollte es auch dem Sebast nicht behagen im Wirtshaus. Was gehen ihn die Auswanderer an! – Er verließ das Wirtshaus, ging über die Sandachbrücke und an dem scharf niedertosenden Wässerlein eines Seitengrabens entlang hinauf gegen seinen Hof. Er war immer gern daheim, und besonders wenn man nicht gut gestimmt ist, tut sich's daheim besser, als unten beim Wirt. Höchstens zum Raufen, sonst ist er heute zu nichts aufgelegt.

Der Sebast war nicht gar hoch gewachsen, aber dafür wohl untersetzt und kernig. Auf dem sehnigen Leib saß ein stattlicher Kopf, an dem die Haare stets kurz geschoren waren, weil es der Bursche liebte, des Morgens und des Abends das Haupt in den Wassertrog zu stecken. Er hatte in seiner Kindheit viel an Augenentzündung gelitten und da war er auf den Gedanken gekommen, das Blut in andere Winkel des Körpers zu jagen, wo es weniger Übel anrichten könne, als in den Augen. Diese waren nun wirklich recht gesund, klar und keck geworden, und so viel Geblüt war immer noch im Kopf geblieben, um frischrote Wangen und Lippen zu besorgen. Mit dem Bart sah es noch etwas kümmerlich aus, sintemal der Mensch mit zwanzig Jahren sein Wachstum besser verwerten kann, als um mit ihm aus jungem Fleisch und Blut Haare hervorzuspinnen, die doch keine Freude geben, hingegen Schmerzen machen, wenn eine Bosheit kommt und daran umzupft. Nur bei einer, dachte sich der Sebast manchmal, bei einer einzigen müßte das Zupfen Spaß machen, doch dieselbige – dieselbige ist so gottlos rückhältig ... Geheiratet wird sie aber doch.

Am Waldstuber Feldrain dahin ging eine Gruppe von jungen Leuten, Burschen und Dirndeln durcheinander. Sie schäkerten, sie liefen auseinander, spielten Abfangen und schritten dann wieder zu Paaren langsam dahin.

Sie huben an zu singen. Eines der Dirndeln begann:

> Wann die Glock'n hell klingt
> Und das Büaberl schön singt
> Und der Kuckuck recht schreit,
> Ist die lustigi Zeit!

Diese Veranlassung benützte ein Bursche zu folgendem Liedel:

> Im Tauern tuat's schauern,
> Tuat's Grießerln werfn,
> Und ih werd' mei Dirndel
> Doh gern habn derfn!

Hierauf sang sie:

> Ih Nixnutz, du Nixnutz,
> Geld habn mir all's verputzt,
> Ih nix schön, du nix schön,
> Wie wird's uns geh'n!

Der Bursche legte seinen Arm um den Nacken der munteren Sängerin und trällerte:

> Z'nächst habn ma's Wiesel g'maht,
> 's Dirndel hat d' Mahd'n ausg'strat (gestreut),
> Habn uns in Schattn g'setzt,
> Habn amal g'wetzt.

Auf solches entgegnete das Dirndel:

> 's Wetzn is lusti,
> Wann d' Sensn schön klingt,
> Aber lustiger is's,
> Wann da liabsti Bua kimmt.

So waren sie nach und nach gegen den jungen Lärchenanwachs gekommen, der Fußsteig führte hinein.

Der Sebast hatte der fröhlichen Gesellschaft von weitem zugeschaut und zugehört. Jetzt, da er sie nicht mehr sah, wollte ihm schier seine Einsamkeit anheben, wehzutun.

Hinter dem Sandlerhause, am Raine des Pfrängers standen etliche Wildkirschenbäume. Die einen trugen rote Kirschen, die anderen schwarze; reif waren beide Gattungen. Die schwarzen sind süßer, die roten sind würziger, dachte sich der Sebast und stieg rasch einen Baum hinan, der rote Kirschen trug. Er atzte sich; das ist besser wie der Steppenwirtswein. Und vom Guldeisner Almosenwein trinken, steht ihm nicht an. Die Kerne schnellte er mit den Lippen ins Laubwerk, zwischen dem sie zu Boden rieselten. Es heißt, daß aus jedem Kirschkern, der in die Erde kommt, ein Baum wachsen kann. Dann hat der Sandler-Sebast alle Kirschbäume, die in fünfzig Jahren an diesem Platze stehen werden, im Mund gehabt.

Da sollte nun aber dieser Sonntagsnachmittag für den Burschen eine ungeahnte Wendung nehmen.

Lange hatte er noch nicht Rotkirschen gepflückt, als unten auf dem Wege etwas dahertrappelte. Etwas Sechsfüßiges war's. Des Bachhäuslers Dullerl kam und führte am Strick ein falbes Rind. Als sie merkte, daß jemand oben im dicken Geäste des Baumes war, sagte sie zu ihrer Gefährtin: „Oha, bleib' stehen." Dann rief sie hinauf:

„Ist der Sandler oben? Unsere Kalm hätt' ich da und mein Vater läßt schön bitten um den Jodel!"

„So", antwortete der Bursche oben im Laubwerk.

„Vor vierzehn Tagen", berichtete das Dirndel, „bin ich mit ihr beim Grubbauer Jodel gewest, der ist aber nichts nutz, und sie ist nicht geblieben. Heute hat ihr der Vater einen lebendigen Fisch eingegeben, und jetzt, denk ich, wird's es wohl tun. Bitt' gar schön. Will nachher gern einen halben Tag Korn schneiden helfen dafür."

„Ist schon recht", sagte der Bursche, stieg rasch niederwärts und sprang auf den Rasen. Schier erschrak sie. „Du bist es, Sebast", sagte sie verblüfft, „jetzt hab' ich bumfest gemeint, es wär' dein Vater oben."

„Mein Vater, der ist heut' bei der Lustbarkeit", antwortete der Bursch. „Wart', Dullerl, tu' deine Kalm da in den Pfränger, ich mach' die Schranken auf. So. Und jetzt werd' ich ihn gleich bringen."

Er ging in den Stall und kam bald mit dem klotzigen Rind zurück, das einen dicken Hals mit schlotternder Fahne hatte, an Farbe fast schwarz war bis auf die weiß verbrämte Schnauze und den lichten Streifen über das Rückgrat hin. Der Bursche hatte den stattlichen Gesellen fest bei einem der kurzen dicken Hörner gefaßt, dergestalt leitete er ihn herbei und durch die Schranke in den Pfränger hinein zur Kalm.

„So", sagte er hierauf und schloß die Schranke. „Wir zwei können derweil Kirschen essen. Magst ihrer, Dullerl?"

„Kirschen mag ich schon", antwortete sie, blickte ihn aber nicht an, sondern ging von ihm hinweg gegen den Gartenzaun hinüber, wo man weder auf den Pfränger noch auf die Kirschbäume sehen konnte. Dort lehnte sie sich an die Planke und betrachtete den schönen Salat, die vielen gelben Rüben und den Meerrettich, so die Sandlerleute hatten.

Lange ließ sie der Sebast nicht allein, er kam und brachte in seiner Zipfelmütze Kirschen. Rote und schwarze durcheinander.

„Magst dich nicht in den Schatten setzen?" fragte er das Dirndel. Es war ein Holunderbusch in der Nähe.

„Mir schadet auch die Sonne nicht", gab sie zurück.

„Willst 'leicht noch besser zeitig werden?" fragte er und blinzelte sie an.

Um diese Meinung Lügen zu strafen, setzte sie sich in den Schatten des Holunderbusches.

Er setzte sich langsam zu ihr, tat auf dem Rasen seine Zipfelmütze auseinander und lud sie ein: „Laß dir's schmecken, Dullerl."

Sie griff zu und griff immer nach den schwarzen. Er wendete sich herwärts, stützte seinen Arm auf die Erde, den Kopf auf den Ellbogen und schaute sie an. Herzig war sie. Ihr gelbseidenes Haar hatte sie zu einem langen Zopf geflochten und den Zopf wie einen Kranz um das Köpfel gewunden. Die schwarzen langen Augenwimpern senkten sich wie Dachvorsprünge über helle Fensterlein. Die roten vollen Lippen waren wie zwei sachte aneinandergelegte Kißchen und das Stumpfnäslein stülpte sich ein wenig auf, als wollte es sagen: Sebastel, wenn du etwa bei den Lippen was zu schaffen haben solltest, ich stehe dir nicht im Wege.

„Dullerl", flüsterte der Bursche, „jetzt hab' ich dich einmal, wo ich dich haben will."

„So", entgegnete sie spitzig, „das wäre mir was Neues."

„So selten *allein* kann eins mit dir sein."

„Und bei mir bist auch nicht allein", lachte sie, „haben eh' nichts zu tun beieinander."

Er spielte mit einem Grashalm und entgegnete leise, fast gedrückt: „Da bin ich anderer Meinung. Schau, Dirndel, einmal müssen wir's doch richtig machen miteinand'. Weißt eh', weswegen."

Sie spielte jetzt mit einem Kirschenstengel, den sie auf ein Kleeblatt wie auf eine Wagschale legen wollte. Das Blatt neigte sich aber immer und ließ den Stengel hinabgleiten. Endlich hielt er fest, da sagte sie fast traumhaft leise und ohne aufzublicken: „Heiraten."

„Schau, Dirndel, gleich hast mich verstanden. Ich weiß es ja, du magst."

„Wenn du mich heiraten willst?"

„Ich schwöre dir's!"

Sie hielt ihm mit der flachen Hand den Mund zu: „Nicht schwören, Sebast! Daß du willst, kann ich mir ja denken. Aber ob du auch darfst, das ist eine andere Frag'."

„Ich darf nicht bloß, ich will nicht bloß, ich *muß!*" sagte der junge Sandler. „Mein Vater ist alt und kann der Wirtschaft nimmer recht Herr sein. Seit die Mutter nicht mehr ist, freut ihn auch nichts. Und ich, wenn ich das Haus nicht wollt' übernehmen, wär' aufs Jahr bei der Stellung."

„Bei der Stellung schon?" fragte sie lebhafter, „Sebast, dich können sie leicht behalten!"

„Meinst, daß ich tauglich bin?"

„Warum denn nicht?"

„So nimm mich du!" sagte er schalkhaft und schlug sein Knie um, das gegen Himmel gestanden war, „bei dir stell' ich mich lieber."

„Ich brauch' keine Soldaten", sagte sie.

Dann schwiegen beide. Sie spielte mit dem Kleeblatt, er mit dem Rispenhalm, den er wie einen Reifen bog. „Dullerl", sagte er nach einer Weile fast blöde, „ein bissel eine Freud' wirst doch haben zu mir."

Sie war sehr vertieft in ihr grünes Blättchen. Endlich sagte sie treuherzig: „Keine Arme wirst halt nicht mögen."

Der Bursche versetzte: „Auf's Geld ist der Sandlerhof nicht

eingerichtet, aber auf die Arbeit. Hausvater und Hausmutter müssen bei uns die besten zwei Dienstboten sein, so ist es alleweil gewesen. Wenn sie einander gern haben, arbeiten tun sie mit Willen. Und ein bissel gern haben, Dullerl, das wirst mich doch!"

Sie nickte kaum merklich mit dem Kopf.

Er tastete nach ihrer Hand und flüsterte: „Gehört hab' ich's nicht, aber gesehen hab' ich's. Das ist mir noch lieber. Es ist ausgemacht, du bist schon mein!"

Den Halm warf er weg und wälzte sich ganz über, so daß er nahe an ihr war. Sie saß fest und wich nicht zurück, die Zipfelmütze mit dem Rest der Kirschen legte sie hinter sich auf den Rasen. Dann wollte sie aufstehen, er hielt sie zurück, nahm mit beiden Händen keck ihr Köpfchen und preßte einen derben Kuß auf ihre Lippen. Sie schlug ihr braunes Auge auf und schaute ihn verblüfft an ...

Der Schatten eines Holunderbusches pflegt sich sonst sehr langsam zu drehen; jetzt aber, da die beiden jungen Leute sich nach ihm umsahen, war er ihnen davongelaufen. Erschrocken merkten sie's: sie hockten in eitel Sonnenschein.

Die Dullerl erinnerte sich plötzlich der Kalm. Als sie in den Pfränger gingen, stand sie gelangweilt an der Schranke. An der gegenüberliegenden Zaunecke stand etwas kopfhängerisch der schwarze Gespons.

„So, jetzt treib' ich heim", sagte das Dirndel und legte den Strick um die Hörner der Kalm. „Schön' Dank!" setzte sie bei, etwas nachlässig gegen den jungen Sandler gewendet, „sagst es halt, wenn du eine Schnitterin brauchst."

„Ich hol' sie selber!" rief er, dann ging sie. Er blickte hin, plötzlich sprang er ihr nach und flüsterte ihr ins Ohr: „Von jetzt an verdrießt mich jede Stunde Alleinsein. Noch ein Busserl! Noch eins! Behüt' dich Gott!" –

Als die Dullerl mit dem Rinde hinabkam zu dem Bachhäusel in der dämmernden Bergschlucht, stand vor demselben der alte buckelige Bachhäusler und rief: „Kommt's schon, allzwei?"

„Ja, Vater."

„Wie ist sie gestanden?"

„Gut wird's sein."

„Ist recht", sagte der Alte. „Was hast du nur da auf deinem Buckel für ein Mal? Das ist ein Kirschmal."

„Ja, Vater", berichtete sie rasch, „ich hab' ein wenig Kirschen gegessen beim Sandler oben."

„So", sagte der Alte kopfschüttelnd. „Kirschen hast gegessen beim Sandler oben. Andere Leut' tun mit dem Mund Kirschen essen. Du tust es mit dem Buckel. Ist recht. Ist recht."

DAS FEST DER AUSWANDERER

Während solcherlei oben in der Einsamkeit des Sandlerhofes vorgegangen war, ging unten im Steppenwirtshaus die helle Lustbarkeit an.

Die Jungen tanzten, die Alten tranken, und der Waldmeister ließ sich namens des Kampelherrn glänzend sehen. Er bewirtete alles. Die Auswanderer wollten noch einmal die Altenmooser Lieder singen, die Alm- und Bauern- und Holzknechtlieder, die Wald- und Liebeslieder, bei denen sie aufgewachsen waren. Der Waldmeister nannte derlei ein „altweltisches Gedudel", was sich etliche kaum gefallen lassen hätten, wenn nicht gar so fleißig die Gläser gefüllt worden wären. Der Knatschel wußte ein Lied, dem hörte anfangs alles zu, und später fielen sie – auch der Waldmeister – mit ein und sangen in würdig getragener Weise:

> Das Bauernleb'n tut mich nit freuen,
> Mag keiner mehr sein auf der Welt,
> Weil man muß zahlen viel Steuern,
> Und jeder Schritt ist gleich g'fehlt;
> Und will man sich gar lustig machen,
> Gleich heißt es: Er hat zu viel Sachen!
> Na, das Ding geht mir nit ein,
> Mag halt kein Bauer mehr sein!

Dieses Lied ward nachgerade zum Festgesang für den Tag. Nachher trällerte ihnen der Waldmeister sehr wunderliche Sachen vor, wie sie Ähnliches in ihrem Leben nicht gehört hatten. Die Weisen waren zwar so glitschig, als wären sie in Schweinsfett gebeizt worden, wollten den Bauern aber nicht recht ins Ohr; doch waren die Worte zwiefältig, und bei einem dieser Liedeln rief einer, der Wagnerzenz, wie rasend: „Still seid's, ihr Saggra, sonst muß ich ein Weibsbild haben!"

Operettenliedchen waren es, die der Waldmeister anstatt des „altweltischen Gedudels" einführen wollte. Der Dünnerer und der Stindel im Stein und der Nock stellten sich aber mitten in der Stube zusammen und sangen mit frischen Stimmen die alten Gesänge und die Jodler dazu, daß der Waldmeister mit seinem neumodischen Singelsurium aufhören mußte.

Seine Zutunlichkeit wollte sich heute aber nicht dämpfen lassen. Den Burschen zeigte er seine silberne Taschenuhr und riet jedem, sich eine solche anzuschaffen. Dann bot er ihnen Zigarren und spottete über das Rauchen aus den Pfeifentiegeln. Den Weibsleuten ließ er Zucker in den Wein tun und Kaffee kochen; jetzt müssen sie sich an den Kaffee gewöhnen und das Bauernsuppengeschlader gehöre in den Trog. Einer Schönen, der Nocksandel, legte er sogar ein rotseidenes Halstuch um die Schulter, was sie auch willig darüber legen ließ. Einer anderen sagte er, zum Tanzen wären die Ochsenlederschuhe nichts, da müßten solche aus Kalbfell mit Tuchfutter sein. Draußen in den Tälern trüge jeder Dienstbote derlei und andere schöne Sachen am Leibe. Der Mensch müsse ja doch eine Freude haben, man lebe nur einmal auf der Welt. „Ja, ja", schloß er, „es ist so, und Kleider machen Leute!"

„Und Bettler machen Läuse!" vervollständigte der Wirt das Sprichwort.

„Vor schönem Gewand zieht man den Hut ab!" sprach der Waldmeister, um zu zeigen, daß er Weisheit innehabe.

„Man empfängt den Mann nach dem Gewand und entläßt ihn nach dem Verstand", gab der Wirt zurück.

Dann ging der Waldmeister auf den Tanzboden und warf dem zitherspielenden Natz einen Silbergulden hin. Dem Alten blieben die Finger auf den Tasten stehen und seine Miene fragte: Für was denn das?

„Einen Neuschottischen sollst du aufspielen!" rief der Waldmeister und sah sich nach einer Tänzerin um.

„Einen Neuschottischen?" fragte der alte Pechölbrenner zurück. „Einen söllichen kann ich nit."

„So klimpere uns eine Mazurka! Oder eine fesche Polka!"

„Kann ich nit", antwortete der Alte schier betrübt und schob mit dem Zeigefinger das Silberstück sachte von sich.

„So wirst du doch wenigstens einen Tschardasch schlagen können, alter Racker!"

„Tschardasch? Was ist denn das?" fragte der Natz demütig.

„Der Zigeunertanz!" belehrte ihn ein Nebenstehender. „Der paßt heutigentags, wo alles zum Umzigeunern anhebt."

Der Natz schüttelte den Kopf: „Zigeunertanz, den kann ich halt auch nit, lieber Herr. Ich kann halt gerade nur den Steirischen."

„Musikant, du bist dein Geld wert!" spottete der Waldmeister.

„Ich nehm' keins. Bedank' mich, ich nehm' keins", sagte der Alte rasch und schob das Silberstück noch weiter zurück.

„So zithere uns deinen Steirischen vor in des Teufelsnamen!" rief der Waldmeister und stellte sich mit einer drallen Bäuerin zum Tanze auf.

Der Pechölnatz spielte bedachtsam, ja fast feierlich seinen Steirischen. Er klopfte mit den Fußspitzen den Takt dazu und wiegte mit dem Graukopf. Die ganze Stube war voll von Tänzern, sie strampften mit den Füßen, klatschten mit den Händen, schnalzten mit der Zunge, jauchzten und drehten ihre Weibsbilder, daß die Röcke flogen, und all das in behaglich mäßigem Takte der Zither.

Plötzlich brach der Natz mitten im Reigen das Spiel ab. Des Wirtes dreijähriges Töchterl war er ansichtig geworden, das an der Tür stehend, den Finger im Munde mit weit aufgespannten Augen dem Treiben zuschaute.

„So geh' her!" schmunzelte ihr der Natz zu, „geh' her da zu mir, Dirndel!"

Die Kleine ließ sich nicht lange locken, sie kannte den Mann recht wohl, der ihr erst vor kurzem die Kinderpuppe namens Mitzerl geschenkt hatte, sie lief zwischen den Tänzern zu ihm hin, und er hob sie auf seine Knie.

„Was will das bedeuten?" fragte der Waldmeister erbost über das so willkürlich abgebrochene Spiel. „Wir wollen tanzen!"

„Nur Zeit lassen, schön Zeit lassen", antwortete der Natz gutmütig, „wir werden es schon machen. Zwei richten mehr aus, wie eins. Gelt, Dirndel?"

Er spielte wieder; auch die Kleine tastete gleichzeitig mit ihren runden Fingerchen auf den Saiten herum, daß es eine recht ungefüge Harmonie gab.

Der Waldmeister tat ärgerlich einen Fluch und verließ den Tanzboden.

„Da hat das Kind wieder einmal den Teufel verjagt", lachte der Steppenwirt und trug auf der Blechtasse des Waldmeisters Wein hinaus an den Lindentisch, wo sich selbiger niedergelassen hatte. Dort am Tische saß auch der Sepp in der Grub, der Zwieselbaumer, der Waldstuber und der alte Sandler.

Der Sandler kauerte schier armselig da, selbst beim Sitzen noch die Hände auf den Stock stützend, den er zwischen den Beinen auf den Boden stemmte. Eine Hand war mit Lappen umwickelt, denn die Gicht will warm haben, sonst hebt sie an zu zwicken. Das Haupt hielt er scharf nach vorwärts gespannt, denn er war etwas

„großhörig", wie zu Altenmoos die Schwerhörigkeit so stattlich benannt wird. An seinen Beisitzern war nicht die Schuld, wenn er manchmal etwas uneben verstand, sie schrien in ihn hinein, „wie in ein taubes Roß". Sie waren just daran, ihren lieben Nachbar zu seinem Glücke zu drängen; er sagte wenig dazu, schüttelte aber bisweilen ein bißchen den Kopf. Ja, das Glück wäre schon recht, aber wer weiß, ob's nicht ein falsches ist. Und ein falsches Glück ist ein echtes Unglück.

Der Sepp wendete sein Haupt nach dem Wege hin, denn dort ging jetzt der Reuthofer heran. Der Jakob kehrte erst von Sandeben zurück, wo er in der Kirche gewesen war, und tat nichts desgleichen, als ob er beim Steppenwirt einkehren wollte. Er war seit einiger Zeit ernster und verschlossener als sonst. Das Unglück mit dem Knaben ... Es möchte ihm eine Aufheiterung bei Wein und Kameraden nicht schaden. Der Sepp winkte ihm über die Planke, er solle doch nicht gar so stolz vorbeigehen. Ob er denn nicht durstig geworden sei von Sandeben her?

„Seit zwei Stunden gehe ich neben dem Wasser", entgegnete der Jakob.

Der Sepp und der Waldstuber gingen hinaus. „Jakob", sagten sie, „das darfst uns nicht antun, daß du uns abspänstig wärest an diesem Tag. Wir haben gut Nachbarschaft miteinander gehalten, wir wollen als gute Kameraden auseinandergehen. Einen Krug Wein mußt du heute wohl mit uns trinken, das geht nicht anders. Wer weiß, wann wir wieder einmal zusammenkommen. So jung nimmer wie heut'. Auf dich haben wir alleweil was gehalten, Jakob. Schade, daß du nicht mit uns gehst in die schöne Welt hinaus. Aber ins Wirtshaus geh' mit uns. Geh', komm!"

Sie nahmen ihn am Arm, er ging willenlos mit ihnen. Feindselig wollte er nicht sein, er ging mit ihnen.

Am Lindentisch, wo auch der Waldmeister jetzt bei den Bauern saß, ließen sie sich nieder. Der Waldmeister hatte eben den alten Sandler in der Arbeit und redete ihm halb ernsthaft, halb hänselnd zu von wegen Verkauf des Sandlerhofes. Zum Glück verstand der Gebirgsbauer das Deutsch nicht recht, das der Pole in der Absicht, die Bauernmundart nachzuahmen, hier vorbrachte. „Dös Bauern müsset wohl dö Sache halt überlegen. I bitt' Ihnen, da gibt's nix nit zum Überlegen nit, alsdann! Halt lieber am Hungertuch nagen, wie altes Gerümpel verkafen. Nit? Wann's halt dös Bauern amal g'scheit werd's! Dö alten Kaloppen! San halt eh' nix wert. Fort damit!" – An die Umsitzenden wandte er sich, daß sie es bestätigten.

Tat jetzt der Jakob den Mund auf und sagte: „Wenn unsereiner so allein des Weges geht, da fällt einem allerhand ein. Ist mir voreh' das Kruziloch eingefallen, ihr kennt es ja?"

„Oben auf der Höh', vom Freisingtal herüber", bemerkte der Waldstuber. „Die Höhlen soll neuzeit stark verfallen sein, kann keiner mehr durch."

„Ist vor Wochen ein Herr aus Wien dagewest", erzählte der Steppenwirt, „muß so ein Löchersucher sein gewest, hat alten Höhlen nachgefragt. Ja, sag' ich, das Kruziloch, wenn's dem Herrn nicht zu finster ist. Geht hinauf und wie er wieder zurückkommt, ist er voller Freud', und er hätt' was gefunden. Zum wenigsten, denk' ich, ein Trum Gold. Ist aber nichts, als so ein grauer Stein gewest, das weiß ich. Er sagt, er hätt' eine Steinsammlung. Die haben wir Altenmooser auch, sag' ich. Nur nit in der Blasen!"

„Vor Zeiten soll von der Krebsau herüber der Fußsteig durch das Kruziloch gegangen sein", sagte der Sepp. „Zehn Minuten lang hat man durch die Höhle gebraucht und hat eine Stunde Weg abgekürzt."

„Ist mir eingefallen unterwegs", fuhr der Jakob fort, „daß – wie die Pest in der Sandeben ist gewesen, die Leut' eine Bittprozession ins Kruziloch haben gemacht. Mitten drin soll ja ein Tropfstein stehen, wie ein Muttergottesbild anzuschauen. Davor ist eine Mess' gelesen worden. Die Pest hat nachher aufgehört. So hab' ich mir gedacht, jetzt kunnten wir auch wieder eine Prozession ins Kruziloch machen."

„Habt's ihr auch die Pest?" fragte der Waldmeister spöttisch.

„Leider Gottes, ja", antwortete der Jakob ernsthaft. „Arg grassiert sie, es vergeht kein Tag mehr, ohne daß sie einen hinwegrafft. Wenn es so fortgeht, ist Altenmoos bald eine menschenleere Wildnis. Heut' ist in diesem Wirtshaus ein Totenfest."

„Daß sich der Reuthofer vor Ansteckung nicht fürchtet!" bemerkte der Waldmeister.

„Mir wird die Auswanderungspest nicht gefährlich", sagte der Jakob. „Dem Nachbar Sandler hingegen möchte ich schier raten, daß er sich davonmachen soll."

„Für einen solchen Rat wollte ich mich bedanken", darauf wieder der Waldmeister. „Wenn ich das Glück habe, mir etwas zu verbessern und so ein guter Nachbar möchte mich davon abhalten! Ist's ein Wunder? Jeder denkt auf sich selber, und weil der eine seinen Besitz nicht anbringt, so will er halt auch dem anderen daran hinderlich sein. Ich glaube es wohl, daß ihm die Weile lang werden wird – als Einsiedler in Altenmoos."

Der Jakob hatte die Faust auf den Tisch gelegt, klopfte mit den Fingerrippen etlichemal auf das Brett; zwei-, dreimal hob sich die Faust, legte sich aber wieder zurück, und der Jakob schwieg.

Der Waldstuber und der Zwieselbaumer hatten sich dem alten Sandler zugewendet und stellten ihm vor, wie es nun werden müsse in Altenmoos und mit dem Sandlerhause. – Die Nachbarn haben verkauft. Die Bauern in dieser Gegend sind aber auf gegenseitiges Zusammenhalten angewiesen. Die Leute weniger. Auch kaum

Dienstboten mehr. Alles weiß sich draußen besseren Erwerb, und der Mensch will von der Welt was haben. Die Wege werden verwildern, der einzelne kann sie nicht imstand halten. Auf den brachliegenden Feldern wird Wald wachsen, im Walde Wild, das frißt den Einödbauer auf. Da ist kein Bestehen. Der Hof schützt auch nicht mehr vor dem Soldatenleben. Das neue Gesetz! Wenn der Sandler einen Haufen Kinder hätte, die den Heimgang ins Elternhaus haben wollten. Ja. Aber das ist nicht. Der einzige Sebast. Und der lebe hundertmal besser draußen mit Bargeld. Und was würde es dem Alten wohltun, nicht allemal, wenn er eine Kirchenglocke hören will, den weiten Weg machen zu müssen! Beim Treidler in Sandeben ist ein Stübel zu haben, vor dem Fenster die Kirche, untenauf der Weinkeller. Für einen mühseligen Menschen ist das was wert. Das Glück meldet sich selten zu Altenmoos, aber *wenn* es sich meldet, da sollt' man's nicht mit dem Fuße von sich stoßen.

Während die Bauern als Auswanderer so sprachen, hielt der Waldmeister die dreitausend Gulden bereit auf dem Tisch. Der alte Sandler zitterte eine Weile mit dem Haupt, mit der Hand, dann schlug er ein. Sein Haus war verkauft.

„Also wieder eine Leiche!" rief der Waldmeister und schlug dem Reuthofer höhnend die Hand auf die Achsel.

„Laß mich in Fried', Aasgeier!" gab der empörte Bauer zurück.

„Und jetzt, Jakob!" rief der Sepp in der Grub lachend, „jetzt schlag' auch du los. Schlag' los, es geht auf eins!"

„Und der Aasgeier", setzte der Waldmeister bei, „legt dir bare viertausend Gulden auf die Hand."

„Wofür?" fragte der Jakob.

„Für den Reuthof."

„Für den Reuthof?" sagte der Jakob, „der ist nie mehr als an zweitausend Gulden wert gewesen. Oder wäre das Geld für mein und meiner Familie Heimatshaus? Das ist mit Geld nicht zu bezahlen. – Heute", so fuhr er fort, ernst, aber ganz ruhig, „heute habe ich nachgeschlagen draußen im Pfarrbuch. Das Pfarrbuch ist vor dreihundertundsechzig Jahren angelegt worden, und dazumal ist schon von den Steinreutern die Rede gewesen, die auf dem Reuthof in Altenmoos gehaust haben. Noch ältere von diesem Stamm werden auf dem Grund die Steine ausgereutet haben, und davon wird – so meint auch der Pfarrer – der Name Steinreuter herrühren. Von den neun Steinreutern, die im Pfarrbuche stehen, ist, so viel ich weiß, keiner reich gewesen und keiner arm. Einmal ist der Reuthof niedergebrannt, die Steinreuter haben auf Gott vertraut und ihn wieder aufgebaut. Oft hat uns der Hagel die Feldfrucht vernichtet und das wilde Wasser die Wiesen mit Steinen überschüttet, die Steinreuter haben gearbeitet und Mut gehabt. Sie sind dem Unglück nicht ausgewichen und nicht entgegengegangen; sie sind ihm gestanden, wie der Tannenbaum dem Sturm, möcht' ich sagen. Die Kinder sind beim Haus verblieben oder haben an andere Höfe geheiratet, ich habe von keinem gehört, das nicht rechtschaffen gewesen wäre. Nur von meinem Großvater ein Bruder, der ist Soldat geworden, ist nachher geflüchtet, hat oben im Felsloch gehaust, ist wieder eingefangen und zu tot geschlagen worden. Sonst haben fast alle ein langes Leben gehabt. Freiwillig fortgehen, in die Fremde gehen, gar ein Herr werden, das ist im Reuthof, so lang' er steht, nicht gedacht worden."

„So magst jetzt du dran denken", sagte der Zwieselbaumer.

„Wir sind ein Bauernstamm", fuhr der Jakob fort, und seine Stimme hob sich und zitterte ein wenig. „Wir hören vielleicht einmal etwas läuten von Reichtum und Herrlichkeit draußen in der weiten Welt. Wir gönnen es jedem, der dran glücklich wird. Wir brauchen es nicht. Wir haben nie davon geredet, aber jetzt – jetzt *müssen* wir davon reden, weil sie die Heimat und die Fremde zueinander wägen. Ich tu's nicht. Wie soll ich die Erdscholle und die Wolke miteinander wägen? – Es gehen Häuserschächer um, und ihr verkauft den Boden, auf dem ihr steht. Nachbarn! Wenn sich die Welt zerstört, *so* fängt es an. Die Menschen werden zuerst treulos gegen die Heimat, treulos gegen die Vorfahren, treulos gegen das Vaterland. Sie werden treulos gegen die guten alten Sitten, gegen den Nächsten, gegen das Weib und gegen das Kind. Sonst ist das Kind in der *Heimat* geboren worden, hat in der *Heimat* seine Jugendzeit verlebt, ihr setzt es in die Fremde, auf Sand."

„Natürlich", bemerkte nun der Waldmeister, „wer von dem großen deutschen Vaterland noch nichts gehört hat, der ist freilich fremd, sobald er aus seiner Wiege steigt."

„Großes deutsches Vaterland!" sagte Jakob, „ein gutes Schlagwort für die Bauernabtrenner, und schon gar, wenn sie aus Polen kommen. Ich aber sage: Wo keine Liebe zur festständigen Heimat ist, da ist auch keine zum Vaterland. Ein Blatt, das vom Baume gerissen ist, flattert noch eine Weile raschelnd im Herbstwind hin und her, ehe es sinkt und verwest. Jetzt ist so ein Wind gekommen, Nachbarn! Ihr raschelt, aber ihr werdet nimmer grün. Ihr seid feige, lauft dem Bauernstand davon, weil er hart und ernsthaft ist. Ihr seid hoffärtig, und weil euch der Wind trägt, so glaubt ihr, ihr wäret Vögel und könntet fliegen."

„Lieber Vögel als Maulwürfe!" schrie einer drein.

„Der Maulwurf ist ein nützliches Tier", sagte der Jakob, „wenn er aber Flügel haben und eine Lerche sein wolle! Pfui Teufel!"

„Schön kann er predigen", lachte der Waldmeister.

„Wenn ein Abschiedsfest ist, meine Herren, so muß auch eine Abschiedsrede sein", sprach der Jakob, nun halb launig, „sie ist gehalten. Ihr seid draußen, ich mache die Tür zu. Helf euch Gott!"

Eine Handbewegung machte er noch, als ob er die ganze Festgesellschaft mitsamt dem Steppenwirtshaus von sich schieben wollte, dann ging er davon. Wie tief erregt er war, im Herzensgrunde aufgewühlt!

Die Leute, so am Tische saßen oder durch die leidenschaftlichen Worte des Jakob herbeigezogen umherstanden, schauten sich mit verblüfften Gesichtern an. Was da gesagt worden, war eigentlich doch merkwürdig, und *wer* es gesagt – das war's noch mehr. So hatte den stillen freundlichen Jakob keiner gekannt!

Der alte Sandler, der vorhin mit geneigtem Haupte dem Jakob zugehört hatte, ergriff jetzt den Arm des Oberförsters und sagte: „Bedenken muß ich's doch erst, Waldmeister, und meinen Buben fragen."

„Was willst bedenken?"

„Des Hausverkaufens wegen. Bedenken."

„Aber Sandler!" riefen jetzt mehrere zugleich, „der Kauf ist ja abgeschlossen."

„Die Herren sind Zeugen!" sprach der Waldmeister auf die Bauern deutend, „und das Geld hast im Sack."

Der Alte sagte nichts mehr, sondern saß, noch tiefer zusammengekauert, reglos unter der Linde.

Im Hause klang die Zither, johlten die Tanzenden, die Trinkenden, schrillte das Anstoßen der Gläser. Wohl auch dem Sandler zu Ehren galt jetzt das Freudenfest – aber er saß wie leblos dort, und auf seiner Stirne standen kalte Tropfen.

„'s ist ihm halt aufgesetzt gewesen!" würde der Wegerer gesagt haben. Der Wirt kam mit frischem Wein und sprach: „Den schickt dir der liebe Herrgott, weil du brav bist gewest!"

Der alte Sandler trank nicht, er hinkte davon.

EIN WEIBCHEN UND KEIN NEST DAZU

Als der alte Sandler spät abends nach Hause kam, war der Sebast nicht mehr daheim. Der Sebast arbeitete in diesen Wochen, da der Heumahd vorüber und der Kornschnitt noch nicht da war, weit oben in den Wäldern der Herrschaft Rabenberg als Taglöhner. Um Montags rechtzeitig bei der Arbeit zu sein, pflegte er schon am Sonntag abends den stundenlangen Weg hinaufzugehen und in der Holzhauerhütte zu übernachten. Erst Samstags zum Feierabend kam er wieder heim.

Und da war's an diesem nächsten Samstag – ein stiller, sonnengoldiger Augustabend – daß der Sebast, ein Liedel pfeifend, mit seiner Kraxe (Rücktrage) niederstieg zwischen den Feldern des Guldeisnergrundes. Bei den zwei Ahornen genannt, wo die Grenze war zwischen dem Guldeisner- und dem Sandlergut, stand eine, die auf ihn wartete. Sie stand so da und nestelte etwas an ihrem Gewand und knüpfte am Scheitel das Tüchel fester, das sie heute ums Kinn gebunden, und hatte keinen rechten Gruß und keinen Dank für den herantretenden Sebast. Die Dullerl war's.

„Kann dich frei nimmer derwarten", so redete sie ihn kleinlaut an.

„Gut ist's, da hast mich!" sagte er und wollte sogleich dort wieder beginnen, wo sie am Sonntage aufgehört hatten. Sie wehrte seinen Kuß und sagte: „Kannst es nicht glauben, was ich Zahnweh habe!"

„Das ist auch ein neuer Brauch", sprach der Bursche munter, „an einem so schönen Sommertag Zahnweh haben!"

„Zahnweh wär' noch nicht das ärgste", sagte das Dirndel mit unsicherer Stimme.

„Na, freilich nit. Den reißen wir halt außer."

„Das Blut steigt mir so zu Kopf – ich weiß nicht ..."

„Geh', Tschapperl, wegen des bissel Bluts!"

Sie schmiegte sich an ihn und flüsterte: „Sebast! – Ich – ich hab' schon soviel Angst. Seit Irchtag (Dienstag) oder Mittwoch her hab' ich schon soviel Angst. – Ich weiß nit, Sebast, ob du dir's denken kannst ..."

Er schaute sie an.

„Ob du's vermeinst, was es kann sein ..."

Er schaute sie lange an und schwieg. Er konnte sich's denken.

Sie weinte und zitterte. Er nahm ihre beiden Hände in die seinen und sagte: „Dullerl! Wie Gott will. Ich verlaß dich nicht."

„Und mehr brauch' ich nicht zu wissen", sprach sie aufatmend, „das Zahnweh will ich leicht ertragen."

„In sechs Wochen bist du Sandlerbäuerin!" sagte er.

„Dank' dir's Gott", sagte sie.

Noch ein Händedruck. Sie lief den steilen Fußsteig hinab gegen das kleinwinzige Bachhäusel, das aber gar nicht einmal ihr und auch nicht ihrem Vater gehörte, sondern zum Steppenhof und mitsamt diesem dem Kampelherrn. Es war kein lustiger Aufenthalt gewesen in diesem Häusel; im Jahre nur sieben Wochen lang schien des Tages eine kurze Stunde die Sonne darauf, und Vogelgesang war niemals, weil die Sandach wild rauschte vor der Hütte. Mit Tagwerken und Kohlenbrennen und mit Beihilfe einer Ziege, in besten Zeiten einer Kuh, gewannen sie ihr armes Leben von Tag zu Tag. Aber jetzt soll es besser werden, beim Sandlerhof oben scheint die Sonne im Winter und im Sommer, singen die Vögel im Winter und im Sommer. – Das bissel Zahnweh duldet sie gern. – Nur ein kleines Heiratsgut hätt' ich ihm mögen mitbringen, dachte sie in ihrem stillen Glück. Er ist so gut und fragt nicht danach, er hat ja seinen Sandlerhof. Ich bin wohl glücklich, wenn ich's bedenke, wie es anderen geht, die mit dem Kinde in harten Diensten umwalgen müssen, oder gar um was anhalten gehen müssen zu den Häusern. Mein Gott, was eine eigene Heimstatt wert ist! Das Zahnweh leid' ich gern.

Das war ihr leidvolles, freudvolles Denken.

Und unter ähnlichen Gedanken ging der Sebast seinem Hause zu. Nun, so wollen wir bald Ernst machen in Gottesnamen.

Als er gegen den Hof kam, trieb der alte Sandler just das Vieh zur Tränke. Die Ochsen standen der Reihe nach am langen Brunnentrog und schlürften mit ihren großen Schnauzen denselben bis zur Hälfte leer. Der Jodel war auch dabei, aber dem ging's mehr nach Allotria, als nach Wasser. Er legte seinen klotzigen Kopf auf die Rücken der anderen und sprang gelegentlich gar mit den Vorderfüßen hinauf, so daß der Alte mehrmals rief: „Gehst hinteri, du Saggra!" und den übermütigen Stier mit der Peitsche zurückscheuchte.

Als der alte Sandler jetzt seinen Sohn daherkommen sah, den er seit acht Tagen nicht mehr gesehen hatte, wurde ihm etwas ungleich zumute. Er war sich nicht klar, wie er dem Sebast die Neuigkeit mitteilen sollte, falls der noch nichts davon wußte. – Einverstanden wird er doch wohl sein? dachte der Alte, ist zwar ein Trotzkopf, manchmal. Na, er ist ja gescheit. Gefreuen wird's ihn.

„Bist da, Sebastel?" rief er ihm mit einem schmiegsamen Stimmlein entgegen.

„Gottlob ja, daß ich wieder daheim bin", antwortete der Bursche und legte seine Rücktrage auf eine Wandbank.

„Müd' wirst sein, gelt!" sagte der Alte. „Ist kein Leichtes, das Holzhacken die ganze Woche. Und nachher daheim wieder die harte Arbeit. Denk' mir oft – gehst hinteri, verfluchter Pölli! – denk' mir oft, kunnt'st es besser haben. Und derbarmen tust mir. Im Krebsauer Eisenwerk draußen, sagen sie, müßt' sich der Mensch lange nicht so plagen und hätte einen besseren Lohn, einen viel besseren.

Ja. Da tut man sich's – wart', du schwarzes Ludervieh, ich will dir helfen, wenn du sie nicht trinken läßt! Die verdammte Remmlerei alleweil! – Da tut man sich's, hab' ich wollen sagen, besser machen, wenn man kann."

„Bin schon zufrieden, wie es ist", entgegnete der Sebast.

„Ist eh recht, ist eh recht", sagte der Alte.

„Mag ja sein, daß ich mir manche Sach' ein bissel bequemer einricht auf dem Hof."

Der Alte horchte so ein wenig hin. „Auf dem Hof, sagst? Ist nicht viel Freud' zu machen. Überall geht's uns besser, als auf dieser alten Krammel. – Drei Tausender gibt er, der Kampelherr, für den Sandlerhof. Sebast, was sagst dazu?"

„Wenn's auf mich ankommt: Das Sandlerhaus ist nicht feil", sagte der Bursche kurz und wollte in das Haus treten. Der Alte hastete ihm nach, legte ihm zärtlich die Hand auf den Arm und kicherte: „Lachen wirst, Sebastel, lachen wirst. Wir zwei sind keine Bauern mehr, wir zwei, hi, hi. Sind Herren jetzund. Haben Geld im Sack."

Der Sebast blieb stehen, starrte den Alten an und sagte heiser, schier ganz heiser: „Vater! Das Reden wird doch nichts bedeuten!"

„Ja, mein braver Sebastel", rief der Alte mit krampfhafter Fröhlichkeit, „ich habe dir die Sorgen aufgeladen und hab' sie dir auch wieder abgenommen. Es ist nichts mehr zu machen in Altenmoos. Alle sagen's. Es ist nichts mehr zu machen. Und rechtschaffen gut hab' ich verkauft. Sagen's alle."

Der Sebast trat von der Türschwelle zurück, taumelte an die Wand hin, als wäre ihm ein Schlag geschehen. – „Da – da hat man's!" stöhnte er endlich.

„Gelt, die Überraschung, Sebastel! Gelt!" keifelte der alte Bauer. „Willst das Geld sehen? Bar hat er mir's auszahlen lassen, bar. Und den Winter über, wenn wir wollen, dürfen wir noch im Hause bleiben."

„Dürfen wir?" rief der Bursche. Dann fuhr er wild auf: „Der Teufel hat Euch geritten! Ein schlechter Vater, der seinem Kind das Haus vertut! – Oh, Gott, mein Haus!" Er lehnte sich an die Wand und legte einen Arm über sie hin, als ob er das Haus umfangen und halten wollte.

Der Alte hatte sich auf einen Holzblock gesetzt und wieder in sich zusammenbrechend, wie dazumal am Lindentisch, murmelte er: „Ich hab' mir's gedacht."

Plötzlich sprang der Sebast hin gegen den Vater und mit geballten Fäusten rief er: „Ich muß ein Haus haben! Ich muß heiraten. Ich hab' eine, der ich's schuldig bin worden!"

Der alte Sandler zuckte ein. Dann schlug er die Hände zusammen: „Aus ist's! Vorbei ist's! – Schuldig worden ist er's einer ..."

WIE DER RODEL VERTRIEBEN WORDEN IST

So sank Zweig um Zweig, Ast um Ast – Glied um Glied von der Gemeinde Altenmoos.

Jakob Steinreuter stand fest. Er ließ keinen neuen Brauch in sein Haus, kein Lotterbett, keinen Prunkspiegel, wie man solcherlei jetzt zu wohlfeilen Preisen bekommen konnte. Er ließ bei dem Gewande der Seinen keine Seidenstoffe zu, kein flunkerndes Bänderwerk, wie diese Dinge anhuben, überall Mode zu werden. Er blieb bei der angestammten Einfachheit in allem. Etliche Dienstboten waren ihm deshalb freilich schon abspenstig geworden, um so heimlicher lebte er mit den übrigen zusammen. Den alten Luschelpeterl, der schon über dreißig Jahre lang im Hause war, achtete er wie einen Oheim, und von dem jungen Knecht, dem Bertl, den er erst vor kurzem ins Haus genommen, verhoffte er einen auf weitere dreißig Jahre. Der Jakob sah auf Fleiß und Treue, überbürdete keinen mit Arbeit, duldete aber auch keinen Müßiggang. Er gab jedem das Seine, und jeden, der in seinem Hause lebte und arbeitete, rechnete er wie zu seiner Familie. Ihm selbst verging die Zeit unter rüstiger, fruchtender Arbeit und in häuslicher Traulichkeit und Beschaulichkeit. Manchmal, wenn er rastete, blickte er die Wände, das Dach seines Hauses an und freute sich an diesem lieben, uralten Heim.

Lange hatte es mit dem Jakob der Nachbar Rodel gehalten. Des Rodels Sprichwort war: „Ich geh' nit. Mein Haus und Grund laß ich nit, und von Altenmoos geh' ich nit." Auch er konnte es nicht vergessen, daß einmal eine Zeit gewesen zu Altenmoos, in der keine fremden herrischen Leute umhergestrichen waren, und als dahier der Mensch noch mehr wert gewesen, denn der Hirsch. Er war der

Meinung, daß eine solche Zeit wiederkommen müsse, also: „Von Altenmoos geh' ich nit, und mein Vaterhaus verlaß ich nit."

Er ging aber doch.

Seit altersher war es verstattet gewesen in Altenmoos: Der Hase, der Vogel, der Fisch, so mit freier Hand gefangen wird, gehört dem Fänger. Das Gesetz war gnädig, aber die Tiere waren es nicht, sondern liefen oder flogen der täppischen Menschenhand munter davon. Nur der Fisch, der wässerige Augen hat und keine Ohren und keine Ahnung von den Gefahren für ein Wesen, das Fleisch und Blut hat, und wäre es noch so kalt, nur der Fisch war sorglos. Und in Altenmoos gab es genug Hände, die ohne Angel oder Beren (Netz) oder sonstige Vorrichtung täglich die schönsten, oft pfundschweren Forellen aus der Sandach zogen. Die Tiere flüchten sich gerne unter Steine oder Uferrasen, bleiben dort ruhig stehen und meinen, weil sie den Feind nicht sehen, so sehe er sie auch nicht. Legt sich nun der Bauer auf den Bauch, greift mit den Händen sachte unter den Rasen, und zwar so, daß die eine Hand mählich nach dem Kopf des Fisches, die andere nach dem Schweife langt. Plötzlich ist der Forelle Haupt in der Faust, und da hilft alles Schwänzeln nichts mehr, sie wird aus dem Bach gezogen, in eine bereitete Wasserlagel getan oder an Ort und Stelle getötet. Dann liegt sie mit ihrem weißen, rotbesprenkelten Bauch und mit verglasten Augen auf dem Rasen; der Bauer weidet sie aus, bestreut sie mit Salz und wirft sie in die Glut eines mittlerweile angemachten Feuers. Nach zehn Minuten ist die Forelle gebraten, der Fänger schält die versengte Haut weg, löst das milchweiße Fleisch von den Gräten und verzehrt es mit schnalzender Zunge.

Ein solches Wohlleben kann nun aber der zunächst berufene Fischer oder Jäger nicht mit ansehen. Das Fischwasser hat der Kampelherr gepachtet und auf einmal ist's den Altenmooser Bauern verboten, Fische selbst mit den Händen zu fangen.

„Fischer, Ihr macht Fischdiebe!" sagte da der alte Pechölnatz einmal.
„Wieso?" begehrte der Kampelherrische Oberförster, Wald- und Wildmeister Ladislaus auf.
„Wir hätten mit dem schlimmsten Willen nicht Fische stehlen können, wenn das redliche Nehmen erlaubt geblieben wäre."
„Untersteht Euch nicht!" rief der Waldmeister.
Zur Ehre der Altenmooser Bauern sei es gesagt, sie unterstanden sich nicht, oder nur höchst selten, nämlich wenn sich einer etwa die Hände einmal im Bache wusch und es verlief sich zufällig eine Forelle zwischen seine Finger.

Einmal hatte der Waldmeister den schönen Gedanken, den Altenmooser Bauern die Wiesenbewässerung zu verbieten, die im Frühjahre nötig ist; er behauptete, daß durch die Wasserentziehung in der Sandach der Fischstand gefährdet werde. Da setzten die Altenmooser gegen den Kampelherrn ein bösartiges Schriftstück auf. In dem fragten sie höflich an, ob sie – falls einer durstig würde – noch Anrecht auf einen Schluck Wasser hätten, das aus dem Berge rinnt, oder ob sie die durstigen Mäuler gegen Himmel halten müßten, damit es hineinregne? Oder ob der gnädige Herr vielleicht auch das Regenwasser vorwegs in Beschlag genommen hätte und nur der Hagel den Bauern gehöre? – Der Kampelherr schämte sich ein wenig und ließ ihnen die nötige Bewässerung.

Nun war es im dritten Jahre der Auswanderungsseuche zu Altenmoos, an einem heißen Hochsommerabende, daß drinnen im Gebirge ein wildes Gewitter niederging. Es entwurzelte Bäume, trennte Lawinen los und wälzte ganze Felsblöcke in den Abgrund. In der darauffolgenden Nacht war in dem Tale von Altenmoos ein schreckbares Krachen und Brausen, die Leute gingen aus den Häusern hervor, sahen aber nichts in der dichten Finsternis, hörten nur das Krachen und Brausen. Einige stiegen mit Handlaternen zur

Niederung hinab und kamen mit der Meldung zurück, unten auf den Wiesengründen sei der ganze Erdboden lebendig geworden und Berge schwämmen daher auf dem Wasser.

Als der Morgen aufging, sahen sie die Verwüstung. Alle Gründe, die in der Niederung des Baches lagen, waren überflutet. Nur der Boden des Reuthofers war zum Teile verschont geblieben, weil ein Steindamm, den die Vorfahren angefangen aufzubauen und der Jakob vollendet hatte, eine Schutzwehr bildete. Schlimm hingegen war der Rodel getroffen. Als er am Morgen von seinem Hof auf die Wiese hinabschauen wollte, war keine Wiese mehr da, hingegen an der Stelle ein schmutzig brauner See mit Schutt und Stein und zerrissenen Bäumen. Die Sandach wogte in hohen trüben Fluten und schoß zweimal so rasch dahin als sonst; an vielen Stellen trat sie über das Ufer und rann in den braunen See hinein und an anderen Stellen wieder hinaus.

Der Rodel stieß in der ersten Überraschung einen Klageruf aus. Seine Wiese! Sein Heu! Hernach ging er mit auf den Rücken gekreuzten Armen unten am Raine hin und her. Da kam auch der Reuthofer herbei, und sie schauten gemeinsam und wortlos die Verheerung an.

Endlich sagte der Rodel: „Was ist da zu machen?"

Da wäre nichts zu machen, als abzuwarten, meinte der Jakob. Wenn das Wasser abgelaufen, müsse scharf an die Arbeit gegangen werden. Es würde dann, wenn der Schutt nicht gar zu massig liege, ein fruchtbares Heujahr geben, denn wenn unser Herrgott mit Schlamm dünge, so wisse er warum.

„Du weißt einem immer ein gutes Wort", sagte der Rodel.

„Besser als mein Wort sollen dir meine Knechte dienen, wenn du sie brauchst", sprach der Jakob.

Die Sandach wurde zwar bald wieder kleiner und zahmer, das

Wasser auf der Wiese klärte sich, so daß man auf den grünen oder sandigen Grund sehen konnte; aber es verlief sich nicht. Es rann immer noch von der Sandach herein und es floß unten in einem Bächlein ab; aus der Wiesentalung, die, wie sich's jetzt zeigte, niedriger lag als die Sandach, war ein wahrhaftiger See geworden. Und in diesem See spiegelte sich gar lieblich der blaue Himmel, und in seinen klaren Tiefen schwammen unzählige Forellen hin und her.

Ist auch gut, dachte der Rodel, Fleisch ist feiner wie Heu. Und richtete sich Angeln her, baute ein schwimmendes Brücklein und begann zu fischen. Da kam denn einmal der Waldmeister Ladislaus gegangen. Der blieb hier stehen und schaute dem Fischer eine Weile zu. Endlich steckte er zwei Finger in den Mund, pfiff auf den See hinaus, der Bauer solle ans Land kommen. Der Bauer kam ans Land, der Waldmeister nahm ihm die Angel und die Fischlagel weg und goß diese samt den Forellen in den See aus. Der Rodel wehrte sich nicht, sondern sagte: „Beim Gericht werden wir's erfahren, wem die Fische auf meiner Wiese gehören."

„Ganz schön", entgegnete der Waldmeister und ging seines Weges. Weil er aber lieber Hammer als Amboß war, so verklagte *er* den Fischdieb.

Jetzt hub ein Prozeß an.

Der Rodel ging zum Gericht und brachte folgendes vor: „Die Sandach hat meine Wiese überschwemmt. Das Wasser rinnt zu und ab, und es ist ein See. Jetzt will des Kampelherrn Jägerknecht die Fische von meinem See haben. Ich sage aber: Der Kampelherr hat in der Sandach das Fischrecht, und nicht auf dem See. Für meinen Wiesengrund zahle ich Steuer. Das Heu ist hin auf Jahr und Tag, ich nutze die Fische und will sie zugesprochen haben."

Der Kampelherr hatte drei Advokaten zum Prozeßführen, denn bei dem gab's fortwährend an allen Enden zu tun. Einen davon schickte er nun zum Gericht gegen den Rodel. Der Herr Doktor läßt sich's nicht nachsagen, daß er seinen Brotgeber lässig vertrete und gelernt hat er auch etwas. Er stellte bei Gericht folgendes: „Wir haben das Fischwasser der Sandach gepachtet, ob es jetzt im Bette rinnt oder über das Ufer tritt, wir haben es gepachtet. Das Gesetz hat der Sandach keinen Weg vorgeschrieben, auf dem es rinnen muß und die Bauern sollen Schutzwehren bauen, wenn ihnen das Wasser nicht recht ist. Sei das Wasser der Sandach klein oder groß, rinne es nach rechts oder links, wir haben in ihm das Fischerrecht und der Bauer Rodel, der uns die Forellen entwendet, soll bestraft werden."

Hierauf entgegnete der Bauer Rodel: „Wer jetzt die Sandach messen will, sie hat in ihrem Bett so viel Wasser, als immer. Der See ist etwas Neues, ist im Regen vom Himmel gefallen und wenn der Kampelherr das Seewasser haben will, so soll er es pachten."

Es handle sich ja nicht ums Wasser, hierauf der Herr Doktor sehr glatt, es handle sich um die Fische. Und die Fische seien nicht vom Himmel gefallen, sie seien aus der Sandach, seien dort mit Sorgfalt und Kosten gehegt und gepflegt worden, es sei an ihrem Eigentum kein Zweifel.

„Gut!" rief der Rodel, dem der Mut wuchs, je stärker sich der Feind zeigte, „und wenn der See austrocknet, was geschieht? Werden die Fische so brav sein und in ihr Revier, in die Sandach, zurückschwimmen? Ich denke, sie werden auf meiner Wiese liegen bleiben und zu stinken anheben, und da wird der gnädige Herr auf einmal keinen Anspruch drauf machen."

Der Herr Doktor blätterte fortwährend in Büchern und Schriften um; der Rodel hatte immer zu wenig Urkunden bei der Hand, heute fehlte dies, morgen das. Es zog sich schon in die Monate hinein, die Protokolle gingen hin und her, auf und ab, und die Gesetze wurden gedreht über und über. Es schien von Anfang an klar zu sein, daß der Rodel an den Fischen kein Anrecht hatte, aber der Bauer kam immer wieder mit neuen Einwänden, die der Richter zu beachten hatte. Er sah es wohl, nach dem Buchstaben des Gesetzes war seine Sache verloren, doch der Jakob hatte ihm gesagt, daß das Gesetz nicht allein einen Leib, den Buchstaben, sondern auch einen Geist habe, und nur der Geist des Gesetzes könne unter Gottes Namen entscheiden über Recht und Unrecht. Unbegreiflich blieb es allen in Altenmoos, daß der Rodel auf seinem Wiesengrund, wo er das Wasser nicht verkauft und nicht verpachtet hatte, nicht sollte fischen dürfen! Daß bei dem großen Unglück der Überschwemmung ihm nicht einmal der winzig kleine Vorteil, den ihm Gott zugewandt, gegönnt werden sollte! Es wäre himmelschreiend! Und lieber den ganzen Hof verprozessieren, als von der Sache lassen!

In einer der vielen schlaflosen Nächte, da der Rodel über den Handel nachsann und grübelte, fiel ihm etwas ein. – Ja, dachte er, der Kampelherr ist also Eigentümer der Fische. Und wenn er nicht Eigentümer des Wassers ist, wieso darf er seine Fische drin schwimmen lassen? Und wenn er Eigentümer des Wassers ist, so muß er mir doch den Schaden vergüten, den mir sein Wasser angerichtet hat! – Alsogleich stand er auf und ging in eitler Nacht hinaus nach Krebsau zum Gericht. Er wartete ungeduldig am Tore, bis die Herren ins Amt kamen, schon von weitem schmunzelte er ihnen entgegen: Ich hab's! Wir Bauern sind nicht so dumm, wie wir ausschauen.

„Heute", sagte er, „mit Verlaub, heute komme ich mit einer neuen Geschichte, 's ist eine zuwidere Sach'! Wollt' sie vorbringen, wenn's verstattet wäre."

„Ist verstattet."

„Ich hab' einen Hund", gab der Rodel an, „ein böses Rabenvieh, aber ich hab' ihn an der Kette. Da reißt er gestern los und beißt die

Nachbarin. Jetzt will mich die Nachbarin verklagen, ich kann aber nicht dafür, daß das Best die Kette abgerissen hat."

„Ja, lieber Bauer, da wird Euch nichts helfen", sagte der Beamte, „Ihr müßt der Nachbarin den Schaden ersetzen, Schmerzensgeld zahlen und noch die Strafe. Ihr seid verantwortlich für Euren Hund und hättet eine stärkere Kette haben sollen."

„Vergelt's Gott für das Urteil!" sagte der Bauer und verneigte sich. „Wenn der Herr Christus in Gleichnissen gesprochen hat, so wird's einem armen Bauern auch erlaubt sein. Der Kettenhund, mit Verlaub, ist die Sandach. Die Sandach ist des Kampelherrn Kettenhund; der hat sich losgerissen und mich gebissen, der Kampelherr muß mir Schaden, Schmerzensgeld zahlen und noch die Strafe. Gottlob, daß wir endlich einmal fertig sind!"

Der Amtmann klopfte dem Bauer auf die Achsel und sagte: „Lieber Alter, laßt Euch nicht auslachen und geht ruhig heim. Ist über Jahr und Tag das Wasser Eurer Wiese nicht verlaufen, so wird Euch für den Fleck die Steuer abgeschrieben werden. Achtet Ihr auf Eure Felder und Halden; Wasser und was drin ist, geht den Bauern nichts an."

Der Rodel entgegnete schneidig: „Wenn Wasser und was drin ist, den Bauern nichts angeht, so geht den Fischer das Land und was drauf ist nichts an. Und wenn er das Gras zertritt, so wird er sehen, was geschieht!"

„Basta!" sagte endlich das Gericht, „die Fische gehören dem Kampelherrn."

„So soll er sie haben", knurrte der Bauer zweideutig, und nun erinnerte er sich wieder einmal des alten Sprichwortes: Herrenwill' ist stärker als Bauernrecht.

Unterwegs nach Hause begegnete ihm der alte Pechölnatz.

„Rodel!" rief dieser ihm zu, „du kommst mir heute jämmerlich für."

Der Bauer erzählte, was ihm geschehen war. „Was meinst du?" fragte er zum Schluß.

„Wenn ich was meinen soll, so muß ich mich niedersetzen", sagte der Pechölnatz, „beim Gehen wird mir für die Meinung der Atem zu kurz."

Sie setzten sich aufs Moos. Der Natz trocknete seine Stirne. „Heiß ist's", seufzte er. Und dann zum Rodel: „Bauer! Wenn deine Kuh den Zaun durchbricht und lauft in den Kampelherrnwald hinein, was geschieht?"

„Was wird geschehen", brummte der Bauer, „gepfändet wird mir das Vieh."

„Gepfändet wird's", sagte der Natz und nickte mit dem Kopf, zum Zeichen, daß es auch so in Ordnung sei. „Und was wirst du machen, wenn des Kampelherrn Forellen auf deine Wiese kommen? He, was schaust mich so groß an? Pfänden wirst sie."

Das war wieder ein neuer Standpunkt. Aber der Schulmeister zu Sandeben riet dem Rodel, er sollt's gut sein lassen. Gepfändete Sachen müsse man ja doch wieder zurückstellen, was wäre da anzufangen? Eine gepfändete Kuh könne man melken, eine gepfändete Forelle könne man nicht melken. Und den Herren komme der Bauer nicht auf, er könne machen, was er wolle.

Nun, so hat sich der Rodel dreingegeben, aber er hat sich's auch gemerkt. Etliche Tage nach der Entscheidung war's, daß er mit seinen Knechten unten am Rain dürres Gestrüpp verbrannte. Mit langen Hakenstangen krauten sie das Struppwerk in das Feuer und merkten es nicht, wie der Waldmeister Ladislaus an den nahen See kam, das schwimmende Brücklein losband, hinausschiffte und mit der Angel fischte. Er wollte das absichtlich vor den Augen des Rodel tun, um ihn zu ärgern. Doch zeigte es sich bald, daß der Mann auf der schaukelnden Plätte nicht so stramm stand, als auf dem festen

Waldboden, und weil auch ein fürwitziger Herbstwind stoßweise mitruderte, so ging die Sache uneben. Der Waldmeister trachtete, mit dem Ruderbrett gegen das Ufer zu steuern, da stieß die Plätte an einen Felsblock und – patsch! lag er im Wasser.

Wer denkt daran, daß ein Forstjäger im Gebirge schwimmen lernen sollte? Als der Mann nach dem ersten Untertauchen seinen Kopf pustend und schnappend wieder an die Luft reckte, hub er ein Geschrei an und beschwor die Bauersleute, mit ihren Hakenstangen ihm zu Hilfe zu kommen.

Die Knechte sahen es. „Uh je, der Lausel! der Lausel!" riefen sie und wollten alsbald dran. Da hielt sie der Rodel zurück und sagte strenge: „Buben, was treibt's denn? Daß's g'straft werd's! Wißt's es denn nit? Wasser und was drin ist, geht den Bauern nix an."

Sofort zogen sie sich vom Wasser zurück gegen das Feuer und schauten dem Waldmeister Ladislaus zu, der verzweifelt mit den Wellen rang und dessen Haupt immer seltener auftauchte. Endlich schlug er nur noch einen Arm empor, da sagte der Rodel zu seinen Knechten: „Jetzt, Buben, lauft's mit den Stangen, jetzt geht's über den Spaß. Ich hab' gemeint, der Kerl wär' zu dumm zum Ertrinken, jetzt seh' ich's, er ist gescheit genug dazu. Auf, Buben, das Fischen ist erlaubt!"

Sie sprangen ins Wasser bis an die Hüften und hakten den Ladislaus hervor; aufgespießt am Rockrücken, so hielten sie ihn jetzt mit der Stange hoch in die Luft, daß das Wasser davon niederplätscherte, wie von einem übergossenen Pudel.

„Einen Stockfisch haben wir auf der Angel!" riefen die Knechte.

„Heraus damit!" sagte der Rodel, „das Feuer ist angemacht, wir wollen ihn braten."

Der Waldmeister brachte zur Not die Hände so nahe zusammen, daß er damit bitten konnte. Sie ließen ihn nieder auf den Rasen, wo er wie eine überschwemmte Fliege eine Weile liegen blieb und aus Mund und Nase das Wasser hervorstraukelte.

Von dieser Zeit an hatte der Rodel an dem Waldmeister einen Todfeind, mit dem er sich nicht zu schämen brauchte.

Wenngleich der Ladislaus die Rettung vergaß, die ja selbstverständlich und verfluchte Pflicht und Schuldigkeit gewesen, den Stockfisch vergaß er nicht. Als er nur wieder recht trocken war, begann er dem Rodel an allen Enden und Ecken den Krieg zu erklären, und jetzt merkte es der Bauer erst, wie dicht er von der Kampelherrschaft bereits umgarnt war. Er zappelte wie eine Mücke im Netz der Kreuzspinne.

Endlich half auch aller Zuspruch des Jakob nichts mehr. „Ich sehe es", sagte der Rodel und fuhr mit der flachen Hand in die leere Luft hinein, „in Altenmoos ist nichts mehr zu machen, auf dem Kornfeld grasen die Hirschen, auf der Wiese schwimmen die Fische. Da gibt's für den Bauer keinen Platz mehr."

Er verkaufte sein Haus an den Steppenwirt, dieser an den Kampelherrn. Vom Steppenwirt war es nur eine Komödie gewesen, er hatte dafür sein Spielgeld.

Der Reuthofer blickte dem fortziehenden Nachbar und bisherigen Lebensgenossen mit Trauer nach. Als der Rodel, die Angehörigen hatte er vorausgeschickt, mit seinem letzten Siedelwagen an dem Bachhäusel vorbeifuhr, trat ihm ein junges, abgehärmtes Weib mit einem Kinde in den Weg und bat ihn, daß er sie mitnehmen möchte hinaus nach Krebsau.

„Du bist es, Dullerl", sprach der Rodel, sie mitleidig anblickend, „ja, wo willst denn hin mit deinem Kindel?"

Da begann sie zu schluchzen und konnte nicht sprechen.

„Mußt nicht weinen", sagte er und ergriff ihre kühle Hand, „es ist eine harte Zeit für uns alle. Mußt du auch fort?"

„Dem Vater reisen wir nach."

„Ist dein Vater davon?" rief er.

„Nicht der meine", hauchte sie, und deutete auf das schlummernde Kind, das sie im Arme hielt, „dem seiner."

„Ah so, so", sagte der Rodel, „na, setzt euch nur auf. Holpern wird's, aber fortkommen werden wir schon. Wo ist er denn, derselbige?"

„Im Krebsauer Eisenwerk", antwortete sie. „Muß hart arbeiten, der Sebast."

„Ah, der Sandlersebast", erinnerte er sich. „Hat ja das Haus gut verkauft!"

„Ist nicht so gut ausgegangen, wie man meinen kunnt", berichtete die Dullerl. „Dreitausend ist ein schönes Geld. Jetzt sind aber viel Steuern und Gebühren zu zahlen gewesen, auch an die Sparkasse ein Posten und andere Schulden. Sind nachher Verwandte gekommen, die noch Anspruch auf den Heimgang (das Heimatsrecht) hätten beim Sandlerhof, haben auch eine Abstattung kriegen müssen und sind dem Sandler nicht viel über achthundert Gulden in der Hand geblieben. Seinen mühseligen Vater hat er mitgenommen, jetzt muß er halt arbeiten. – Wir zwei", fuhr sie weinend fort, „sind verlassen, und es ist ein harter Weg zu ihm, wo ich wohl weiß, daß es ihm selber nicht gut geht. Nun, in Gottes Namen, davonjagen wird er uns nicht."

Als sie nach Sandeben kamen, sagte der Rodel zu der Dullerl: „Hier wollen wir ein wenig einkehren und ein Glas Wein trinken miteinand. Sonst schaut's gar zu trübselig aus auf der Welt."

DER JAKOB BESUCHT SEINE FRÜHEREN NACHBARN

So zogen sie davon und zogen sie davon.

Und wenn der Sonntag kam, da ging auch der Jakob hinaus der Sandach entlang, als müßte er seine Nachbarn suchen und zurückrufen.

Einmal besuchte er – es war auf wiederholte dringende Einladung – den Knatschel in seinem kleinen Hause, das neben der Kirche stand zu Sandeben.

Da sah er freilich Wunder.

Das Weib kam ihm mit gellenden Freudenbezeugungen entgegen: „Jessas, der Jakob! Und wie geht's denn in meinem lieben Altenmoos?" So hub sie an und fragte nach allem und jedem. Und wie er erzählte, daß auf dem Knatschelfeldgrund junge Bäumchen sproßten und das Haus kein Dach und kein Fensterglas mehr habe, da wendete sie sich ab und fuhr mit der Schürze über das Gesicht.

„Ihr werdet ja gar kein Hochwasser mehr haben zu Altenmoos", rief der Knatschel in guter Laune.

„Warum?" fragte der Jakob.

„Warum? seit die Weiber ausgewandert sind. Na halt ja. Wie es jetzt bei mir da immer Wasser gibt des lieben Altenmoos wegen, so hat's dazumal – im Gebirg' drin – Augenwasser gegeben wegen Hagel oder Reif oder anderer Elendigkeit. Die Weiber! Unterhalten wir uns mit was anderem. Ein kleines Nachmittagsbrot wirst uns nicht verschmähen."

Und er deckte den Tisch gar vornehm mit weißem Linnen, feinem, fast silberig schillerndem Besteck und geschliffenen Gläsern. Dann brachte er einen großen Laib Weißbrot, einen breiten Teller mit Aufgeschnittenem, brachte in blumigen Schalen Butter und Käse und eine bauchige Flasche mit Wein.

„Was man halt so im Haus hat", sagte der Knatschel, indem er den Jakob an den Tisch drängte, „mußt schon fürliebnehmen. Sind halt nur Resteln. Wenn du einmal zum Mittagsmahl kommst, kriegst schon was Rechtschaffenes. Mach' dich dran, 's ist Eigenbau. Bis auf den Trunk. Gelt, so weiß wachst es halt nicht, das Brot, bei euch in Altenmoos. Trink', Nachbar, trink'!"

Zum Anstoßen war's mit den Gläsern, wie es die Herrischen machen. Der Jakob tat's, nippte aber nur ein Weniges. Der Knatschel leerte das Glas auf einen Zug und stellte es dann scharf auf den Tisch zurück. Auch verzog er das Gesicht, sog unter Zungenklatschen den Gaumen aus und sagte zu seinem Weibe: „Alte, du mußt einen Frischen anzapfen lassen, dem riecht man schon das Faß an. Das bin ich nicht gewohnt. Tröpfel muß ich ein gutes haben im Haus. – Laß dir's schmecken, Jakob; Kaltkälbernes ist gewiß seltsam bei euch drin."

Ehrenhalber genoß der Jakob etliche Bissen, da war der Knatschel schon auch mit der Zigarrentasche da: „Such' dir eine aus, Jakob."

Das ward dem armen Bauer aus Altenmoos alles auf einmal vorgeschüttet, und schon rief der Knatschel in die Küche hinaus: „Die Köchin soll uns einen guten Kaffee kochen!" Nebenbei guckte er seinen Gast so von der Seite an, welchen Eindruck diese Herrlichkeiten wohl auf ihn machten. Da der Jakob aber nichts desgleichen tat, sondern ganz ruhig eine Schnitte Brot aß, schlug ihm der Knatschel schon weinwarm plötzlich die Hand auf die Achsel und schrie: „Na, Jakob, was sagst dazu? He! So leben wir halt in Sandeben. Kümmerlichkeit leiden wir keine, daran haben wir zu Altenmoos satt bekommen. – Alte, was er nicht ißt, das schlag' ihm in ein Papier, soll's seinen Leuten heimbringen."

Jetzt stand der Jakob auf und sagte: „Vergelt's Gott! Wir leiden keinen Hunger daheim, mich gefreut's, daß es euch gut geht, und ich wünsche viel Glück."

Dann ging er davon. Lieber als das fürnehme Essen wäre ihm gewesen, wenn ihn der Knatschel in seinem Wirtschaftsgebäude umhergeführt hätte. Wie es mit den Korn- und Heuvorräten und mit dem Viehstand bestellt sei beim Knatschel, das hätte er wissen mögen. Nun, man kann sich's denken, wer ein solches Nachmittagsbrot aufzutischen hat, bei dem werden Kästen, Scheunen und Ställe erklecklich bestellt sein.

Als der Jakob fort war, stürzte der Knatschel zum Teller hin und steckte mit beiden Händen die Reste in den Mund und verschluckte dieselben, fast ohne sie zu kauen. Dann wurden Teller, Gläser und Bestecke zum Wirt zurückgeschickt und dem Wirte sagen lassen: „Dazuschreiben." –

Nicht lange hernach hatte der Jakob Anlaß, beim Guldeisner in der Krebsau vorzusprechen. Daheim in der zerfallenden Getreidemühle des ehemaligen Guldeisnerhofes lehnten zwei Paar Wagenräder. Man sah durch die morschende Wand schon auf sie hinein. Da sie zu den persönlichen Fahrnissen gehörten, so hatte der Verweser des Kampelherrn nicht davon Besitz ergriffen, und auch der Guldeisner, der solche Kleinigkeiten wohl vergessen haben mochte, ließ sie nicht fortbringen. So ging der Jakob an einem Sonntage denn einmal hinaus, um zu fragen, ob der Guldeisner die Räder ihm verkaufen wolle; es sei zu Altenmoos kein Wagner mehr, und obzwar sie auch keine fahrbaren Wege mehr hätten, an den Feldkarren brauchten sie doch noch Wagenräder.

Das Haus des Guldeisner, das „G'schlössel", stand stattlich da und hatte viele Fenster, wovon aber die meisten mit grauen Läden verschlossen waren. Eine Pferdestallung mit Wagenschoppen, in welchem zwei glänzende „Kaleschen" standen, weiße Kieswege, ein rundes Lusthaus, und nebenhin ein großer Teich mit grün angestrichenem Kahn, waren das erste, was dem Jakob auffiel. Gepflegt waren die Anlagen nicht am besten, die breite Antrittstreppe vor der Haustür und diese selbst waren belegt mit dem Staube verschiedener Jahreszeiten. Das ganze feine Anwesen erinnerte an einen Herrn in Frack und weißen Handschuhen, der das Gesicht nicht gewaschen hat. Der Jakob stieg die Stufen hinan und drückte an der Türklinke. Das ging aber hier nicht so, wie bei anderen Türen, sie war verschlossen. Mehrmals klopfte er, anfangs bescheiden, später so stark, daß es drinnen widerhallte. Endlich sah er den Glockenzug; ja so, hier wird nicht geklopft, sondern geklingelt, wie in der Kirche an der Sakristeitür, wenn der Pfarrer kommt. Er tat's, bald darauf rasselte die Tür auf und ein Mann in dunkelblauer Kleidung mit großen Messingknöpfen fragte, was man wolle.

Der Jakob gab an, daß er mit dem Guldeisner sprechen möchte.

Wer bei der Herrschaft zu melden sei? fragte der Diener.

„Ich bin der Reuthofer aus Altenmoos und möchte dem Guldeisner gerne die Wagenräder abkaufen, die er in der Mühle stehen gelassen hat und vielleicht nicht mehr braucht." So sagte der Jakob.

Der dunkelblaue Mann mit der Messingpracht machte dem Jakob die Tür wieder vor der Nase zu, und man hörte, wie er drinnen die Treppe hinaufstieg. Der Jakob setzte sich an die Treppenstufe. Weil er eine Weile so zu warten hatte, fiel es ihm ein, daß sie ihm drinnen am Ende gar einen Empfang herrichten wollten, so wie beim Knatschel. Er brauche das aber nicht, ein redlich Grüß' Gott und ein Trunk Wasser sei ihm lieber als das ganze herrische Getue.

Endlich kam der Diener zurück: „Der gnädige Herr läßt sagen, die Räder schenkt er ihm." Klapps war die Tür wieder zu. Der Jakob stand da und wußte nun, wie er dran war. Nachdenklich ging er nach Hause, und daß wir der Zeit vorgreifen, die zwei Paar Wagenräder sind in der morschenden Mühle vermodert. –

Auch der Rodel hatte dem Jakob wiederholt sagen lassen, er möchte ihn doch einmal heimsuchen kommen unten im Mariental und seine Musterwirtschaft dort ansehen. Der Jakob dachte: Um den Rodel täte es mir am allermeisten leid, wenn ich die gute Meinung von ihm ändern müßte, und folgte den Einladungen nicht. Der Rodel war redlich bestrebt, auf dem kleinen Gute, das er für den Erlös des großen gekauft hatte, als Landwirt sein Bestes zu leisten. In Mariental war ein anderer Boden, als oben in Altenmoos, ein anderes Klima, es waren überhaupt andere Verhältnisse. Der Rodel verstand sie nicht, hatte sich aber in den Kopf gesetzt, den dortigen Bewohnern zu zeigen, wie ein Bauerngut zu betreiben ist; er wirtschaftete ihnen etwas vor nach Altenmooser Art, und als der Jakob endlich doch aus alter Treue den Besuch machen wollte, hatte der Rodel schon abgewirtschaftet.

Klüger in seiner Art hatte es der Klachel angestellt. Damit er nicht abwirtschaften könne, hatte er gar keine Wirtschaft mehr gekauft, sondern im Wirtshaus zu Sankt Ulrich eine Stube gemietet. Dort vertat er still und bescheiden sein Geld. Und als es vertan war, kam er zum Jakob nach Altenmoos, nannte ihn seinen liebsten Freund, den er nicht vergessen könne und wollte von ihm Geld ausborgen. Der Jakob entgegnete: „Klachel! Jetzt könnte ich dir meine Meinung sagen und dir dann fünf Gulden schenken. Aber ich sage nichts und ich schenke nichts. Eine warme Suppe, wenn du magst?"

„So schenke mir doch wenigstens etwas auf Branntwein! Es ist ein Hundeleben auf der Welt." Dieser Ansicht war nun der einmal so lustige Klachel.

Vom Sepp in der Grub, der weit fortgezogen war, hörte man anfangs, daß es ihm und seinen Leuten gut ergehe, nur magere er stark ab, trotz der fetten Gegend, in der er wohne. Nicht lange darauf hieß es, er sei gestorben.

Der Steppenwirt, der – weil in Altenmoos keine trinkenden Leute mehr vorhanden – ebenfalls fortgezogen war, hatte in einer kleinen Stadt eine Schenke gepachtet, aber das, was er gleichwohl mit seiner unerschöpflichen Spruchweisheit gewürzt ausbot, mundete den Gästen nicht recht. Daß es ihnen nicht mundete, war noch nicht das Schlimmste, daß sie allmählich ausblieben, war schlimmer.

„Schlechte Zeiten!" meinte der Wirt achselzuckend und setzte bei: „Man muß die Zeit nehmen, wie sie kommt, und geht zu Weihnachten in die Haselnüsse." – Er ging ins Straßenkehren.

Von vielen anderen Ausgewanderten hörte man gar nichts. Hingegen stand ein ehemaliger Knecht des Stindel im Stein in der Zeitung, die der Sandebner Pfarrer hielt. „Aus dem Gerichtssaal" hieß das Stück.

Auch weiteren Bauernknechten, die aus Altenmoos ausgewandert, um in schönen Gegenden Dienst zu nehmen, erging es nicht aufs beste. Sie fanden angestrengtere Arbeit, aber schmälere Nahrung. In Altenmoos hatten sie stets zur Familie ihres Dienstgebers gehört, in den neuen Dienstorten wurden sie als notwendige Übel angesehen, mitunter schlechter als die Haustiere behandelt. Natürlich, ein schlecht behandeltes Haustier verliert an Geldwert; der Dienstbote, wenn er die Kraft verliert, kommt ins Armenhaus – wo sie eins haben. Die geborenen Altenmooser haben keins, sie dürfen betteln gehen. Von den langen Feierabenden, von der üppigen Festtagskost wie einst in Altenmoos war draußen keine Rede, und ihre eigenen Herren durften sie selbst an den Sonntagen nicht sein. Immer und immer hinhorchen auf den Wink des Herrn! Ein alter Knecht wollte seiner Gewohnheit, allsonntägig mit den Hausgenossen laut den

Rosenkranz zu beten, auch draußen gerecht werden; darob wurde er verlacht und verhöhnt, bis er wieder ins Gebirge zurückging, wo man auch noch ein wenig Zeit für seine Seele hat. Der Verkehr mit dem anderen Geschlecht war draußen völlig frei. Wie es Monatsdienste gab, so auch Monatsheiraten in wilder Ehe. Das kostete Geld, kostete Gesundheit. Beging der Dienstbote einen Verstoß, alsbald die Gendarmen! Dann im Alter in den Winkel mit ihm – ein verbrauchter Besen.

Was schrieb doch die Tochter des Fock zu Altenmoos, die nach Graz gegangen war, um eine Frau zu werden? „Herrendienst ist wohl hart", schrieb sie einer Freundin nach Hause, „seit einem Jahr der dritte Dienst. Arbeit vom frühen Morgen bis in die Nacht. Und Essen nur, was vom Herrentisch übrigbleibt. Alle vierzehn Tag' einmal ein paar Stunden frei zum Ausgehen. Derspart noch nichts, geht alles fürs Gewand auf. Aber viele Soldaten, saubere Leut'. Die Gnädige ist ein Drach', der Herr ist gut. Wenn's nur bald Ernst tät' werden mit dem Hausmeister, alsdann bin ich eine gemachte Frau."

Ein früherer Knecht des Steppenhofes war in ein großes Walzwerk gegangen, der schrieb seinem Vetter nach Altenmoos verworrenes Zeug von einer neuen Gerechtigkeit, von der roten Welt, von Besiegung des Kapitals, von Gleichteilung der Güter usw. „Sparen tun wir nicht", schrieb er, „wenn's kracht, kriegen wir eh genug."

Derlei und anderlei war von den Ausgewanderten zu erfahren. Der Jakob wollte nichts davon hören. In Altenmoos, wie war das anders gewesen, wie könnte es noch so sein! Kein Herr und kein Sklave, keiner reich und keiner arm war Altenmooser Art. Nun, sie sollen liegen, wie sie sich gebettet hatten. Selber getan, selber gelitten. Wem nicht zu raten, dem ist auch nicht zu helfen! – Ach, was nutzen die guten Sprichwörter! *Das Weltgift haben sie getrunken.* Dem Jakob blutete das Herz.

DER BERTL WILLS EINMAL ANDERSWO PROBIEREN

Im Reuthofe hatte es immer noch den gewöhnlichen Gang gehabt. Ein Räderwerk, das seit urlanger Zeit in größter Ordnung lief, steht nicht leicht plötzlich still; selbst wenn die Feder gesprungen ist, läuft es noch eine Weile nach. Aber endlich nützt sich am Rade ein oder der andere Zahn ab.

Eines Sonntags war's im Herbste, zur frühen Stunde, der Luschelpeterl lag noch zusammengekauert in seinem Bette. Er ahmte den Gesang der Lerche nach und wimmerte inzwischen: „Auweh! Auweh!" denn es setzte ihm wieder die Gicht zu.

Der Knecht Bertl war im Feiertagsgewand und lehnte in der Stube umher; er wartete auf das Frühstück. Heute war er früh aufgestanden, denn das ist der Unterschied: An den Werktagen wartet die Suppe auf den Bertl, an den Sonntagen wartet der Bertl auf die Suppe. Er brummte, denn die Bäuerin tat ihm zu lang um und er möchte schon auf dem Wege sein nach Sandeben. Der Bertl – das hatte der Jakob schon gemerkt – war auch keiner mehr vom alten Schlag. Die ganze Woche dachte er an den Sonntag, da er einmal aus dem Gebirgsgraben kommen und ein wenig Lustbarkeit halten kann in den Sandebner Wirtshäusern mit Kameraden. Und jetzt will ihm die dumme Milchsuppe ein Stück abzwicken von seinem Sonntag.

„Kommt die Laken nit bald, so geh' ich nüchtern davon, mir ist's nix um!" brummte der Knecht, da stand aber die Schüssel schon auf dem Tisch, und der Bertl löffelte sie mit großer Hast aus. Das ist auch wieder ein Unterschied: Werktags beim Essen alle halbe Minuten einen Löffel voll, damit man bei Tische länger rasten kann,

Sonntags nur so hineinschaufeln was Platz hat, damit man bald zur Unterhaltung kommt.

Wie der Knecht nun seinen grünen Hut von der Wand nahm und mit zwei Fingern die weißen Schildhahnfedern glattstrich, kam der Hausvater und sagte: „Möchtest so gut sein, Bertl, und von der Sandeben ein paar Pfund Salz mit heimbringen? Es geht just aufs Neigel (auf die Neige) und den ganzen Stock bringt erst der Kohlenführer, bis der Talweg wieder fahrbar ist. Da wär' das Geld."

Der Bertl griff das Geld nicht an, sondern sagte verdrossen: „Trag' du dir dein Salz selber heim, Bauer."

Der Jakob schaute drein und fragte: „Was hast denn? Hat dich wer wild gemacht, Bertl?"

„Salz heimtragen", murrte der Knecht. „Sonntags will ich ein' Fried' haben. Muß sich eh Werktags schinden genug in diesem verdammten Berggraben. Sonntags auch noch schleppen wie ein Vieh!"

„Bertl", sagte der Jakob, „ich versteh' dich gar nicht. Jetzt sind wir über drei Jahr' lang gut miteinander ausgekommen, ich hab' über dich keine Klag' gehabt und du bist auch zufrieden gewest, soviel ich weiß. Ist das erstemal heut', daß ich dich um die Gefälligkeit bitte. Ginge *ich* nach Sandeben, so wollt' ich das Stückel Salz freilich wohl gern selber heimtragen, wenn man einem Dienstboten nicht einmal das aufgeben darf."

„Wenn's dir nicht recht ist, Bauer, so mach's anders", sagte der Knecht und ging zur Tür hinaus.

Nun mußte für die nächsten Tage beim Nachbar Hüttenmauser Kochsalz ausgeborgt werden. Der Jakob zerbrach sich den Kopf, was wohl seinem Bertl über die Leber gekrochen sein könne. Sonst ein braver, williger Mensch, jetzt auf einmal so stützig. Für die nächste Zeit trachtete er besonders, daß die Arbeit nicht zu schwer und die Kost nicht zu leicht ausfalle, was ja überhaupt stets seine

Sorge war. Er wagte es nicht, des Morgens um vier Uhr das Holzscheit an die Wand der Knechtekammer zu stoßen, womit er sonst die Leute aufzuwecken pflegte; nur den Hahn ließ er recht schreien im Vorhaus, wartete des weiteren, bis der Bertl selber aufwachte und aufstand. Der Knecht dachte des Morgens: Ich arbeite dafür des Abends länger, wo ich beim Zeug bin, und jetzt bleib' ich noch ein bissel liegen. Und des Abends meinte er: Ich stehe lieber in der Früh etwas zeitlicher auf, wenn's kühl ist, und jetzt geh' ich schlafen. Zu Mittags, wenn die in Altenmoos seit Vorzeiten gebräuchlichen Roggenklöße auf den Tisch kamen, bemerkte nun der Bertl mehrmals, daß sie draußen in der Krebsau lauter Weizenes essen. Und des Abends, wenn die Bäuerin den Sterz auftrug, seufzte er: „Wer für sich selber sein kunnt! Ein Stückel Fleisch wär' mir zehnmal lieber als der Mehlbumpf."

Indes gingen die nächsten Wochen hin, ohne daß eine besondere Klage war.

Am Leihkaufsonntag, das ist der Tag im Spätherbste, an dem sich der Altenmooser Bauer für das nächste Jahr die Dienstboten zu dingen pflegte und ihnen das bindende Angeld, den Leihkauf gab – an diesem Sonntage setzte sich der Jakob an den Tisch, wo der Knecht Bertl eben wieder seine Milchsuppe aß, und redete ihn an:

„Was ist's, Bertl, mit uns zwei, für nächst' Jahr?"

„Weiß nit", antwortete der Knecht.

„Ich denk"', sagte der Hausvater, „wir bleiben wieder beieinander. Kennen tust mich, und ich dich auch und soll weiter kein Unwillen sein. Brock' dir ein in die Suppen! Brock' dir ein besser. Wenn's dir recht ist, da wär' der Leihkauf."

Er hielt dem Knecht einen Fünfguldenschein hin. Der Bertl schielte so ein wenig drauf und sagte hernach mit einem tiefen Atemzug: „Ich will's halt einmal anderswo probieren."

Der Jakob war einen Augenblick ganz still. Endlich sagte er: „Ja, hast schon von anderwärts einen Leihkauf angenommen?"

„Das just nicht", sprach der Knecht und warf eine Handvoll Brocken in die Suppe, „ich will einmal meines selber werden."

„Deines selber!" sagte der Jakob, „deines selber. Ist auch recht, wenn du meinst, daß es dir deines selber besser gehen wird, als bei mir. Ich glaub', ich hätt' dich nicht zu kurz gehalten, und wollt' dir zur Aufbesserung noch gern ein paar Gulden dazugeben."

„Ah na", entgegnete der Knecht, „mich gefreut das Bauerndienen nit mehr. Ich will's einmal im Eisenwerk probieren. Da bin ich für mich allein und verdien' mir mehr in einem Monat, als im Bauerndienst das ganze Jahr."

Der Jakob ist aufgestanden und geht in der Stube auf und ab. Seine Hände hat er hinter dem Rücken – eine muß die andere halten, denn sie möchten am liebsten dreinschlagen auf den Tisch.

– Ins Eisenwerk! Auch ins Eisenwerk! In einem Monat mehr, wie bei dem Bauer das ganze Jahr. Freilich wohl. Und vertrinken's. Schon Werktags müssen sie Bier haben, bei der Gluthitz. Sonntags den Rest dran. Auf einmal *steht* das ganze Gerümpel und sind ihrer ein Haufen arbeitslose Leut' da. Die Fabriken, wo sie Bettelleut' machen! – So denkt's in unserem Bauern, ganz gewaltsam denkt's in ihm. Aber er bleibt ruhig.

„Überleg' dir's, Bertl", sagte er, „es wird dich nicht gereuen, wenn du mir folgst. Es geht dir für die Länge besser im Bauernhaus, als in der Fabrik. Bei mir hast Dach und Fach, Kost und Gewand, der Lohn ist freilich nicht groß, kannst dir ihn aber aufsparen. Hast eine gesunde Arbeit, hast deine Sonn- und Feiertage und weißt, wo du daheim bist. Überleg' dir's, Bertl."

Der Bertl wischte mit dem Tischtuch seinen Löffel ab. „Möcht' just eins wissen", sagte er vor sich auf den Tisch hin.

„Was meinst, Bertl?"

„Möcht' just einmal wissen, Bauer", fuhr der Knecht mit leiser Stimme fort, *„wenn* ich wollt' bleiben, was Ihr dazu sagen tätet, falls ich Euch wollt' fragen, ob ich in Eurem Haus die Stanzel bei mir haben dürft'? Ist eine fleißige Dirn, die Lunsel-Stanzel, als Stalldirn rechtschaffen tüchtig. Wohl, wohl."

„Und wolltest mir nachher dableiben?" fragte der Jakob.

„Weiß nit. Sein kunnt's. Wenn du ihr auch mit dem Lohn nit zu sparsam wärst."

Der Jakob trommelte jetzt wieder einmal mit den Fingern auf der Tischplatte. Er trommelte lang, er trommelte so etwas, wie den Radetzkymarsch. Endlich hob er sachte den Kopf und sagte: „Was du aber gescheit bist, Bertl! Wie du dir's einrichten möchtest! Das wär' bequem! Vielleicht noch ein b'sunderes Stübel für den Herrn Knecht und seine Frau Schöne! – Nein, mein lieber Bertl, so tun wir nicht. Mein Haus ist in Ehren gestanden seit altersher. Lotterei hat's keine gegeben und wird's keine geben im Reuthof. Der Bursch' das Mensch im Haus! – Bertl, wir wollen bis Neujahr nichts mehr reden von der Sach'. Zu Neujahr kannst hingehen, wohin du willst."

„Zu dem Rat brauch' ich *Euch* nicht", entgegnete der Knecht und ging trotzig seines Weges.

„Weltgift, Weltgift!" murmelte der Jakob. „Nun, in Gottes Namen, wenn kein Dienstbot' mehr zu haben ist, dann muß man mit den Kindern allein wirtschaften. Gottlob, daß die Meinen frisch aufwachsen."

Und so hatte es sich allmählich vollzogen, daß sie abfielen von Altenmoos. Fest standen auf heimischer Erde nur die von dem Stamme der Steinreuter.

In der Osternacht des nächsten Jahres hatte Maria, das Weib des Jakob, einen Traum, der sie wundersam bewegte. Es war

Sonntagsmorgen, da traten zur Tür des Hauses drei schöne Männer herein. Der eine war der Bräutigam, der andere war der Kaiser, der dritte war der Jackerl. Und als diese Gestalten verschwunden waren, öffnete sich der Blick in das Felsental zum Gottesfrieden. In demselben stand ein Kreuz.

Ende des ersten Teiles

Zweiter Teil

SORGENLAST – JUGENDLUST

Ein Jahr ums andere verstrich. – Da war's in einer stürmischen Mondnacht.

Jakob Steinreuter, der Reuthofer, ging von Sandeben her gegen sein Altenmoos. Er ging den steilen Fußsteig über die Waldhöhen, den die Altenmooser vor Zeiten gewandelt, als der Fahrweg unten an der Sandach noch nicht angelegt war. So wie dieser Fahrweg damals nicht gewesen, so ist er nun wieder nicht. Die wilden Wässer haben ihn zerstört, und über lange Strecken, wo früher die Räder der Kohlen- und Haferwägen gegangen, rinnt jetzt die Sandach. Lange hatten sich die wenigen Ansässigen, die in Altenmoos zurückgeblieben waren, tapfer gewehrt gegen das Wasser und den Fahrweg mit Schutzbauten verteidigt. Als das nicht mehr vorhielt, mußten sie mit ihrem Wege an die Lehnen hinauf, über Runsen neue Brücken legen und Geländer schlagen. Doch, wie von unten das Wasser drohte und wühlte, so warf von oben der Berg Lawinen herab und vernichtete den Weg immer und immer wieder.

Heute war der Jakob draußen im Freisingtal gewesen, bei dem Verwalter der Kampelherrischen Besitzungen. Da der größte Teil von Altenmoos nunmehr dem Kampelherrn gehörte, so hatte der Reuthofer gebeten um eine Beisteuer von Holzstämmen und Arbeitskraft zur Wiederherstellung des Fahrwegs. Da war er arg angekommen. Wieso käme die Herrschaft dazu, diesen Weg herzustellen? Sie brauche keinen Weg. Die Altenmooser Bauern sollten sich ihren Weg selber halten.

Aber, hatte der Jakob bescheiden eingewendet, einen Gemeindeweg in gutem Zustande zu erhalten, das könnten die wenigen Bauern nicht, dazu sei die ganze Gemeinde verpflichtet. Weil der Herr die meisten Altenmooser Bauernhöfe angekauft habe und demnach vielfaches Gemeindemitglied geworden wäre, so sei er damit in die Pflichten der Gemeinde getreten, die auf jedem seiner angekauften Höfe lasteten.

Der Verwalter antwortete: Ein Gemeindemitglied sei nur darum verpflichtet, Wege und Stege, Schule und Kirche imstande halten zu helfen, weil es aus den genannten Dingen Vorteil zöge. Nun brauche aber der Kampelherr keinen Weg an der Sandach, und *wenn* er einen solchen in noch ferner Zeit der Waldreife einmal brauche, so würde er ihn auch bauen, ohne fremde Beihilfe zu beanspruchen. Soviel den Altenmoosern zur Darnachachtung.

Mit diesem Bescheide kehrte der Jakob heim. Zur Zeit der Waldreife! Wenn die Wildnis großgewuchert sein wird! Die Altenmooser! Wie viele waren ihrer denn noch? In diesem Sommer jährt sich's das zehntemal, seit der Guldeisner seinen großen Besitz verkauft und so viele mitgerissen hatte. Von den mehreren zwanzig Bauern, die dazumal noch das Altenmoos belebt und bewirtschaftet hatten, waren ihrer, abgesehen von ein paar Kleinhäuslern, nur drei geblieben: Der Hüttenmauser, der Harschhanns, der auch schon ins Rutschen kam, und der Reuthofer. Im Steppenhof war noch eine Stube bewohnt, wo man zu Zeiten Branntwein haben konnte. In der Lunselkeusche, sowie im Hause auf dem Nock kümmerten arme Familien, deren Männer im Solde der Herrschaft standen, deren Weiber und Kinder in der Gegend umherbettelten, bei Tag im Walde Beeren sammelten, bei der Nacht auf den Äckern der Bauern Erdäpfel oder Korngarben ernteten. Diese neuen zweifelhaften Bewohnerschaften waren aus der Fremde hereingekommen; manches zerlumpte Weib zeterte mit seiner halbnackt umhergeisternden Brut in einer stockfremden Sprache. So war's geworden.

Als der Jakob nun auf die Hochblöße kam, wo man in die Gräben des Altenmoos hinabsieht, stand er still. Über ihm rauschten die

Bäume und über den Baumwipfeln flogen Wolkenfetzen hin, die manchmal an die Gipfel, manchmal an die Erde strichen, so daß der Wanderer für Augenblicke im Nebel stand, durch welchen der Vollmond gar nicht oder als eine kupferfarbige Scheibe zu sehen war. Plötzlich wieder heiterer Himmel, blitzartig blinkte das Licht, scharfe Schatten werfend, bis der Mond neuerdings hinter Wolken flog. Und so war es bei diesem vom Winde getriebenen Licht- und Schattenspiel, daß über die dunkeln Berge und Talgründe milchige Tafeln flogen, und wo sie einen Fels trafen, oder ein reifes Kornäkkerlein, oder ein Wasser, dort blitzte es auf, bis wieder die Nacht der Wolken lag in der Sommernacht.

Der Jakob stieg durch Lärchenanwachs hinab; wo dieser junge Wald stand, war einst des Sandlers bestes Kornfeld gewesen. Der alte Sandler ist gestorben draußen zu Krebsau in einem Bretterschuppen. Seine Kinder? Man hört nichts mehr von ihnen.

Vom Berge her leuchtete ein weißer Punkt. Das war die Ofenmauer, die als letzter Überrest vom Guldeisnerhof stehengeblieben. Dem Guldeisner soll es freilich gut ergehen draußen auf seinem Herrensitz. Der Jakob kam an die Stelle, wo das Wegererhaus gestanden, hier lagen noch einige modernde Zimmerbäume, die in der Nacht einen bläulichen Schimmer gaben. Der Wegerer hatte sein Gut um ein Geringes verschleudert und sich damit getröstet, daß es ihm halt so aufgesetzt gewesen. Jetzt war er zur Sommerszeit Almhalter oben im Rabenbergischen, im Winter litt er Hunger. Er tut es seufzend, „es ist ihm halt so aufgesetzt". – Jakob stolperte über einen mit Hollerbusch und Brennesseln bewucherten Steinhaufen. Da war des Nachbars Knatschel Haus gestanden. – So war's in Altenmoos, junger Anwachs, wo Felder und Wiesen gewesen; Steinhaufen, wo die Höfe gestanden. Der Jakob schritt über einen großen Friedhof.

Als er endlich zu seinem Hause kam, war es schier Mitternacht. Es war ihm auf einmal fast märchenhaft, daß dieses Haus noch unversehrt dastand, wie vor zwanzig Jahren, als er es von seinem Vater überkommen hatte. Der Kettenhund bellte. Der Jakob wunderte sich darüber, denn das Tier erkannte ihn sonst schon von ferne. Als er um die Hausecke bog, sah er, daß an der Wand der Kammer, in der seine Tochter, die Angerl, schlief, ein schwarzer Schatten stand. Der Jakob blickte um sich, welcher Baumstrunk denn diesen Schatten werfen konnte, doch dieser Schatten bedurfte keines Baumstammes, jetzt huschte er vom Fenster weg und davon. – Es gibt nicht zu wenig, es gibt am Ende noch zuviel Leute in Altenmoos, dachte sich der Bauer, trat ins Haus, verriegelte diesmal die Tür und ging in die Knechtkammer. Der Luschelpeterl saß noch auf seinem Bette und besserte bei einer Kerze ein Kleid aus; seine Gicht im Bein, meinte er, sei ihm nun auch schon ans Beinkleid gekommen. Der andere Knecht lag lang hingestreckt auf dem Strohsack und schnarchte. Nur das wollte der Jakob wissen, dann ging er in seine Stube.

Am nächsten Morgen früh erschien er in der Schlafkammer seiner Tochter. Diese war ein liebliches, eben aufblühendes Wesen. Just im Begriffe aufzustehen, zog sie nochmals die Decke bis an den Hals heran, strich die dichten schwarzen Haarsträhne aus dem Gesichtel und blickte mit ihren großen klaren Augen den Vater befremdet an.

„Vor mir brauchst du dich nicht zu fürchten", sagte der Jakob, „ich will nur einmal nachsehen, ob du nicht Zugluft hast vom Fenster her. Nichts ungesünder bei Nacht, als Fensterluft! Werden auch ein Gitter machen lassen müssen."

„Die Zugluft geht ja auch durchs Gitter!" lachte das Mädchen.

„Aber der Dieb nicht", setzte der Vater rasch dazu.

„Ich fürchte mich gar nicht", versicherte die Angerl.

„'s ist nicht mehr so wie früher zu Altenmoos", sagte der Vater und tat harmlos, „vor Zeiten haben wir freilich kein Fenstergitter gebraucht, oder eher fürs Hinaus-, als fürs Hereinsteigen."

Die schlaue Angerl tat auch harmlos und sagte: „Wenn ich im Stübel bin, wer kann denn was stehlen?"

Der Jakob sagte nichts mehr. Er hielt dafür, daß man in solchen Dingen mit den jungen Leuten eher zu wenig als zuviel rede. Er hatte um seine zwei wohlgearteten Kinder manch heimliche Sorge. Das Mädel ist allzu sauber geworden, man kann's keinem verübeln, wenn's ihm gefällt. Und der Friedel! Schlank und frisch, wie der aufwächst! Der wächst schnurgerade in des Kaisers Rock hinein. Des Kaisers Rock wäre ja keine Schande und das Heimatland muß Soldaten haben, daß es sich hüten kann. Aber fortmüssen! So höllisch weit in die Fremde fortmüssen! Den Gedanken konnte der Jakob nicht ertragen; immer hatte er ihn sonst mit einer raschen Handbewegung verscheucht: Dauert noch lange drauf, wer weiß, ob wir's erleben. – Nun war die Zeit knapp vor der Tür und schon rief sie gleichsam: Reuthofer, du erlebst mich. Da bin ich, deinen Friedel will ich haben!

Viel mutiger hatte die Bäuerin, die Maria, dieser Zeit entgegengesehen, denn es war ihr unmöglich zu denken, daß es je so weit kommen könne: ihr blonder Friedel im fremden Land unter den martialischen Soldaten! *Wenn's* aber so weit kommen sollte, so geht sie – das hat sie sich vorgenommen – zum Kaiser und kniet vor ihm nieder und steht nicht früher auf, als bis er ihr den einzigen Sohn freigegeben hat.

Daß es außer der größten Macht im Reiche auch noch andere und gefährlichere Mächte gibt, den Sohn der Mutter abspenstig zu machen, daran hatte das Weib freilich nicht gedacht.

Eines Tages – an einem kleinen Bauernfeiertage – war der Friedel nach Sandeben geschickt worden, um im Gemeindeamt die

Jahresgrundsteuer zu hinterlegen; denn der Jakob hielt auch in dieser Sache Ordnung, obwohl in letzterer Zeit her die Ordnung schwer wahrzunehmen war, denn die Steuer wuchs von Jahr zu Jahr, wurde unregelmäßig vorgeschrieben und die Posten hatten allerhand neue Namen. Es waren an diesem Tage auch andere Personen aus Altenmoos auf dem Wege, Manns- und Weibsleute, aber der Bursche hatte sich ihnen nicht angeschlossen, er ging lieber allein. Die Leute neckten ihn gern, der Dirndeln wegen, wie das schon so Brauch ist, wenn ein Bauernsohn in die Jahre kommt, wo er an Liebschaften, ja vielleicht gar ans Heiraten denken kann. Dem Friedel waren solche Neckereien zuwider und er war auch nicht schlagfertig genug, um die Hänseleien gesalzen zurückzugeben, und einen Tappel (einfältigen Menschen) wollte er nicht vorstellen.

Heute aber hatte er mit seiner Einsamkeit kein Glück. Als er sich auf den Heimweg machte und unterwegs an einem abgepflückten Steinnelkenstiel kaute, was ihm lieber war, als Tabakrauchen und Schwatzen, wurde er von hinten her angerufen. Die Furchenbauerntochter aus Sandeben. Ein Mädel, frisch wie der Fisch im Wasser und lustig wie das Vöglein in den Lüften. Gar groß war sie nicht, aber fein rundlich; jener Zimmermann mit dem losen Maul hatte nicht unrecht, wenn er sagte: „Bei der Furchenbäuerischen ist alles mit dem Zirkel gezogen: Das Gesichterl, das Äugerl, das Göscherl, das Armerl, das Buserl." „Wenn nur das Herzerl nicht allzu kugelrund ist", meinten andere, „daß es nicht etwa von einem zum anderen rollt!" Es wird sich ja zeigen, ob diese Befürchtung gerechtfertigt ist. Der Name, den sie trug, war auch rund – Iderl hieß sie. – Ein feines Mädel!

Sie hatte einen weißen Strohhut auf und trug einen Handkorb. Als der Reuthoferfriedel vor ihr seine Schritte beschleunigen wollte, rief sie ihn an: Was er denn gestohlen habe zu Sandeben, daß er so laufe?

Da blieb er stehen und schaute freundlich auf das Mädchen her. Insgeheim war ihm: daß es gerade *die* sein muß! mit der weiß ich schon am allerwenigsten was zu reden.

„*Was* sagst?" fragte sie ihm zu. Ihre Stimme war hell wie ein Glöckel.

„Ich habe nichts gesagt", antwortete er.

„Jetzt habe ich geglaubt, du hast was gesagt", lachte sie, „na also gehen wir zwei einmal miteinander."

„Wo gehst denn hin?" fragte er sie bescheidentlich.

„Nach Altenmoos, wenn ich kunnt", beschied sie. „In Altenmoos ist's halt nicht mehr lustig", sagte er und kaute an seinem Blumenstiel, daß dieser vor der Nase langsam hin und her schlug.

„Muß sein, weil mehr Leut' heraus- als hineingehen", entgegnete das Mädel. „Mußt dich aber nicht fürchten, daß ich weit mit dir geh'. Nur bis zum Rechensteg, dort tut mein Vater holzen und dem trag' ich das Mittagsmahl nach."

Dem Friedel war's recht, daher schwieg er.

Sie ging keck neben ihm her.

„Ist recht", sagte er nach einer Weile.

„Na, wenn's nur recht ist", gab sie zurück.

Er schielte auf ihren Korb und fragte: „Was hast denn drinnen?"

„Ein Guterl", antwortete sie, „ein gutes Guterl! Ja, heute bring' ich dem Vater sein Lieblingsessen, Schwammsuppe und gesottene Krebsen. Wir haben eine böhmische Teichgräberin und die kann Krebsen sieden."

Dem Friedel war auch das recht, daher schwieg er.

„Was hast denn *du* für ein Guterl (Lieblingsspeise)?" fragte sie den Burschen.

„Ich?" fragte der Bursche entgegen. „Weiß nicht." Und schlug mit den Lippen den Blumenstiel in die Höhe.

„In Altenmoos muß es ja viel Krebsen geben", sagte das Dirndel,

„in Altenmoos gefällt's mir. Dort sollen noch lustige Leut' sein, gelt ja! In Altenmoos möchte ich Bäuerin sein. Aber einen munteren Bauern müßt' ich haben, der kein Stummerl ist. Sonst tät' mir die Zeit lang werden. Gelt, du meinst auch so?"

In der Weise plauderte sie heiter neben dem schweigsamen Burschen dahin und er dachte: Wenn sie nur immer so fortplaudern möchte, man hört ihr gern zu. Hört sie auf, so muß *ich* anfangen und ich weiß nichts. Daß ich bei den Weibsbildern doch gar so dumm bin.

Endlich waren sie am Rechensteg, wo ein paar Arbeiter mit langen Stangen die Holzscheiter losstießen, die vom Gebirge hergeflößt sich in den Rechen geklemmt hatten und ihn gefährdeten.

„Deinen Vater suchst du?" rief einer der Arbeiter dem Mädel zu, „der ist nicht mehr da, ist mit einem Holzhändler über den Lärchensteig nach Haus gegangen. Dich mögen wir aber schon."

„Wenn ich euch nur auch möchte!" gab sie zurück. Dann blieb sie stehen, schaute den Friedel an und sagte: „Der Vater ist nicht da. Jetzt, was tu' ich mit der Schwammsuppe und mit den Krebsen?"

„Die Krebsen gehen eh gern rückwärts", schalkte der Friedel.

„Wieder heimtragen? Nein, da wird alles kalt und kalter ist's nimmer gut. Ich weiß was. Komm, Friedel, essen wir's miteinander. Jetzt ist's noch hübsch warm."

Sie gingen noch eine Strecke fürbaß und dort, wo unter einer senkrecht aufspringenden Felswand der grüne Rasenplatz ist und ein schöner Ahornbaumschatten, dort setzten sie sich nieder und das Mädel packte den Korb aus.

„Du hast eh gewiß noch nicht Mittag gegessen, greif zu!" so lud sie den Friedel ein.

„Ah na", sagte dieser gedehnt, „werd' schon daheim was kriegen."

„Laß dich nicht ehren und iß!" sagte sie, „jetzt da ist einmal der Schwammsuppentopf, wart', ich halt' ihn auf dem Schoß und klemm' ihn ein, daß er nicht umkippt. So, Friedel, da ist der Löffel."

„Nachher hast ja *du* keinen Löffel", bemerkte er artig.

„Das macht nichts, wenn du genug hast, nachher lang' ich zu."

„Wenn ich dir aber nichts übriglass'", sagte der Bursche und blies endlich einmal seinen Blumenstiel von sich.

„Ist dir wohl vergunnt. Du brauchst Stärkung auf den weiten Weg."

Der Friedel aß, erst nach einem Weilchen entgegnete er: „Stark wär' ich eh."

„Und schmecken tut's auch", setzte sie bei.

Er leckte den Löffel säuberlich mit der Zunge ab, gab ihn dem Mädel und sagte: „Jetzt iß aber auch du."

Als sie solchergestalt mit der Schwammsuppe fertig geworden waren, tat sie den Teller aus dem Korb, der mit einem weißen Tuche verhüllt war.

„Jetzt pass' auf", sagte sie, „jetzt kommt die verdeckte Speis."

Er machte erwartungsvolle Augen und als sie den Teller enthüllte, rief er: „Hundsrote Krebsen!"

„Pack' an!" sagte sie.

„Ah na, so Krebsen, die mag ich nicht."

„Hast ihrer schon einmal gegessen?"

„Na, ich mag' sie nicht."

„Lapperl du, wenn du ihrer noch nie gegessen hast, wie weißt es denn, ob du sie magst oder nicht! Geh', probier's, zwick' drein, sonst zwicken sie drein."

Sie hatte ihm eine Schere losgelöst, er biß wacker drein. „Je!" rief er, „das Zeug ist ja steinhart!"

Sie gab ihm die Anweisung, wie man Krebsen ißt. Mit den Fingernägeln zerbrach sie die Schale, nahm ein Stück Mark zwischen die Finger, hielt es dem Friedel an den Mund: „Da, Vogel, schnapp' oder stirb!"

„Ah na, sterben nit", schmunzelte der Friedel und schnappte.

„Was *sagst?*" fragte das Iderl.

„Gut ist's", sagte er.

Hierauf aßen sie miteinander das Krebsenpaar.

Als sie damit fertig waren und nur mehr die zerrissenen Schalen herumlagen, wischte sich das Mädel mit der Schürze den Mund und rief: „So, jetzt hab' ich einmal mit dem Reuthoferfriedel aus Altenmoos Krebsen gegessen."

„Vergelt's Gott!" sagte der Bursche.

Sie blinzelte ihn an. „Vergelt's Gott sagst gleich und fragst nicht, was du schuldig bist?"

„Ich zahl's auch, wenn du willst!" sprach der Friedel und griff in seine Tasche.

„Wirst doch einen Spaß verstehen, Tschapperl!" rief sie und zog seine Hand von der Tasche zurück. „Das heutige Krebsenessen wirst mir ganz anders bezahlen, mein Lieber. Heiraten mußt mich."

Sie lachte bei diesen Worten, aber er wurde so rot, wie die umherliegenden Schalen waren. Allmählich neigte sich sein Haupt gegen sie und er flüsterte: „Iderl, dich mag ich schon."

„Nachher ist's recht", sagte sie und stand auf. Er wollte es auch tun, blieb aber in kniender Stellung vor ihr und schaute mit halbgeschlossenen zuckenden Augen zu ihr empor.

„Heb' dich, Büberl!" rief sie schneidig, „heb' dich und merk' dir's, mit kecken Dirndeln ist's nicht gut Krebsen essen." Dann wurde sie ernsthafter und fuhr fort: „Mußt aber nicht glauben, Friedel, daß ich jedem Burschen so nachlauf, wie dir. Ich weiß recht gut, was ich wert bin, aber du gefällst mir und hast mir schon lang' gefallen. Du hättest mich nicht angesprochen, bis zum Jüngsten Tag nicht. So lang' mag ich nicht warten. Ich sag' dir's trutz, Friedel, ich hab' dich gern."

Der Friedel – der sanfte Friedel – sprang auf und riß sie stürmisch an seine Brust.

„Oho!" rief sie und schob ihn kräftig zurück. „Ich bin stark genug, daß ich mich vertraue und bin stark genug, daß ich mich erwehre. Ein Bussel für diesmal und gut ist's."

Und gut war's.

Es ist nicht zu beschreiben, mit welchen Empfindungen der Friedel seines Weges ging, nachdem die Furchenbauerntochter mit ihrem Korbe umgekehrt war. Hundertmal war er stehengeblieben und hatte nach ihr umgeschaut und sie war doch längst nicht mehr zu sehen. Er schlug sich die Faust auf die Brust und sagte mit unerhörtem Nachdruck: „Die wird mein Weib!"

Dann ging er ruhig die rauschende Sandach entlang, kletterte dort, wo der Weg zerrissen war, flink an den Hängen hin, kam stillvergnügt heim und das frohe Leuchten seiner Augen beglückte Vater und Mutter. –

Wie sehr tat dem bekümmerten Jakob das Glück der Kinder wohl! Er dachte nicht allein an die seinen erwachsenen, sondern auch an die fremden kleinen, die völlig aussichtslos in der Gegend umherliefen.

Im Altenleuthäusel des Grubbauernhofes, dort, wo der Donnersgrabenbach zur Sandach stößt, war früher die Schule gewesen. Die Bauern hatten den Schullehrer – der war in Ermangelung eines besseren ein ausgedienter Feldwebel gewesen – selbst versorgen müssen, sie hatten ihm kein Geld gegeben, sondern ihn mit Lebensmitteln ausgerüstet. Die Auswanderungspest hatte auch diesen Feldwebel hinweggerafft. Er verdingte sich in eine Eisenhütte als Kohlenschlepper, da gab es Geld. Zwar mußte er es wieder ausgeben und mehr als er hatte, so daß aus dem Gelde Schulden wurden. Aber Bargeld in die Hand kriegen und mit Bargeld umherwerfen, Kleider nach der Mode tragen und Sonntags mit silbernen Uhrketten den feinen Herrn spielen, für diesen Krämerspaß und solches Geckengeflunker opferten sie ihre frische freie Luft, ihre Kraft, ja ihr Leben. – Um die Altenmooser Schule kümmerte sich keine Behörde. Die Bergbauern leisteten zwar ihre Steuer auch für die Schule; doch um des Bauern Geld erbaut man in den *Städten* Schulpaläste, Bildersäle, Komödienhäuser. In den Gebirgen oft weit und breit keine Schule. Dann wirft man dem Bauer vor, daß er roh und ungeschult ist, spottet seiner und benachteilt ihn! Bauer! Wenn du dir selbst nicht mehr helfen kannst, dann ist es aus mit dir.

Jetzt, da es so stand zu Altenmoos, war der Pechölbrennernatz herfürgegangen aus seinem Donnersgraben und hatte dargetan, daß er die Buchstaben kenne, ja viele derselben sogar mit Kreide an die Wand zu schreiben wisse, auch die Ziffern, und ob er diese merkwürdigen Künste nicht den kleinen Leuten beibringen dürfe, solange sie noch zu schwach wären, andere Arbeiten zu betreiben.

So hatten die wenigen Altenmooser Kinder wieder einen Schullehrer, und einen gar lustigen! Er saß mit ihnen an Sommertagen gerne unter dem Ahornbaum, der vor dem verfallenen Wegererhause stand, oder er ging mit den Kindern am Bache entlang, am Waldrain hin und sprach zu ihnen über Bäume und Blumen und Wasser und Stein und Tiere, und erzählte alles, was er von solchen Dingen wußte. Der alte Natz war auf einem Ohr schwerhörig. Er höre – sagte er zu den Kindern gern – mit demselben Ohr nur der Leute Reden nicht immer ganz genau, besonders das Zischeln und Munkeln und Tratschen nicht, gottlob! Hingegen hörte er etwas ganz anderes. Sein Ohr – es war das rechte – habe wunderlicherweise die Gabe, Tiersprachen zu verstehen, die von anderen Leuten nur für Bellen oder Blöken oder Zwitschern gehalten würden. Wenn die Menschen wüßten, was der Zugochs, oder der Kettenhund, oder andere über sie sprächen! Zum Herzabdrücken wär's!

Eines Tages führten mehrere Knaben den Natz hinab zu den Bacheschen. Dort hatten sie Vogelfanghäuseln aufgestellt und der Natz sollte auch mittun. Da hatten sie aus Stäben viereckige Häuschen so gezimmert, daß zwischen den Stäben Fugen blieben, durch die man ins Innere sehen konnte. Das kaum einen Geviertfuß weite und einen halben Fuß hohe Häuschen hatte über sich einen Falldeckel, der durch ein Stänglein zur Hälfte aufgespreizt werden konnte. Dann ruhte diese Spreize mit dem unteren Ende auf einem sehr leicht beweglichen Querbrettchen, das mitten im Häuschen wagrecht gespannt war. Auf dieses Querbrettchen waren Hanfkörner oder Brotkrümchen oder anderer Köder gelegt. So war die Vorrichtung nun ins Gebüsch oder auf den Baum gestellt. Kam der Vogel geflogen, um den Köder zu picken, so mußte er sich auf das Querbrettlein setzen, in demselben Augenblick fiel die Spreize, der Deckel klappte zu und der Vogel war gefangen.

Als sie nun zu den Eschen kamen, erhoben die Knaben ein Freudengeschrei, in einem der Fanghäuschen flatterte ein herziges Rotkehlchen.

„Wie es lustig hüpft und singt!" rief einer der Knaben, denn das Tier flatterte angstvoll hin und her im engen Raum und zwitscherte erbärmlich.

Der Natz kletterte auf den Stamm. „Muß ich doch wissen, warum du gar so lustig bist!" sagte er und hielt sein rechtes Ohr an das Häuschen. Mit dem Zeigefinger winkte er: Pst! sie sollten ruhig sein! – Und tat, als horche er dem Tiere.

„Das ist jetzt eine schöne Geschichte!" sagte er. „Dem Vogel ist's nicht recht da drinnen." Dann horchte er wieder. – „Armer Kerl!" rief er endlich, und zu den Knaben gewendet: „Er klagt und weint, daß sich ein Stein kunnt erbarmen. Sein Weibchen, sagt er, sitze im Nest bei den Jungen, er sei ausgeflogen, Körner und Käfer zu suchen, um seine lieben Leute zu speisen. Und jetzt sei er in dieses Unglück geraten und die Seinen müßten verhungern und verderben."

„Auslassen, auslassen!" schrie einer der Knaben.

„Siehst du!" rief der Natz, gegen den Vogel gewendet, „siehst du, wie du Glück hast! Sie wollen dich auslassen. Sind ja lauter brave Jungen, die ein Herz im Leib haben für ein armes liebes Vögerl."

„Auslassen, auslassen!" schrien jetzt alle. Der Natz hob den Deckel und der Vogel flog wie ein Pfeil in die freie Luft.

So trieb er's. Und einmal kam's besonders seltsamlich. Er ging mit mehreren Kindern über den Reuthofer Grund. Und als sie am Schachenraine waren, hörten sie, wie eine Wachtel ihr: „Ziziwit! Ziziwit!" schrie. Die Knaben lauschten und riefen: „Hörst du? Der Vogel sagt: Siehst mich nit! Juch, jetzt verstehen auch wir den Vogel."

Bald darauf zwitscherte eine Schwalbe. „Was sagt sie?" fragten die Kinder den Natz. Bevor dieser noch den Mund auftat, trillerte die Schwalbe frisch und klar: „Tut's sparen! Tut's sparen! Als ich fortzog im Herbst, sind alle Kisten und Kästen voll g'west; im Lenz, als ich wiederum komm, ist alles vertritschelt, vertratschelt!"

Der Natz war verblüfft, denn er hörte die deutlichen Worte des Vogels nicht allein mit dem rechten, sondern auch mit dem linken Ohr, und was er den Kindern sonst nur vorgefabelt, das hörte er jetzt selbst, ihm ward der Vögel Sprache kund! – Im Haselgebüsch schlug eine Amsel, sie schlug hell und munter, daß es weithin gellte in der sonnigen Luft, und ihr Sang ging plötzlich in die Worte über: „Folgt's ihm, Kinder, folgt's ihm, folgt's ihm! Der Natz ist ein braver Mann! Ist ein braver Mann!"

Freilich ging dem Natz jetzt ein Licht auf, er erkannte die Schelmenkunst des Luschelpeterl, der im Gesträuche verborgen war, hütete sich aber, die Kinder darüber aufzuklären. Diese erzählten es daheim, die Vögel täten singen: Der Natz ist ein braver Mann!

Auf solche Weise wurde der Pechölnatz immer mehr der Mittelpunkt der kleinen armen Kinderwelt zu Altenmoos. Manchmal, wenn das behendige Männlein auf einem Steine oder auf dem grünen Rasen saß und die Kleinen sich im Kreise versammelten, erzählte es alte Geschichten, und wie es vor Zeiten zugegangen war in Altenmoos, wie die Leute gelebt und gearbeitet hatten und für einander eingestanden waren in aller Freud und Not; sang unter Zitherbegleitung sogar Lieder, wie sie die Vorfahren gesungen, und die Kinder sangen mit und waren voller Fröhlichkeit.

Da geschah es auch, daß der Jakob – der schon etwelche graue Haare auf dem Haupte trug – mitten unter den Kindern saß und horchte und mittat und dann brütend in sich versank. Wie dieser Mann, schwerer Sorgen voll, zu altern begann, so ward der Pechölnatz wieder jung. Hatte er doch lauter frische, frohe Jugend um sich, und Jugend auch in der Erinnerung an sonnige Zeiten. Er war immer arm und verborgen gewesen, und wie sein Ohr taub war gegen schlimme Red', hingegen der Vögel Sang verstand, so war sein Auge stets blind gewesen für das Elend der Welt und hatte nur das Anmutige und Erfreuliche gesehen. Er sah auch jetzt den Untergang nicht, er sah das Aufleben. An den Ruinen der Häuser ging er gedankenlos vorüber, an den jungen Lärchen- und Fichtenbeständen freute er sich und sagte: Das wird einmal ein schöner Wald! Je weniger Menschen sich fanden in Altenmoos, je mehr sah und hörte er Gevögel, Hasen und Rehe, im Wasser Forellen, in den Höhlen Füchse, Marder und anderes Getier. Das kam ihm lustig vor. Der Natz behauptete gelegentlich zu Nachbarn, daß vor Jahren eines seiner Weiber ihm schon einmal graue Haare ausgezupft hätte, jetzt aber wären alle wieder schier schwarz. Wenn es so fortginge, so müsse er nochmals an eine Paarung denken, aber an eine klügere, als die früheren gewesen; es frage sich jedoch, ob es unter den zwanzigjährigen Mädeln eines gebe, das für ihn munter genug wäre.

DIE LIEBE
IST DA!

So stand zur stillen heiligen Hoffnung des Jakob eine neue Jugend auf in Altenmoos. Und in den Reuthof zog fast gewaltsam die Liebe ein.

Eines Sommersonntages war der Jakob wieder einmal nach Sandeben gegangen. In Altenmoos waren die Handwerker abgekommen, so mußte man Kleider, Geräte und Werkzeuge in Sandeben machen lassen. Jetzt sollte auch in Altenmoos Bargeld sein und um solcherlei hatte sich der Reuthofer zu bekümmern an Sonn- und Feiertagen, da er sonst in seiner alten Bibel sich zu erbauen pflegte und frohe Sonntagsruhe gehalten hatte.

Diesmal waren auch sein Weib und der Friedel mit nach Sandeben gegangen, das Weib, weil das Fest der heiligen Dreifaltigkeit war, der Sohn, weil er draußen in Sandeben etwas Liebes wußte. Er bewahrte seine Liebe zur Iderl als Geheimnis und hatte keine Ahnung, daß sie aus seinen munteren Augen leuchtete, aus seinem hellen Jauchzen hinausklang in die schöne Gotteswelt. Der Jakob und die Maria blickten sich manchmal verständnisvoll an. Furchenbauers Ida! Sie hätten nichts dagegen, wenn's einmal so weit kommen und der Friedel ein junges Weib heimführen wird in den Reuthof. Wenn der Friedel gleichwohl nicht Jakob heißt, so soll er baß seinen ersten Buben so heißen, denn die Jakobe dürfen nicht abkommen in diesem Hause.

Da sich an diesem Tage auch die paar Dienstboten zerstreut hatten, teils ebenfalls in der Kirche, teils bei der Herde auf der Weide waren, so fand sich die Angerl allein daheim, um das Haus zu hüten. Sie verriegelte die Tür, kniete an den Tisch hin und hielt still und fromm ihre Sonntagsandacht. Sie sprach den „goldenen Rosenkranz". Weil sie ganz allein war, so faltete sie recht herzinnig die Hände, schaute mit ihren treuen unschuldigen Augen zu den Bildnissen des Hausaltares auf und betete: „Jesus mein' Lieb', Maria mein' Hoffnung, Josef mein' Ehr', Joachim mein' Fürbitt, Anna mein' Helferin! Steht uns bei in der Not, jetzt und auch in dem Tod, Jesus, Maria, Josef, Joachim und Anna!"

Zu den offenen Fenstern leuchteten die gegenüberliegenden sonnigen Waldlehnen in die Stube, eine Hummel läutete zu einem Fenster herein, zum anderen hinaus. Es war ein heiliger Frieden ringsum und das Mädchen betete.

Plötzlich schlug draußen der Kettenhund an.

„Geld oder Blut!" rief es und am Fenster erschien der Braunkopf eines jungen Burschen.

„Ja freilich", lachte die Angerl auf und verhüllte keusch ihre Andacht, „der mich erschrecken wollt', der müßt' ein anderes Ausgeschau haben wie du."

Der junge Florian Hüttenmauser sah in der Tat nicht so aus, als ob die feinen Dirndeln vor ihm davonlaufen müßten.

„Den Kettenhund kunnt'st just loslassen", sagte nun der junge Bursche. „Fünf Junge im Kobel! So eine Familie haben und an der Kette hängen! Was wolltest du dazu sagen?"

„Laß ihn nur los", sagte sie.

„Ich bedank' mich", antwortete er. „Wir zwei stehen nicht ganz gut miteinander, der Waldl und ich. Aber das magst mir glauben, so lang' das Vieh nicht ledig ist, gibt's keine Ruh' in der Nacht. Es bellt nur an der Kette."

„Ja freilich, dich wird sein Bellen irren drüben beim Hüttenmauser!"

„Drüben nicht, aber herüben", sagte der Florian, „und jetzt sei so gut, Angerl, und mach' die Tür auf."

„Nein, mein Bürschel", sprach sie, „die Tür mach' ich nicht auf."

„So steige ich beim Fenster hinein."

Das Mädel nahm die breite Holzaxt von der Wand, hielt sie gegen das Fenster und sagte mit drohender Gebärde: „Sobald du den Kopf hereinsteckst, purzelt er unter den Tisch hinab!"

„Ist schon recht", antwortete er, „ich will mich just einmal von dir köpfen lassen."

Er schwang sich, steckte den Kopf herein, stemmte den Arm nach – ein Ruck und der junge hübsche Kerl stand in der Stube. Dort war sein Erstes, daß er die Axt nahm und mit dem Daumen ihre Schärfe prüfte. „Hat eine gute Schneid", sprach er, „aber weißt, Dirndel, ich hab' eine noch bessere."

„Jetzt, daß du nicht umsonst hereingestiegen bist", sagte die Angerl und kniete mit der Rosenkranzschnur wieder an den Tisch, „jetzt mußt du mir beten helfen."

„Beten? Das kann auch jedes allein."

„Zwei richten mehr aus als eins."

„Das wohl. Aber nicht beim Beten." So antwortete der Bursche und legte seinen Arm um ihren Nacken.

„Uh, wohin willst denn mit mir fahren, da du mir ein so schweres Halsjoch anlegst?" fragte sie.

Da riß er sie an sich und küßte sie mit heißer Freude auf den Mund.

Sie stieß ihn ab und entwand sich. Glühend rot im Gesicht ging sie hinaus in die Küche. Sie hätte wohl ein wenig scherzen mögen mit ihm, aber daran, was ihr jetzt passiert, hatte sie nicht denken können. Als er ihr nachging, fand er sie gegen die Wand gekehrt und weinend.

„Angerl!" sagte er mit weicher Stimme und legte seine Hand zärtlich an ihren Arm; sie schlug mit dem Arm aus. Er stand da, schaute ratlos drein und wußte nicht, was er beginnen sollte. Sie weinte.

„Bist du bös' auf mich, Angerl?" fragte er endlich.

Sie gab keine Antwort. Auf dem Flötz lag ein Holzspan, diesen schob der Florian mit der Schuhspitze langsam gegen die Wand hin; er mußte dort aber nicht richtig liegen, denn jetzt bückte sich der Knab', hob den Span auf und wendete ihn in der Hand mehrmals hin und her. Dann ging er gegen die Holzasen und legte ihn hinauf. Als er damit fertig war, kraute er sich hinter den Ohren, hernach machte er einige Schritte gegen die Tür und sagte wie für sich: „So, jetzt werd' ich halt gehen." Bevor er aber ging, kehrte er nochmals zum Dirndel um und fragte schier verzagt: „Angerl, bist du bös' auf mich?"

Sie schüttelte kaum bemerkbar das Haupt, verhüllte aber immer noch ihr Angesicht und schluchzte.

Ihm war das leichte Kopfschütteln genug gewesen. Wie auf Flügeln, so gering eilte er zur Tür, entriegelte sie und ging hinaus. Sie wird's schon noch gewohnt werden, dachte er, jetzt gefällt sie mir noch einmal so gut!

Als dieser junge Mensch durch den Reißgraben hinabging, sah er unter einer Tanne den Waldmeister Ladislaus sitzen, der, das Gewehr zwischen den Beinen haltend, eben seine Feldflasche in den Mund stülpte. Der Bursche wich ihm aus. Er hätte ihn höflich grüßen müssen, und das wollte er nicht. Die paar Bauern zu Altenmoos waren ja schier auf die Gnade des Waldmeisters angewiesen und der Hüttenmauser ganz besonders. Der Waldmeister konnte beliebig die Arbeit im Wald vergeben, so auch Brennholz und Stallstreu; der Hüttenmauser hatte kaum hundert Bäume mehr stehen auf seinem Grund. Um so mehr standen deren ringsum. Überall, heißt es, wäre dafür gesorgt, daß die Bäume nicht in den Himmel wachsen; nur an den Feldrainen des Hüttenmausers nicht, dort wuchsen die Bäume des Steppenwaldes so hoch in den Himmel hinein, daß die Ackerstreifen schier keine Sonne mehr hatten. Der alte Hüttenmauser kroch vor dem Waldmeister, dieser ließ die Rainbäume weghacken. Auch zur Erhaltung des Weges tat er etwas, hingegen sagte er häufig: „Ja, meine lieben Hüttenmauserleute, mit mir müßt ihr artig umspringen, ich kann euch ersticken, wann ich will, kann euch verdursten lassen, wann ich will; euer Hausbrunnen kommt vom Steppenwald. Meine lieben Leute, ihr gehört mir mit Haut und Haar!" – Das Forsthaus stand drüben in einem Wiesental des Nockwaldes, der Weg dahin führte an dem Hüttenmauserhof vorbei und der Herr Waldmeister sprach gern zu. Er hatte, obzwar schon ein wenig krumm an den Knien und am Rückgrat, so seine besonderen Passionen, und den alten Hüttenmauser benutzte er manchmal zum Handlanger, ohne daß es dieser merkte. Der junge Hüttenmauser, der Florian, konnte aber insgeheim den Waldmeister nicht leiden, und um so weniger, als er dem alten Sünder Untertan sein mußte. Da hatte der Waldmeister erst vor kurzem eine lange Seidenschnur gezeigt und gesagt: „Florian, willst du einmal meinen Rosenkranz sehen?" Da der Bursche nicht verstand, so setzte der Waldmeister bei: „So einen wirst du auch noch abbeten, wie du ein Kernjunge bist auf und ab! Siehst du, Knoten habe ich dran, es sind ihrer bald hundert, wenn du sie zählen willst. Jeder bedeutet ein sauberes Weibsbild, mit dem ich gute Kameradschaft gehalten. Verstehst?"

Je älter der Kerl wurde, je ärger prahlte er mit seiner schmierigen Knotenschnur herum, er trug sie immer in einem ledernen Beutel mit sich, und hatte auch noch die Dreistigkeit, zu sagen: „Das ist mein Raitzettel, soviel Tagwerke ist mir der Herrgott schon schuldig worden beim Welterschaffen. Ich bin ein alter Jäger!"

Der Florian hatte ganz recht, so einem weicht man aus, wenn man ihm nicht eine Tracht Haselstrauchenes verehren kann. Hätte der gute Junge erst gewußt, wohin der Waldmeister heute zielte!

Der Waldmeister stieg hinan zum Reuthof und trat ins Haus, das noch offen stand. Das Mädchen erschrak vor ihm, tat aber schalkhaft und dachte: foppen tust ihn, aber so nahe wie dem Florian kommst ihm nicht.

Ob ihr nicht die Weile lang würde, so mutterseelenallein zu Hause? War seine freundliche Frage.

Ob er ihr nicht die Zeit solle vertreiben helfen?

„Wäre schon recht", meinte sie, „Zeitvertreib hat man allemal gern."

Ob sie nicht einen Schluck Weichselgeist möge? Er zog ein irdenes Plützerchen aus der Weidtasche.

„Ist mir gleich recht, bin eh schon durstig." Damit nahm sie den Plutzer und wie sie damit zum Mund fahren wollte und er ihr noch zusprach, tapfer anzuzapfen, entglitt ihr das schlüpfrige Ding aus der Hand, daß auf dem Flötz Scherben und Weichselgeist sternartig auseinanderpfützten.

Die Angerl erhob ein Geschrei über ihre Ungeschicklichkeit, der Waldmeister verbiß seinen Ärger; er lachte äußerlich – sie innerlich.

Jetzt meldete sich der Kettenhund. Der alte Luschelpeterl trippelte hastig über den Anger heran. Die Zeit und die Gicht hatten ihn schon so sehr nach vorwärts gebeugt, daß es zu sehen war, als suche er immer etwas auf dem Erdboden.

„Ei, wohl, wohl, hasen eh. Meine Liegerstatt such' ich mir!" bemerkte er manchmal.

Als der Hund sah, es war der gute Alte, schwieg er sofort, erhob aber einen schallenden Lärm, als der Waldmeister aus dem Hause trat. Ohnehin mißmutig, ärgerte ihn das Gebell. Und verscheucht es nicht das Wild aus den nahen Waldungen? Er nahte dem Hunde so weit, daß dieser nach seinem Bein schnappen konnte. „Oho, beißen!" rief er, „wart' Bürschel, du sollst bald Feierabend haben!" Nahm das Gewehr von der Achsel und schoß den Kettenhund nieder.

Die Liebe ist da!

Die Angerl wußte sich vor Herzweh nicht zu lassen, als sie den blutenden Leichnam an der Kette liegen sah und die fünf Jungen winselnd und die Wunde beleckend ihn umkreisten.

Als am späten Nachmittag Vater und Mutter nach Hause kamen, brachten sie die taube Rebekka mit. Das war die alte Einlegerin (Pfründnerin), ein boshaftes, unsauberes Weibel, das – weil es nichts hörte – den ganzen Tag keifen mußte. Sie trug viel Elend und Entbehrung, weil sie nirgends wohl gelitten war. Auf einem Schutthaufen neben dem Wege hatten sie die Rebekka gefunden, schier bewußtlos vor Erschöpfung. Als sie das arme Weib mit Wasser gelabt hatten und es wieder zu sich kam, hub es weidlich an zu schelten über die scheinheiligen Leute, die draußen in Sandeben Wein trinken und einer armen sterbenden Person nichts als Wasser in den Mund gießen.

Die Reuthoferleute machten sich nichts daraus, sondern schleppten das erbarmungswürdige Geschöpf mit sich, atzten es zu Hause mit einer warmen Suppe und brachten es zu Bette.

„Mit so einer Person", meinte die Maria, „der sie das Leben vergiftet haben und die es sich selber immer wieder vergiften muß, weil sie wie ein Arsenikesser ohne Gift nicht mehr leben kann, muß man doppelt gut sein. Da ist mir allemal, als sehe ich den lieben Gott vor mir stehen und die Hände falten: Leuteln, mit *dieser* Pilgerin habt mir Geduld, sie ist mir halt ein wenig mißraten und kann selber nichts dafür. Ich will sie ja bald zu mir nehmen, nur eine kleine Weil' achtet mir noch auf die Rebekka, sie ist eure Schwester, sie ist halt auch mein Kind."

NOCH EINMAL PAART SICH'S ZU ALTENMOOS

In der Nacht, welche diesem unruhigen Tage folgte, ereignete es sich, daß der Florian Hüttenmauser nicht schlafen konnte. Er stand auf und zog sich an und ging hinaus und ging umher. So seltsam war das – in der kühlen Mondnacht umhergehen und nicht wissen warum.

Gegen den Reuthof ging er hin. Und als er an das Haus kam, sah er, wie dort an dem bekannten Fenster ein Mann stand und hineinwollte. Für nächtig Stunde ein Kreuzzeichen machen, ist allemal gut, aber besser noch denn eins mit dem Daumen über das Gesicht, ist eines vom Schmied im Fenster. Am Tage zuvor hatte sich der Florian darüber gefreut, daß am Reuthofe die Fenster kein eisernes Kreuzgitter hatten, jetzt in der Nacht bekümmerte ihn das. Er hätte ja hingehen können und den Mann vom Platze hinwegschleudern, aber er sah es zu seinem Schreck, es war der Waldmeister. Ein unbedachter Schritt konnte den Hüttenmauserhof kosten!

Über der Linde stand der Mond. Der machte ein Spitzbubengesicht, als er den ratlosen Burschen dastehen sah, starr wie eine Pappel. – Wenn dort der Kopf zum Fenster hineintrachtet, flüsterte der Mond ihm zu, so bleibt der übrige Kerl nicht zurück. Junger Mann, ändere deine Stellung! Geh' in den Moosbarren, dort drinn hat der Luschelpeterl seine Liegerstatt, den weckst du, daß er Lärm schlägt, dann kommt der Jakob mit dem Haslinger und der Ladislausel kann seinen Knoten einmal auf eine andere Meinung machen. – So der Mond. Und in demselben Augenblick machte der Waldmeister Anstalt, sich ins Fenster zu schwingen.

Der Florian sprang an den Moosbarren, um den Peterl zu wecken. Wie das Brettertor sonst von außen anzuhängen gewesen, so war es heute nach innen festgemacht. Der Bursche riß mit einem Ruck das Kettchen entzwei.

„Wer ist da?" hörte er fragen in der Kammer. Eine Mädchenstimme! Der Florian stand wie an die Schwelle gewurzelt, über ihn schien sein Freund, der Mond hinein, um zu kundschaften; aber der kam nicht weit, hart vor der Tür legte er sich breit auf die Dielen, und was im finsteren Hintergrunde gerufen hatte, das war nicht zu sehen.

„Wer ist da?" rief es ein zweitesmal schneidig und nun brannte auch schon das Streichhölzchen, das sie hoch emporhielt, während sie die andere Hand als Blende über die Augen legte.

Der Florian konnte sonst die leichtfertige Ausrufung heiliger Namen nicht leiden, aber diesmal rief er selbst deren vier auf einmal aus: „Jesus, Maria, Josef – Angerl!"

Sie, die er hinter jenem Fenster in Gefahr wähnte, und die er heimlich schon verflucht hatte, daß sie alles hineinsteigen lasse – da saß sie auf dem Strohlager, und weil das Flämmchen schon ihre Finger bedrohte, so zündete sie rasch die Talgkerze an, die neben dem Bette auf dem Flötz stand. Und eilig hatte sie es, der Nachtluft wegen, das weiße Hemd über den Busen hinaufzuziehen.

„Angerl!" sagte der Florian und schier die Kammer begann mit ihm zu tanzen. Er vermochte in diesem Augenblicke nicht zu unterscheiden, ob er im Himmel oder in der Hölle sei. Erst sachte kam es ihm zum Bewußtsein: auf Erden.

„Angerl, wie kommst du daher?"

„Das will ich *dich* fragen?" antwortete sie, „wenn du dein Bett suchst, Florian, im Reuthof steht's nit."

Hierauf entgegnete der Bursche gar verzagt: „Will ich mich halt draußen auf den nassen Rasen hinlegen. An mir liegt ja nichts."

Ein wirksameres Wort kann keiner finden. Im Augenblick wurde sie übermannt, aber nur von Mitleid.

„Hättest sonst ja wohl Platz gehabt im Moosbarren", sagte sie, „der Peterl liegt jetzt immer auf der Ofenbank. Ich täte auch in meinem Bett liegen, wenn heute nicht die alte Rebekka drinnen wäre."

„Die alte Rebekka tut heut' schlafen in deinem Bett?" fragte der Florian und kämpfte ein wildes Lachen zurück.

„Junge Leute müssen den Alten das Vorrecht lassen", meinte die Angerl, „voraus, wenn die Alten so krank sind, wie die Rebekka. Für mich ist's da auch gut, ich will auf Glasscherben liegen, wenn ich schläferig bin."

„In deinem Stübel ist die Rebekka?" fragte der Bursche. Seine Füße hatten mittlerweile ein paar ganz bescheidene Schrittchen gemacht hin gegen den Strohschaub.

„Erlaubt es denn dein Vater, daß du Licht brennst in der Strohkammer?" so fragte er.

„Sonst täte ich ja den jungen Hüttenmauser nicht sehen", spottete sie, „so saubere Leut' muß man sich anschauen." Sie fühlte eine ihr wohltuende Überlegenheit, seit sie am Tage zuvor die erste Probe glücklich bestanden.

„Wenn du mich sehen willst, so müssen die Haare aus dem Gesicht", sagte er und beugte sich zu ihr nieder, um die Locken, die ihr verworren über Antlitz und Busen rollten, mit seinen fleißigen Händen zu ordnen.

„Oho!" sagte sie, „Haarmachen, das kann ich schon selber! Gestern hast mich überlistet, heut' bin ich gescheiter!" Sie faßte mit ihren Händen die seinen und hielt ihn fest. Dem Florian wäre es freilich ein Leichtes gewesen, sich loszumachen, aber die Gefangenschaft tat ihm wohl. Er kniete vor ihr und von ihren Armen gefesselt, schaute er ihr in die Augen.

In diesem Augenblick ging zur offenen Tür der Jakob herein. Jetzt ließen sie sich los. Die Angerl verdeckte mit ihren Händen Busen und Gesicht, der Florian starrte trotzig, aber mit zuckenden Wimpern auf den Reuthofer. Der Jakob stand in seinem Nachtkleide völlig sprachlos da und schaute sie an.

„Angerl", sagte er endlich mit gedämpfter Stimme, „das hätte ich nicht von dir gedacht. So falsch gegen deinen Vater!"

Sie tat einen Schrei, wendete sich und wimmerte in ihr Kopfkissen hinein.

„Wenn du", fuhr der Vater fort, „deine Kammertür nicht willst absperren, so wird dir viel Unglück hereingehen über Nacht."

Jetzt richtete sich der Florian auf und sagte: „Sie hat die Tür versperrt gehabt. Ich habe sie aufgebrochen."

„Hüttenmauser!" rief der Jakob, „ich rate dir, daß du sogleich deine Beine probierst."

„Fortgehen tu' ich jetzt nicht", antwortete der Bursche. „Wie es mit uns zwei steht, das könnt Ihr Euch denken. Wir haben uns gern. Und ich will wissen, wie ich dran bin. Kann ich sie haben oder nicht?"

Der Jakob wollte solch herrischem Werber die passende Antwort geben, tat es aber nicht, sondern dachte: Im Grunde hat er recht. Ich habe um mein Weib auch nicht viel gebeten. Wer ein's ernähren kann, der hat das Recht auf eins. Wer mit einem so gute Bekanntschaft gemacht, wie es hier der Fall zu sein scheint, der hat die Pflicht zu ihm. Was soll's da viel bitten!

So fragte der Jakob nur: „Und du, Angerl? Was wirst du dazu sagen?"

Es ging lange her, bis sie ein Zeichen der Antwort gab. Das Gesicht noch verbergend, streckte sie ihre Hand nach dem Burschen aus.

„Wenn's Gott haben will", sprach jetzt der Jakob. „Sie ist noch jung. Das Zusammenhalten ledigerweis', das leide ich nimmer. Wenn es dein Ernst ist, Florian, und daß du von Vaters wegen auf dein Haus heiraten kannst, so komm' in einer Woche ehrsam zu mir und meinem Weibe und sage dein Begehr. Wenn bishin keines was dagegen hat, nicht dein Vater und nicht mein Weib und nicht ich und nicht sie selber, so kann es uns gefreuen, daß zu Altenmoos sich wieder einmal etwas paart in Ehren. – Und jetzt, Angerl, mach', daß du mit mir ins Haus kommst."

Der Florian gab dem Mädchen einen raschen Händedruck, berührte auch ein wenig Jakobs Hand, dann taumelte er hinaus und vermochte kaum zu fassen, wie so plötzlich das hatte kommen können. Er war soviel als Bräutigam. Das, wozu er seit länger als einem Jahre vergeblich Mut gesammelt hatte und wozu reichlich ein weiteres Jahr nötig schien, das war auf einmal angerichtet. Er war soviel als Bräutigam. Und dazu mußte erst der Waldmeister Ladislaus kommen und am Fenster stehen!

Wo war denn aber der Waldmeister? Der stand jetzt dort hinter der Kapelle des heiligen Jakobus, fuhr sich mit dem Taschentuche über das Gesicht und fluchte einiges in die Bretter hinein.

Am nächsten Tage fiel es den Leuten auf, daß der Waldmeister ein zerschundenes Gesicht hatte.

„Soll's einmal ein anderer probieren mit den Lämmergeiern. Wie sie über mich sind gefahren! Ihrer drei gegen einen!" rief der Ladislaus. Der Florian, der von solcher Mär vernahm, dachte: Wenn ich schon einmal Jäger bin und kann lügen, wie ich will, so lüg' ich gescheiter.

Die Heiratsangelegenheit verlief regelrecht. Der alte Hüttenmauser hatte *ja* gesagt, der Jakob und sein Weib hatten *ja* gesagt, die Verwandten hatten *ja* gesagt, es war keiner, der die Sache zu hintertreiben gesucht oder böse Umrede besorgt hätte, wie das sonst bei Heiraten, gleichsam als zu den Hochzeitsgebräuchen gehörig, üblich ist. In seiner Herzensfreude war der Florian ungeschickt genug, es der Angerl zu gestehen: „Daß ich dich so leicht sollt' kriegen, das hätt' ich nicht gedacht."

„So!" entgegnete die Braut, „wer sagt denn, daß du mich kriegst? Die anderen, die ja gesagt haben, wenn du sie heiraten willst! Mich hast noch nicht!"

So ernsthaft brachte sie das vor, daß ihm Hören und Sehen verging. Da dauerte er sie und sie hing ihm auch schon lachend am Halse.

Der Florian, durch die Liebe und die zukünftige brave Hausfrau neu ermutigt, wollte nun sein Gütel wieder aufrichten. Unter anderem trachtete er etwas zu ändern, was ihm schon lange ein Dorn im Auge oder vielmehr im Ohr gewesen war. Der Name „Hüttenmauser" war ihm nicht recht. Er behauptete, sein Hof müsse ursprünglich zum Hüttenmoser geheißen haben und wollte ihn wieder so nennen lassen. Der Jakob riet ihm, bei seiner ehrlichen Vorfahren ehrlichem Namen zu verbleiben.

Es verblieb aber nicht lange, daß der Hof zum Hüttenmauser hieß. Wir werden es sehen.

Die Trauung fand in Sandeben statt, das Hochzeitsmahl aber bereitete die Maria auf dem Reuthofe.

Auf der Heimkehr von der Trauung ging – was selbstverständlich ist – das junge Ehepaar abgesondert von den Hochzeitsgästen. Als es auf die Sandlerhöhe kam, wo die Stiegel über den Zaun war, ritt auf diesem Zaun der Waldmeister und machte ein Hochzeitsgesicht, als ob er dazu gehörte.

„Hier rückt was Doppeltes an", schmunzelte er dem Paare entgegen, „und da muß man am Grenzzaun den Mautgroschen einheben, wer über die Stiegel will. Ein Küssel, denke ich, wird nicht zuviel sein."

„Gern!" sagten die zwei und küßten sich.

„So ist's nicht gemeint", sprach der Waldmeister, „*ich* will das Küssel haben."

„Gern!" sagte der Florian, packte den Mann und gab ihm einen unguten Schmatz auf die Wange.

Mittlerweile waren auch andere herbeigekommen und da wollte der Förster nicht der Überlistete sein. Er stellte sich aufrecht und sagte: „Die schöne Braut ist sehr bekümmert, daß ihr Herr Bräutigam an diesem Tage einen Kuß an den Jäger verschenkt hat. Ich bin ritterlich genug, ihr das Eigentum zurückzustellen." Damit wollte er der Angerl einen Kuß geben, im Augenblick war der Florian dazwischen. „Oho!" rief er und suchte den Förster beiseite zu schieben. Dieser stemmte sich, es hub ein Ringen an zwischen den beiden Männern und die Umstehenden lachten. Das Lachen währte nicht lange, bald gewahrten sie, das Ringen war kein Hochzeitsspaß, sondern Ernst. Der Waldmeister hatte seine Faust dem Gegner an den Hemdkragen gekrampft, um ihn zu würgen; daraus erkannte der Florian, daß Krieg erklärt war, er nahm ihn auf als einen Kampf mit dem Nebenbuhler, und nach einigem Hinundherfahren auf dem Rasen schleuderte er den Ladislaus auf den dröhnenden Boden.

Scheinbar gelassen erhob sich dieser, nahm vom Zaune sein Gewehr und schritt finster davon.

„Der Waldmeister ist gefallen!" jubelten die Leute.

Da wendete sich der Florian langsam zu ihnen und sagte ernsthaft: „Der Hüttenmauser ist gefallen."

Zur Stunde wußten sie nicht, wie das gemeint war. Später haben sie es wohl verstanden.

DER KAISER KOMMT!

Von dem Glücke seiner Tochter erfrischt, blickte der Jakob mit neuer Hoffnung in die Zukunft. Da wurde sein Sohn Friedel vorgerufen zur Soldatenstellung.

Es hatte zwar geheißen, der Bursche wäre als einziger Sohn des Hauses befreit; nun machte man aber geltend, daß sein Vater noch rüstig genug wäre, um die Wirtschaft zu führen, und daß nötigenfalls noch ein Schwiegersohn zuhanden sei, um für die alternden Leute zu sorgen. Friedrich Steinreuter, einundzwanzig Jahre alt, schlank, ohne Leibschäden, etwas zart gebaut, sonst gesund. Tauglich!

Der Friedel tat einen Juchschrei. Für Kaiser und Vaterland! Aber seine Augen standen voll Wasser. Für Kaiser und Vaterland! Er verstand die Worte und verstand sie nicht; sie haben einen so schönen Klang, einen aufrüttelnden Schall wie Fanfarenstoß, wie Kanonenkrachen! Für Kaiser und Vaterland!

Als die Nachricht auf den Reuthof kam – der Friedel brachte sie selber – er sei geblieben! entstand im Hause ein tiefes Trauern. Das war von den Kindern im Hause das letzte, der Liebling, die Freude, die Hoffnung.

„Es muß wohl so sein", sagte der Jakob und seine Stimme wollte ihm versagen, als er die Hand dem Burschen auf die Achsel legte. „Es muß wohl so sein. Du bist mein alles, Kind. Fürs Heimatland. Es ist schon recht. Es ist schon recht."

Das eine hatte der Jakob immer gefürchtet, der Verlust *des* Sohnes würde seinem Weibe den Todesstoß versetzen. Er hatte sie manchmal darauf vorbereitet und gesagt, das Soldatenleben sei jetzt weit leichter als in früheren Zeiten, es dauere auch nur wenige

Jahre. Und der Urlaub, wenn Friedenszeit ist! Er sieht die Welt, erfährt 'was und kommt wieder heim. – Maria sagte nichts, sie versteckte ihre Angst. Nun, als die Gewißheit vorhanden: er ist geblieben! zeigte sie sich nicht sonderlich erschrocken. Sie hat's erwartet. Einen solchen Burschen wie den Friedel lassen sie freiwillig nicht fahren, obwohl keiner auf der ganzen Welt zum Niedergeschossenwerden weniger paßt als der Friedel. Aber sie weiß, was sie tut, sie geht zum Kaiser. Sie wird Glück haben, sie weiß es gewiß; ja, das Glück kommt ihr entgegen. In Sandeben reden schon alle davon und ihr hat's der Gemeindevorstand gesagt: der Kaiser kommt! Auf der Kanzel ist's auch verkündet worden. Schon in nächster Zeit fährt er draußen auf der Landstraße durch Krebsau. Der hohe Herr besucht das Land, um dessen Zustände zu prüfen und auch diesen Teil seines großen Volkes wieder einmal zu sehen. Verdienste wird er belohnen; Not und Elend wird er lindern; Tränen wird er trocknen, wo es in seiner Macht steht. Er ist ein guter Herr, sein Volk jubelt ihm entgegen.

Wie von Flügeln getragen, so eilt die Maria über Berg und Tal und trifft Vorbereitungen. Der Schulmeister zu Sandeben setzt ihr die Bittschrift auf; die Bittschrift darf aber nur etliche Zeilen lang sein, die Bäuerin weiß nicht, wie sie es angehen soll, ihr ganzes, angstvolles, bittendes, hoffendes Herz hineinzubringen. Sie wollte dem Kaiser zu wissen tun, daß ihr ältester Sohn auf eine noch unaufgeklärte Weise ums Leben gekommen sei, und wie das noch immer und immer ihr unaussprechlicher Schmerz wäre. Sie wollte dem Kaiser sagen, daß sie wohl eine brave Tochter verheiratet habe an den Florian Hüttenmauser, daß es diesen Leuten freilich auch kümmerlich ergehe und sie daher für die Vaterleute nicht viel tun könnten, so gut die Angerl auch sei; und das um so weniger, als sie selbst Familienzuwachs erwarteten. Sie wollte dem Kaiser erzählen von ihrem

Manne, wie liebreich und geduldig er sei, wie er arbeite und klügle (spare), wie er an dem Hause seiner Vorfahren hänge und nur das eine ertrachte, es auf seine Kinder zu überbringen. Wie der Jakob aber schon zu altern beginne, nicht mehr so kräftig wäre beim Pflug, wie ehemals, als ihm ein Tag mit sechzehn Arbeitsstunden zu kurz gewesen, immer im Sinne, nur ja recht viel für den Reuthof hausen und schaffen zu können.

Alles das und noch viel mehr wollte die gute Maria auf dem Papier haben und endlich mit kniender Seele aus heißem, weinendem, blutendem, zuversichtlichem Herzen die Bitte um Befreiung des Sohnes Friedel von dem Soldatenleben. – Aber der Schulmeister bedeutete ihr, das gehe nicht. „Der Kaiser", sagte er, „hat vierzig Millionen Kinder und soll auf jedes hören, da kann er sich bei einem nicht lange aufhalten." Der einzige Sohn, das Altern der Eltern und die Beschwerlichkeit des Reuthofergrundes kam kurz gedrängt auf das Blatt, und in einer einzigen Zeile die Bitte um Befreiung. Ja nicht einmal, daß sie auf den Knien mit aufgehobenen Händen flehe und dem Kaiser für Frau und Kind alles erdenkliche Glück erbitte von der Muttergottes zum kalten Brunn, nicht einmal das wollte der Mann aufschreiben. „Nur kurz und bündig die Tatsache", sagte er immer, „alles weitere täte eher schaden als nutzen."

So ward endlich die Bittschrift sorgfältig zusammengerollt und mit einem grünen Bande umwickelt. Grün bedeutet Hoffnung. Schuldig sei sie nichts dafür, sagte der Schulmeister auf ihre Frage, wenn die Schrift 'was ausrichte, so könne die Bäuerin einmal ein Körbel Waldkirschen bringen aus Altenmoos.

Die Maria nahm das Papier mit sich, und ein Priester kann das Sakrament nicht ehrfurchtsvoller tragen, wenn er zum Kranken geht, als sie die Bittschrift trug, leicht mit ihrer Schürze umwickelt, daß sie selbe mit der rauhen Hand nicht versehre.

Der Tag, an welchem der Kaiser durchs Land reisen sollte, kam heran. Schon am Vorabende brannten auf vielen Bergen des Freisingtales schöne Höhenfeuer, wobei auch Pöller krachten und allerlei Lustbarkeit stattfand. Dabei hatte es der Waldmeister Ladislaus besonders wichtig. Auf den Höhepunkten der Kampelherrischen Ländereien, soweit sie vom Tale aus gesehen werden konnten, brannten nicht weniger als sechzehn große Feuer; eines davon war gar künstlich gemacht und stellte einen glühenden Kaiseradler dar. Bei demselben gab es noch spät in der Nacht Musik und hoch ins Firmament hineinfahrende Feuerkugeln. Sollte der Kampelherr eine Auszeichnung erhalten, so wird's auch des Waldmeisters Schade nicht sein.

Der Kampelherr selbst war dem Monarchen entgegengefahren, um ihn am Eingange des Gaues zu empfangen. Die erste Frage des Kaisers war nach der Bevölkerung, wie die Verhältnisse der Landwirtschaft bestellt seien und wie es im Gebirge mit dem Bauernstande stehe?

„Leidlich, leidlich, Majestät!" war die Antwort, und rasch erlaubte man sich, den Blick des Landesvaters auf die Ehrenbögen, Fahnen und Freudenfeuer zu lenken, die von allen Seiten festlich winkten.

Im entlegenen Altenmoos brannte kein Feuer. Der Jakob versammelte seine Leute an der Kapelle des heiligen Jakobus – wie das nur zu besonders feierlichen Gelegenheiten geschah – und sprach mit ihnen ein Gebet für das Kaiserhaus. Der Friedel betete mit heller Stimme, Kaisers Sache war nun ja auch seine Sache und der junge Kaiserjäger fühlte sich ordentlich geehrt in den Ehren, die dem Landesfürsten dargebracht wurden. Was die Mutter vorhatte, darauf legte er kein Gewicht. „Ich glaub' dir's wohl", meinte da einmal der Luschelpeterl, „so lang' einer noch fein daheim sitzt im warmen Nest, ist das Soldatenleben ein guter Spaß. Namla frei wahr auch!"

Am nächsten Morgen war in Sandeben Zapfenstreich der Dorfmusikanten. Auf dem Kirchturme und den Dachgiebeln einiger Häuser wehten Fahnen. Der Knatschel wollte auch mittun und sein Haus mit roten Bettdecken beflaggen, bis man ihm zur Not beibrachte, daß solche Farben nicht an der Zeit wären. Des Kaisers Lieblingsfarben seien schwarz und gelb. Als die Sonne aufging, läuteten die Glocken, dann war feierlicher Gottesdienst mit Kaiserlied und Tedeum. Die Holzleute der Kampelherrnwälder waren ausgerückt in ihrer Gebirgstracht und stellten sich in der Kirche zweireihig auf, vom Eingangstor bis zum Altare hin, so daß die Maria, die selbstverständlich schon da war, ihre Bittschriftrolle in der Hand, vor Erwartung kaum stehen konnte, weil sie der Meinung war, der Kaiser müsse jeden Augenblick hereintreten und mit seiner goldenen Krone auf dem Haupt zwischen den Reihen zum Altar schreiten. Sie stellte sich vor, wie der für gewöhnliche Menschen unsichtbare Gott vom Altare steigen, dem Kaiser entgegengehen und ihn brüderlich begrüßen werde. „Und daß ich nicht vergesse, Bruder", werde Gott sagen und dabei den hohen Herrn immer an der Hand halten, „eine arme Bäuerin ist da, die Reuthoferin aus dem Altenmoos; sie will dir eine Bittschrift übergeben, daß du ihren einzigen Sohn vom Soldatenleben befreien möchtest. Sie hat schon so viel gebetet deswegen und ich wollt' ein gutes Wort bei dir einlegen. Geh', laß ihr den Buben." –

Aber der Kaiser kam nicht in die Kirche zu Sandeben. Es hieß, daß er um elf Uhr vormittags draußen in der Krebsau vorüberfahren würde. Ein Aufenthalt in der Gegend sei nicht vorgeschlagen worden. Der Maria wurde geraten, sie solle sich beim Müllerkreuz, wo hinter Krebsau die Straße bergwärts geht, aufstellen, dort müsse der Wagen langsam fahren und dort solle sie ihm die Bittschrift in den Wagen hineinwerfen.

So ging sie nach Krebsau. Die Straße dahin war belebt von Wägen und Fußgehern, die alle in die Krebsau wollten. Dort gab's Leute, wie an einem Jahrmarkt und die Hausdächer sah man vor lauter Fahnen nicht. Etliche Herren strichen um in kohlschwarzen Rökken, die hinten zwei Schweife hatten, und trugen auf dem Kopf buttenförmige schwarzglänzende Hüte. Auch der Guldeisner aus Altenmoos war so, aber die Maria erkannte ihn auf den ersten Blick und mußte lachen, so bange ihr ums Herze war.

Einer von solchen, die hinten am Rock zwei Schweife hatten, mischte sich beständig unter das Volk und sprach einmal da-, einmal dorthin: „Ich bitt' euch, liebe Leute, haltet euch brav! Nicht drücken und drängen! Und wenn Seine Majestät erscheinen, die Hüte schwenken und Hoch rufen! Nur recht laut! Ihr Steirer pflegt sonst in solchen Sachen stimmfaul zu sein. Wäre eine Schande! Nur recht laut *Hoch!* schreien, verstanden?"

Da stand unter der Menge einer, der war nicht stimmfaul, sondern entgegnete dem feinen Herrn: „Wir Steirer lassen uns nicht vorschreiben, was wir machen sollen, wir wissen schon eh', was sich schickt. Eine beständige Treu' ist besser, als ein bestelltes Geschrei. Verstanden?"

Der geschäftige Herr hatte sich in der Menge verloren.

Die Maria hielt sich im Orte nicht weiter auf. Eine Bekannte hatte ihr geraten, beim Fleischhauer einen Löffel warmer Suppe zu sich zu nehmen, da sie von Altenmoos her gewiß noch nüchtern sei. Der Maria war heute aber nicht ums Essen, sie wagte auch nicht, sich von der Straße zu entfernen, sie fürchtete derweil den Kaiserwagen zu verfehlen. Sie ging hinaus zum Müllerkreuz. An der steilsten Stelle, wo die Straße bergwärts geht und das Kreuz steht zum Gedächtnisse an den Müller, der dort vor Jahren unter die Wagenräder geraten, wählte sie ihren Platz. Sie berechnete, wie sie auf dem

Stein stehen und das Papier in den Wagen werfen werde, aber ja nicht etwa ungeschickt, daß es auf der anderen Seite wieder hinausfliege.

Sie wartete eine Stunde und länger. Schnurgerade konnte sie hinabsehen auf die Gassen von Krebsau, und wie dort die Aufregung immer größer wurde. Mehrmals fuhr ein Wagen durch, der die Menschenmenge in ein großes Hin- und Herwogen brachte, aber es war allemal nicht der rechte. Ein den Berg heranfahrender Wagen war so vornehm, daß die Maria ihre Schrift schon wollte hineinwerfen; noch rechtzeitig sah sie, daß zwei Frauen darin saßen. Jetzt betrachtete die Maria einmal ihr Papier; sie erschrak, wie die Rolle schon arg zerknittert war, an ein paar Stellen sah man sogar die Spuren der Finger. Was er sich denken müsse? An Ordnung und Sauberkeit muß sie nicht die erste sein, die Reuthoferin zu Altenmoos ... Aber mein Gott, eine Bauernhand ist das Festangreifen gewohnt und solches leidet so ein feiner Bogen nicht. Wenn der Kaiser nicht nachsichtiger tät' sein, als andere Leut', dann wäre freilich wenig Hoffnung.

Plötzlich huben auf dem Krebsauer Kirchturme alle Glocken an zu läuten und Pöller krachten, daß es weitum in den Bergen widerhallte. Gleichzeitig sah die Maria auf der Straße eine lange Reihe von Wagen, die jetzt schon durch den Reisigbogen hereinfuhren. Einige derselben waren geschlossen, andere offen. In einem der offenen, dem zwei Schimmel vorgespannt waren, saß ein blauer Mann mit einem grünen wallenden Federbusch; er fuhr fortwährend mit der Hand an das Haupt, als die Menschenmenge nun anhub, die Hüte zu schwenken und Hoch zu rufen. Der ist es! – Unserer Maria wollen die Knie brechen vor Angst.

Der Wagenzug bewegt sich schon über die Brücke und beginnt den Berg heranzusteigen. Die Menschenmenge – wie Hochflut, der die Schleusen geöffnet sind – kommt in Fluß, wogt hinter und neben dem Zuge her, die Flinkeren gewinnen Vorsprung und stellen sich den Berg heran neben der Straße auf. Weiber brechen Blumen ab, um sie in den Wagen zu werfen; etliche sammeln Erdbeersträußchen, drängen sich damit vor, um sie dem Kaiser zu überreichen. Die Maria steht wie angewachsen auf ihrem Stein am Kreuze, die Papierrolle schon gehoben in der Hand, tut sie im Herzen ein Gebet. Jetzt sind plötzlich Reiter da, die auf ihren hohen Rossen mit blankem Säbel die Leute zurückdrängen. Gerade gegen den Stein hin trabten die Rosse, martialisch schnaubend und strampfend, als wollten sie alles unter ihren Hufen zermalmen. Die Maria weicht nicht. „Zurück!" schreit der Reiter, sie strebt gegen den Wagen. „Zurück!" Ein sinnbetäubendes Lärmen braust heran. „Zurück in des Dreiteufels Namen!" schmettert der Reiter. Die Maria fühlt in ihrem Gesichte das Schnauben der Rosse, an ihrem Haupte das Klingen des Säbels – sie taumelt in den Hintergrund. –

Als sie zu sich kommt, ist der Kaiserzug vorüber. Zusammengeknittert unter ihren krampfigen Fingern hat sie noch die Bittschrift. Sie will sich erheben, greift mit einer Hand in der Luft umher, als lange sie nach einer Stütze. Leute eilen herbei, um ihr aufzuhelfen. Sie sinkt wieder zusammen.

MEIN ALTENMOOS, BEHÜT' DICH GOTT!

Am Abende desselben Tages waren die Wirtshäuser zu Krebsau und Sandeben voller Leute. Sie konnten nicht genug reden von dem Ereignisse des Tages, von den Ansprachen, von den Pferden, von dem lieben Herrn und wie freundlich er gegrüßt habe.

„Just auf mich hat er hergegrüßt!" wollte jeder wissen, „just mich hat er angeschaut und ich hab' schon gemeint, er will mich ansprechen."

Im Wirtshaus zu Sandeben am kalten Ofen saß ein Kohlenbrenner aus den Rabensteiner Waldungen. Er war vom Meiler weg, der eben ausgestört worden, die halbe Nacht gegangen, um in Krebsau den Kaiser zu sehen. Als er nun zurückkehrte, drückte er seinen verwitterten Hut ins Gesicht und murmelte: „Eine Schand' ist's!"

Ein Nebensitzender fragte ihn, was er meine.

Der Kohlenbrenner hieb die Faust auf den Tisch und schrie: „Ein Schafskopf will ich sein, wenn ich noch einmal einen Kohlenkrampen in die Hand nehm'. Rauben geh' ich! Der Arbeitsmensch ist nichts mehr, muß kuschen, der Arbeiterrock wird verschandiert. Das Müßiggängergesindel hat sich vorgedrängt, der Gendarm hat's hübsch in die Reih' gestellt, natürlich, die haben seidene Fetzen am Leib. Wie ich mich auch ein bissel durchwinden will, daß ich meinen Kaiser kunnt sehen und noch woltern acht geb', daß ich keinem auf die Zehen trete, packt er mich an der Achsel, der Gendarm, wie einen Taschendieb packt er mich an: hinteri mit dir! Ein Kerl im rußigen Flickenkittel! sagt er, das wär' eine saubere Zier in der Front'. Und stößt mich zurück. Die Leut' haben all auf mich geschaut, haben gelacht und ich hab' gemeint, in die Erd' müßt' ich sinken vor Schand'. Leckt's mich allmiteinand'! hab' ich gedacht und bin davon.

In den Felberbüschen hab' ich meinen Rock ausgezogen und ihn angeschaut über und über, ob er nicht doch wo einen Schmutzfladen oder einen losgetrennten Lappen hat. Flicken, Flicken, sonst sehe ich nichts Unrechtes. Oder seht ihr was? Der Arbeiterrock ist's und nichts weiter. Weil ich keinen andern hab' im Wald. Verschmäht und verlästert! Da hab' ich mir gedacht: *So* schaut's jetzt aus auf der Welt? Das ehrlich Werksgewand zu Schand' und Spott! – Keinen Handgriff arbeite ich mehr. Stehlen und rauben gehe ich. Mehr als Schand' und Spott steckt auch im Arrestkittel nit. Kreuzverdammte Bande!"

Der Schulmeister von Sandeben war eingetreten, der suchte den knirschenden Mann zu beruhigen. „Hätte es nur der Kaiser gewahrt!" sagte er, „unser Herr, selbst ein Mann gewissenhafter und unausgesetzter Arbeit, würde den Gendarmen sauber gestutzt haben. War ich doch selber dabei, wie vor vier Jahren der Kaiser in Auenstein ist gewesen, da haben sich die Bauern und Bergarbeiter in ihrem Werktagsanzug und mit ihren Werkzeugen aufgestellt in Reih' und Glied, da hat der Kaiser mit jedem gesprochen, ihm die Hand gedrückt und gesagt, ein schönerer Schmuck wäre noch nicht an seinem Weg gestanden. Ist wohl ein lieber Herr!"

„Ich weiß es ja", rief der Kohlenbrenner, „und just deswegen hätte ich ihn sehen mögen."

Doch hatten den Mann die Vorstellungen des Schulmeisters besänftigt und er machte sich auf den Heimweg – zur Arbeit im Walde.

„Gehst du über Altenmoos?" fragte ihn der Schulmeister.

„Freilich wohl über Altenmoos. Über den Scherwald erlaubt's der Jäger nit mehr. Er hat dort junges Wildgehege."

„Willst du so gut sein und beim Reuthofer eine Post ausrichten?"

„Beim Jakob?" fragte der Kohlenbrenner, „ist schon recht, ich geh' eh' vorbei gleim (nahe) an seinem Haus."

„Sei so gut, sag' ihm's, sein Weib liegt bei mir."

Der Kohlenbrenner lachte, aber der Schullehrer sprach: „Es ist kein Spaß, sie liegt in meinem Hause und ist krank. Er soll herauskommen und ob er sie heimführen will. Ich meine aber", setzte er leise bei, „unter uns gesagt – es wird sich nicht auszahlen, daß er sie nach Altenmoos führt; sie wird doch über kurz wieder herausgetragen. Der Schlag, sagt der Arzt. Sie war auch draußen. Auf einem Kälberwagen ist sie zurückgebracht worden. Sie liegt recht dahin. Bring' ihm's kleinweise bei, daß er nicht zu sehr erschrickt."

„Gute Nacht", sagte der Kohlenbrenner und stieg anwärts. Unterwegs dachte er bei sich: Wäre ich lieber beim Meiler geblieben. Draußen das Giften und jetzt eine solche Botschaft tragen!

Als er nach Stunden, es war schon dunkel, am Reuthofe die knarrende Torschranke aufmachte, rief an der Haustür der Jakob: „Bist es, Maria? Lang' bist aus, aber mit guter Nachricht kommst, gelt?"

„Dein Weib ist es nicht, Jakob", sagte der Kohlenbrenner, „'s ist ihr doch der Weg zu weit geworden für einen Tag. Sie ist beim Schulmeister in Sandeben und rastet sich aus. Wird sich gewiß gefreuen, wenn du sie morgen abholen gehst."

Der Jakob schritt ganz nahe an den Boten und fragte: „Ist sie vielleicht gar krank?"

„Keine Unmöglichkeit, bei der Anstrengung. Und eine Hitz' hat's gehabt zum Schlagtreffen."

Der Jakob fragte nicht weiter.

„Willst einen Löffel Suppe mit uns essen?" lud er endlich den Boten ein.

„Hab' keine verdient", dankte der Kohlenbrenner und ging nächtig seines Weges.

Der Reuthofer sagte es dem Friedel: „Heut' wird was geschehen sein, Friedel. Spannen wir zwei Ochsen ein und fahren um die Mutter."

„Ich weiß nicht, mir ist heute den ganzen Tag schon so hart gewesen", gestand jetzt der Friedel.

Sie spannten den zweirädrigen Karren an und fuhren in der Nacht auf schlechten Umwegen nach Sandeben. Unterwegs redeten sie nichts, der Friedel trieb die Ochsen an, der Jakob ging hinter dem knarrenden Karren drein und nahm sich vor, das Beste zu hoffen und auf das Schlimmste gefaßt zu sein. Lange nach Mitternacht klopften sie am Schulhause zu Sandeben.

„Sie schläft noch immer", berichtete die Lehrersfrau, „ihr solltet sie ruhen lassen."

Bei ihrem Eintritt erwachte sie und sagte die zwei Worte: „Jakob. Heim."

Der Jakob sah nun wohl, wie es stand. Was kümmerte es ihn jetzt, daß die Bittschrift noch bei ihr gefunden wurde! Sie legten die Kranke auf das Stroh des Karrens und fuhren davon. Wie war der Weg holperig! Der Jakob stellte sich mit den Achseln an die rückwärtigen Karrenjöcher und trug sie so über die rauhesten Stellen. Das Frührot ging auf, in den Wipfeln wurden die Vögel munter. Wie war dem Jakob weh ums Herz! – Erst als sie bei Morgensonnenschein in den Reuthof einfuhren, atmete er ein wenig auf. – Jetzt ist sie *daheim*. Wird's wie Gottes Willen, jetzt ist sie daheim!

Maria lag im Schlafe dahin, lallte aber mehrmals: „Jetzt kommt er! Nein, ich bitt', ich will nicht zurück. Der Kaiser! Mein Friedel!"

In der Stube waren die Fenster verhangen, weil der Jakob meinte, der Kranken müsse das grelle Licht wehtun. Er flößte ihr Milch ein, er kühlte ihre heiße Stirn mit Essig, er legte Meerrettichblätter auf ihre glühenden Hände und Füße, in denen das schwache, aber rasche Zucken des Pulses war.

Am zweiten Tage kam sie zu sich, erkannte alle, erinnerte sich an den Kaisertag und was geschehen war, blieb aber gleichgültig, als ob sie das nichts mehr anginge.

Mit ihrem Manne, der nicht von ihrem Bette wich, sprach sie noch, manchmal wie im Halbschlummer lallend, als könne sie sich vor der Müdigkeit nicht erwehren. Schlafen aber konnte sie doch nicht.

„Es ist so", sagte sie, „gut lieg' ich." — Dann fuhr sie mit halbgeschlossenen Augen zeitweilig stockend fort: „Wenn man so nachdenkt — es geht halt doch alles anders aus — auf der Welt — als man sich's denkt. — Einen Schluck Wasser, meinst? — Wohl, Wasser mag ich alleweil. So. Dank' dir Gott. — Setz' dich doch nieder, Jackerl. — Närrisch, jetzt hab' ich gemeint, der Jackerl steht dort bei der Tür. — Ist ja schon lang gestorben, der Jackerl — schon lang — ist er gestorben. — Ein bissel werd' ich halt doch Fieber haben, weil mir so Sachen unterkommen. — Möchtest so gut sein, Jakob, das Kopfkissen ein wenig flacher — ein ganz klein wenig. So, ach! so so! — Jetzt ist's gut — so viel gut. — Wenn der Mensch nur daheim ist, sag' ich alleweil — krank oder gesund — nur daheim. Deine Hand gib mir her, Jakob. — Der Friedel. — Die Angerl. — Weit sind sie wohl eh' nit weg, gelt, weit wohl eh' nit? — Ein bissel schlafen." — Hauchend wiederholte sie noch einmal: „Am besten ist's halt doch daheim?"

Er gewahrte es kaum. Ohne einen weiteren Laut, ganz sachte schlich sie sich aus dieser Welt. — Als es dem Jakob plötzlich beikam, es gehe etwas Besonderes vor, es wäre eine Veränderung an ihr, und als er eilends die Kinder rief — war es vorbei.

Der Friedel und die Angerl brachen mit schreienden Klagen nieder auf ihre Knie und überschütteten die Leiche mit Liebkosungen und zärtlichen Zurufen, wie im Leben niemals. Der Jakob blieb aufrecht wie ein Stamm. Später erst ging er hinaus in die Kapelle, und gleichsam, als wollte er es an der geheiligten Stelle seinen Vorfahren sagen, was über ihn gekommen, weinte er sich dort stille aus.

Am nächsten Tage ging er nach Sandeben, um für sein Weib die Glocken läuten und das Grab bereiten zu lassen. In ruhigem Ernste wiegten die Klänge hin in die Wälder. Das waren die Glocken, welche auch die Vorfahren zum Altare und zu Grabe geläutet hatten. Die Leute bei der Arbeit und auf den Gassen zogen ihren Hut vom Haupt und beteten ein Vaterunser für das hingeschiedene Mitglied der Gemeinde.

Als der Jakob nach den traurigen Bestellungen über den Kirchplatz ging, hielt ihn der Amtsbote an und sagte, wie froh er sei, daß ihm der Weg nach Altenmoos erspart werde und der Reuthofer die Sachen selber mitnehmen könne. Ein blauer und ein weißer Papierbogen war es, der eine vom Steueramt, der andere vom Militärkommando. So oft der Staat sich beim Landmann meldet, will er etwas haben. Gleichwohl dachte sich heute der Jakob, kann es diesmal anders sein und es ist etwan gar die Befreiung da, für den Friedel.

Was auf dem Papier vom Steueramt steht, das weiß man. In der Schrift vom Militärkommando stand, daß der Friedrich Steinreuter binnen achtundvierzig Stunden sich bei seinem Regimente einzustellen habe, widrigenfalls er als Deserteur behandelt werden würde.

Bei einrückenden Rekruten ist es der Brauch, daß sie jauchzen. Der Friedel war dieser Sitte enthoben.

Er sollte das Haus verlassen zugleich mit seiner Mutter, die im Sarge lag. Bevor die Altenmoosermänner den Sarg hoben, sangen sie das übliche Totenlied, in welchem die Hingeschiedene also spricht:

> Leb' wohl, du Eh'mann, vertrauter,
> Ich muß in das kühle Grab,
> Ich bitte dich wohl um Verzeihen,
> Wenn ich dich beleidigt hab'.

Mein Altenmoos, behüt' dich Gott!

O trauert nicht, Freunde und Nachbarn,
Wir kommen einst wieder zusamm',
Jetzt hebt meinen Leib und tragt ihn
Zum Freithof hinaus in Gott'snam.

Auch euch wird der Tod abfodern,
Ihr Lieben, und heut ist's an mir,
Auch du mußt im Grabe vermodern,
Schon morgen vielleicht ist's an dir.

Jetzt wird mich die Erden bald decken,
Ich wart' auf das Jüngste Gericht,
Da wird die Posaune mich wecken
Zu Jesu ins ewige Licht.

Nach diesem Gesange, der von den Umstehenden mit tiefen halblauten Stimmen abgesungen wurde, hoben sie den Sarg. Der Zug bewegte sich aus dem Hause und mit ihm ging der Friedel.

Ein alter Mann, der auch mit war und sich bei den Leuten auskannte, der flüsterte während des lauten Gebetes seinem Nebenmann zu: „Wir haben heute zwei Leichen bei uns."

„Wieso?"

„Die eine wird getragen, die andere geht zu Fuß."

Mit der anderen meinte er den blassen Burschen, der sich zwar bemühte, stramm aufrecht zu bleiben und der Sonne schuld zu geben, wenn er unterwegs den Hut vor die Augen hielt, dem aber doch anzumerken war, was in ihm vorging.

Der alte Mann fuhr in seinem Geflüster fort: „Heute geht's noch, heute hat er zwei Wölfe in sich, da frißt der eine an dem anderen. In vier Wochen, wenn auf dem Grab das erste Gras wächst, wird das Leid um die Mutter aufhören zu nagen. Aber das Heimweh! Das Heimweh! Es wird so sein. Es wird gewiß so sein. Er ist des Jakobs Sohn."

Als sie an den Steppenhof kamen, setzten sie auf der Brücke den Sarg nieder, wie es Sitte war, wenn sie einen Toten davontrugen, und stimmten auch hier ein altes Lied an, in welchem der Tote Abschied nimmt von der Heimat:

> Mein Altenmoos, behüt' dich Gott!
> Nun muß ich dich verlassen;
> Sei mir bedankt für Speis und Trank
> Auf meiner Pilgerstraßen.
> Und sei bedankt für Dach und Fach,
> Nun muß ich Urlaub nehmen,
> Lebwohl, bis du am Jüngsten Tag
> Zu Aschen wirst verbrennen.

Auch Friedels Herz klang mit: „Mein Altenmoos, behüt' dich Gott!"

Als sie auf dem Kirchhofe den Sarg mit Stricken in die Tiefe senkten, duckte sich hinter einem Bretterkreuze Furchenbauers Iderl und wußte sich vor Schluchzen nicht zu fassen. Sie weinte um den Toten, der auf den Füßen stand. Als Friedel nach dem Begräbnisse an ihr vorüberstrich, tastete er ein wenig gegen ihre Hand und sagte mit heiserer Stimme: „Geh', begleit' mich."

„Das darf nicht sein", antwortete das Mädchen, „du mußt jetzt mit deinem Vater und deiner Schwester gehen. Bleib' gesund, Friedel, und halt' dich fest. Wir werden noch lange beisammen sein all zwei. Da – da – verlier's nit. Behüt' dich Gott!"

Einen Silbertaler hatte sie ihm in die Hand gedrückt.

Als die Leute aus Altenmoos im Dorfwirtshause gegessen, getrunken und allsamt ein lautes Gebet verrichtet hatten für die arme

Seele derjenigen, die man zur Erde bestattet, verabschiedete sich der Friedel von seinen Bekannten. Dann nahm er sein blaues Handbündel und ging. Sein Vater, seine Schwester Angerl und ihr Mann, der Florian, begleiteten ihn hinaus bis zu den zwei Ahornen, wo sich das Wiesental einengt und die Straße zwischen Waldbergen und neben der stillwogenden Freising davongeht. Sie wußten unterwegs nichts mehr zu reden, es war alles schon besprochen und wiederholt besprochen worden, und einiges wiederholten sie nun noch einmal. Als der Vater Jakob an einem Holzstock zurückblieb, um seine lokker gewordenen Schuhriemen zu binden, eilte die Angerl mit dem Bruder voraus und hub neuerdings zu weinen an.

„Noch ein Anliegen habe ich halt", schluchzte sie dem Friedel zu.

„Schwester!" sagte der Friedel weichmütig.

„Dem Vater getrau' ich mir's gar nicht zu sagen", sprach sie. „Er wird jetzt wohl bald ganz allein sein zu Altenmoos. Wir werden auch fort müssen. Es wird nicht lange mehr möglich sein, daß wir uns halten. Du glaubst es gar nicht, wie uns der Waldmeister aufsässig geworden ist. Wo er uns was antun kann, da tut er's. Jetzt versagt er uns auch die Waldstreu. Über den Hag her ist ein Zaun gestanden, daß unser Vieh nicht in die Baumschul' des Kampelherrn hat kommen können. Den Zaun hat der Waldmeister wegreißen lassen und gestern hat er uns zwei Kühe, die in den Hag gegangen sind, fortgetrieben. Oben hat er von der Schlucht das Wasser herausgeleitet, wegen der Wiese, sagt er, aber jetzt rinnt es über unseren Weg herab und hat schon Löcher ausgerissen, daß man eine Heufuhr kunnt hineinwerfen. Du weißt es, Florian", fuhr die junge Bäuerin nun zu ihrem Manne gewendet fort, „wo du dich wehrst, da ist er mit dem Abstiften da. Wir stecken mitten im Kampelherrn: er kann uns ersticken, wann er will, wir haben schon heut' keinen Atem. Zu Altenmoos ist kein Bleiben mehr."

„Angerl", unterbrach sie der Florian, „wir wollen dem Friedel nicht auch noch mit unserer Sach' hart machen. – 's wird schon wieder besser werden und bis du heimkommst, Schwager, findest du uns vielleicht heraußen auf der Sandeben oder wo. Komm halt bald zurück, wir wünschen dir nur den lieben Gesund."

Jetzt war auch der Vater nachgekommen und sie hatten die zwei Ahorne erreicht. Dort blieben sie ein wenig stehen, dann begleitete der Friedel seine Leute wieder eine Strecke zurück. Hernach verabschiedete er sich von Schwester und Schwager. Der Vater sagte, er habe Zeit und er gehe noch einmal mit dem Friedel bis zu den Ahornen. Dort angekommen, standen sie eine Weile und der Bursche war beschäftigt, mit seiner Schuhspitze ein Steinchen aus dem Radgeleise zu schnellen. „Ja also", sagte er plötzlich, „einmal muß es sein. Nur was ich noch sagen wollt', Vater. Ihr seid nicht mehr so bei Kraft, lasset Euch leichter geschehen daheim. Nicht gar zu arg abmühen. Für wen denn auch?"

„Friedel!" fuhr jetzt der Jakob fast hastig auf, als ob des Sohnes Wort in seiner Seele eine Schleuse geöffnet hätte, „was *denn?* Ich muß ja dein Vaterhaus hüten! Du versprich mir eins, mein lieber Sohn: bleib' uns getreu! – Das Geld hast eingesteckt? So, in Gottesnamen!"

„Vater. Behüt' Gott!"

So sind sie auseinandergegangen. Keiner hat mehr zurückgeschaut auf den anderen. –

Aber als der Friedel so dahinschritt, der weiten fremden Welt zu, da ward ihm das Herz schwerer und schwerer und er vermochte nicht mehr, es weiter zu tragen. Einen Seitenweg schlug er ein, der nicht gegen die Kreisstadt führte, und als es Abend ward und die Sterne am hohen Himmel leuchteten, schlich er in Sandeben gegen den Furchenbauernhof. Die Iderl erschrak fast zu Tode, als er an ihrem Fenster klopfte.

„Ich muß noch ein Wort reden mit dir", sagte der Bursche.

„Iderl, wie kannst du mir so was antun! Willst mir schon ein Angedenken mitgeben, so ..."

„Jetzt weiß ich aber heilig nicht, was du da redest", sprach das Dirndel.

„Ein Blattel aus deinem Gebetbuch, ein Ringel oder so was, ich hätt's in Ehren gehalten von dir. Aber ein Geld! ... Da hast es wieder, sei so gut, nimm's zurück."

Jetzt hätte sie bald einen Lacher getan. „Schon Soldat sein und noch so kindisch!" kicherte sie. „Ja meinst du denn, ich hab' dir einen Taler Trinkgeld schenken wollen? Für was denn? Geld schenk' ich kein's her. Hättest du dir das Stückel erst einmal angeschaut. Ein Frauenbildeltaler! Ist die Mutter Gottes drauf, ist hoch geweiht und stammt von den heiligen drei Königen! Ich hab' den Weihtaler von meiner Großmutter selig; wie sie gestorben ist, hat sie mir ihn gegeben und wer ihn an seinem Leib trägt, dem kann kein Unglück geschehen."

„Und den willst du hergeben?" fragte der Friedel.

„Ich will ihn nur dir geben. Du mußt weit fort, du kannst in allerhand Gefahren kommen."

„Iderl", sagte er, „du mußt ihn selber behalten, du kannst auch in Gefahren kommen."

„Oh, Lapperl!" sagte sie, „was werd' denn ich daheim viel in Gefahren kommen! Bei uns ist nichts. Du kannst in den Krieg müssen, verhoff wohl, daß es nicht dazu kommt, aber ich meine nur, und da möcht' doch was geschehen. Nimm ihn, Friedel!"

Er wollte jetzt etwas sagen und wußte nicht recht, wie er's anstellen sollte, daß es schicksam herauskommt. Er hat seine besonderen Besorgnisse, die ihm das Fortgehen schwer machen. Nun streichelte er ihre Hand und sagte stotternd: „Wenn du mich lieb hast, Iderl ...

wenn du mich lieb hast, so behalt' ihn. Schau, wenn du auch daheim bist, wenn auch! Dir kann doch was geschehen, ich – ich bin weit weg von dir ..."

Sie verstand ihn nicht, sondern wehrte sich, als er ihr den Weihetaler zurückgeben wollte. So rechteten sie eine Weile um den Talisman, daß ihn eines dem anderen zuschanze. Plötzlich warf er seinen Arm um ihren Nacken, preßte ganz rasend wild seine Wange an die ihre, stieß das Wort „Behüt' dich Gott!" heraus und lief davon. Das Mädchen fühlte in demselben Augenblick an dem Busen etwas Kaltes hinabrieseln, und da war's der Taler, den er ihr meuchlings hineingesteckt hatte.

Und so ist der Friedel, des Jakobs Sohn, ohne Schutz und Schirm fortgezogen in die weite, wildstürmische Welt.

– – –

Der Jakob hatte auf dem Heimweg in sein Altenmoos den Stock fest eingesetzt. – „*Das* ist heute ein Tag!" sagte er zu sich selbst, denn wenn der Mensch keinen Genossen mehr hat auf der Welt, so muß er mit sich allein reden. „Da hätt' ich gemeint, von solchen Unglücken wäre eins allein nicht zu ertragen, und jetzt sind mir auf einmal zwei aufgeladen und ich fall' nicht zu Boden. Der Mensch kann was aushalten, wenn es sein muß. Jetzt geh' ich heim."

Und daheim, wie war es? Der alte Luschelpeterl, ein paar Mägde und ein Hirtenjunge machten seinen Hausstand. Lauter fremde Leute, aber sie ließen sich mit Fleiß angelegen sein, dem Hausvater das große Kreuz nach Kräften tragen zu helfen. Als er heimkam, stand sein Lieblingsessen, Eierkuchen mit Specksalat, auf dem Tisch. Die Stube war in bester Ordnung. Der alte Peterl hatte sich den ganzen Tag vorgenommen, dem Jakob, wenn er heimkomme, recht aus Herzensgrund die Hand zu drücken. Es war ihm mehrmals ums Weinen gewesen, aber – dachte er sich – sparst es auf, bis der Bauer heimkommt, vielleicht freut es ihn, wenn er sieht, daß du seinetweg weinst. – Als nun in der Abenddämmerung der Jakob schwer an den Stock gestützt daher wankte, da brach dem alten Knaben das Schluchzen so plötzlich und heftig hervor, daß er aufgröhlte, wie ein verwundetes Tier und dann eilends in den Winkel kroch, weil er sich schämte.

„Peter", sagte der Jakob und ging ihm nach, „was ist dir widerfahren?"

„Die Bäuerin!" wimmerte der alte Knecht, „der Friedel!" Er preßte den Arm an die Wand und weinte in seinen Ellbogen hinein.

„Peter", sagte der Jakob und seine Stimme war heiser zum Versterben, „du hast solche Sachen ja dein Lebtag schon viel gesehen."

„Das wohl, Bauer, das wohl", antwortete der Alte und rieb sich mit dem Arm derb das Feuchte vom Gesicht, „hab' wohl gewiß meiner Tag schon an dreihundert Gestorbene hinausgeleitet. Auch schon viel Soldaten fortgehen gesehen. Aber so was mag halt der Mensch frei gar nit gewohnt werden. Und jetzt die Bäurin, den Haussohn ... Geh' in die Stuben, Bauer, geh' was essen. Hungerig und müd' wirst sein. Gewiß auch noch."

Freilich, freilich hat sie ihm wohlgetan, diese Teilnahme der Seinen, die doch nicht die Seinen waren. War's nicht die Heimat, die mit ihm empfand? Schaute nicht jeder Baum und Strauch und Stein, jeder Pfosten an seinem Hause traurig auf ihn her? – Der Jakob ging hin in die Kapelle, wo die Leichbretter an die Wand genagelt waren. Dort kniete er nieder in den Kreis der Seelen aller, die aus dem Reuthofe hinausgestorben waren, und dort sagte er die Worte: „An neun Vorfahren sind angemerkt dahier. Sind alle gewesen und ist keiner mehr. Eine lange Kette von Leiden und Sterben bis zu mir herauf. Was soll ich's anders haben wollen. – In Gottesnamen, morgen will ich wieder an die Arbeit."

AUCH DIE LETZTEN ZIEHEN FORT

Stirbt gach da liebsti Mensch hinaus,
Z'erst schreit ma laut, daß's gellt in Haus;
Aft woant ma still, sa long as lind
Da küahli Brunn von Augnan rinnt.

Aft geht ma starr und stumm daher
Und woant nit mehr und locht nit mehr.
Und 's Herz is g'spirt mit G'schloß und Bond
– Da Schlüssel ligt in Gotteshond.

So war's wohl auch bei unserem Jakob. Der Schlüssel, der in Gottes Hand liegt, war ihm die Arbeit. Und als er wieder auf seiner Scholle waltete und der kühle Erdgeruch um ihn emportaute, da ward ihm leichter und er gewann neuen Mut und neue Kraft.

Eines Tages, als er in der Wasserstube seiner Kornmühle saß, um das schadhaft gewordene Rad auszubessern, schaute ihm dabei der Pfarrer von Sandeben zu, ohne daß er es merkte. Im Rauschen des vom Floße niederstürzenden Wassers hatte er die Schritte des Nahenden nicht gehört.

Der Pfarrer von Sandeben pflegte in Häuser zu gehen, wo das Unglück eingekehrt war, falls man von ihm Trost oder Rat heischte. Bei den Glücklichen ist der Priester nicht immer willkommen, aber in der Betrübnis tut ein milder Spruch, sei es nun Gottes- oder Menschenwort, wie Balsam wohl. Mit befriedigtem Kopfnicken schaute der Priester dem Jakob zu, der voller Ruhe und Behaglichkeit damit beschäftigt war, ein paar locker gewordene Taufeln des Wasserrades festzunageln.

„Gott grüß' Euch, Reuthofer!" sprach ihn der Pfarrer endlich an. „Ihr seid halt immer recht fleißig."

Als der Bauer sah, wer dastand, richtete er sich auf und zog den Hut vom Kopf. „Der Herr Pfarrer!" sagte er, „das ist was Seltsames. Wir kriegen den Herrn nicht gar oft zu sehen in Altenmoos."

„Wäre gerade kein schlechtes Zeichen", entgegnete der Pfarrer lächelnd. „Wenn Arzt und Priester viel in der Gegend umgehen, so bedeutet das selten was Gutes."

„Ist so, ist so", sagte der Jakob.

„Und kann man wohl einmal eine Ausnahme machen und auf einen kleinen Plausch zusammen kommen."

„Es gefreut mich", sagte der Jakob. „Ein wenig abrasten!"

Vor der Mühle war eine Bank, auf der, wenn drinnen die Räder dröhnten und das Brünnlein des Kornes gleichmäßig in den Hals des Mühlsteines rann, der Jakob gerne saß und hinausschaute über die grüne Wiese und hinan zu seinem still und behäbig auf der Anhöhe liegenden Hof, der sein Stolz und seine Freude war. Auf diese Bank setzten sie sich nun zusammen. Der Pfarrer brannte sich eine Zigarre an und wartete auch dem Bauer eine auf. Obwohl der Jakob kein Raucher war, so paffte er sie aus Höflichkeit an dem Streichholze an, das ihm der Pfarrer entzündet hatte. Er nebelte sehr heftig, weil er glaubte, sonst gehe das Feuer aus. Der Pfarrer blies nur von Zeit zu Zeit bedächtig ein Wölklein los und man hätte wohl merken mögen, daß er mehr an etwas anderes, denn ans Rauchen denke.

„Wird Euch nicht die Zeit lang, Reuthofer!" fragte der Pfarrer.

„Eher zu kurz, Herr Pfarrer. Nur bei der Nacht geht's mir zu langsam und freue ich mich schon allemal aufs Lichtwerden, daß ich zur Arbeit komme."

„Fehlt Euch nach des Tages Last denn der Schlaf?"

„Manchmal ist er geschwind da, kaum ich ins Bett falle", sagte der

Jakob. „Wenn er aber die ersten fünf Minuten nicht kommt, dann gerate ich ins Nachdenken über allerlei, und aus ist's."

„Ich kann mir's denken, daß Ihr Euere Sorge haben werdet, da herinnen", entgegnete der Pfarrer, „und doch stemmen sich die Reuthoferleute immer noch fest in Altenmoos."

„Das kann man just nicht sagen", antwortete der Jakob, „zu Teil tragen wir sie hinaus und zu Teil gehen sie auf den Füßen davon."

„Ist gescheiter, man geht auf den Füßen davon, als man wartet auf das Hinausgetragenwerden", so der Pfarrer.

Der Jakob starrte in die Luft und paffte Rauch von sich.

„Meint Ihr nicht, Reuthofer?" fragte der Pfarrer.

„Ich meine", sagte der Bauer, „ich werde wohl auf das Hinausgetragenwerden warten."

Der Pfarrer legte seine Hand, die Zigarre zwischen den Fingern, aufs Knie. „So viel ich sehe", sagte er, „wird Euch der Wald bald über den Kopf zusammenwachsen."

„Ist schier nicht anders", versetzte der Jakob mit einem trüben Auflachen.

„Das ließe ich mir nicht gefallen, wenn ich Bauer wäre", sagte der Pfarrer. „Der Kornhalm braucht Sonnenlicht und der Mensch muß in den freien Himmel aufschauen können."

„Wir Altenmooser sind nicht schuld daran, wenn's finster wird um uns."

„Jakob Steinreuter", sprach jetzt der Pfarrer und schaute dem Bauer freundlich ins Gesicht, „jedes Menschen Recht, ja Pflicht ist es, sein Dasein zu verbessern, wie er kann. Die meisten Euerer Nachbarn haben das auch eingesehen. Man kann nicht sagen, daß es ihnen gut gehe draußen in den fruchtbaren Gegenden, aber es geht den meisten von ihnen doch erträglich und jedenfalls besser, als wenn sie in Altenmoos geblieben wären. Die Zeit hat einen anderen

Lauf genommen. Die entlegenen Berggegenden müssen wieder Wildnis werden. Altenmoos wird's auch."

„Und so gleichgültig kann der Herr das sagen?" sprach der Jakob.

„Wenn man es seit Jahren kommen sah, mein lieber Reuthofer!"

„Hört man immer, daß der Leute zu viel würden in unseren Ländern, daß sie auswandern müßten nach Amerika, nach Bosnien, was weiß ich wohin, und mit harter Plag Wildnisse ausrotten. Und die alte Heimat lassen sie zur Wildnis werden. Ich verstehe das nicht, ich verstehe es nicht." So der Jakob.

„Offen gesagt, ich verstehe es auch nicht", entgegnete hierauf der Pfarrer. „Im Menschengeschlechte vollziehen sich die Änderungen mit elementarer Gewalt, gleichsam wie der Wechsel der Jahreszeiten, wie Ebbe und Flut auf dem Meere, wie das Vorwärts- oder Rückwärtsgehen der Alpengletscher, wie das Beben der Erde und die Vulkanausbrüche. Man kann wohl fragen, ob es zum Guten oder zum Schlechten sei, aber man muß es geschehen lassen, weil man es nicht hindern kann."

„Nicht hindern können!" murmelte der Jakob vor sich hin. „So ist aller gute Willen umsonst und alle Lehr'. Mein Vater hat oft gesagt: Was die Leute nie und nimmer wollen, das geschieht nicht unter ihnen. Es geschieht nicht."

„Ja, wenn alle denselben unwandelbaren Willen hätten!" sprach der Priester. „Manchmal jedoch heben Menschen, entgegen ihren eigentlichen Absichten, aus Vorwitz und Übermut etwas an, worunter sie hernach zugrunde gehen müssen."

„Davor müßte beständig gewarnt werden", sagte der Jakob. „Was jetzt geschieht: Dem Herrn Pfarrer kann's doch unmöglich recht sein, daß Altenmoos zugrund' geht. Es ist ja ein großer Schaden für die Pfarre, für die Pfründe, für Sandeben, wenn Altenmoos erstickt wird."

„Mein lieber Reuthofer", sagte der Pfarrer, „wie sehr habt Ihr da recht, wie sehr habt Ihr recht! Ja, ich sehe noch mehr Schaden. Ich sehe den Schaden, den die Leute nehmen, wenn sie ihre Heimständigkeit aufgeben, gleichsam vom Schiffe hinausspringen ins hohe Meer. In der Fremde werden sie Werkzeug, Ware, man nützt sie aus und wirft sie dann weg. Ich sehe den Schaden für die Religion, die nur in dem festgeschlossenen Bauerntum ihren sicheren Hort hat. Ich sehe den Schaden für den geschichtlichen Staat. Wenn im Volke das Patriarchentum zugrunde gerichtet wird, wie soll es im Staate sich halten?"

„Und doch ist ein in unserem Lande vor kurzem ausgearbeitetes Jagdgesetz zum Schutze des Bauernstandes vom Landesvater nicht unterschrieben worden", bemerkte der Jakob.

„Wie gesagt, es nimmt seinen Lauf und ist nicht zu ändern", sprach der Pfarrer. „Vor Jahren, als die ersten Bauerngüter locker zu werden begannen, habe ich den Altenmoosern geraten, um Gottes willen heimständig zu bleiben, habe sie gewarnt vor dem Davonziehen. Heute muß ich das Gegenteil tun."

„Euer Hochwürden werden wissen, was zu tun ist", sagte nun der Jakob. „Ich dürfte nicht Pfarrer sein zu Sandeben, ich nicht. Wenn ich sehe, daß es schlecht ist, wenn die Bauern abfallen von ihrem Grund und Boden, so rede und predige ich dagegen, so lange ich Atem habe in der Brust. Wird doch auch sonst allerhand besprochen auf der Kanzel, was mit Reden nicht anders wird. Warum im Gotteshaus kein lautes Wort, wenn das Unerhörte geschieht, wenn die Leute ihrer Heimat untreu werden. Den Bauernabstiftern wollte ich das Gebot Gottes deutlich genug sagen: Du sollst nicht begehren deines Nächsten Gut! Und den Bauern wollte ich Sonntag für Sonntag zurufen: Du sollst deines Vaters Boden ehren und nicht verlassen. – Die Heimständigkeit, die Seßhaftigkeit, wenn *diese* Heften loslassen, dann geht alles aus Rand und Band, ich sage es Euch."

„Wie möchte ich wünschen, daß Ihr Unrecht hättet, Reuthofer!" seufzte der Pfarrer.

„Ich auch, ich auch, Herr Pfarrer."

„Und wollte wünschen, daß *Ihr* unter der Tatsache, die Ihr seht, nicht zugrunde gehen möchtet. – Reuthofer! Ihr seid ein vernünftiger Mann. Ich ehre Eure Anhänglichkeit an der Väter Boden, sie ist an sich eine schöne Tugend; aber sie ist keine mehr, sobald sie anderen nicht nützt und Euch selber schadet. Bleibt Ihr da sitzen so fest und so lange Ihr wollt, Ihr werdet Altenmoos nicht mehr halten. Ihr werdet verlassen sein, Ihr werdet verkommen und der letzte Jakob auf dem Reuthofe wird ein seiner Vorfahren unwürdiges Ende nehmen. Nein, Freund, der Mensch gehört zu Menschen. Es ist vermessen, die kalte Erdscholle mehr zu lieben, als die Lebensgenossen. Die Menschenbrust ist unsere Heimat, sonst haben wir keine auf dieser Welt. Jakob! Lasset diesen Boden, den Ihr so sehr lieb habt, lasset ihn rasten. Lasset Wald darauf wachsen, lasset ihm Feiertag sein auf ein Jahrhundert. Dann werden wieder junge, frische Menschen kommen und reuten, und hier glücklich sein. Der Weltlauf geht so. Kommt heraus, Bauer, aus dieser aufwuchernden Wildnis, wo Ihr ja doch schon allein seid, kommt mit zu Euren Kindern!"

„Alle sind sie mir noch nicht davon, gottlob", sagte der Jakob. „Der Florian, die Angerl."

„Ihr werdet sie schwer vermissen."

„Sie bleiben in Altenmoos", sagte der Jakob.

„Reuthofer, Ihr wisset es noch nicht", sagte der Pfarrer. „Ihr wisset es nicht, daß der Hüttenmauser sein Gut verkauft hat. Es war für ihn nicht mehr möglich, sich zu behaupten. Seit der alte Hüttenmauser tot, ist das Verhältnis mit den Leuten des Kampelherrn noch schlechter geworden, jetzt hat sich Euer Schwiegersohn in der unteren Gemeinau ein Gütel gepachtet."

Der Jakob war aufgestanden, war an der Wand der Mühle mit langsamen Schritten hingegangen, dann umgekehrt und fragte nun den Pfarrer: „Ist das wahr, daß der Hüttenmauser verkauft hat?"

„Daß ich es offen gestehe, Reuthofer, er hat mich ersucht, Euch die Neuigkeit zu überbringen. Es ist ihnen bitter hart. Sie wollen Euch nicht allein lassen im Gebirge."

Nach diesen Worten des Pfarrers murmelte der Jakob: „Also die auch! – Meine Angerl geht auch." – Dann rief er aus: „Es macht nichts. Es macht nichts." Dabei hatte er die Zigarre, die, obzwar ausgelöscht, noch zwischen seinen Fingern stak, zerquetscht. Als er das merkte, legte er sie auf den Wandschrott: „Das soll sich einmal einer in die Pfeife stecken. Wir Altenmooserleut' können mit dem Stengelrauchen nicht umgehen."

Hernach kroch er langsam wieder in die Radstube und begann zu hämmern an den Taufeln.

Der Pfarrer ging kopfschüttelnd seines Weges. Als er noch hinaufblickte zu dem Hofe, der in anheimelndem Frieden hier zwischen den Wäldern lag, und als er daran dachte, mit welcher Unrast draußen in der Welt gejagt, gehetzt und im Kampf ums Dasein verzweifelt gerungen wird, voller Gier nach Geld und Ehre, oder in Angst vor dem Unterliegen, da war es ihm: der Mann hat doch recht, wenn er im Gottesfrieden seiner Berge leben und sterben will! –

Von diesem Tage an konnte der Jakob nichts anderes denken als: Die wollen auch fort? die auch? – Schade, daß der Pfarrer ein Ehrenmann ist, es müßt' erlogen sein, was er gesagt hat! – Zum wenigsten war er nicht gut berichtet. Der Florian wird gesagt haben: Hart ist's wohl jetzt, in Altenmoos. Verkaufen das Haus und draußen in der Gemeinau oder wo etwas pachten, wär' das beste. Kann ja so gesagt haben und heißt's nachher gleich: er *hat* verkauft, er *hat* gepachtet. Es wird ja allemal alles übertrieben.

Da kamen eines Tages der Florian und die Angerl, um Abschied zu nehmen. Sie hatten Ärger und Kummer darüber, daß der Vater so eigensinnig in Altenmoos verkommen wollte und sie hatten sich vorgenommen, ihm ihre Meinung darüber zu sagen. Es ging aber umgekehrt.

„Ist recht", sagte er voll Bitterkeit, „ist schon recht, daß ihr auch geht. Ist mir schon lang verdächtig gewesen, daß ihr allein die Braven sein und bei mir aushalten wollet. Glaub' euch's ja, daß auf dem Hüttenmauserhof kein Bleiben mehr ist, aber ich vermeine, auf dem Reuthof hättet ihr Platz gehabt und mir hausen helfen mögen. Mit mir laßt's nach, seit mein Weib fort ist; ich hätt' euch gern gesehen unter diesem Dach. Na freilich, euch ist um das Davonlaufen so gut wie den anderen. Das Herrsein auf eigenem Boden ist euch nicht recht gewesen, gut, jetzt seid ihr Knecht auf fremdem."

„Weil es halt jetzt schon einmal so ist, Vater", sagte die Angerl ausweichend, „und Ihr mit dem Reuthof dieweilen auf niemanden zu warten braucht – der Friedel wird ihn ja eh' nicht wollen, wenn er ausgedient hat –"

„Wer sagt das?" rief der Jakob.

„Ist einer einmal bei den Soldaten gewest", setzte der Florian bei, „dann hat er zur Bauernarbeit keine Lust mehr."

„So hätte ich gemeint, Vater", fuhr die Angerl fort, „Ihr solltet halt in Gottesnamen auch verkaufen und mit uns gehen."

„Gemeint ist's gut", antwortete der Jakob, „mit euch gehen. Gemeint ist's gut. Nur weiß ich jetzt nicht, ladet ihr *mich* oder das Geld."

Wie nach einem Stoß auf die Brust, so zuckte die Angerl vor diesem Worte zurück. „Auf das –" versetzte sie tonlos, „auf das kann ich nichts mehr sagen." Und hub zu weinen an.

„Noch keine", sprach nun der Jakob, „ist fortgegangen aus Altenmoos, ohne daß sie geweint hätte. Geweint hat jede und fortgegangen ist sie doch. – Wein' dich aus, Angerl, ich wünsche, daß es das letztemal ist. Es soll euch gut gehen, ich wünsche es euch. Vergesset mir die hart' Red'. Wenn ihr einmal recht arm werden solltet und recht müde, so kommt nur wieder. In diesem Haus wird Platz sein. Jetzt geht nur, ist schon recht, geht nur!"

Rascher, als es sonst seine Art war, hatte er sich umgewendet und ließ die beiden Auswanderer allein stehen.

„Vom Grab", schluchzte die Angerl, „vom Muttergrab bin ich nicht so schwer weggegangen, als von diesem Haus, wo der Vater allein zurückbleibt. Alles Einöde, und sein Haar wird weiß ..."

„Was sein muß, muß sein", sagte der Florian und führte sein Weib aus dem Heimatshaus. Und führte sie fort fünf Stunden weit bis in die Gemeinau.

Dort hatten sie ein Häuschen gepachtet, vorläufig nur auf ein Probejahr. „Sehe ich, daß ihr brave Leut' seid", hatte der Eigentümer gesagt, „nachher schließen wir auf länger ab."

Als die Pächtersleute nun mit ihren Habseligkeiten angerückt kamen und auch zwei Ziegen bei sich hatten, klatschte der Eigentümer des Gütels mit beiden Händen an seine Oberschenkel und rief: „Seht! fort mit diesen Gespenstern! Geißen leid' ich nicht. Solche Rabenäser möchten mir die Wiesen und Sträucher sauber zernagen, daß nachher eine halbe Ewigkeit nichts mehr drauf tät wachsen. Ich hab' einen höllischen Respekt vor diesen Rindviehern!"

Die Angerl kicherte: „Bei dem sind die Geißen Rindvieher."

„Ist's euch nicht recht, so sind wir wieder ledig!" setzte der Eigentümer bei.

So mußten sie es bald erfahren, daß ein Unterschied ist, ob man auf eigenem Boden sitzt, oder im Pacht.

DAS FREMDE DAHEIM UND EIN GRUSS AUS DER FERNE

Allein blieb eigentlich der Vater Jakob nicht zurück in Altenmoos, wie die Angerl meinte. Es gab noch manche Leutchen, die entweder in seinem Hause oder in den verfallenden Huben und Hütten des Engtales wohnten.

Da war der alte Pechölbrenner Natz. Der hatte sich allmählich so fest beim Jakob eingeheimt, daß keine Rede mehr vom Fortgehen war und auch keine mehr vom Dableiben. Er machte stillwegs in allem, was Haus und Hof betraf, Gemeinschaft mit dem Bauer. „Unser Haus", sagte er, „unser Stubentisch, unser Bett. Und wie wird's unserem Friedel gehen beim Soldatenleben?" Und einmal, als sie beide in sternheller Nacht vom Felde heimkehrten, rief er aus: „Jakob, Jakob! Was wird's sein, wenn wir einmal im Himmel sind und unsere Weiber wieder haben!"

„Ich weiß mir nur eins", antwortete der Jakob.

„Wohl, wohl, Reuthofer, die übrigen drei gehören mein. Daß d' kein' Angst hast. – Aber ich denke", setzte der Natz bei, „wir halten auf dem Erdboden herunten aus, so lang es geht."

Da war im Reuthofe eine alte Magd, die beständig im Hause herumknurrte, sich mit niemandem recht vertragen konnte, aber dem Jakob eine fleißige Hauswirtin abgab. Wo sie dem Gesinde für die Vorratskammer etwas abzwacken konnte, da tat sie es, bis der Jakob zu ihr einmal die schneidigen Worte sprach: „Gardel! Beim Schlechtessen ist noch kein Bauer reich geworden, aber beim Gutarbeiten." Gegen den Hausvater getraute sie sich nichts dreinzureden, weinte aber nach einem Verweis von ihm die halben Nächte und drohte mit dem Davongehen oder gar mit dem Sterben. Und wenn sie sich dann vorstellte, wie sie daläge auf dem schmalen Brett und der Jakob hätte gar niemanden mehr auf der Welt, der ihn hege und pflege, da weinte sie noch mehr. Und ging nicht davon und starb nicht, sondern knurrte und knauserte und arbeitete und hatte heimlich Erbarmen mit dem armen Jakob.

Da war der alte Luschelpeterl. Dem hatte der Steppenwirt einmal eine Mücke in den Kopf gesetzt, und die wuchs sich nach und nach aus zu einer Hummel und endlich gar zu einem Vogel. Weil der Peterl, wie wir wissen, die Vogelstimmen so täuschend nachzumachen verstand, so sagte damals der Steppenwirt: „Vögel müssen weit umfliegen in der Welt, sonst hätten sie die Flügeln umsonst." Flügeln hatte der Peterl zwar keine, aber mit seinem Vogelgesang konnte er sich draußen in den Landwirtshäusern und in den Städten wohl ein besseres Brot erwerben und ein vergnüglicheres Leben führen, als in Altenmoos, wo ihn die Waldvögel mit seiner schlechten Kunst denn einmal nicht aufkommen ließen. Und eines Tages schnürte der Alte sein Bündel und wollte auf Kunstreisen. Der Jakob sprach ihm vergeblich zu, daheim zu bleiben und nicht auf fremden Straßen sein Todbett zu suchen. Er nahm seinen Wanderstab. Da hub die Gicht an, ihm abzuraten; sie redete nicht, sie zwickte an seinem Fleisch, sie grub und bohrte in seinen Gebeinen und der Luschelpeterl mußte sich auf die Ofenbank legen im Reuthof.

So lag und kauerte er seither die längste Zeit, im Sommer wie im Winter, und schlief und pfiff. Aber welche Halm- oder Laubblätter er sich auch auf die Zunge legen mochte, der helle Amselschlag, der liebliche Nachtigallenschlag wollte nicht mehr glücken, eher war's wie Raben- oder Eulenschrei, und die alte Gardel zeterte ihm wiederholt zu, er solle doch still sein mit seinem Gekrächze, er schrecke damit nur die Hühner und es sei ein Graus!

„Ja", knurrte der Peterl. „Still sein, sagst? Alte, ich werd' dir was pfeifen!" Und pfiff. Er schnitt sich weder Haar noch Bart, und sein Haupt war wie der Kopf eines weißen Pintschers. Allmählich wurde er sehr schwerhörig, wollte es aber nicht merken lassen, sondern nickte stets beistimmend den Kopf, wenn er sprechen sah, und als ihm die bissige Haushälterin einmal zurief: „Peterl, du bist ein altes Schaf!" nickte er auch. –

Da war im Reuthofe ein Junge, ein Waisenknabe, den der Jakob nach dem Verluste des Jackerls einer durchs Land ziehenden Dörcherbande abgenommen hatte. Dieser Junge hatte fuchsrotes Haar und einen schiefen Blick. Die Leute hießen ihn darob gerne den „Rotschiagl", was aber der Jakob nicht leiden wollte. Der Hausvater war gegen den halberwachsenen unbehilflichen Burschen besonders gut und schenkte ihm Vertrauen. „Auf den Ferdinand muß man recht achtgeben", sagte er einmal zum Natz, „daß er nicht schlecht wird."

„Warum soll denn der Ferdinand schlecht werden?" fragte der Natz.

„Er hat rotes Haar und schielt", sagte der Jakob.

„Bist du auch so einer, der auf solche Sachen schaut?" versetzte der Natz.

„Freilich", antwortete der Jakob. „Leute, die ein unangenehmes Aussehen haben, sind in größerer Gefahr, schlecht zu werden, als andere. Unter rotem Haar und Bart ist selten gute Art, heißt's, und ein schielend Aug', ein falsches Herz."

„Und meinst also, Bauer, daß gerade falsche Leut' gern schielen?"

„Umgekehrt, Natz, schielende Leut' werden leicht falsch. Sie werden dazu getrieben. Ist einer als Kind noch so brav, wenn er schielt, rotes Haar hat, ist kein Vertrauen zu ihm, nur Verdacht, er muß zu allem Schlechten fähig sein. Fällt irgendwo etwas vor, wer kann's getan haben? Der Schielende. Denkt sich der: Wenn sie mir's ohnehin zeihen, warum soll ich's nicht auch tun? Mein Bravsein ist ja nichts wert, sie geben nichts dafür. – Ich habe mir oft gedacht, die Schönheit im Menschen soll man nicht gering achten, sie ist eine große Gnade Gottes; je schöner einer ist, je leichter wird ihm das Bravsein gemacht. Trotzdem meine ich, wir sollten es auch dem Ferdinand nicht zu schwer machen."

„Wird wohl schier richtig sein, Jakob", sagte der alte Natz.

Der Ferdinand war in der Tat ein stiller, gutmütiger Junge, und Jakob meinte, es wäre zur Dankbarkeit dafür, daß er dem Stromerleben entrissen und einer Heimständigkeit zugeführt worden sei. Der Ferdinand konnte sich ans Stromerleben aber kaum mehr erinnern, nur daß er – dem jetzt zwar nichts mehr fehlte – ein behagliches Gefühl hatte, wenn er an Sonntagen draußen in Sandeben einen Gendarmen sah, denn da fiel ihm allemal ein: warme Kammer und sattessen. – So oft die Leute den Ferdinand „Rotschiagl" hießen, nannte ihn der Jakob einen braven Burschen. –

Da war endlich im Hause eine junge, zwergige Dirn, die sehr täppisch tat und fortwährend lachte. Eine Tochter vom Guldeisner, wollten die Leute wissen. Es stimmte vieles dafür. Die zwergige Dirn war so bestellt, daß sie sich ihr Brot nicht verdienen konnte, sondern als Einlegerin (Pfründnerin) hin und her geschummelt wurde in Altenmoos. Die Schätze hat der Guldeisner mitgenommen, die Lasten hat er dagelassen. Ein wahrer Zorn kam dem Jakob manchmal bei diesem Gedanken, aber der armen Dirn ließ er nichts entgelten. Sie ist ja nicht die einzige; die rüstigen Leute gehen alle davon und die „Hascherln" bleiben alle da und der Reuthof, wo die Alten und Bresthaften Unterstand suchen, gleicht schier einem Armenhause. Der Kampelherr zahlt wohl seinen Beitrag für das Siechenhaus in Krebsau, welchem die Pfründner von Altenmoos zugeteilt waren; aber die Armen von Altenmoos meinten, sie wollten nicht in die Elendfabrik, da sei ihnen ihr eigenes Kleingewerbe von Jammer und Not daheim noch lieber. Der Jakob seufzte unter den traurigen Lasten und behielt die Leutchen, sofern sie nicht im Betteln umgingen, bei sich.

Mit der zwergigen Dirn hatten die Einwohner des Reuthofes mancherlei Ergötzen. Die Boshafteren foppten und narrten sie und machten sie zum Stichblatt von allerhand Schalkheit. Sie saß jedem auf und schüttelte sich dann vor Lachen. Wenn sie sich ausgelacht hatte, dann weinte sie über ihre Dummheit. Jedem klagte sie ihre große Dummheit, so wie andere ihren Kopfschmerz, ihre Gicht klagen. Der Natz fand sie eines Tages schluchzend am Brunnen stehen. Der Schuster war im Hause und hatte die zwergige Dirn ersucht, den schwarzen Pechlappen reinzuwaschen. Bereits hatte sie eine ganze Stunde daran ihre Hände wundgerieben und der Lappen wurde immer noch spröder und schwärzer. Plötzlich fiel ihr ein, daß sie möglicherweise wieder die Gefoppte sei und so klagte sie dem herbeikommenden Natz, daß sie halt gar so viel einfältig wäre und ob es denn kein Mittel gebe gegen ihre Dummheit?

Der Alte mochte sich an den Spruch erinnern, daß Erfahrung klug mache und weil ihm ein Volkswitz einfiel, so sagte er zur zwergigen Dirn: „Ein Mittel täte ich wohl wissen, daß du gescheit kunnst werden."

„*Das* wär' ein Glück!" rief die Dirn und schlug ihre Hände zusammen, daß der Pechlappen quatschte und ihr wie dem Natz daraus das Wasser ins Gesicht sprang. „Wird aber wohl gewiß recht hart zu haben sein, das Mittel?" fragte sie.

„Der gute Willen gehört dazu", belehrte er. „Pass' auf. Wenn die Gardel wieder einmal den Ofen heizt und Brot backt, so pass' auf! Wenn sie die gebackenen Brotlaibe aus dem Ofen zieht, so geh' her, wirf dein Gewand weg und krauch' eilends hinein. Die Backhitz' wird dir die Dummheit schon ausziehen."

Der Alte dachte nicht weiter an den Spaß. Und einmal nach dem Brotbacken hörte die alte Gardel im Ofen ein erbärmliches Winseln und wälzte sich drinnen die zwergige Dirn. Wohl kam sie glücklich wieder aus dem Fegefeuer und insoweit war sie auch wirklich gescheiter geworden, in den heißen Ofen kroch sie nicht mehr. – Aber auch der alte Natz war um so viel gescheiter geworden, daß er keinen Halbnarren mehr foppte, sondern nur kluge Leute. –

Ähnlicher Art waren also die Hausgenossen des Jakob Steinreuter und ähnlich war die übrige Bevölkerung von Altenmoos. Freilich standen auch Schlaue und Verdächtige darunter, aber der Jakob war vertrauensselig und fast dankbar dafür, daß sie dem Boden treu geblieben.

In der Zwieselkeusche hatte sich ein Gesindel zusammengetan von Strolchen und Zigeunern, die freilich nichts weniger als heimgesessen sein konnten. Sie gaben sich angeblich mit Korbflechten und Kesselflicken ab, es waren jedoch der Körbe im Überfluß zu Altenmoos und lange nicht in allen Kesseln wurde gekocht. Der Jakob stand mit solchen Leuten nicht auf gutem Fuß und mußte zur Nachtszeit oft der Ferdinand auf der Wacht sein, daß aus der Scheune nicht das Korn, aus dem Stall nicht die Schafe, von den Feldwägen nicht die Eisenbeschläge davongingen. Der Bauer zahlte zwar auch Steuern auf die gute Meinung, vom Staate gesetzlichen Schutz seines Eigentums zu haben, aber der Herr Staat zuckt die Achseln: 's ist ein Waldbauer. Läßt sich nichts machen. – Dem Waldbauer ist es halt einmal so aufgesetzt! würde der Wegerer sagen.

Eines Tages kam ein Schreiben vom Friedel. Es war etwa sieben Wochen nach seiner Einrückung. Der Jakob wunderte sich über die Maßen, daß der Brief so munter war.

„Liebe Eltern!" hatte er geschrieben, das letzte Wort aber gestrichen und „Vater" dafür gesetzt. – Was hat denn der so Wichtiges zu denken, daß er der Mutter Absterben vergessen kann! Ist er denn nicht selber dabei gewesen? So dachte der Jakob. Daß aber dem Burschen damals sein eigenes Abscheiden von der Heimat das Herz taumelig gemacht hatte, daß im Kopf eines braven Knaben Heimat und Mutter beisammen wohnen, als ob eines ohne das andere nicht sein könnte, daran konnte der Jakob doch wieder nicht denken.

Der Friedel hatte in den Buchstaben noch den kindlichen eckigen, aber deutlichen Zug von der Schule her, und er schrieb:

„Lieber Vater!

Ich wünsche, daß Euch meine paar Zeilen in bester Gesundheit antreffen möchten. Ich bin Gott sei Dank gesund und fehlt mir auch sonst nichts, wie sie sagen, daß man so Hunger leiden muß beim Militär, ich kann mich nicht beklagen. Das Exerzierenlernen ist wohl nicht leicht, kriegen viele Straf, ich bin derweil noch glücklich drauskommen. Sonst ist es wohl ganz anders als ich mir's vorgestellt hab'. Als Neuigkeit kann ich Euch schreiben, daß unser Feldwebel, heißt Johann Miesenbacher, die Sandeben kennt und auch einmal durch das Altenmoos gereist ist. Das ist mein bester Kamerad. Aufs Heimatl denk' ich wohl oft und kommt's mir für, wenn nur dort etwas auf mich warten tät'. Die Berg' werden schon stehen bleiben, wenn ich nur das Leben glücklich heimbring'. Auf meine Gesundheit schau ich wohl gut und die Zeit wird doch vergehen. Weil ich nur nicht bei der Kavallerie bin, die müssen länger dienen, heißt's. Wenn wir Krieg kriegen, das macht mir nichts, wird doppelte Dienstzeit gerechnet und vor den Kugeln fürcht' ich mich nicht, für mich ist keine gossen. Geld hab' ich noch nicht vonnöten, daheim ist alles gut aufgehoben. Bleibet recht gesund und ich lasse alle Bekannten grüßen, auch in Sandeben und sie sollen nicht ganz auf mich vergessen. Ich beschließe mein Schreiben im Schutze Gottes und verbleibe Euer dankschuldiger Sohn bis ins kühle Grab.

Friedrich Steinreuter, beim 27. Infanterie-Regiment König der Belgier usw."

„Munter" nannte das der Jakob! Als er jedoch den Brief das wiederholte Mal las, da entging ihm nicht der schwermütige Hauch des Heimwehs, der in dem Briefe war. Nur der betrübte und verschämte Hinweis auf etwas, das seiner warten möchte, auf die Bekannten in Sandeben, ging unverstanden an dem Vaterherzen vorüber. Das hätte eine Mutter besser erlauscht. Der Jakob dachte an sonst nichts mehr als an seinen Hof und an Altenmoos und hatte vergessen, daß für einen zwanzigjährigen Knaben auch noch etwas anderes auf dieser Welt sein kann.

Sein Antwortschreiben an den Sohn enthielt folgende Stelle:

„Und da ist mir was eingefallen, Friedel, wie Du geschrieben hast: Wenn nur daheim etwas auf Dich tät' warten. Neben der Kapelle habe ich gestern einen jungen Weichselbaum gesetzt, der ist Dir vermeint. Es wartet alles auf Dich im ganzen Hof, aber der Weichselbaum ist ganz Dein, der wächst Dir zu und ist noch jung und frisch bis du heimkommst. Wenn ein junger Mensch um ein paar Jahre älter wird, das macht nichts, da wächst er erst ins rechte Leben hinein. Bei einem alten ist's freilich anders, aber ich verhoff's auch noch zu erleben mit Gottes Hilf, daß Du ins Heimathaus, in *Dein* Haus zurückkehrst ..."

So haben sie sich gegenseitig getröstet. Und den jungen Weichselbaum betreute der Jakob, als wäre er ein Mensch. So oft ihm ums

Herz war: wenn ich nur jetzt dem Friedel etwas Gutes tun könnte, ging er zum Weichselbaum, lockerte an dem Stämmchen die Erde, tat von den Zweigen die Käfer, von den Blättern die Würmchen. Und allemal, wenn er in der Kapelle sein Abendgebet verrichtet hatte, ging er auch noch zum Weichselbaum, streichelte ihn und sagte: „Gute Nacht, Friedel! Wie wird es dir jetzt gehen draußen in der weiten Welt! – – Gute Nacht, Friedel!"

JAKOB BESUCHT SEINE KINDER

Die jungen Pächtersleute in der Gemeinau hatten ein Kind bekommen. Als ob das Töchterlein mit großer Absicht keine geborene Altenmooserin sein wollte, war es gerade drei Tage nach der Auswanderung ans Licht der Welt gegangen. In der Gemeinau, wo weit und breit kein Waldbaum stand, schien dieses Licht der Welt auch viel heller und wärmer, als in den Waldschatten der Sandach.

Die Angerl schrieb dem Vater Jakob, er möchte kommen und seine kleine Enkelin ansehen. „Ist er nur erst einmal da", sagte sie zu ihrem Florian, „dann wollen wir es ihm hier so lieb und gut machen, daß er auf sein Altenmoos vergessen soll."

„Dazu wirst du ein großes Glück vonnöten haben", sagte der Florian.

„Wenn ich's auch nicht so auslegen kann, wie gern wir ihn haben, so meine ich doch, er müßt' es verspüren, wie man beim Ofen die Wärme verspürt, ohne daß man Feuer zu sehen braucht."

Der Florian schaute seinem Weib ins Auge und war stolz darauf, daß sie so feine und gescheite Gedanken hatte. „Wenn die kleine Mirl auch so wird!"

„Die wird noch gescheiter", sagte sie, „in der ist auch *deine* Gescheitheit dabei. Die wird erst einen Buckelkorb haben müssen, daß sie ihren Verstand ertragen kann."

So neckten sich die beiden.

Dann richteten sie dem Vater Jakob das gute Stübel ein und sie selbst zogen mit dem Kinde in die Nebenkammer. Sie ordneten alles so an, wie sie wußten, daß es der Vater gewohnt war, nur daß sie es viel feiner und behaglicher zu machen gedachten, als es im Reuthofe je gewesen.

Der Jakob machte sich im nächsten Frühjahre denn auch wirklich auf und reiste nach der Gemeinau. Als er in das weite Tal hinaus kam, wunderte er sich, wie da alles schon so schön sommerlich war, während in Altenmoos noch überall der Schnee lag, der schmutzige, mit Fichtennadeln und Zapfenschuppen durchsetzte Schnee. Auf den schlechten Wegen waren noch die Eiskrusten oder rann das trübe Wasser. Hier im Tale der Gemeinau lagen die Straßen blendend weiß und trocken, und der Maiwind fächelte Staub empor. Auf den Feldern grünte die junge Saat, Apfelbäume blühten und auf den Wiesenrainen schnitten die Häuslerinnen schon junges frisches Futter.

Der Jakob freute sich an der schönen Welt und gönnte es den Leuten der Gemeinau, daß sie eine solche Heimat hatten.

Das Haus seiner Kinder war schwer zu erfragen. Überall stattliche Gehöfte, überall vielwissende Leute, aber von den aus dem Gebirge Eingewanderten wollte keiner gehört haben. Endlich erinnerte sich ein Weib, daß im Steinhäusel seit einem Jahre fremde Pächtersleute hausten. Man sehe sie fast nie, sie wären immer daheim auf dem Anwesen und sehr fleißig, aber sie verstünden nicht recht zu wirtschaften, sie machten alles so, wie sie es im Gebirge, aus dem sie gekommen, gemacht hätten, und das tauge hier nicht und sie würden tüchtig zu tun haben, um sich aufrechtzuhalten.

Draußen hinter dem Dorfe war ein dürrer steiniger Bühel, fast der einzige Steingrund in diesem fruchtbaren Tale. Und dahinter duckte sich das Häusel, in welchem die Altenmooserleute lebten. Ein alter halbverdorrter Birnbaum ragte mit seinen starren Besen über den Dachgiebel auf, abseits war noch einiges Buschwerk und dann lagen die Äckerlein, auf deren fahlem Erdgrunde das Korn aufprießte in rötlichen Spitzen. Das Häusel war viel kleiner, als der Jakob nach dem breiten, zu allen Seiten weit hinausstehenden Strohdach vermutet hatte, aber um dasselbe war Brennholz und Geräte in guter Ordnung geschichtet und gerichtet. Die Angerl war vor der Haustüre eben damit beschäftigt, weißen Federflaum auf ein Brett zu streuen und in der Sonne zu lockern.

„Schau, schau, was in der Gemeinau die Schafe für eine feine Wolle geben!" Mit diesen Worten trat der Jakob vor und begrüßte seine Tochter.

Diese sprang ihm mit einem Freudenschrei an den Hals. So heftig war sie ihn in Altenmoos nie angesprungen. „Ja", lachte sie hernach, „das ist aber keine Schafwolle, das sind Bettfedern."

„So, Bettfedern! Hoch hinaus! Gefreut mich, daß euch schon die Federn wachsen. Hoch hinaus!"

„Ist nicht so vornehm, wie es ausschaut", sagte die Angerl. „Fliegen tun wir noch allweil nicht. Nein, wirkliche Federn, so weit haben wir es noch nicht gebracht, beileib' nicht. Das da ist nur der weiße Flaum, der im Herbst auf den Disteln wächst. Disteln haben wir genug auf unserem Grund, so nutzen wir sie und habe ich im vorigen Herbst den Flaum gesammelt, man liegt just so gut darauf, wie auf Federn. – Aber, Vater, so kommt doch in die Stube, Ihr müßt ja die kleine Mirl anschauen. – Mirl! Mirl!" rief sie in die Stube voraus, „der Ähndl (Großvater) kommt! der Ähndl ist da!"

Das kleine Mädchen hockte im Nest, guckte mit seinen blauen Äuglein ein wenig befremdet auf den großen Mann, der jetzt eintrat, den es im Leben nie gesehen hatte, von dem jetzt soviel Aufhebens war und dem es gar das Händel und einen Kuß geben sollte!

„Ganz dem Friedel seine Augen hat sie", sagte der Jakob mit Befriedigung, „und das ist brav von euch, daß ihr der Kleinen den Namen von der Großmutter gegeben habt. Nur solltet ihr aus dem schönen Maria nicht das Mirl machen."

Jakob besucht seine Kinder

„Mirl!" rief die Angerl lachend, „gefällt Euch das nicht! Da in der Gemeinau ist es halt so der Brauch und jede Maria heißen sie Mirl."

„Nun ja", murmelte der Jakob halb für sich hin, „wenn's so der Brauch ist in der Gemeinau, nachher ist's freilich was anderes."

„Ich will sie Euch zulieb' aber gerne Maria heißen", sagte die Angerl. „Was ich doch kindisch bin! Da schwatzen und Ihr habt nichts Warmes im Magen. Zuerst muß ich noch den Florian rufen, der tut auf dem Felde draußen Steine graben."

„Steine graben!" sagte der Jakob, „auch hier müsset ihr reuten!"

Sie war schon fort und er saß im Stübel allein bei seiner Enkelin. Da wurde ihm ganz warm ums Herz. Und als er das weiche Händchen festhielt und als ihn das schöne blondlockige Kind so klug und treuherzig anblickte, da war ihm schier, als wäre er nach langem Irren in der Fremde heimgekommen.

So blieb der Jakob nun ein Weilchen im Steinhäusel. Am ersten Tage tat er nichts, als mit der kleinen Maria spielen und scherzen und in der kleinen Wirtschaft des Schwiegersohnes, sowie im Dorfe herumzugehen. Da sah er allerhand Neues. Manches gefiel ihm nicht übel, aber zu dem meisten schüttelte er den Kopf. – „Viel Schale und wenig Kern!" sagte er. Am zweiten Tag tat er sich nach einer Beschäftigung um, aber es gab nichts Rechtes und die Werkzeuge waren ihm unhandlich. Der Florian ging ins Tagwerk aus, das war sein Haupterwerb und er mußte bisweilen viel herumfragen, bis er Tagwerk fand. „Ist auch wieder was Neues", bemerkte der Jakob einmal, „zu Altenmoos betteln arme Leute bloß ums Essen, dahier auch um Arbeit."

Die Kost, welche die Angerl ihrem Vater vorsetzte, wollte ihm nicht recht schmecken. Gut war sie freilich und mit Fleiß gekocht; sogar Kaffee, Butter und Honig gab's. Aber der Jakob dachte bei jedem Bissen daran, daß er um teures Geld gekauft werden müsse, und ein richtiger Gebirgsbauer sieht in solcher Gebarung den Untergang, selbst wenn die gekaufte Kost mit den Einnahmen im Verhältnis stünde.

An seiner Tochter sah er jetzt eine Art Leichtsinn, den er daheim nicht an ihr bemerkt hatte. Nur heiter sein und den Tag loben, es wird sich schon geben. Nicht beständig das Leben sich mit Sorgen und Grämen verkümmern. Klopft die Not an und man macht nicht auf, so geht sie wieder vorüber. – Das war so das Denken der Angerl. Dem Jakob gefiel das durchaus nicht. Die Weltleute trösten sich alle ähnlich, bevor sie zugrunde gehen. – Je besser sie es ihm meinte, je aufmerksamer sie ihn betreute und bediente, je unbehaglicher ward ihm.

Eines Tages fragte die Angerl ihren Vater, ob er nicht in Ägypten einen Bekannten habe.

„Wieso denn in Ägypten?" fragte er.

„Es ist keine müßige Frage", sagte die Angerl.

„In Ägypten einen Bekannten? Wüßte keinen, es wäre denn der ägyptische Josef aus der Bibel."

Nun erzählte sie ihm, daß vor kurzem ein Kapuziner mit einer Schmalzsammelbüchse in der Gemeinau umgegangen. Derselbe sei auch in das Steinhäusel gekommen, habe anfangs einen schönen Spruch aufgesagt, sich dann zum Tisch gesetzt und von einer weiten Reise erzählt, die er vor einem Jahr ins Heilige Land gemacht. Hernach habe es die Rede ergeben, daß sie, die Angerl, eine Altenmooserin täte sein und hierauf habe der Pater erzählt, daß er auf dem Roten Meer – das sei genau dasselbe, auf dem die Soldaten des Pharao ertrunken – mit einem Seemann bekannt geworden wäre. Der sei schier wild und braun gewesen, wie ein Mohr aus dem Ägyptenland, habe aber Deutsch geredet. Der Mensch habe von Sandeben gesprochen, sogar von Altenmoos gewußt und sich erkundigt nach dem Jakob Steinreuter und seinen Leuten. Er habe alle bei ihren Namen genannt, aber nichts weiter gesagt. Ob er – fragte die Angerl den Vater – sich nicht denken könne, wer dieser Mensch gewesen sei?

Ins Ägypterland, so weit könne er nicht denken, wenn er nicht die heilige Schrift vor sich habe, antwortete der Jakob, es sei wahrscheinlich einer der Auswanderer gewesen, die sich in der ganzen Welt zerstreut hätten und vor lauter Grimm und Ärger über ihr Mißgeschick allerlei Farben bekämen.

Solch sachtes Ineinanderweben von Heimat und Fremde war dem Jakob unheimlich. Und das Nichtstun machte ihn allmählich ganz müde und verdrießlich. Einmal nahm er den Spaten und ging an den Feldrain, um Steine auszugraben, es war aber keiner mehr drin. Dann ging er hinauf an den Bühel und hub dort an, Steine zu lockern. Es wird nicht schaden, wenn man den Bühel reutet, dachte er, wie sich's heute zeigt, haben sie in etlichen Jahren eine Stuben voll Kinder, da werden sie wohl neue Äcker brauchen. Aber je mehr Steine der Jakob ausgrub, je mehr waren noch drin. Und endlich kam der Eigentümer des Anwesens herbeigeschliffelt, der fragte den Jakob barsch, was er da mache! Er lasse auf seinem Boden nicht herumwühlen.

„Ihr solltet ja froh sein, wenn man Euch den Boden fruchtbar macht", wendete der Jakob ein.

„Froh sein!" lachte der Eigentümer schrill auf, „das auch noch! Und sich recht schön bedanken bei den Herren Gebirgsdodeln, daß sie zu uns herabkommen. Schön bedanken dafür, daß sie uns mit ihrer vorweltlichen Bergwirtschaft die Felder verderben und den Pacht schuldig bleiben schon im ersten Jahr. Jawohl, ich bedank' mich schön für solche Leut'!"

„Jetzt ist von nichts als von den Steinen zu reden, die ich Euch aus dem Grund gegraben habe", sagte der Jakob.

„Ich will sie wieder drin haben!" schrie der Eigentümer. „Nächste Wochen kommen die steueramtlichen Grundausmesser und da braucht man Steinboden."

„Ich verstehe schon", sagte der Jakob, „es ist eine schöne Wirtschaft. Es ist eine schöne Wirtschaft."

Von diesem Tage an wollte es ihn gar nicht mehr freuen in der Gemeinau. Auch sagte er, es sei ihm die Luft zu schwül, er habe immer die Empfindung, als liege ein Gewitter im Himmel. Daß die Leute hier anders gekleidet waren und anders wohnten als in Altenmoos, daß sie im Sprechen viele Worte anders betonten, das war ihm gleich anfangs aufgefallen. Jetzt hub derlei nachgerade an, ihm ein Gefühl des Ekels zu erregen, und an den lauen Abenden, wenn die Mairosen dufteten und die Nachtigall schlug, da wurde ihm übel. Niedergeschlagen, erschöpft und krank war er an manchem Tage.

Und als der Frühling so seine ganze Herrlichkeit entfaltet hatte, ja hochsommerlich geworden war im Tale, da sagte der Jakob zu seiner Tochter: „Jetzt wird wohl auch zu Altenmoos der Auswärts gekommen sein. Jetzt will ich halt in Gottes Namen wieder heimgehen und Korn und Erdäpfel und Kohl anbauen."

Sie wollte ihn schon fragen, ob er sich's denn nicht überlegt hätte? Ob es ihm nicht in dem schönen Tal besser gefalle als im Hintergebirge? Ob ihm die guten Wege und Stege hier nicht recht wären? Und das Stübel mit der kleinen Maria! Und anderes, was bequemer und besser wäre, als im Gebirg. Aber der Vater kam ihr zuvor und sagte: „Ehe ich wieder fortgeh', Angerl, hätte ich noch gern ein Wörtel mit dir geredet. Mit dir und deinem Mann. Ich muß mich tausendmal bedanken für alles Gute, was ich bei euch genossen habe. Und was mich am allermeisten gefreut, daß ihr so glücklich und zufrieden miteinander lebt. Ihr seid brave, fleißige Leut' und tut's mir deswegen um so weher ..."

Ob er etwas auf dem Herzen habe? fragte sie ihn.

Da rückte er heraus und sagte: „Ich möcht' euch nicht beleidigen, nichts weniger als das, aber ich sag's aufrichtig und *muß* es sagen: Eure Wirtschaft da, die gefällt mir gar nicht. Ja freilich ist es schön und lustig in der Gemeinau, wer hier heimgesessen ist und einen eigenen Hof hat. Aber wie *ihr* da lebt, das taugt nicht. Solange dein Mann noch als Taglöhner Erwerb findet und tüchtig arbeiten kann, solange ihr alle gesund seid, mag's zur Not noch gehen. Sobald aber Mißgeschick kommt – und es bleibt nicht aus, es kommt! – seid ihr Bettelleute. Dann wird's heißen: Nach Altenmoos! Und in Altenmoos wird's heißen: Bei uns *ist* nichts mehr. Ja, solange sie gesund und stark gewesen, haben sie von daheim nichts wissen wollen, haben es fürnehm gegeben, haben seidenes Gewand getragen und Kaffee getrunken. Jetzt als Bettelleute sind sie da, jetzt wissen sie die Heimat zu finden. – Nein, Kinder, solches wollt' ich mir nicht nachsagen lassen, da wollt' ich mich beizeiten besinnen und hausen und bauen daheim und mich von niemand knechten und spotten lassen. Schau, Angerl, ich meine, noch tät's bei euch früh genug sein. Packt eure Sachen zusammen – heißt das die kleine Maria und die Wiege, sonst habt ihr ohnehin nichts – und kommt mit mir auf den Reuthof. Seid klug und kommt. Wir werden uns gut miteinander vertragen, ich bin ja nicht rechthaberisch, ihr sollt Herr sein, auch deinen Kaffee sollst haben, Angerl; es steht noch nicht so schlecht daheim. Meine Kinder, ich möcht' euch um mich haben. Kommt mit!"

Die Angerl fand anfangs auf solche Vorstellungen keine Antwort. Endlich fuhr sie sich mit der flachen Hand über das Gesicht und sagte: „Es ist halt gar so traurig, Vater! Ihr kränkt Euch um uns und wir kränken uns um Euch. Wir möchten gern beieinander leben und werden doch zur Zeit, wo wir uns beistehen sollten, weit auseinander sein und verlassen sterben müssen ..."

„An mir ist die Schuld nicht", sagte er und seine Stimme war heiser. „Ich bin verblieben, wo mich Gott hat hingesetzt."

Einen Tag später nahm er im Steinhäusel Abschied. Der kleinen Maria steckte er einen alten doppelten Silbertaler hinter das Kopfpolsterl, weiter machte er nicht viel Worte und Zärtlichkeit. Dem Florian sagte er noch: „Wenn ich weiß und gewiß weiß, es ist euch recht so, wie es ist und wie es kommen wird, so will ich mir auch nichts mehr draus machen. Haltet euch in Ehren, das ist die Hauptsache."

Mit diesen Worten hat er sich abgewendet und ist davongegangen. Heim! Heim! Schon sonst, wenn er des Morgens von Altenmoos nach Sandeben gegangen, kehrte er am Nachmittage mit einer Freude und Sehnsucht heim, als wäre er jahrelang in der Fremde gewesen. Um wieviel mehr erst an diesem Tage! Als ob er daheim alles noch so fände, wie früher ...

Unterwegs gegen das Gebirge traf der Jakob mit dem Staudenhuber zusammen. Der Staudenhuber, das war ein Viehhändler, als solcher überall und auch zu Altenmoos bekannt. Der Jakob kannte ihn als Ehrenmann, nur daß man sich bei einem Handel hüten müsse vor seiner Pfiffigkeit. Nun, das gehört zum Geschäft. Ein Schelm, der beim Viehhandel nicht Spitzbub' ist! geht das Sprichwort. Der Viehhändler hat auf seinen Vorteil zu schauen. Daß sein Vorteil des anderen Nachteil ist, wer kann dafür? – Der Staudenhuber hatte ein rotes Gesicht, das immer lächelte; ein solches Gesicht soll jeder Viehhändler haben, es trägt Geld ein.

Die beiden Männer gingen eine Strecke lang miteinander und plauderten über allerlei. Begonnen hatte das Gespräch der Staudenhuber mit dem Ausdruck der Befriedigung über das schöne Wetter und wie das eine gute Kornernte verspreche. Aber ein Viehhändler wird nicht lange beim Wetter und Korn verweilen, bald sprang er über auf das Vieh, und für das braucht er freilich auch schönes Wetter, beständig trockenes Wetter, Dürre, welche die Viehpreise allemal niederdrückt und sein Geschäft hebt. Er fragte, wer etwa zu Altenmoos junge Zuchtochsen stehen habe, oder saubere Kalben?

„Zu Altenmoos wird nimmer viel stehen!" antwortete der Jakob, „außer Rehe und Hirschen, wenn du willst!"

„'s ist schade ums Altenmoos", sprach der Staudenhuber und trocknete sich mit dem blauen Sacktuch das Gesicht, nicht weil er etwa um Altenmoos weinte, sondern weil er schwitzte und zwar bis in den Nacken hinüber. Das war einer, der immer schwitzen mußte, obschon er seit langem im Trockenen saß. „'s ist allweil viel sauberes Vieh gewesen zu Altenmoos", sagte er. „Etliche Altenmooser, die sich auf der Ebene draußen angekauft haben, wollen freilich auch dort den Gebirgsschlag züchten, geht aber nicht recht. Will nicht gehen. Ein Gebirgsschlag ohne Gebirg. Überhaupt stinkt's bei den Leuten, wie man hört."

Hierauf erzählte er einiges von ausgewanderten Altenmoosern und daß sie kein Glück fänden. Die einen hätten sich angekauft und abgewirtschaftet. Die anderen hätten sich gar nicht mehr ankaufen können, seien als Dienstboten eingestanden oder in Fabriken gegangen. Viel Erfreuliches höre man von keinem. Dem Knatschel zu Sandeben habe man kürzlich das Haus vergantet, er sei mit seinem Weibe fortgegangen – er ein Handbündel, sie ein Handbündel – sonst nichts. Der Guldeisner habe sein Herrnschlössel verkauft, treibe jetzt einen Pferdehandel, sei aber die längste Weile besoffen.

Auf derlei Berichte empfand der Jakob eine eigentümliche Befriedigung, die ihn aber im nächsten Augenblick schon betrübte. – Bist doch ein schlechter Mensch, sagte er zu sich selbst, dich über das Unglück anderer zu freuen, pfui Teufel! Bleibe du selbst auf der Hut, daß es dir und den Deinen nicht etwa auch so ergehe!

„Es muß ein jeder, der jetzt noch in Altenmoos verbleiben will, eine andere Wirtschaft anheben", sagte der Staudenhuber, „weniger Getreidebau, mehr Viehzucht."

„Ist so, ist so", bestätigte der Jakob. „Das Getreide frißt ohnehin der Hirsch. Mein Friedel, wenn er heimkommt vom Militär, der muß mir mehr mit der Viehzucht arbeiten."

„Ei richtig, Reuthofer, du hast ja einen Sohn bei den Soldaten", sagte der Staudenhuber, „wie steht's mit ihm, ist er wieder wohlauf?"

„Wieso?"

„Hat er es überdauert?"

„Er hat mir schon eine Weile nicht mehr geschrieben, aber soviel ich weiß, ist er gesund und geht's ihm gut."

„Gestern", fuhr der Viehhändler fort, „gestern habe ich in der Krebsau mit dem Torbacher geredet, der hat ein paar feiste Ochsen, ich will sie wegtreiben, wird aber der eine noch schwerer, wenn er noch ein paar Wochen beim Trog steht. Gut, ja, daß ich erzähl', dem Torbacher sein Sohn, der ist beim Militär, sie sollen beisammen sein, der deinige auch – der hat geschrieben und daß dein Friedel so arg die Heimkrankheit tät' haben. Im Spital wär' er gewesen, wär' wohl wieder heraußen, aber *da* sein tät' von ihm nur mehr Haut und Knochen, hat er geschrieben, der Torbacherische. Übertreiben wird er, denk' ich. Was hätt' jetzt ein Soldat Zeit und Weil zur Heimkrankheit! Jetzt wird's lustig für die Soldaten. Krieg gibt's, sagen die Leute."

Das leidige Hörensagen! Man weiß, was man davon zu halten hat und doch sitzt der Gifttropfen. Traurig war der Jakob vom Steinhäusel geschieden und mit einer schweren Bangigkeit vom Staudenhuber, als die Wege sich trennten. So kam er heim auf den stillen öden Reuthof. Dort erwartete er einen Brief vom Friedel zu finden und hatte sich vorgenommen, wenn der Brief nicht da sei, alles für erlogen zu halten und den Reuthof noch fester zu hüten und den jungen Weichselbaum noch sorgfältiger zu betreuen als bisher.

Es war in der Tat kein Brief gekommen, aber der Jakob hielt seinen Vorsatz nicht. Es wurde ihm sehr bang. – Warum schreibt er nicht? Ist er krank? Heimweh! Wie könnte es auch anders sein. Es kann freilich anders sein, wer stark ist. Wenn ich in der Fremde bin und weiß, das Daheim steht mir fest und ich komme zurück – was soll einer da viel Heimkrankheit kriegen? Ein Viehhändler lügt, so oft er den Mund auftut.

Und da er sich so trösten wollte, kam ihm der Gedanke: Wenn es am Ende noch schlimmer stünde, als der Viehhändler angedeutet! Wenn es noch schlimmer stünde!

DAS HEILIGE KORNFELD

Der Jakob flüchtete sich wieder und wieder zur Arbeit. Es war ein Glück, daß sie drängte und ihm nicht Zeit ließ für sein Herzweh. Das Feld mußte geackert, der Garten gedüngt, die Wiese bewässert werden. Das Schneewasser im Frühjahre schießt rasch ab, reißt manchmal ein Stück Erde mit sich, dann kommt auf die Lehnen der Sonnenbrand und so ist heute zu viel Wasser und morgen zu wenig. Auf die aperen Matten wurde das Vieh getrieben, kaum die ersten Halmchen sproßten, denn die winterlichen Futtervorräte waren fast allemal aufgezehrt, bevor der Lenz sein frisches Grün gab; da mußten die Rinder Reisig und Moos kauen und wenn sie endlich ins Freie kamen, waren die Tiere so armselig, daß sie kaum hinsteigen konnten an den Lehnen, daß manches Stück abrutschte und die Beine brach.

Und doch hieß ein neues Schlagwort zu Altenmoos: Viehzucht auf, Feldbau nieder! Der Jakob konnte sich nicht entschließen, in seiner Bewirtschaftung eine Änderung einzuführen, er liebte seine Felder, an ihnen hing sein Herz und ihre Bearbeitung war ihm ein Gottesdienst.

Wenn er als Säemann über die Schollen schritt und die Körner ausstreute in das Erdreich, da geschah es in ernster, fast feierlicher Weise, als begehe er eine heilige Handlung. Und dann begann sich vor seinen Augen allmählich das Wunder der göttlichen Liebe zu vollziehen. Dieser Mensch mit seinem Kummer, mit seiner Hoffnung, mit seinem stillen Weh wußte sich nichts Besseres, als die Auferstehung des Samenkorns zu sehen. In friedlicher Feierabendstunde, wenn er allein, mutterseelenallein auf dem Steinhaufen saß, erging er sich in heiligen Betrachtungen.

In braunem Schimmer liegt das weite Feld, die Lerchen blasen Posaunen und in zarten rötlichen Lanzen stehen die Toten auf und schauen gegen Himmel. Dann hebt es an zu grünen und die schmalen Blättchen winden und biegen sich noch einmal bodenwärts, als neigten sie ihr Ohr der Mutter Erde, auf daß diese ihnen gute Lehr' mitgebe für das Leben. Dann streben sie empor, schweifen sich in Rinnchen, rollen sich in Scheiden, aus welchen sachte der Halm und das innere Wesen des Kornes hervorsteigt. Am Feste der Himmelfahrt des Herrn gucken auch im Gebirge schon die Ähren himmelwärts, als wollten sie dankbar liebend nachblicken dem, der sie wachrief und der einst kommen wird, um auch die Menschensaat aufzuwecken auf dem Kirchhof.

Das Kornfeld wallt im Frühsommerwinde wie ein bläulichgrüner See und die leichten Schatten der Wolken gleiten anmutig darüber hin. Und der einzelne Halm, jetzt ist er am schönsten. Die vierreihige Ähre, in welcher die noch zarten Körner schuppenartig nach aufwärts übereinander ruhen, steckt überall, wo ein Körnchen in der Wiege liegt, ein Fähnlein heraus, die Blüten, die ohne Unterlaß zittern und schaukeln, während der hochgewachsene Halm bedächtig hin und her wiegt. Zu dieser süßen Zeit bewahre uns der Himmel vor Stürmen! Und auch vor Regen, durch den die Sonne scheint, solcher züchtet den Mehltau. Nasse Zeiten erzeugen an den Ähren Auswüchse, für die der Name „Mutterkorn" viel zu schön ist. Die himmelanstürmende Jugend hat bald ein Ende, das Leben des Kornes steht im heißen Sommer, es bleichen seine Haare; zwar fühlt es seine Kraft und seinen Wert und senkt dennoch in Demut sein Haupt vor dem, der Kraft und Wert ihm gegeben hat.

Tiefer im Halmwald wuchert das distelige Donnerkraut, die schmarotzende Quecke, der scheinheilige Lolch und allerlei struppiges Gesindel und loses Volk, das in seinem Schatten erstarkt und an seinen Wurzeln zehren möchte. Da ist auch die buhlerische Kornrade, deren Samen später das Kornmehl wenn schon nicht schamrot, so doch schmutzig blau macht. Da ist das Irrlicht der Mohnblume und die holde, patriarchalische Kornblume, in der viele Krönlein eine einzige Krone bilden.

Manchmal, wenn ein schweres Gewitter Altenmoos durchtobte, stand der Jakob unter dem Dachvorsprunge seiner Haustür und schaute ruhig und ergeben hinaus. Der Mensch kann nichts ändern, Gott ist der Starke, wozu das Zittern und Klagen! – Es lichtet sich, das ganze schon fast reife Kornfeld ist niedergeworfen. Der Jakob sagt: Gott Lob und Dank! denn es ist kein Eis gekommen, alle Halme liegen in gleicher ebener Schichte auf der Erde, keiner reckt ein Knie auf. Der schwere Regen hat das Korn niedergelegt, der nächste Luftzug lockert und hebt es wieder empor. – Es sind aber Jahre, wo es sich nicht hebt, wo immer wieder Regen und Regen das Korn zu Boden drückt, da gewinnt das fremde Gesindel darin die Oberhand, es steigt zwischen den liegenden Halmen hervor, flicht ein Gitter obenhin und hebt ein gottloses Blühen und Flunkern an über dem gefangenen Korn.

Wenn jedoch Gott Regen und Sonnenschein gibt zu rechter Zeit, wie es die Bittgänge erflehen, dann ist es herrlich. Kräftig und schlank stehen die Schäfte von Knie zu Knie empor; die lanzenförmigen, dunkelgrünen Blätter, die anfangs geherrscht, sind fast verschwunden, in hohen Bogen senken die Halme ihre schweren Ähren, die das Samenkorn dreißig- und vierzigfach wiedergeben, und der eine legt sein goldiges Haupt auf die Achsel des anderen. Zur Tageszeit in der Sonnenglut, zur Nacht an den Strahlen des Mondes, der Sterne, der glimmenden Johanniswürmchen, so reifen sie dem Tage der Garben entgegen.

Endlich kommen die Schnitter. Jedes Korn ist bewaffnet mit einem scharfen Speer zu Schutz und Trutz, aber der Schnitter weicht nicht vor den feinzähnigen Gräten, welche des Arbeiters Hand an der Ähre nicht von oben hinab, doch wohl von unten hinauf gleiten lassen – immer aus Niedrigem dem Hohen zu.

Wenn dann der Jakob, der bei dem heißen Tagewerk der erste und letzte ist, spät abends unter einem der Kornschöber auf dem Felde ruht, kommt wieder das Träumen. Der Duft der Blumen und Gräser ist sein Schlaftrunk; noch sieht er das Hüpfen eines munteren Heuschreckleins, hört das fortwährende Rieseln des Grillengezirpes – dann ist nichts mehr. Jakob sieht in Gegenden, wo kein blauer Wald ist und keine grüne Wiese, und keine Felswand und kein klares Wasser mit Forellen. Da ist nichts, als ein gelbes Meer, soweit das Auge fliegt ein unabsehbares Kornfeld. Darüber ein wolkenloser Himmel, der schwer und lodernd ist und dem Jakob aufs Herz drückt. Da kommt es ihm zu Sinne: Bete das Tischgebet, solche Gegend ist der Tisch eines großen Volkes. Jene, die im Gebirge wohnen, sollen Holzbau und Viehzucht treiben und das Brot des Kornes an diesem Tische holen.

Jakob erwacht, richtet sich auf an den Garben und sagt vor sich in die Nacht hinein: „Es wird ja so sein müssen. Aber schön und am allerschönsten ist das Kornfeld doch, wenn es zwischen Wäldern und Wiesen liegt, und ein Daheim, wenn es ein rechtes Daheim ist, sollte seinen Kindern alles geben, alles, was sie brauchen, Korn und Gras und Wasser und Kraut und Flachs und Holz."

Und die Erde ist zu Altenmoos nicht weniger mächtig als anderswo. Ist im Herbste die letzte Garbenfuhr der Scheune zugewankt, so kommt ein armes Weib und sammelt auf dem Stoppelfeld die zerstreuten Halme. Dann werden noch die Rinder darauf geweidet, es sprießt feines Gras, aber die Tiere müssen sich mit jedem Mundvoll einen Stoppelstich gefallen lassen in die Schnauze. Endlich kommt vielleicht noch einmal der Pflug, der dem Acker immer noch nicht Feierabend gönnen will, aber der Winter sagt: es ist genug, und senkt seine weiße Decke über das müde Feld.

Auch unter der Decke ist noch kein Rasten. Es war beim Ernten ein Körnlein aus der Garbe gefallen, die Scholle nimmt es auf, läßt es still verwesen und gibt es im nächsten Lenze neu verjüngt wieder zurück ans Sonnenlicht. –

In solchen Betrachtungen, in denen er wie auf einer Jakobsleiter zwischen Erde und Himmel auf und nieder stieg, ergötzte und erbaute sich der einsame Mann auf dem Reuthofe. Dann zog ein Schatten über sein Gemüt und da sagte er einmal zu sich selber: „In Gottes Namen, Jakob, wenn es sein muß, willig magst du dich anvertrauen der treuen Erde. Vielleicht stehst auch du wieder auf und findest in Altenmoos eine bessere Zeit."

O HEIMAT, HEIMAT, DU BIST MEIN VERDERBEN!

Nicht so sehr als an seinen Feldern hing der Jakob an seiner Herde. Diese bestand zwar aus lebenden Wesen, die gewissermaßen mit ihm das gleiche Schicksal teilten, die aber nicht so beständig und festständig zu Altenmoos gehörten, wie etwa der Baum am Feldesrand und die Erdscholle. Es war von den Vorfahren her ein Gebot auf dem Reuthofe, nie einem Tiere unrecht zu tun, sondern jedem Geschöpfe, das man bedarf, all das zu gewähren, was es zu seinem Leben und Wohlbefinden braucht. So hielt es auch der Jakob, und des Abends, wenn die anderen Bewohner des Hauses schon in ihren Betten waren, durchschritt er noch die Ställe, um zu sehen, ob alles in Ordnung sei. Gedieh ein oder das andere Stück besonders, so legte er ihm die Hand auf den Nacken oder Rücken und sagte ihm ein schmeichelhaftes Wort. Gedieh es nicht, so fragte er wohl einmal, was es denn für Leid und Kummer habe, daß es so mager bleibe? Ein Ochse solle fressen und saufen und fett werden. Eine andere Lebensaufgabe habe er nicht.

An einem Samstagabend war's, daß bei der Heimkehr der Herde, die durch den hellen Lockruf der Magd herbeigerufen worden war, eine Kalbin fehlte. Man suchte noch an demselben Abende auf den Matten und in den nahen Schachen, entdeckte aber keine Spur von ihr. Am nächsten Morgen machte sich der Jakob auf, um in den weiteren Waldungen nach der braunen Kalbin zu suchen. Er kam auch hinein in die hinteren Schluchten, aus welchen die Sandach rinnt und kam in jenen Winkel, wo die Felsen senkrecht aufragen und ein stilles Waldtal einschließen und wo das Wasser klar wie Kristall auf dem weißen Sande lautlos hinfließt. Im Gottesfrieden. Der Jakob war schon lange nicht mehr dagewesen. Er vergaß seinen Zweck, die Kalbin zu suchen. Eine feierliche Stimmung kam über ihn in dieser Ruhe und Einsamkeit. An den Wänden und in den Baumwipfeln lag die Sonntagssonne. Andere Leute sind jetzt in der Kirche und hören die Predigt, das Hochamt; unsereiner treibt sich in der Wildnis um wie ein Heide. Aber wer beten will, der kann's da wie dort. Wenn einmal der Weg nach Sandeben hinaus ganz verschüttet sein wird, so will ich an den Sonntagen in den Gottesfrieden hereingehen, um zu beten. Gott wäre freilich auch draußen in meiner Kapelle, überall, aber man muß ein übriges tun, ihn aufzusuchen, so verlangt's das Menschenherz. Alles, was Wert hat, müssen wir suchen und schwer verdienen, warum sollen wir just das Beste haben und genießen können, ohne auch nur einen Schritt nach ihm zu tun! Je weiter der Weg, je größer die Gnade ...

Das waren die Sonntagsgedanken des Altenmooser Bauern. Und wie das wunderlich ist, fiel es ihm jetzt ein, während all meine Nachbarn der Wildnis entlaufen, komme ich immer tiefer in sie hinein. Wollen wir doch sehen, welcher Weg der rechte ist ...

So kam er zum See. Da stand er still und schaute in das wunderbare Grün hinein. Der Grund ist aus weißen Kalksteinen, das Wasser ist rein wie Luft, der Himmel, der darüber steht, ist blau – und doch, der See ist grün! – In diesem dunkelgrünen Spiegel klar und scharf stand sein Bild. – Wohl, wohl, dachte er, in der Wildnis haben wir auch unsere Spiegel, nur daß sie größer und unzerbrechlicher sind, als die draußen im Herrnschlössel des Guldeisner. Schade, zum Spiegelgucken geht mir die Schönheit ab. Einmal – vor vierzig Jahren, ja, da hat's mir Spaß gemacht, so ins Wasser zu schauen. So viel ich weiß, daß die Weibsleute entschieden haben, wäre ich keiner von den Unfeinsten gewesen. Die Maria ... Es ist lange her ...

Noch dachte er das, als im Wasser hinter seiner Achsel sein

Jugendbild auftauchte. Erschrocken wandte er sich um, da stand neben ihm, ganz nahe neben ihm und leibhaftig – der Friedel.

Der Friedel im Soldatengewand.

Sein Gesicht war blaß und fast verstört. Nun lachte er den Vater an, hielt ihm die Hand vor und sagte: „Grüß' Euch Gott. Ich bin's."

Dem Jakob geschah ganz sonderbar. „Friedel?" fragte er mit unsicherer Stimme.

„Ja", antwortete der Soldat.

„Wie kann das sein?" fragte der Vater, „wieso kommst du daher?"

„Übers Hochgebirg, Urlaub auf unbestimmte Zeit."

„Urlaub!" rief der Jakob, „und das wär'? Ich glaub's nicht. Ich glaub's nicht!"

„Ist's Euch nicht recht, Vater, daß ich da bin?" fragte der Friedel halblaut.

„O Gott, ich kann's nur nicht glauben, daß auf einmal eine solche Freud' da wär'! Friedel! Laß dich anschauen! Bist es wahrhaftig?!" Er riß ihn bei den Schultern an sich. „Gott's Dank, mein Friedel ist wieder da! Nimmer allein! Nimmer allein! – Aber", setzte er, seinen Jubel plötzlich unterbrechend, bei: „Die Leute reden ja von Krieg!"

„Ich weiß es nicht, ich bin da", sagte der Soldat, „und ich will nimmer fort."

Sie gingen nebeneinander hin. Der Jakob blickte seinen Sohn verstohlen an, dieser so den Vater. Anders, dachte der Vater, anders ist er doch jetzt, als er sonst gewesen. Was Fremdes ist in ihm, was Ungewisses. So kleinlaut ist er. Einen verwirrten Blick hat er. Und zusammengerissen hat's ihn stark.

„Bist krank gewesen, Friedel?" fragte er.

Da fiel ihm der Bursche um den Hals und hub an, heftig zu schluchzen.

„Was ist das?" rief der Vater, „Sohn! Was ist geschehen?"

„Vor Freuden", schluchzte der Friedel, „vor Freuden, daß ich wieder daheim bin."

Sie gingen nebeneinander hin. „Das hätte ich mir nimmer eingebildet", sagte der Jakob, „in die weite Welt habe ich dir meine Gedanken nachgeschickt. Und stehst bei mir in der hintersten Wildnis. – Hast du unterwegs die braune Kalbin nicht gesehen? Die braune Kalbin ist mir davongelaufen." So der Bauer und dabei wunderte er sich selbst darüber, daß er jetzt an die braune Kalbin denken konnte. Er ließ sie aber auf ihren unbekannten Wegen und ging mit dem lieben Heimgekehrten hinaus gegen Altenmoos. Unterwegs sollte der Friedel erzählen, wie es ihm denn ergangen. Vom Kasernleben, vom Exerzieren, vom fluchenden Hauptmann, wohl auch vom Spital – sonst wußte er nicht viel. Vom Krieg wußte er nur, daß er im Regiment gewünscht werde, was dem Jakob unbegreiflich vorkam. Wie kann ein Soldat den Krieg wünschen? Da wird er ja erschossen!

Immer spähte der Jakob nebenbei, ob er im Sande nicht die Spuren des verlaufenen Rindes entdecke. Wildspuren in kreuz und krumm, aber von einer Kalbin nichts und nichts.

„Ich guck' auf die rechte Seite", sagte der Vater zu seinem Sohne, „guck' du auf die linke. Du mußt dich jetzt auch kümmern um die Wirtschaft, freilich. Magst sie gleich ganz übernehmen, ich hab' nichts dagegen. Magst heiraten, wenn du Lust hast. Es geht nicht gut, wenn keine Bäuerin im Haus ist."

„Da sind Klauen eingedrückt!" rief der Friedel.

„Die sind von einem Hirschen", belehrte der Jakob, „Rindsklauen sind breiter. – Nun, ich meine halt, wenn unser wieder mehrere sind, dann halten wir leichter fest in Altenmoos. Es wird alleweil schlimmer, mein lieber Friedel. Nur festhalten, auf dem Reuthof, tapfer festhalten. Wirst sehen, die anderen, die ausgewandert sind, kommen auch wieder heim, oder möchten es wenigstens, wenn sie könnten. Wird bald aus der Mode kommen, das Davonlaufen, wenn ihrer draußen einmal genug verhungert sind."

„Mir ist nichts um Leute", sagte der Soldat. „Ich habe ihrer genug gesehen."

„Ich glaub' dir's, Friedel."

Sie kamen an die Ruine des Knatschelhauses.

Unweit davon hielt der Jakob und sagte: „Da ist der Grenzrain. Hier gehört's zum Reuthof, hier gehört's dem Kampelherrn. Die Grenzen tu' dir gut merken, mein Sohn. Weiche nie ab von den alten Ehren. Die Grenzmark halte unverrückt wie die Gebote Gottes. Tue auch dem Nachbar recht. Der Herr wiegt mein und dein und wird der Richter sein! Gedenke des alten Spruches."

So sprach der Jakob. Der Friedel beachtete die Worte nicht, sondern fragte den Vater, ob das Kruziloch oben im Gebirge schon stark verfallen wäre?

„Kümmert sich kein Mensch drum, seit die Soldatenflüchtlinge abgekommen sind", antwortete der Jakob. „Na, jetzt sehen wir schon unser Haus. Friedel, grüß' dich Gott daheim!"

Als sie zu den Eschen kamen, unter denen der Hofbrunnen in einen langen Trog rieselte, stand am Trog die zwergige Dirn' und kicherte. „So viel sauber!" gurgelte sie, „so viel sauber! Und so viel einen Federbuschen! Und so viel lange Spieß' haben sie!"

Der Jakob führte den Heimgekehrten zur Kapelle. „Schau", sagte er und faßte den Weichselbaum an, „er blüht schon. Und jetzt gesegne dir Gott den Eingang!"

Sie traten ins Haus, der Bursche voran. Als er die Stubentür öffnete, prallte er zurück, als hätte ihm jemand einen Schlag ins Gesicht versetzt. Zwei Gendarmen mit aufgepflanzten Gewehren nahmen ihn in Empfang.

Flüchtling! –

Dem Jakob ward blau vor den Augen. Der Friedel tat einen Seufzer, dann preßte er Mund und Augen zu und ließ sich fesseln.

„So steht's mit dir!" stöhnte der Vater.

„Sie sollen mich erschießen, jetzt ist mir schon alles eins", rief der Bursche hell, „o Heimat, Heimat, du bist mein Verderben!"

Als er gefesselt in einem Winkel der Stube lehnte, verlangten die Büttel etwas zu essen. Die alte Gardel trug mit zitternden Beinen Milch und Brot auf und fragte, ob sie auch Geld haben wollten und flehte, nur das Leben sollten sie ihr nicht nehmen um Gottes willen.

Der Jakob befahl barsch, daß sie nicht töricht sein, sondern eine Eierspeise bereiten solle. Als die Speise auf dem Tische stand und die Landsknechte zugriffen, drängte der Vater den Friedel, auch etwas zu essen. Umsonst, der arme Bursche lehnte in einem Winkel regungslos und totenblaß und schien teilnahmslos zu sein für alles.

Und als die Gendarmen endlich zum Aufbruch rüsteten und den Gefesselten emporrissen, wendete sich dieser gegen den Jakob und sagte ganz ruhig, fast kalt: „Vater, heute sehen wir uns das letztemal."

Der Jakob nahm seinen Stock und ging mit ihnen. Es war, als verlasse auch er plötzlich und willenlos seinen Reuthof für immer.

Jetzt lief ihnen der Ferdinand nach, genannt der Rotschiagl. Barfuß war er, nur in Leinwandhose und Hemd, wie er bei der Herde gestanden. Der gab bekannt, er habe was zu reden mit den Herren Gendarmen.

Was er vorzubringen habe?!

Ihre Barschheit schreckte ihn nicht.

„Ich bitt'", sagte er und hielt demütig die Hände zusammen. „Ich bitt' untertänigst, nehmt *mich* mit, für den Friedel! Der kann nit fort, es ist sonst keiner mehr auf dem Hof bei dem alten Vater. Nehmt mich, ich will Soldat sein, ich kann gut schießen."

„Du kannst gewiß auch um die Ecke schießen!" lachte einer der Gendarmen auf den schiefen Blick des Knaben anspielend, „und mit deinen roten Haaren zündest du dem Feind alle Städte an."

„Da hast deinen Teil!" brummte der Jakob, „was mischest du dich ein. Marsch zurück!"

„Ich will Soldat sein, statt des Friedel!" rief der Ferdinand und schlug mit den Armen um sich, „laßt ihn daheim. Der stirbt euch! Dann habt ihr ihn umgebracht und das ist höllisch. Ich bitt' untertänigst ...!"

Sie höhnten ihn, da befahl der Jakob mit Ernst, daß er umkehre. Der Ferdinand ging zähneknirschend und mit vor Wut aufgesträubten Haaren gegen den Hof zurück. Am Wiesenraine setzte er sich auf den Rasen, schaute den Davonziehenden nach und wimmerte vor Herzeleid.

Die vier Männer gingen dem Wasser entlang talwärts; von ferne gesehen, schritten sie ruhig und verträglich dahin. Die Gendarmen führten zwischen sich den Flüchtling, der Jakob ging hintendrein. Hart hinter ihnen ging er drein und schnob manchmal wie ein gereizter Eber. Als sie unweit des Steppenhofes einem Kohlenbrenner begegneten, der starr vor Verwunderung den seltsamen Zug anglotzte, rief ihm der Jakob zu: „Ja, er ist's. Mein Friedel ist's. Angestellt hat er nichts. Durchgegangen ist er ihnen. Ein Großoheim von mir ist auch so davon. Im Blut liegt's, heim hat's ihn zogen. Angestellt hat er nichts."

Als sie in die Schluchten hinauskamen, wo der Weg ganz und gar zerrissen war und der schmale Fußsteig am Felshange hinzog, begehrten die Büttel vom Jakob, daß er zurückbleiben solle.

„Das ist unser Gemeindeweg", entgegnete der Bauer, „da darf jeder gehen."

Sie verlangten dringender, daß er eine Strecke zurückbleibe.

„Ah so, jetzt verstehe ich's wohl!" lachte der Jakob bitter, „ihr fürchtet euch vor mir. Gut, ich bleibe zurück."

Er blieb stehen, nahm dann aber einen Vorsprung über die Bergböschung. Und als sie gegen Sandeben hinauskamen, wo die Wasserwehr war und am Felsen ein Ahorn, den der Friedel — sich einer glückseligen Stunde erinnernd — wehmütig anblickte, war der Jakob plötzlich vor ihnen. Er stand dort neben einem steinernen Kreuze.

Als die drei heranschritten, sprach er zu den Gendarmen: „Weiter gehe ich nicht mehr. Ich will von ihm Abschied nehmen."

Dann zog er aus dem Sacke ein Ledertäschchen und steckte es dem gefesselten Burschen in die Brusttasche.

„Und jetzt", der Jakob fiel vor dem Flüchtling auf die Knie und hob zu ihm die gefalteten Hände auf, „jetzt bitte ich dich, Friedel, und bitte dich bei Leben und Sterben, bleibe brav und halte aus! Es dauert nicht ewig. Die Heimat hast wiedergesehen, sie wartet auf dich, die paar Jahre sind bald vorbei. Halt' aus. Was daheim geschieht, ich will dir alles wissen lassen, will dich selber besuchen, so oft es kann sein. Sei Mann und halte aus. Denke, es ist nicht umsonst, du stehst für deine Heimat Wacht. In Ketten wirst jetzt fortgeführt, mit Ehren kommst mir heim. Wenn die Versuchung kommt, schau' zum Himmel auf, es ist dieselbe Sonne, die auf dich und auf mich niederscheint; es ist derselbe Gott, der dich und mich behütet. Friedel! Friedel ...!"

Er schüttelte dem Burschen die Hände, daß die Fesseln rasselten, er preßte die Arme um seinen Hals. Der Friedel stöhnte und biß sich in die Lippen, daß das helle Blut herausfloß.

Die Büttel drängten sie auseinander. Der betagte Mann ging seinem Altenmoos zu, der Flüchtling wurde in die Weite geführt. Und am Wege stand einsam das steinerne Kreuz.

Als die drei an die ersten Linden des Dorfes Sandeben kamen, stand neben am Wege in einem Kohlgarten ein rundes blondes

Dirndel. Neugierig, wen denn da die Gendarmen dahertrieben, trat sie an den Wegrain vor – erkannte den Friedel. Den Friedel, den sie draußen wähnte in der Ferne und dessen sie gedachte alle und alle Tage.

Der Bursche hatte sie sogleich erkannt, seine Füße wollten in den Erdboden wachsen. „Vorwärts!" sagte der Gendarm und gab ihm einen Stoß.

Der Friedel hob seine geschlossenen Arme zur Bitte: „Ein Wörtel! Ein einzig Wörtel möcht' ich reden mit *der*."

Die beiden Treiber blickten sich gegenseitig an und murmelten: „Armer Teufel!"

„Rede mit ihr, was du willst", sagte nun der eine zum Friedel, „wir werden dich dort an der Wegschranke erwarten."

Der Bursche trat an den Rain.

„Zum Sterben bin ich erschrocken", sagte das Mädchen und hielt sich an die Planke, daß es nicht zu Boden sank.

„Weil ich dich nur noch einmal sehen kann", sagte er, seine Stimme hatte keinen Klang mehr, „die Hand kann ich dir nicht geben, du siehst es. Ich bitte dich um Verzeihung für alles."

„Friedel", schluchzte sie, „was soll ich dir zu verzeihen haben, du lieber Mensch."

„Bei dir sein, bei dir sein, hab' ich gemeint."

„Narrl, wie wird denn der Soldat daheim bei der Liebsten bleiben können", gab sie mit gemachter Munterkeit entgegen.

Der Friedel wollte sprechen und konnte nicht, es schnürte ihm die Kehle ein. „Vergiß", stöhnte er endlich, „vergiß nicht ganz auf mich, Ida. Aber nehmen – nehmen sollst einen andern. Mich siehst nimmer."

Sie riß ihr Busentuch los, zog einen Gegenstand hervor, steckte ihn dem Wehrlosen in den Sack und sagte mit Hast: „Jetzt nimm's und sei nicht verzagt. Jetzt wird alles gut, ich weiß es ganz gewiß. Durchgegangen bist, dafür wirst gestraft. Nachher dienst das Randel Zeit und kommst heim. Ich wart' auf dich, drauf kannst dich verlassen."

Er schüttelte das Haupt und sagte traurig: „Ich werd' derschossen. Behüt' dich Gott das letztemal!"

Damit wendete er sich rasch und ging den Gendarmen zu, die den Finger am Gewehr dort gestanden waren und kein Auge von ihm gewendet hatten. Als sie sahen, wie dem Burschen über die Wange eine Träne rann, lockerten sie ein wenig seine Fesseln und einer sagte: „Kopf aufrecht, Junge. Wir wissen auch davon. Wer ein so sauberes Mädel hat, der muß Mann sein. Vorwärts!"

FÜRS
VATERLAND

Nun kam eine üppige Zeit. Fleisch gab's im selbigen Sommer.

Die braune Kalbin hatte sich gefunden. Im Dreisamschachen war sie gelegen mit durchschossenem Halse. Der Jäger hätte sie wahrscheinlich für eine Hirschkuh gehalten, meinte der Jakob.

„Halbnarr!" rief der Pechölnatz, „Hirschkühe schießen – ein Jäger! zu solcher Zeit!"

„Darum eben hat er meine braune Kalbin erschossen", sagte der Jakob bitter, „wirst in keinem Jagdkalender lesen, daß des Bauern Kühe Schonzeit haben. Ist durch den Zaun gebrochen, hat Kampelherrisches Gras gefressen, oder gar ein Bäumel, das gottlose Vieh. Natürlich tut er seine Pflicht und Schuldigkeit, der Herr Förster, und pfeffert sie nieder. Wenn er streng sein will, muß ich ihm auch noch das Pulver zahlen, dem Herrn Förster."

„Daß sie uns aber schon gar alles antun, jetzund!" rief der Natz aus. „So möcht' ich doch wissen, ob das recht ist vor Gott!"

„O Kind, was kümmert sie Gott!"

„Oder ob das dem Kaiser recht ist, daß sie den Bauernstand so mit Gewalt zugrund' richten!"

„Mein lieber Natz", sagte der Jakob, „der Kaiser ist weit weg!" –

Die Kalbin schroteten sie in kleine Teile, die sie dann in den Rauchfang hingen. Nach Wochen huben sie an und aßen an jedem Tage, wenn nicht Fasttag war, zum Mittagsmahl davon jedes ein Stückchen mit Mehlklößen und Grubenkraut. Das hätte er sich nicht träumen lassen, der Jakob, daß er dem Jäger je einmal soviel gute Bissen sollte zu verdanken haben. Wird ihm's nicht vergessen. –

Mitten im Sommer war's, als auf einmal nach Altenmoos der Befehl kam, die Leute sollten Stroh und Hafer liefern nach Krebsau, für durchmarschierendes Militär.

Die Leute in Altenmoos! Das war der Reuthofer. Die wenigen anderen hatten weder Stroh noch Hafer. Nun, der Jakob spannte Rinder ein und schleppte den verlangten Hafer und einen Bund Stroh hinaus. Das Stroh war den Herren zu wenig; der Jakob sagte, er habe nicht mehr, das andere stünde noch in Halmen auf dem Felde. Wenn sie darauf warten wollten!

Warten könnten sie nicht. Er habe das fehlende Stroh in Geld zu entrichten.

Der Jakob weigerte sich nicht.

Die Gegend war in Aufregung. Die Landstraßen voll Militär. Stundenlang waren die Züge der vorüberziehenden Reiterei, der Nahrungs-, Gewandungs- und Gerätewägen, der Geschoße mit Bedeckung in unabsehbaren Reihen. Mit funkelnden Waffen, wehenden Fahnen und lustigem Spiel ging's der Grenze zu. Krieg! Die Häuser waren beflaggt; Volk kam herbei aus allen Tälern, besonders solches, das sicher war, nicht mitziehen zu müssen. Aufrufe erschienen, vom Monarchen an seine Völker. Vaterlandslieder erklangen. In den Wirtshäusern versammelten sich die Leute, führten mutige Reden, schrien „Hurra" den Soldaten entgegen und veranstalteten muntere Gelage im Freien. Es war wie ein großes Volksfest im ganzen Lande. Natürlich, und zum Feste wird geschlachtet!

Den größten Spaß hatten die Weibsleute. Man weiß ja, wenn das Weibsbild einen jungen Kerl auf dem Pferde sieht! Und hier ritten ihrer hunderte und tausende solcher Kerle daher, die Schnurrbarte aufgespitzt, stachen sie mit ihren feurigen Augen auf die Dirndeln herab oder warfen ihnen die Küsse handvollweis zu. An

Raststationen war's noch schöner. Die meisten der Reiter sprachen gar nicht Deutsch, aber schmunzeln und schäkern und herzen konnten sie sehr verständlich. Was soll das Schwatzen und leidige Anfragen?

„Wenn man sich einen dabehalten kunnt!" war der Stoßseufzer einer Krebsauerin. „Zum Derschossenwerden ist es eh schad' um sie."

Besonders wichtig gab sich um diese Zeit der Kampelherr, der unweit Krebsau ein Sommerschloß besaß. Es war mit großer Herrlichkeit ausgestattet und auf dem Turm wehte in schweren langsamen Schwingungen eine riesige Fahne. Alle seine Häuser, die an der Straße standen, ließ der Kampelherr mit Fahnen bestecken über und über, aus allen mußte man den vorüberziehenden Truppen mit weißen Tüchern zuwinken. Die Soldaten bewirtete er mit Wein, Brot und Zigarren. Den Offizieren stellte er seine Galawägen zu Diensten, lud sie zur Tafel, trank mit ihnen schäumenden Wein auf das Wohl der Armee und des obersten Kriegsherrn. Die zwei heranwachsenden Töchter des Hauses – Söhne waren keine – stickten den Offizieren Kronen und Blumen in die Sacktücher und überall zeigte sich der Patriotismus.

Etliche Bergbauern drückten einmal ihre Verwunderung darüber aus, daß der Kampelherr vierspännig fahre.

„Das macht nichts", bemerkte darauf der Jakob, „mein Heu fährt auch vierspännig die steile Leiten herauf und ist doch nur Heu."

„Geh', geh", rief ein anderer, „Reuthofer, du hast immer was gegen den Kampelherrn."

„Weil er unser Unglück ist", sagte der Jakob.

Zu Krebsau huben die Frauen an, Leinwand zu zupfen und Verbandzeug zu sammeln für die verwundeten Krieger. Mittlerweile kamen neue Soldatenaushebungen, auch der Florian vom Steinhäusel mußte fort. Die Abgaben an Naturalien und Geld steigerten sich von Tag zu Tag. Wer Wägen hatte, der mußte sie für den Transport hergeben, wer Pferde hatte, mußte sie stellen. Der Guldeisner war glückselig, daß jedes der Rösser, mit denen er handelte, krumm oder halbblind oder sonst zuschanden gerackert war, so blieb er verschont. In den Wäldern wurden alle Holzarbeiten eingestellt, in den Fabriken alle Arbeiter entlassen. Die sonst nicht pflichtig waren, ließen sich als Freiwillige anwerben, tranken sich Trotz und zogen mit Gesang und Gejohle davon. Manche Maid blickte ihnen nach mit rotgeweinten Augen. Den Männern aber waren die Herzen geschwellt. „Der Krieg ist jetzt lustiger als die Liebe!"

„Es gibt kein schöneres Leben auf dieser Welt zu finden", schlug einer an, da sie fortzogen auf der Straße durch das Freisingtal. Alsbald stimmten auch die anderen im Marschtakte mit ein:

> Es gibt kein schöneres Leben
> Auf dieser Welt zu finden,
> Als das Soldatenleben.
> Mit Säbeln und mit Flinten
> Wohl in das Feld marschieren,
> Ins Feindesland hinein,
> Frisch vorwärts in das Wettern
> Und in den Sonnenschein.
> Halb rechts, halb links, grad aus, kehrt euch!
>
> Ich hab' ein' kleine Hütten
> Von Leinwand ausgeschnitten,
> Darin ein kleines Bett,
> Mit Stroh ganz überschüttet.
> Der Mantel ist mein' Decken,

Darunter schlaf ich ein,
Bis mich der Tambour wecket,
Muß ich stets munter sein.
Halb rechts, halb links, grad aus, kehrt euch!

Dem Feind entgegeneilen,
Das ist Soldatenpflicht,
Nicht lange zu verweilen,
Bedenkzeit braucht man nicht.
Man geht dem Feind entgegen
Und stellt sich hin zum Ziel,
Im dicken Kugelregen
Treibt man mit ihm sein Spiel.
Halb rechts, halb links, grad aus, kehrt euch!

Bekommt man einen Schuß,
Aus Reih' und Glied muß sinken,
Hab' ich kein Weib, kein Kind,
die sich um mich tun kränken.
Stirb ich aus freiem Trieb
Im Schlachtfeld so dahin,
Heißt's, daß ich als Soldat
Vor'm Feind gestorben bin.
Halb rechts, halb links, grad aus, kehrt euch!

Wann ich gestorben bin,
So tut man mich begraben
Mit Trommel und Pfeifenspiel,
Wie es Soldaten haben.
Drei Salven geben's mir

Ins kühle Grab hinein,
Das heißt Soldatenmanier,
Was kann wohl Schöneres sein!
Halb rechts, halb links, grad aus, kehrt euch!

Mein Mädel, das ich liebe,
Dem schreibt mein Kamerad,
Daß ich am Schlachtfeld liege
Und ruh' im kühlen Grab.
Sie weint mir Herzenstränen
Ins kühle Grab hinein.
Das heißt Soldatenleben,
Was kann wohl Schöneres sein!
Halb rechts, halb links, grad aus, kehrt euch!

Dann schreibt man auf den Stein:
Hier ruht ein deutscher Ritter,
Der schon so viele Jahr
Fürs Vaterland gestritten.
Ihr werd't ihn nicht mehr sehen
Zu Roß, zu Fuße gehen,
Sein' Lebenszeit ist aus,
Laßt and're Schildwacht stehen.
Halb rechts, halb links, grad aus, kehrt euch!

In munterem Klange hatten sie das Lied gesungen und dabei die Beine flink ausgesetzt. Der Pfarrer von Sandeben, der seitwärts auf seinem Acker stand, hörte den Gesang und dachte bei sich: Ein Loblied auf die Menschenniedermetzelung! Dieses Geschlecht – wie unselig!

In der Welt ging es heiß zu. „Die Trompeten hört man blasen wohl draußen auf freiem Feld ...!"

Anfangs kamen laute Siegesnachrichten, dann vergingen stillere, bange Wochen.

In der Pfarrkirche zu Sandeben wurden Betstunden gehalten für Kaiser und Reich. Gott ward angerufen als Herr der Heerscharen. Zu solchem Gebete war auch der Jakob einmal herausgekommen aus seinen Wäldern. Mit der ganzen Innigkeit des Vaterherzens flehte er um Schutz für seinen Friedel.

Nach dem Gottesdienste wurde er in das Gemeindeamt beschieden.

Der Vorsteher lud ihn sehr freundlich ein, Platz zu nehmen und kramte eine Weile unter den Papieren herum. Dann hielt er einen zusammengefalteten Bogen in der Hand und sagte:

„Mein lieber Reuthofer." Blieb stecken und wischte sich den Schweiß von der Stirn. Der Jakob schaute ihn an.

„Ich hab' dir heut' halt *keine* gute Botschaft zu bringen", fuhr der Vorstand fort.

„– – Der Friedel?" fragte der Jakob leise.

„Mußt dir denken, es hätte ihn auch daheim was treffen können", sagte der Vorstand, „eine böse Krankheit, oder so was. Der Hirschersohn ist unter die Mühlräder gekommen und hat ein schreckbares Ableiden gehabt. Von dem Schögel im Tal seinem Buben weißt eh. Zur ewigen Schand' und Schmach für den ganzen Stamm. – Dein Sohn ist als *Held* gefallen. Für Kaiser und Vaterland!"

Der Jakob knickte in sich zusammen und sagte: „Ich hab' mir's gedacht, ich hab' mir's gedacht ..." Dann verdeckte er sein Gesicht mit den Händen. So kauerte er da und ein heftiges Schluchzen schütterte seinen Körper. Der Gemeindevorsteher schaute lange auf ihn hin, endlich legte er ihm die Hand auf die Achsel und sagte: „Jakob!"

Zu den offenen Fenstern klangen die Glocken heran.

„Jakob", sagte der Vorsteher, „sie läuten. Das ganze Dorf gedenkt seiner zu dieser Stunde und betet für ihn. Das ganze Dorf teilt jetzt mit dir das Leid, sie haben ihn alle gern gehabt. Und können stolz sein auf ihn."

„Ich hab' mir's gedacht", stöhnte der Jakob.

Nach einer Weile, als die Glocken abgesetzt hatten, sagte der Vorstand: „Hier ist ein Brief, der schreibt, wie er gefallen ist. Eine weißgrüne Korpsfahne war in Gefahr, haben hart um sie gerungen. Da stürzt sich der Friedrich Steinreuter in den Kampf, die Fahne ist gerettet, aber der Steinreuter hat Blei in der Brust und sinkt zu Boden. – Da steht's, lies es selber."

„Weißgrüne Fahne! Heimatland!" sagte der Jakob. Es war wie ein Aufjauchzen, ein emporspringender Herzblutquell, in den die Sonne strahlt.

Dann wurde er allmählich ruhiger, tat einen schweren Atemzug und sagte: „In Gottes Namen!"

Hernach stand er auf, ging still und gebeugt davon.

Der Gemeindevorsteher blickte ihm nach und dachte: Armer Mann! Alles zu opfern fürs Vaterland, alles! Und so schutzlos und verlassen dastehen in diesem Vaterlande! An Heimatsliebe untergehen in der Heimat! –

Im Reuthofe hatte sich ein großes Klagen erhoben. Und als der alte blödsinnig gewordene Luschelpeterl auf seiner Ofenbank dadurch beunruhigt sich erkundigte, warum die Leute so närrisch hin und her liefen und weinten, und als er es erfuhr: Der Friedel sei erstochen worden! da tat er vor Überraschung einen hellen Pfiff und lallte: „Na, ist recht, ist recht, so ist er glücklich *drüben!*" Und versank wieder in seinen Halbschlummer.

HERRENSÜNDE – BAUERNBUSSE

Auf und an,
Spannt den Hahn,
Lustig ist der Jägersmann,
Hörndel schallt,
Büchsel knallt,
Und das Hirschel fallt!

So gab es wieder muntere Weisen, und zur Jagdzeit, da ging es hoch her in Altenmoos. Im Frühjahre die Hahnenbalz, die einzige Jahreszeit, da der „Herr" früher aufsteht als der Bauer. Da ist keine Stunde zu finster, kein Weg zu weit, kein Vogel zu hoch, es wird geschossen. Nicht der Hunger nach dem Fleisch, nicht die Gier nach den Federn ist's, sondern die Weidmannslust, die Lust zu morden. Pulverknall in die leere Luft oder auf die Scheibe ist nicht lustig, da stirbt nichts.

Für die Rehe und Hirschen wurde das ganze Jahr gesorgt, alles Gute und Liebe wurde ihnen angetan, damit sie gesund blieben, bis man sie erschießen konnte. In den Wäldern und Gebirgskaren standen geborgene Heuhütten, und wenn die Fütterung war und das Heu und die aus weiter Ferne herbeigebrachten Kastanien ausgestreut wurden, da kamen die Tiere von allen Seiten herbei, anfangs ängstlich lauernd, mit hochgetragenen Häuptern schnuppernd und die Luft prüfend, bald aber kühner sich der Nahrung nähernd und endlich mit Gier auf sie herfallend, unter Knacken und Knuspern sich zu sättigen.

Zur Brunstzeit erschollen die Wälder vom Hirschgeröhr. Kein Liebeslied der Kreatur ist so schauerlich, so offen Elementargewaltiges kündend, als das wilde Röhren der Hirsche zur Brunstzeit. Im Jägerherzen wird bei solchem Schall zwiefache Lust wach: Die zu beleben und die zu töten …

Nahte die Jagdzeit, so wurden neue Wege angelegt, daß die Herrschaften fahren konnten, soweit es möglich war. Es kamen hohe Herrschaften, aber alle waren in verschossenem, verschlissenem Bauerngewand. Es gibt Leute, die am Werktage Herren und am Feiertage Bauern sein möchten. Und Feiertag machen sie, wann sie wollen. Es gibt Leute, die mit aller Stadtlust nicht genug haben, die auch noch das Beste vom Land haben möchten. Das Jagdvergnügen, es kostet den Herren viel und den Bauern noch mehr. Daß sich die Herrenjäger in Bauerngewand stecken, ist ein merkwürdiges Zugeständnis, als ob der natürliche Jäger – der Bauer wäre. Der rechte Bauer wird die Tiere töten, weil sie sein Feind sind. Bauer und Jäger in *einem* Bau, Acker und Hirsch in *einer* Au, Gott genade dem Gau! – Solche Gedanken hegte einer zu Altenmoos. – Hundegeläut', Hörnerschall, Büchsenknall, Gläserklang! Es ist ja nicht wahr, Jakob Steinreuter, daß es in neuer Zeit so traurig zugeht in Altenmoos!

Auf der Knatscheleben, die hoch oben mitten im Walde lag, wurde im Freien gekocht und geschmort. Schon tagelang früher waren Arbeiter beschäftigt gewesen, Hütten, Feuerstätten, Faßgestelle, Tische und Bänke aufzurichten. Alle Waldarbeiter und Häusler der Gegend – die Untertanen der Herrschaft geworden waren – wurden als Treiber aufgeboten. Auch dem Jakob war bedeutet worden, sich als Treiber zu stellen; der ließ zurücksagen, er sei selber ein Gehetzter. Die Treiber bekamen nach der Hetze auch ihr reichliches Essen und Trinken, aber seitab von der Gesellschaft, weit seitab. „Versteht sich ja", meinte einer der Holzhauer, „wir Treiber sind zweibeinige Jagdhunde, nur daß wir nit bellen dürfen."

Und diese zweibeinigen Jagdhunde, die nicht bellen durften, liefen so gut, wie die vierbeinigen, über Jakobs Wiesen, Felder und Saaten und stampften Gras und Korn in den Grund.

„Wir sind selber schuld", sagte der Pechölnatz zum Jakob.

„Wieso das?"

„Weil wir ein armer Kleinbauer sind und nicht zweihundert Joch Grund haben. Sonst könnten wir selber jagen."

„Ein Bauer, der Wild hegt, um es nachher aus Lust totzuschießen, schändet seinen Stand."

„Wir sind halt der niemand."

„Nicht einmal mit meinem eigenen Hund darf ich über meinen eigenen Grund gehen."

„Gar die Hauskatz' wird uns niedergepelzt, wenn sie fünfzig Schritt weit Jagd hält nach der Feldmaus."

„Und das nennt man Eigentum!"

„Und das andere heißt, glaube ich, edler Jagdsport."

„Wildhetzen, Wildhetzen!"

„Wenn wir nicht bald still sind, so werden wir auch noch eingesperrt", kicherte der Natz, „das Gesetz versteht keinen Spaß."

„Wer hat's gemacht?" fragte der Jakob.

„Der Bauer nicht, das sieht man."

„Der Jagdfreund hat's gemacht und den Satz dazu geschrieben: Für ein Land ist es das größte Glück, wenn es recht viele Hirschen, Rehe und Hasen gibt."

„Und weil es für den Wildstand das größte Unglück ist, wenn es Bauern gibt, so tun wir halt die Bauern ausrotten."

So und ähnlich redeten sie manchmal miteinander, der Jakob und sein alter Genosse. Dem Kampelherrn, wenn er des Weges kam, wichen sie aus, der Jakob trotzig, der Natz scheu.

Der Kampelherr, ein schlanker, noch immer fast jugendlicher, blondbärtiger Mann, war überall, wo er sich zeigte, außerordentlich artig und fein, selbst gegen Untergebene beobachtete er eine glatte gefällige Form. Mit Grundbesitzern war er nachgerade herzlich und nahm jede Gelegenheit wahr, um ihnen gefällig zu sein. Wie es hieß, wollte er sich in den Reichsrat wählen lassen als Volksvertreter. –

Eines schönen Herbsttages hatte zu Altenmoos eine Hochwildjagd begonnen. Die Treiber hatten über Berg und Wald einen großen Ring gezogen, in welchem die Hirsche und Rehböcke, immer mehr in die Enge getrieben, angstvoll hin und her liefen. Das Gewehrfeuer knatterte und die schönen Tiere stürzten zu Dutzenden. Es war eine wahre Waldschlacht.

An demselben Tage wollte der Reuthofer mit seinen Schnittern in sein hinteres Haferfeld hinaufgehen, um den Rest einzuernten, denn die Luft, die vom Gebirge her zog, roch nach Schnee. Als sie gegen den Schachen kamen, durch den der Weg führte, stand dort der Waldmeister Ladislaus und deutete lebhaft mit dem Arm, sie sollten umkehren, heute sei es nichts mit dem Haferschneiden, heute sei dorten Jagd.

Jakobs Leute, besonders der Rotschiagl, wollten sich der Weisung widersetzen, sie begriffen es nicht, daß der Bauer auf seinem Grund und Boden nicht nach Belieben sollte seinen Hafer schneiden dürfen. Aber der Jakob sagte zu ihnen: „Ja, Leute, da läßt sich nichts machen. Der Jäger hat das Recht und es ist seine Schuldigkeit, daß er uns zurücktreibt, sonst kunnten wir niedergeschossen werden. In der Begier kennt so ein Stadtschütz Hirschen und Menschen nicht auseinander. Kehren wir um."

Taten es, und der Hafer auf dem hinteren Felde wurde von Treibern, Jägern und Wild in den Boden getreten.

Einige Tage später begegnete dem Holzknecht Harschhans zu Altenmoos ein ähnlicher Fall, der aber anders ausging. Der Harschhans hatte aus seinem Pachthäusel seine drei Schafe verloren und indem er sie suchte, kam er auch in das Bereich der Treibjagd. Der Jäger wies ihn zurück. Der Harschhans begehrte auf, seit wann er seinen eigenen Schafen nicht sollte nachgehen dürfen? Der Jäger wurde scharf und schnitt ihm mit vorgehaltenem Gewehr den Weg ab. Der Bauer wurde grob, schlug mit dem Stock auf das Gewehr und hieß den Jäger einen Lumpen.

Der Jäger war plötzlich ganz geschmeidig und sagte: „Mein lieber Harschhans, den Lumpen wirst du teuer bezahlen."

Der Kleinhäusler kehrte um und jeder Schuß, den er hörte, ging ihm ins Herz, weil er glaubte, derselbe habe eines seiner Schafe getroffen.

Es währte nicht lange – nicht so lange, als die Abschätzung eines Wildschadens auf sich warten zu lassen pflegt – so ward der Harschhans nach Krebsau zum Bezirksgericht gerufen und dort wegen Widersetzlichkeit und Jägerbeleidigung zu zehn Gulden Geldstrafe oder achtundvierzig Stunden Arrest verurteilt.

Als er mit diesem Urteil in der Tasche heimkam, ging er zum Nachbar Jakob und ersuchte ihn, ein wenig auf das Harschhäusel und die kleinen Kinder, die darin wären, achtzuhaben, während er sitze.

„Sitzen?" fragte der Jakob, „wer sagt denn, daß du sitzen sollst? Du kannst, wie ich da aus dem Urteil ersehe, die zehn Gulden zahlen."

„Daß ich ein Narr wäre!" lachte der Harschhans.

„Wenn du sie nicht hast", sagte der Jakob und langte nach seiner Brieftasche, „zufällig werden heute ihrer zehn drinnen sein, daß du dich damit loslösest. Sobald du kannst, gibst mir sie zurück."

„Ich will sitzen", entgegnete der Harschhans. „Ich kann mir nirgends so viel verdienen als beim Sitzen. Des Tages fünf Gulden. Und ausrasten. Ich will sitzen."

Der Jakob starrte dem Hans ins Gesicht. „Bist nicht gescheit?" fragte er endlich.

„Ja", rief der andere, „ich *wäre* nicht gescheit und alle Leut' wollten mich auslachen. Ich will sitzen."

„Bist schon einmal gesessen?" fragte der Jakob.

„Gottlob, bis jetzt noch nie."

„Gottlob, sagst! Und von jetzt an willst das nimmer sagen können!" rief der Jakob, dann nahm er jenen bei der Hand: „Nachbar! Ist dir denn an deinem guten Ruf gar nichts gelegen? Es ist ja wahr, die Ehre leidet durch den Fehltritt und nicht durch die Strafe; aber bedenk's, was sein wird. Der ist schon einmal gesessen, wird's heißen, und sie werden nicht sagen, warum. Der ist schon einmal gesessen! Die Nachrede wirst du nimmer wegbringen und noch deine Kinder werden es hören müssen: Euer Vater ist ja einmal eingesperrt gewesen! – Die zehn Gulden zahlst, Nachbar."

„Diesem gottverfluchten Jager zehn Gulden zahlen! *Der* Esel bin ich nicht."

„Zahlst du sie dem gottverfluchten Jager?" sagte der Jakob. „Kommt deine Geldstrafe nicht den Bezirksarmen zugut? Ist dir der Esel zu klein, so weiß ich dir noch ein größeres Vieh. Sei froh, daß du's in Geld abtun kannst. Der Dieb und Einbrecher kann's nicht. Willst mit dem Spitzbuben auf *einer* Bank sitzen? aus *einem* Krug trinken?"

„Bei uns armen Kleinhäuslern", sagte nun der Hans, „bei uns ist's nicht so heikel. Uns haben sie nie groß zu Ehr' kommen lassen, müssen oft unschuldigerweis' Schand' und Spott tragen, da ist einer nicht mehr wehleidig. Ob ich zwei Tag' im Kotter sitz' oder im Wald umgeh', das ist mir alles eins."

Jetzt griff der Jakob noch fester an und sagte: „Nachbar! Mir zu Lieb' laß dich nicht einsperren. Ich mag keinen eingesperrten Nachbar. Schau, gestern habe ich den alten Holzbartel sterben sehen, bettelarm, auf einem Bund Stroh. – Nit viel hab' ich genossen auf der Welt, hat er gesagt, aber in Ehren bin ich alt geworden. Das ist sein letztes Wort gewesen. – Hans, die Ehr' ist für arme Leute nicht weniger wert als für vornehme, eher mehr, weil sie sonst nichts haben. Und jeder brave Mann hält was darauf, daß er auch nach außen hin in Ehren dasteht. – Geh', mach' dich auf und wirf ihnen die zehn Gulden hin!"

„Mir tut's leid ums Geld", sagte der Hans.

„Zum Teufel, so schenk' ich dir's!"

„Schenken?" schmunzelte der Kleinhäusler, „nachher wohl, nachher."

Nahm das Geld, ging zu Gericht und sagte dort mit weinerlicher Stimme folgendes:

„O ihr lieben Herren! Ich bitt' um Gnad' und Barmherzigkeit! Geld hab' ich kein's zum Zahlen, und wenn ihr mich einsperrt, so verhungern dieweilen daheim meine Kinder. Ich bitt' untertänigst, schenket mir die Straf, die Herren Jäger sind lauter brave Leut', will's nicht mehr tun, nur für diesmal bitt' ich um Gnad' und Barmherzigkeit!"

Das Gericht hatte in der Tat Gnad' und Barmherzigkeit und verminderte die Strafe um die Hälfte. Der Harschhans ließ sich einsperren auf vierundzwanzig Stunden. Das Geld vertrank er. Dann kam er triumphierend heim.

„Jakob!" rief er, die *halbe* Ehr ist gerettet, ich bin nur *einen* Tag gesessen!"

„*Solche* Leute hat man um sich!" seufzte der Jakob.

Das waren seine Freunde. Und ringsum der Feind – das wilde Tier und der weltkluge Eigennutz der Menschen. Da nahm der Jakob einmal sein Hausgewehr von der Wand und prüfte den Hahn. – Die Herbstjagden zu Altenmoos ergaben große Wagenladungen von Hasen, Rehen und Hirschen. Der Jakob atmete allemal auf, wenn der Troß mit seiner Beute abgezogen war.

Jedoch war die Wildhegung eine so vorzügliche, daß eine Jagd nicht viel ausgab. In jenem Sommer, da auf dem Schlachtfelde der

Friedel gefallen war, trug es sich zu, daß zur Nachtszeit die Hirschen in den umzäunten Kohlgarten des Reuthofer drangen und die Blätter abfraßen. Als der Jakob von seinem Fenster aus das erstemal diese ungeladenen Gäste gewahrte, kam ihm der Gedanke: Niederschießen! Man schießt heutzutag die Kalbinnen nieder, man schießt die Leut' nieder, warum soll man nicht einen Hirschen niederschießen, wenn er in den Gemüsegarten bricht! –

Er tat's aber nicht, sondern ging am nächsten Tage hinaus nach Krebsau zum Verwalter der Kampelherrischen Besitzungen.

Der Verwalter war in einem grauen Schlafrock, hatte kleine freundliche Augen, eine große hübsch gerötete Nase, einen schönen falben Vollbart und war ein wohlgewogener Herr. Er hatte jetzt ein Bierglas vor sich stehen und eine langberohrte Pfeife im Mund, die, wie der Mann bei seinem Schreibtische saß, zwischen den Beinen bis auf den Fußboden hinabging, wo eine Bärenhaut lag.

„Nur immer herein!" rief er, als der Bauer artig an die Tür geklopft hatte. „Ei, das ist ja der Reuthofer aus Altenmoos. Freut mich, daß Ihr mich einmal besucht, freut mich."

„Freude wird nicht viel dabei sein", sagte der Jakob und blieb mitten im Zimmer stehen. „Ist Unliebsames, Unliebsames!"

„Oho!"

„Ich muß mich beklagen der Wildschäden wegen. Die Hirschen fressen mir das Kraut."

„Da ist kein Beklagen nötig, mein lieber Reuthofer", entgegnete der Verwalter, „wie Ihr wisset, werden die Wildschäden abgeschätzt und vergütet."

„Ist schon recht das", sagte der Jakob, „es kommt halt darauf an, wer sie abschätzt, die Beschädigten oder die Jagdliebhaber. Tun's die Herren, so ist es für die Bauern schlecht –"

„Und tun's die Bauern, so ist es den Herren nicht recht, meint Ihr", fügte der Verwalter leutselig bei, „na, setzt Euch doch nieder, Reuthofer."

„Ich kann schon auch stehen", sagte der Jakob ernsthaft. „Es ist eine wichtige Sache. – Wenn Ihr uns Bauern die Wildschäden wirklich vergüten wolltet – da käme es Euch halt teuer zu stehen. Mit Verlaub, da müßtet Ihr unsere Dienstboten löhnen und verköstigen, unser Vieh füttern und unsere Steuern zahlen. Das Wild frißt uns alles in Altenmoos d'rin, ich weiß mir nimmer zu helfen."

„Na na, so arg wird's wohl nicht sein", sagte der Verwalter und klopfte an der Tischecke die Pfeife aus.

„Gegen Diebe", fuhr der Jakob fort, „kann man sich zur Not schützen und wehren, gegen Mißjahr und Hagel gibt's Versicherungen. Das Wild kommt jetzt schon jedes Jahr auf unsere Felder und Gärten und wir müssen zuschauen und warten, was es uns übrig läßt. Ein fremdes Vieh darf ich pfänden, wenn's auf meinen Grund kommt. Wollten wir einmal ein Reh abfangen oder gar niederschießen – gnade uns Gott!"

„Ja, lieber Bauer, das ist was anderes!" lachte der Verwalter. „Dürft' Ihr denn ein verkauftes Kalb schlachten?"

„Das nicht."

„Nun also. Auch die Hirschen, Rehe und Hasen habt Ihr verkauft."

„Wieso?" fragte der Jakob. „Wir haben keine Hirschen und Rehe und Hasen gehabt, so haben wir sie auch nicht verkaufen können."

„Hat die Gemeinde Sandeben mit Altenmoos nicht das Jagdrecht verpachtet?"

„Ich bin nicht befragt worden, ob es mir recht ist", sagte der Bauer. „Kürzlich hat mir der Sandebener Gemeindevorstand fünfundsechzig Kreuzer eingehändigt. Für was denn? habe ich gefragt. Ja, das wäre mein Jahresanteil vom Jagdpacht. So, sage ich. Daß die Herren

Jäger beliebig über meine Felder und Wiesen steigen dürfen, daß sie mir Hund und Katze niederbrennen dürfen; daß ich um Äcker und Gärten hohe Zäune soll aufführen, daß ich zur Jagdzeit mein Vieh nicht darf auf die Weide treiben, nicht Holzhacken in meinem Wald, und erst noch den Schaden, dessentwegen ich die weiten Wege muß machen zum Amt – für alles das bekomme ich fünfundsechzig Kreuzer. Ich habe früher, so lange wir noch Vieh auf Eure Almen treiben durften, für das Stück auf drei Monate drei Gulden gezahlt. Daß der Jagdherr hundert Tiere, oder so viel der will, das ganze Jahr auf meinen Weiden äsen läßt, dafür kriege ich fünfundsechzig Kreuzer. Vorstand, habe ich gesagt zu dem in Sandeben, wir dürfen die Jagd nicht mehr verpachten!"

„Ja, versucht es nur einmal", antwortete der Verwalter, „wird jeder Bauer mit der Büchsen umgehen, anstatt zu arbeiten."

„Wenn jeder Bauer mit der Büchsen umgeht", sagte der Jakob, „alsdann wird das Wild bald ausgerottet sein, dann ist Ruh'."

Der Verwalter zuckte die Achseln.

„Ich will nicht sagen", fuhr der Jakob erregt fort, „unser Herrgott hätte das Wild nur für die Armen erschaffen. Wer jagen kann, der kann sich das Brot auch anders verdienen. Ich sage das: Im Bauernland ist das Wild ein Ungeziefer. Wer es auf seiner eigenen Haut hegen und jagen will, der mag's tun, auf *meiner* leide ich keines."

„Wirst wohl *müssen*, mein lieber Bauer!" versetzte der Verwalter ruhig.

„Zwölf Bauern sind heute so viel wert, wie ein Hirsch", rief der Jakob, „aber ganz entraten wollen sie des Bauern doch nicht, er soll für ihr Spiel das schöne Nebenspiel sein und für das Wild Futter anbauen. Eine Schande, daß sich der reiche Herr seine Hirschen und Böcke von den Bauern mästen läßt! Eine Schande für die Kavaliere, daß sie ihr Vergnügen auf Kosten armer Teufel treiben!"

„Ihr habt recht", entgegnete der Verwalter und nahm einen wakkeren Schluck aus dem Bierglase, „da möcht' der Teufel armer Teufel sein!"

„Da ist kein Spaß zu machen", sagte der Jakob. „Was die Herren auch anfangen, allemal geht der Schaden auf die Bauern aus. Sie sollen zufrieden sein mit ihren Jagdrevieren in Auen und Steppen, in Hochwäldern und auf Gemsgebirgen, da haben sie Jagd genug, kein Mensch wird's ihnen neiden. Aber die Bauernschaft sollen sie nicht schädigen."

„Wisset", sagte nun der Verwalter, schlug den Bierglasdeckel zu und strich sich vom Barte die Tropfen, „das versteht Ihr nicht. Ich an Eurer Stelle wollte mir's anders machen. Den ganzen Krempel von Wirtschaft würfe ich dem Kampelherrn an den Schädel. Jetzt schert *Ihr* Euch drum, würde ich sagen, ich will Euch keinen Narren machen! – Reuthofer, ein Glas Bier müßt Ihr mit mir trinken. Ihr werdet Durst haben, der Weg ist weit von Altenmoos her. Setzt Euch doch zu mir, so! – Wie gesagt, Reuthofer, Ihr solltet Euch's bequemer machen. Der Mensch lebt nur einmal auf der Welt. In einer wegsameren Gegend solltet Ihr Euch gut sein lassen."

„Mir wäre *nicht* gut, Herr Verwalter", sagte der Jakob traurig.

„Ah was, wenn man Geld hat, ist's überall gut."

„Daheim ist's am besten", sagte der Jakob.

„Was klagt Ihr denn nachher, daß Euch daheim so schlecht wäre?"

„Ich mag von der Fremde nichts hören!" rief der Jakob.

„Was Fremde! Man ist überall fremd, wo es einem schlecht geht. Eure Nachbarn haben das besser verstanden."

„Meine Nachbarn? Das wären schlechte Beispiele zu Eurem guten Rat, Herr Verwalter!"

„Es mag sein, daß sich mancher nicht zu betten verstanden hat. Wie *Ihr* dran seid, Reuthofer, Ihr könnt nichts mehr verlieren, Ihr könnt nur gewinnen. Und Ihr werdet sehr viel gewinnen, ich sage es Euch, ich bin Euer Freund, glaubt es mir."

„Ihr sprecht als Diener Eures Herrn", sagte der Jakob.

„Ich brauche ihm nicht zu schaden, um Euch zu nützen. Ich gestehe es ja, daß dem Kampelherrn noch immer an Eurem Gute gelegen wäre, er möchte sich natürlich den Besitz abrunden."

„Mir ist es hart, zu denken, daß ich ein Scherben in seinem Fleisch bin", sagte der Jakob, „aber mein Gott, was soll ich tun? Ich kann ohne meinen Reuthof nicht leben."

„Auf Euer Wohl, Jakob!" sprach der Verwalter und hob sein Glas. „Trinket, alter Freund. Schaut, Ihr habt Mißtrauen gegen uns, und das ist nicht recht. Wir handeln nach den Verhältnissen der Zeit und haben nichts gegen den Bauernstand. Er wird auch nicht untergehen, aber er wird sich verändern. Und solchen Naturen, wie der Euren, Jakob, tut das Verändern weh, ich begreife es. Aber Ihr sollt Euch nicht beklagen dürfen, daß Euch der Verwalter Ebner schlimm mitgespielt hätte. Auch ich habe eine Heimat gehabt und weiß, was das heißt, und werde sie nie vergessen. Ich habe Euren Willen, auf dem Gute Eurer Väter fest zu bleiben, sehr geachtet. Jetzt ist's anders. Ich habe gehört, daß Eure Tochter ausgewandert ist, Euer Sohn ist auf dem Felde geblieben. Gebt mir Eure Hand, Jakob, seid überzeugt von meiner herzlichen Teilnahme. Aber man muß mit den Tatsachen rechnen und ich sage es Euch, Reuthofer, es ist nicht möglich, Euch allein in Altenmoos zu behaupten. Seid klug, Freund!"

Der Jakob schwieg eine Weile und dann entgegnete er: „Wenn ich jetzt nein sage und wieder nein, so wird's heißen: Trotz und nichts als Trotz. Aber beim lieben Herrgott im Himmel: Ich kann nicht fort von Altenmoos, ich bin angewachsen. Den reichen, vornehmen Herren, was kann ihnen liegen an diesem steinigen Bauerngut! Sie sollen mich in Ruh' lassen, mir ist alles dran. Wenn ich einmal gestorben bin und mein Kind meldet sich nicht drum, nachher meinetwegen mag mit dem Reuthof geschehen was will."

Seltsam zitterte die Stimme, als er die letzten Worte sprach.

„Ich wiederhole noch einmal", sagte der Verwalter, „daß mich Eure Anhänglichkeit rührt, man wird eine solche Treue sobald nicht wieder finden. Es war nur ein Rat, daß Ihr für die alten Tage in eine bessere Gegend ziehen solltet, etwa zu Eurer Tochter. Ihr könnt ja auch auf dem Reuthofe bleiben so lange Ihr lebt, es wird Euch an nichts mangeln. Wir werden erkenntlich sein. Der Kampelherr bietet Euch für den Reuthofgrund, wie er heute liegt und steht –"

„Ich will nichts hören!" unterbrach ihn der Jakob und wehrte mit beiden Händen ab, „mein Haus verkaufe ich nicht. Ich bin gekommen, um meinen Wildschaden anzugeben und dafür entschädigt zu werden. Sonst will ich nichts."

Der Verwalter stand auf und hatte eine veränderte Stimme, als er nun sprach: „Man wird den Schaden von Sachverständigen abschätzen lassen und die Entschädigung wird Euch auf Amtswegen zukommen." Damit ging er in das Nebenzimmer.

Der Jakob machte sich wieder auf den Weg nach Altenmoos, den er tausendmal schon gegangen war, den seine Vorfahren in ihren jungen und in ihren alten Tagen, in Glück und Not, unzählige Male gegangen waren. So ging auch heute den steinigen Weg in die uralte geliebte Bergheimat Jakob Steinreuter – Jakob der Letzte.

DIE SCHATTEN WACHSEN

Hinter den Eschen des Reuthofes lag ein großer Steinhaufen. Es waren jene Steine, welche die Vorfahren des Jakob aus den Feld- und Weidegründen gegraben und hier zusammengetragen hatten. Das Erdreich schien zeitweilig zur Freude des Jakob steinlos, aber alljährlich von neuem, so oft der Pflug über den Akker ging, riß er Steine hervor und so oft die Sense über die Wiese glitt und die Sichel durch die Halme, klang der Stahl in den Steinen. Die Bauern sagen, es wüchsen die Steine in der Erde wie Kartoffeln, und es wäre beinahe so. Immer wieder mußten sie diese unliebsame Frucht sammeln und auf den Steinhaufen tragen, der denn auch von Jahr zu Jahr größer wurde. Auf dem Steinhaufen sammelte sich allmählich Erdreich und darauf wucherte roter Holler, Heiderich, Himbeergesträuche und Gedistel, auch ein paar Fichtenbäumchen standen auf, so daß der Jakob einmal sagte: „Da heißt es, das Altenmoos wäre eine unfruchtbare Gegend, und wachsen doch sogar auf dem Steinhaufen allerhand Sachen."

Als es nun stark zu herbsten begann beim Jakob und zu wintern beim Pechölnatz, daß sie die Sonne aufsuchten, wann und wo es ging, saßen die beiden Männer gerne auf dem warmen Steinhaufen und schauten in die Gegend hinaus. Es war alles anders geworden. Den stattlichen Reuthofer von ehemals hätte man kaum mehr erkannt. Haar und Bart ungepflegt, grauend, die Wangen eingefallen und fast lehmfahl, die Nase noch schärfer geschnitten, die sonst so schönen klaren Augen trüb und müde und manchmal grell aufzuckend, als wolle sich der Mannesmut in ihm nicht so ohne weiteres begraben lassen. Der Natz hatte immer noch sein rühriges seelenfrohes Wesen, er war ein weißhaariges Kind geworden. Ja, das Haar hatte sich endlich doch gebleicht zu Ehren seines vierundsiebzigsten Lebensjahres. Und manchmal, wenn er sah, wie alles um ihn so still und schwermütig war, wollte auch er es werden. Das nächste bunte Steinchen, das er fand, brachte ihn wieder in helle Freude.

Wenn das Herz der beiden Alten munter war und sie sich was Gutes antun wollten, so redeten sie miteinander von alten Zeiten, da es noch lebendig und lustig gewesen in Altenmoos.

„Gegen dreihundert Menschen sind dagewesen", sagte der Jakob, „gute Arbeitsleute, dazumal, tüchtige Soldaten. Ein fester, kernfrischer Schlag."

„Prächtige Leut'!" fügte der Natz bei.

„Und jetzt nur etliche Krüppel und Hascherln und Wichtlinge und ein paar alte Männer, die auf dem Steinhaufen sitzen", sagte der Jakob.

„Was ist gesungen worden und gejauchzt, daß es nur so hat angeschlagen drüben im Nockwald!" erinnerte sich der Natz. „Heiteres Gespiel mit Zither und Hackbrett haben sie getrieben an Sonn- und Feiertagen. Im Sommer die Kugelbahnen, im Herbst, wenn die Frucht ist unter Dach gewesen, die Schnalzpeitschen, ein Knittern und Knattern überall! Nachher im Winter das Eisschießen, daß die Stöcke nur so haben 'klungen!"

„Heute totenstill", sagte der Jakob.

„Wieviel waren ihrer Häuser zu Altenmoos?"

„Dreiundzwanzig, in meiner Jugendzeit", antwortete der Jakob, „und stattliche! Zwölf Großbauern. Hat jeder einen feinen Wagen gehabt und ein Roß, oder zwei, ist flott ins Kirchdorf gefahren, im Winter mit dem Schlitten. Hat's geheißen: Aufgeschaut, die Altenmooser Bauern kommen! Wein her und Braten her, Geigen und Pfeifen auf, die Altenmooser Bauern kommen!"

„Heute", schmunzelte der Natz, „heute schleifen wir mit der Gicht und Gall um, trinken Wasser und essen Krautrüben. Und wenn der Wind durch die Wandklumsen pfeift, das ist unsere Tanzmusik."

„Die Leute dazumal, die haben zusammengehalten. Hat einem was gefehlt, so haben ihm die anderen geholfen. Zugrund' gegangen ist keiner."

„Ja, so ist's gewesen", sagte der Natz und ergriff Jakobs Hand. „Wir halten auch zusammen."

„Heute", fuhr der Jakob fort, „heute traut einer dem anderen nicht; bei uns Ausnahm'. Und so leut'scheu! Ich glaube, wenn's zum Sterben kommt, so sucht sich jeder dazu den ödweiligsten Winkel auf, daß ihn keiner dabei sieht. Bei den wilden Tieren geht's auch so zu."

„Ich sage das und bleibe dabei", rief der Natz, „es fehlen die Kinder. Nichts wachst mehr nach. Wir werden bald ausgestorben sein."

„Ich weiß nicht", bemerkte der Jakob, „ist es Einbildung oder ist es wirklich so: Mich deucht, zu Altenmoos scheint die Sonne nicht mehr so hell, wie vor Zeiten."

„Sie scheint nicht mehr so hell", bestätigte der Natz.

„Es mag auch an unseren alten Augen liegen, Natz."

„Es mag auch anderswo liegen, Jakob. – Schau, so lange ich noch in den Donnergräben dringewesen bin, ist's mir oft aufgefallen, daß in den Waldschluchten mehr Nebel ist, als auf den Matten und als heraußen zu Altenmoos. Jetzt ist zu Altenmoos auch schier überall Wald."

„Wald auf Wiesen, Wald auf Feldern", sagte der Jakob.

„Und jetzt legt sich der Nebel auch ins Altenmoos und bleibt liegen und hängen in den Bäumen wie ein alter Kotzen."

„Richtig wahr, es ist so", gab der Jakob zu, „und alle Jahr wird der Winter länger und der Sommer frostiger. Hast vor Zeiten zu Peter und Pauli Reif gesehen zu Altenmoos?"

„Gewiß nicht, gewiß nicht."

„Und jetzt will der Hafer nicht mehr zeitig werden vor dem Schnee."

„Vor Zeiten, wenn du dich erinnern kannst, Bruder, sind alle Wiesen weiß und blau und rot und gelb gewesen vor lauter Blumen!"

„Heute will sogar die Distel nicht mehr blühen. Überall zu viel Schatten. Draußen zu Krebsau und weiter herum klagen die Leute, sie hätten zu wenig Wald, weil die Fabriken allen gefressen haben; wir haben zu viel. Die Leute können nicht mehr Maß halten, das können sie nicht. Wie es der geschwindeste Gewinn verlangt, so treiben sie's, und nach anderem fragen sie nicht. Was unsere Nachkommen anfangen sollen, das ist ihnen gleichgültig."

„Ich bin sonst nicht viel boshaftig", meinte jetzt der Natz, „aber ich gunn's ihnen. Man hört, es geschieht ihnen auch selber nicht wohl, trutz Geld und Lustbarkeit, was sie haben. Umbringen – mußt betrachten – umbringen tun sich mehr Leut' draußen in der lustigen Welt, als da im traurigen Bergwinkel."

„Weil ihrer draußen mehr sind", wendete der Jakob ein.

„Nicht so, Jakob, nicht so", eiferte der Natz, der sich ordentlich gehoben fühlte, daß er über so wichtige Dinge sprach. „Nach dem Perzent muß man's nehmen. Hab' neulich erst gehört zu Sandeben, wie einer in der Zeitung gelesen. Stadtleut' täten sich dreimal mehr umbringen, als Landleut'. Es fehlen die Kinder, auch draußen. Viel kleine Leut', aber keine Kinder. Die Leut' kommen heutzutag' schon alt auf die Welt."

„Meinetwegen!" seufzte der Jakob, „wir werden es sowieso bald überstanden haben." –

Von solcher Art war ihr Gespräch auf dem Steinhaufen, wenn die Sonne schien.

Da trieb's doch der Almhalter Wegerer anders. Kümmerlich ging's freilich auch ihm. Die Rinder, die ihm von den Sandebner Bauern anvertraut waren, daß er sie in ihren Geschlagen und auf ihren Almen weide und hüte, wurden fett, er selber blieb zaunmarterdürr.

Eines Tages trieb er aus seiner Weidegegend einen Ochsen durch Altenmoos und gegen Sandeben dem Fleischhauer zu.

„Mach' dir aber nichts draus, Falber", sprach er unterwegs zum Rinde, „schau, sollst dir denken, es ist dir halt schon so aufgesetzt, daß du geschlachtet und aufgegessen werden mußt."

„Wegerer, du bist auch ein Ochs!" erscholl plötzlich vom Steinhaufen her eine Stimme, „und das ist dir halt schon so aufgesetzt."

Dem Wegerer war etwas uneben. Er wußte nicht ganz genau, wie es gemeint ist, wenn man einen Menschen Ochs nennt.

Der alte Natz schmunzelte. Der Jakob sagte: „Es mag ja was Wahres dran sein: Die Einfalt ist dem Menschen angeboren, aber dumm muß er selber werden."

Dem Jakob war wohl auch etwas angeboren; besonders bei der Wildschadenvergütung kam er sich fremder Schlauheit gegenüber sehr einfältig vor. Die Wildschäden wurden ihm richtig allemal vergütet. Abgeschätzt wurden sie von Jägern, Jagdliebhabern und anderen Leuten, die unter der Gnade oder unter dem Drucke des Kampelherrn lebten.

Die Hirschen haben ihm das Kraut gefressen. Was ist ein Kohlkopf wert? – Um vier Kreuzer, meinten die Schätzmänner, könne man sogar draußen in der Krebsau die schönsten Kohlköpfe haben. An zweihundert Stück, wenn man's hoch nimmt, seien gefressen, macht acht Gulden. Bar bekam der Jakob das Geld auf die Hand ausgezahlt. Dieser hielt das Papier in der flachen Hand so hin und sagte: „Was mache ich damit? Draußen im Tal mag man den Kohl so kaufen, aber wer führt mir ihn herein, wo alle Wege zerrissen sind! Oder wachsen jetzt im Spätherbst die Kohlköpfe zu Altenmoos, wenn ich dieses Papier ansäe? Ihr lieben Herren, für mich hat der

Kohl einen anderen Wert, als für euch. Für euch ist er nur Zuspeis, für mich ist er auch Braten, mit Verlaub."

Es half nichts. Wenn ihm die Entschädigung zu gering sei, hieß es, so möge er sich ans Gericht wenden.

„Daß ich ein Narr wäre!" lachte der Jakob auf, „da wollt' mir mein Recht hübsch teuer zu stehen kommen! Das kennen wir."

Einmal, als ihm das Wild sein Haferfeld arg mitgenommen hatte, ward ihm natürlich alsbald die Schadenabschätzung in Aussicht gestellt. Sie ließ aber auf sich warten. Der Hafer, so viel noch vorhanden, war reif und wollte geschnitten sein. Der Waldmeister ließ dem Jakob auf seine Vorstellung sagen, wenn er den Hafer schneide, bevor die Kommission käme, so kriege er nichts. Der Jakob wartete. Bevor jedoch die Abschätzung kam, kam der Schnee und vernichtete die ganze Ernte. Bald hernach war auch die löbliche Kommission da. Sie machte eine sehr bedenkliche Miene und fragte: Wieso da von Wildschaden die Rede sein könne? Da müsse der Reuthofer schon den Herrgott verklagen, für das Schneien sei der Jagdherr nicht verantwortlich.

Da ballten sich dem armen Manne wohl oft die Fäuste im Sack.

„Was wollt *Ihr* Euch beklagen!" sagte ihm einmal ein Bauer aus der Krebsau, „bei uns draußen vernichtet das Wild die ganze Obstzucht. Wer junge Obstbäume hat, der weiß die Hasen erst zu schätzen, wenn sie in der Schüssel sind!"

„Ich kann mir nicht helfen", antwortete der Jakob, „aber daß auch Ihr Euch's gefallen laßt, wo Euer doch noch so viele sind, das verstehe ich nicht. Viele Hunde sind ja doch des Hasen Tod."

„Und viele Hasen sind des Bauern Tod." –

Im Reuthofe war trotz des manchmal umziehenden Gesindels der Haushund abgeschafft worden. Durch das beständige Hundegebell am Hofe werde ringsum das Wild verscheucht, behauptete der Waldmeister, und das war dem Hund nicht gedeihlich; starb er nicht an knallendem, so starb er an stillem Pulver. Der Jakob mochte die Todesqualen nicht heraufbeschwören und verzichtete auf den Hauswächter. Eines Tages, als die alte Gardel gerucht hatte: „Wenn nur einmal das Kraut zeitig wär', daß ich wüßt', was ich kochen kunnt!" und als wieder ein Hirsch in den Gemüsegarten gebrochen war, nahm der Jakob seine mit Waffenpaß wohl verklausulierte Hausflinte von der Wand, öffnete das Stubenfenster und schoß das Tier über den Haufen.

Der alte Natz tat einen Freudenschrei: „So ist's recht, Jakob! Ehevor uns der Hirsch frißt, fressen wir den Hirschen!"

Aber der Jakob sagte: „Das ist nicht so, mein lieber Bruder. *Die Freude* sollen sie nicht haben, daß sie mich als Wilddieb packen könnten. Sie können mir die Wirtschaft zugrund' richten, sie können mir die Haut abziehen, aber zum schlechten Kerl machen sie mich nicht."

Der Jakob ging hinaus in die Vorgegend zum Verwalter.

„Herr!" sagte er zu diesem, „ich habe gebeten und Beschwerden geführt. Ich habe nichts erreicht. Ich habe das Gespiel von der Wildschadenvergütung erlebt und hab's ertragen. Jetzt ist's aus und ich kann nicht mehr bestehen, wenn ich mich nicht selber schütze. Heute ist wieder *ein* Tier in meinen Garten gekommen. Wenn Ihr es wegschaffen wollt, es liegt dort, wo es gestanden ist."

„Reuthofer!" sagte der Verwalter und blickte den Bauern ernst an.

„Ja", antwortete der Jakob, „ich habe es niedergeschossen."

Der Verwalter schwieg.

„Ich habe das Tier niedergeschossen", wiederholte der Jakob. „Der Jäger hat mir die Kalbin erschossen, die auf seinen Grund kam, ich ihm den Hirschen, der mir in den Garten brach. So wird's in Ordnung sein."

„Das tut mir leid", murmelte der Verwalter und zog an einer Klingel. Auf das trat ein stämmiger Jagdbursche ein.

„Es tut mir leid", wiederholte der Verwalter zum Jakob gewendet, „daß wir zwei heute auf solche Art auseinandergehen müssen. Ich wollt' Euch's immer gut; ich habe Mitleid mit Euch gehabt, habe Euch wahrlich vieles entschuldigt. Den Bauerntrotz läßt man hingehen, der Eigensinn zehrt sich selber auf. Die Bosheit aber! Die Bosheit kann ich nicht verzeihen. – Franz, tu' deinen Hirschfänger um und führe den Mann hinein zum Bezirksgericht. Ich komme bald nach!"

„Einsperren!" rief der Jakob.

„Einsperren, mein lieber Reuthofer", entgegnete der Verwalter geschmeidig.

„Einsperren, weil ich ehrlich gewesen bin und selber angezeigt habe!"

„Nicht darum, sondern weil Ihr den Hirschen erschossen habt."

„Hab' ich ihn gestohlen?"

„Dem Wildschützen geht's oft mehr ums Schießen als ums Stehlen."

„Ich bin kein Wildschütz, ich tat's aus Notwehr!"

„Aus Notwehr? Hat Euch der Hirsch nach dem Leben getrachtet?"

„Er *hat* mir nach dem Leben getrachtet!" rief der Jakob. „Wenn ein fremder Mensch ins Haus dringt, um mir das Brot wegzunehmen, so ist Notwehr erlaubt."

Und bald war er wieder an seinem Schluß: „Hat in diesem Land der Hirsch einen größeren Schutz als der Mensch?"

„Räsoniert nicht!" sprach der Verwalter, „wenn Ihr im Schatten sitzt, habt Ihr Zeit, darüber nachzudenken. Vorwärts!"

Der Schatten, ja, das war der Kotter. Achtundvierzig Stunden! Es war ohnehin das allergeringste Strafausmaß, weil sie allerhand Milderungsgründe vorfanden, nur eben den nicht, daß der Jakob nach Gottesrecht doch vielleicht unschuldig war.

Jetzt hatte der Mann also Zeit zum Nachdenken. Wenn ihm der Staat für all die geleisteten Steuern an Geld, an Kraft, an Blut schon nichts *geben* konnte, so würde er dem treuen Untertan doch wenigstens das gute persönliche Recht zu *leben* schützen! – So hatte der Jakob gemeint in seiner Bauerneinfalt. Jetzt saß er im Kotter und wollte vergehen vor Entrüstung.

Auch der Kampelherr saß. Er saß in jenen Tagen bereits im Reichsrate und hielt glänzende Reden vom „ehrlichen Mann der Arbeit mit der schwieligen Hand, von den hehren Menschenrechten des Armen, vom Schweiße des Landmanns, der den Staat kittet" usw.

Zum Glück wußte der Jakob nichts davon, daß sein Stand so herrliche Vertreter besaß im hohen Rate. Er wunderte sich am Ende nur noch, daß er freigelassen wurde. Sie hätten ihn mit demselben Rechte, als auf zwei Tage, ja geradesogut auf Wochen und Monate gefangen halten können – kein Mensch würde sich um den Waldbauern gekümmert haben.

Nach seiner Freilassung eilte er auf Umwegen nach Altenmoos. Den Förstern und Höfen wich er aus. „Der Sträfling! Der Wildschütz, der eingesperrt war!" Man weiß ja, wie sie es treiben, die Braven, die es nur dann für sich zu einem Tugendglanze bringen, wenn ihnen gegenüber ein von Amts wegen armer Sünder steht. Die Fehler anderer sind ihre Tugenden.

Der Harschhans begegnete ihm unterwegs, der schmunzelte den Jakob boshaft an, sagte aber kein Wort.

Als der Reuthofer erschöpft und abgezehrt heimkam, höhnte ihn niemand; nur die zwergige Dirn lachte ihn aus, daß er davongegangen sei, derweilen im Garten der Hirsch von Krähen verkostet wurde.

FEIERLICHE WILDNIS. DAS JAUCHZEN VERBOTEN

Seit diesen Tagen ging der Jakob nicht mehr hinaus in die Vorgegenden. Da er so sehr vor der Welt erniedrigt worden war, schüttelte der Ekel seinen Körper, wenn er an die Leute dachte. An Sonn- und Festtagen das Glockengeläute ging ihm ab. Manchmal stieg er hinan zur Sandlerhöhe, wo man es klingen hören konnte, wenn sie in Sandeben läuteten und der Südwind zog. Wenn er aber dachte, daß der Glockenstrick von einer ungetreuen Kreatur gezogen werde, war auch die Freude an dem Klingen dahin. Bald stieg er nicht mehr auf die Sandlerhöhe, sondern betreute seine Kapelle und das uralte Holzbildnis in ihr mit seiner Andacht und mit seinem Schmerze. Neben der Kapelle stand und gedieh der Weichselbaum; er blühte alljährlich und trug Früchte, als ob der Friedel, dem er geweiht, nicht schon längst in einem Massengrab des Schlachtfeldes moderte. Es ist kein Band, es ist kein Verstehen und kein Mitleben der Natur mit dem Menschen. Jedes Wesen ist für sich allein; danklos entsteht's, lieblos genießt's, treulos vergeht's ...

Wenn die stillen Tage der Nebel waren, da Altenmoos zugedeckt schien mit einem grauen bleiernen Deckel und die Tropfen an den Bäumen spannen, ging der Jakob bisweilen der Sandach entlang aufwärts durch die Schluchten bis in den Grund, genannt im Gottesfrieden.

Er ging an den Felsen hin, am lautlosen See vorüber und bis zum brausenden Wasserfall. Wenn der sinkende Luftzug das Brausen niederdrückte, daß die Steine zu beben schienen in der lauten Gewalt – das tat dem Jakob wohl. Da stand er unbeweglich und blickte in das aus den nebeligen Höhen niedergehende ungeheure

Wasserband, welches weiß und schwer und flockend wie eine unaufhörliche Schneelawine in den quirlenden Kessel stürzte. Wie in wildem Zorne sprangen die Gischten wieder hoch auf, schlugen mit hundert Fittichen an die Felsenblöcke, umkreisten diese in ihren Tümpeln, als wären sie auf der Flucht und könnten den Ausweg nicht finden. Neben dem Hauptfall gingen in Stricken und Schleiern kleinere Nebenfälle, von Vorsprung zu Vorsprung hüpfend, nieder – grell flüsternd wie zischelnde Bosheit neben der grausen, wütenden Leidenschaft.

Dieser Wasserfall der Sandach war sein Lied geworden. Und so wie das Wasser dann still und klar durch den Felsengrund floß, so geruhigt ward auch allemal sein Gemüt. – O Wildnis, Wildnis! Wiege verlassener Seelen! Wie ein Wandervogel auf dem Baumast sitzt, so nimmt die aus Ewigkeiten kommende Seele hier kurze Rast, ehe sie weiterfliegt in die Ewigkeiten. – Eine ähnliche Stimmung klang manchmal den Jakob an, er fühlte wieder das geheimnisvolle Band zwischen der äußeren Natur und dem Menschenherzen, und so trat er mit feierlichem, erhobenem Gemüte aus dem Felsengrund, genannt im Gottesfrieden. Nun wußte dieser durch sich und andere aus der menschlichen Gesellschaft gleichsam verbannte Mensch, wo seine Kirche stand. Im Gottesfrieden! Kein Tempel hat einen schöneren Namen. Wer weiß, warum die Altvordern diesen Ort so geheißen haben! Wer weiß, ob draußen zu Sandeben schon eine Pfarrkirche gewesen zur Zeit, als die ersten Steinreuter den Reuthofergrund gereutet hatten! Wer weiß, ob der erste Jakob nicht mit dem Wasser im Gottesfrieden getauft worden ist! Was war zu Altenmoos nicht vorgegangen in den Jahrhunderten! Die Ansiedler, arbeitsam und bedürfnislos, hatten sich feste Stätten gegründet, zur Gemeinde zusammengetan, hatten Ordnung und Zucht gehalten, hatten sich in Frieden vertragen und das entlegene Tal zwischen den hohen Bergen und Wildnissen war ein heiteres, gesegnetes Menschenheim geworden für lange Zeit. Draußen in der Welt oft Krieg und Empörung, im Waldlande Arbeit und Frieden. Die Bauern genossen keck ihr gesundes Leben, und wer einmal ein krankes zu tragen hatte, der trug es geduldig. Jeder freute sich des Daseins und viele erreichten ein hohes Alter. Da kam die Pest der neuen Zeit, die Gewinngier, der Streberwahn, da wurden die Menschen treulos gegen die Heimat und ihre Sitten, jagten hinaus in das Elend der grenzenlosen Welt. Die wenigen Zurückgebliebenen werden erdrückt von dem Eigennutz der Mächtigen. Ein großes Leben war aufgestanden in Altenmoos, ein großer Mord ist an ihm begangen worden ... Im Felsengrund zum Gottesfrieden hat sich nichts geändert; wie es zu des ersten Jakobs Zeiten war, so ist es noch.

Solche Gedanken zogen immer und immer wieder durch das Haupt des Mannes, der so geruhig nach innen und so erbittert nach außen war. Das gehobene Herz, das er aus dem Gottesfrieden allemal mitgebracht in den Reuthof, sank bald wieder in Sorge und Traurigkeit zurück. Es war auf dem Hof keine Freude mehr, es galt nur mehr zur Not das Leben zu fristen. Vieh und Hafer verkaufte der Reuthofer längst nicht mehr, es war alles kümmerlich geworden und reichte kaum für den häuslichen Bedarf. Indes bedurften sie nichts von draußen. Getrockneten Kümmel verwendeten sie als Salz. Ging eine Fensterscheibe in Scherben, so gab eine alte Hauspostille die Blätter her, um das Loch zu verkleben. Loden aus der Schafwolle, Leinwand aus dem spärlichen Flachs, Leder aus den Häuten ward schlecht und recht bereitet vermittelst der alten Vorrichtungen aus besseren Zeiten, die sich noch im Hause fanden.

Wie der Jakob im Gottesfrieden die Kirche entdeckt hatte, so hatte der Pechölnatz im Walde die Apotheke gefunden. Er sammelte Wurzeln und Kräuter, bei denen er sich auskannte, kochte Saft daraus oder rieb sie zu Pulver. Wenn dann die Krankheiten und Gebrechen kamen, wurden die Mittel mit gutem Vertrauen angewendet; manchmal halfen sie, manchmal nicht – ganz wie die Sachen aus der lateinischen Küche.

Kleine Geräte des Hauses schnitzte der Natz mit seinem Taschenmesser. Bei solchem Schnitzen geschah es manchmal, daß aus dem Stück Holz ein Pfeifchen ward, oder ein Pferdekopf, oder gar ein ganzes Roß und der Reiter darauf, und daß nachher der Alte mit derlei Sachen spielte wie ein Kind. Und doch war er, zum herben Tage aufgeschreckt, alsbald wieder wach und klug und half sich und dem Jakob tapfer das Leben tragen.

Manchmal seufzte der Jakob auf, ohne etwas zu sagen. Da wußte es der Natz, er dachte an seine Tochter Angerl. Mit der stands wohl kaum erfreulich. Ihr Mann, der Florian, war vom Feldzuge mit einem hölzernen Bein zurückgekommen. Bald darauf wurde der Steinhäuselpacht gelöst und sie zogen mit ihren Kindern von der Gemeinau fort. So viel wußte der Jakob, mehr wußte er nicht. Sie schrieben nicht, und daraus hätte ein anderer geschlossen, daß es ihnen nicht schlecht ergehen würde. Wie gerne hätte er ihnen seinen letzten Groschen geschickt! Die lieben Menschen, die ihm zunächst standen in diesem Leben, sie darbten in der Fremde. Der Jakob fühlte, es lag auch hier eine Schuld vor. Er seufzte, aber er sagte nichts.

So vergingen die Tage, so holperte es fort auf dem Reuthofe – und hinten drein schlich das Verhängnis.

Einmal in einer mondhellen Nacht war's, daß der Natz den Jakob aus dem Schlafe weckte. Es waren wieder die vierfüßigen Schelme draußen. Drei Rehe stiegen im Garten um und grasten die jungen Pflanzen weg. Der Natz war diesmal besonders erbittert, er hatte vor wenigen Tagen erst die Kohl- und Salatpflanzen bei dem alten

Weibe in der Lunselkeusche erbetteln und dabei außer dem Erbettelten auch sonst noch manches einstecken müssen. Das alte Weib hatte gezetert, was das für eine saubere Bauernwirtschaft wäre, nicht einmal Setzpflanzen zu haben! – Das Wild hätte sie gefressen, berichtete der Natz. – „Warum hat denn mir das Wild die Pflanzen nicht gefressen?" rief das Weib. „Warum denn? Weil ich mein Bett draußen im Garten stehen hab' und weil ich die ganzen Nächte wach bleib' und Strumpf strick' und Lärm schlag', wenn die Bestien anschleichen. Müßt ihr's halt auch so machen! Aber na, die Herren vom Reuthof wollen sich die Nacht gut sein lassen und schmeckt's ihnen besser, die Setzpflanzen nachher von den armen Häuslerinnen zu erbetteln. Da hast ihrer, ich hol' mir Milch dafür." – Als hierauf nach langem Bücken und Graben, wobei dem Alten „schier das Kreuz absprang", die Pflanzen glücklich im Garten standen, hübsch der Reihe nach gesetzt und mit Jauche gedüngt, wollte es erst nicht regnen und mußte der Natz alle Abende vom Brunnen viele Kübeln Wasser herbeischleppen und die Setzlinge jeden für sich begießen. Und jetzt, wie sie anhüben zu gedeihen, waren die Tiere da, um sie abzufressen.

Der Natz gab dem Jakob das Gewehr in die Hand. Paff! durch die Wandluke hinaus. Machte das Reh einen Sprung in die Luft und stürzte zu Boden. Die zwei anderen setzten in hohen Sprüngen über den Zaun und dem Walde zu.

„Wirf den Rock um", sagte der Jakob zum Natz, „wir gehen hinaus. Ich hab's angezeigt, da haben sie mich eingesperrt; jetzt zeige ich's nicht an, damit sie mich nicht einsperren. Man macht's, wie sie's haben wollen."

„So werden wir halt alleweil gescheiter", sprach der Natz.

Sie trugen das Tier zum Brunnen, weideten es aus, schleppten es in den Keller, taten Stroh darauf und dann legten sie sich wieder zu Bette.

Am nächsten Morgen war der Jakobitag. Die Bauern halten an ihrem Namenstage gerne auch das Gedächtnis ihrer Geburt. „Vierundsechzig Jahre!" sagte der Jakob zu sich selber. „Bei manchem Menschen braucht es lange, bis er ein Spitzbub' wird." –

Von diesem Schusse an hatte der Garten eine Weile Ruhe. Die Rehe und Hirsche kamen bis zum Rain herbei, schauten zwischen den Eschen mit langen Hälsen herüber auf den grünen Kohl, aber die Luft roch so ein wenig unheimlich und sie hatten nicht den Mut, ihr Verlangen zu stillen.

So streckte einmal der Natz sein altes Gesicht mit den weißen Bartstoppeln vor und munkelte: „Bruder Jakob! 's ist doch das rechte Mittel gewesen!"

„Ei der Satan!" sagte der Jakob hierauf. „Hast du die Mär' von der Wildschützenkugel nie gehört? Daß der Teufel von sieben abgeschossenen Wildschützenkugeln allemal eine hinführt, wohin er will?"

„Glaubst du an solche Sachen?" fragte der Natz.

„Ich glaube nicht daran", antwortete der Jakob, „aber ich meine, daß so Sagen und Aussprüche, die aus alten Zeiten kommen und von Geschlecht zu Geschlecht fortleben, doch auch ihre Bedeutung haben müssen. Ich habe nur das schon erfahren: Wenn man den Finger an den Hahn legt, da denkt man an kein Gebot und kein Gesetz, da denkt man nichts mehr als: treffen will ich. Und ist's doch so, als ob in unsereinem ein böser Geist aufstünde, sobald man die Mordwaffe in die Hand nimmt."

„Wird wohl eh' nicht anders sein", entgegnete der Natz, „wenn aber andere schießen, warum nicht wir auch? Geschossen ist geschossen."

„Daß auch der Pechölnatz so mordgierig sein kann!" bemerkte der Jakob.

„Wundert mich selber", entgegnete jener, „bin auch sonst nicht so gewesen. Jedes Tierl hat mir derbarmt, aber weißt, Bruder, du und ich, die zwei derbarmen mir halt noch mehr. Die Hauptsache ist, nur gut treffen, daß das arme Geschöpf nicht noch eine Weil' leiden muß."

„Wenn der Mensch auf weitem Feld zu treffen ist, so wird der Hirsch im Wald auch zu treffen sein", sagte der Jakob.

Es geschah nun – anfangs zwar selten, allmählich aber öfter und öfter – daß in der Umgebung des Reuthofes ein Büchslein knallte. Manchmal sah man den Oberförster Ladislaus durch die Gegend hasten und um den Hof schleichen. Er war schon sehr gebückt und sein jetzt kurzgeschnittener Bart war grau wie Eis, aber seine Augen sprangen noch scharf und stechend ins Grüne aus und die Beine hatten schon spitze Knie, waren aber flink. In den früheren Jahren hatte man den Waldmeister stets behäbig des Weges kommen sehen; jetzt, da er alterte, lief er gebückt, hastig und geräuschlos, wie auf Socken, so daß es immer zu sehen war, als schleiche er jemanden an. So geht's, wenn List die Kraft ersetzen muß. Der Ladislaus schien Verdacht zu haben auf den Reuthof, es war da etwas nicht richtig! Aber es war nicht dahinter zu kommen und das wurmte ihn. Sein Leben hätte er mögen dransetzen, eine Spur zu finden. Die Hirschen und die Wildschützen waren ihm die wichtigsten Dinge auf der Welt.

Eines Tages begegnete er im Walde einem kleinen barfüßigen Knaben, der Erdbeeren sammelte. Der Waldmeister fragte, wer ihm erlaubt hätte, hier Beeren zu pflücken?

Das Kind schaute ihn erst mit großen Augen an und antwortete hernach schüchtern: „Meine Mutter."

„Wer ist deine Mutter?"

Der Knabe schaute noch erstaunter drein. Jetzt weiß der nicht, wer meine Mutter ist. Und das Kind wußte es zuletzt selber nicht.

„Die Mutter ist halt die Mutter", wimmerte es endlich, lief davon und verstreute im Laufen die ins Körbchen gesammelten Beeren. Der Oberjäger blickte ihm fluchend nach. Das Beerenpflücken wie das Schwämme- und Ameiseneiersammeln ist verboten! Was soll man sich von dem Schmarotzergesindel das Wild verscheuchen lassen aus seinen Standplätzen!

Es gibt aber Ausnahmen. Sah der Waldmeister einmal das frische Töchterlein der böhmischen Kohlenbrennerin im Guldeisnerschlag. Die Alte war brummig, die Junge war es nicht, und diese fragte er schmunzelnd, ob sie nicht manchmal in die Beeren gehe?

„Möcht' schon", antwortete sie schämig.

Es seien die Himbeeren reif, sagte er und er wolle ihr verraten, wo die schönsten und reifsten stünden!

„Herr!" flüsterte das Mädchen, „Himbeeren brocken ist verboten."

Er streichelte sie an der Wange und munkelte: „Verbotene Früchte schmecken um so besser. Auf der Sandlerhöhe wachsen sie, wenn du hinauf willst ..."

Am nächsten Tage hatte sein „Rosenkranz" um einen Knoten mehr. –

Die neueste Zeit hatte dem Waldmeister eine neue Landplage gebracht, und dem Ärger darüber schrieb er es zu, daß sich in seinen Knochen die Gicht anmeldete. Die Touristen! Das sind fürs erste weder Hirschen noch Wildschützen, also sehr verächtliche Kreaturen. Fürs zweite steigen sie auf allen Bergen und Wänden umher, jodeln und lärmen und verscheuchen das Wild. Trotten mit ihren verfluchten Bergstöcken höllisch blöde und gleichgültig dahin und verscheuchen es doch. Können den Schildhahn nicht vom Rebhuhn unterscheiden und verscheuchen sie doch. Auf dem Weg, heißt's, wollten sie bleiben, diese gottvermaledeiten Luftbummler. Auf welchem Weg? Es gibt keinen Weg, keinen öffentlichen, in unseren Gebirgen. Privatgrund! Da wird nicht aufgetreten!

Die Touristen wußten nur von einer schönen Gotteswelt und nichts von einer, die dem Kampelherrn gehört; sie stiegen also auch hier wie überall auf die Berge und freuten sich. Da nahm der Oberförster eines Tages einen gefangen. Der hatte nach keinem Wilde geschossen, ja nicht einmal eins gesehen, denn er war sehr kurzsichtig und trug über seine gewöhnlichen Augengläser Numero sechs noch ein paar blaue Brillen gegen das grelle Sonnenlicht. Diesen Menschen hatte der Oberförster festgenommen, weil das halbblinde Individuum oben auf der Nockhöhe einen Jauchzer gemacht hatte. „Wen der Teufel schon umhertreibt im Revier, der soll wenigstens 's Maul halten!"

„Aber liebster Herr Jäger!" rief der Tourist, „wenn die Welt halt allzu schön ist! Wenn's halt gar zu lustig ist auf der Alm, wer soll da nicht jauchzen! Juch! Juch! Juch!"

Klingend jauchzten es die Wälder nach in der Runde.

Der Waldmeister war außer sich. „Die Hände kann man so einem Kerl fesseln, aber um die Goschen läßt sich kein Schloß anlegen."

„Juch! Juch!" schmetterte der Tourist in alle Winde und machte einen Freudensprung um den anderen.

Der Waldmeister legte ganz unwillkürlich die Finger an den Hahn. „Hol' der Teufel das ganze Jagdgesetz, wenn man so einen Maulaffen nicht über den Haufen schießen darf!" knirschte er und stieß den Gewehrkolben auf den Boden.

Der Tourist mußte mit ihm. Er ging voran und pfiff allerlei Liedeln, der zornwütige Weidmann ging hinten drein und knurrte allerlei Namen. Erst unten an der Sandach, wo das Wasser alles Pfeifen und Jauchzen und Knurren übertäubte, wurde der Tourist freigelassen. Er lief aber nicht alsbald davon, sondern stellte sich hart vor den Jäger hin und sagte: „Hochansehnliche Herrschaften und Jägersleut'! Ihr habt es weit gebracht mit der Welt, daß man jetzt nimmer jauchzen soll dürfen im grünen Wald! Das Fluchen ist nicht verboten, wie ich Euch angemerkt habe. Schön! So verdamm' euch Gott, ihr edeln Herren und unedeln Jäger, daß ihr euerer Leidenschaft die Existenz braver Leute, ganzer Stände opfern könnet! Verdamm' euch Gott, die ihr den Mordknall habt aufgebracht im Wald und das frohe Jauchzen verdrängt! Zu Pulver soll euer Blut werden und zu Blei euer Herz und zu Rauch eure Seele. Guten Morgen."

Und war davon.

Der Fluch schien echter zu sein als der gute Morgen. Es war ganz verdammt heute! Noch grub im Waldmeister der eine Ärger, da kam auch schon der zweite. Der Almhalter Wegerer begegnete ihm. Der schlich mäuschenstill daher auf dem steinigen Hohlweg, und zwar barfuß, „daß ich die Hirschen nicht verjage", sagte er zum Ladislaus. Die Wahrheit war, daß er keinen Schuh besaß.

Der Waldmeister wollte seinen Unmut zerstreuen und hub mit dem alten Wegerer ein Gespräch an.

„Na, Wegerer", sagte er, „was kann so einem Kerl aufgesetzt sein, der im Wald wie toll umherschreit und das Wild aufscheucht?"

„Fürs erste", antwortete der Wegerer, „kann er heiser werden. Nachher kann's ihm aufgesetzt sein, daß er taubstumm wird! Ganz taubstumm. Und blind und lahm, und nach und nach tot – mausetot!"

„Schön", sagte der Waldmeister, „und weil du dich schon so gut auskennst, und du vor lauter Blindheit ein Seher bist worden, sage mir einmal, was kann dem Bauer dort drüben aufgesetzt sein!"

„Dem Reuthofer? Der muß verhungern, wenn er nicht gescheit ist und sich als Wildschütz einsperren läßt. Ist ihm aufgesetzt, ich sag's! – Seinem Haussitzer, dem Pechölnatz, ist auch was aufgesetzt. Ja, der wird mit achtzig Jahren noch ein schönes Weib heiraten, weil er Kinder haben will."

„Da wird ihm wohl noch etwas anderes aufgesetzt werden", bemerkte der Waldmeister witzig. „Schau her da, Alter, hast du schon einmal einen solchen Rosenkranz gesehen?" Er zog aus der Tasche einen Lederbeutel und aus diesem seine Seidenschnur mit den Knoten hervor.

„Weiß nicht", schmunzelte der alte Almhalter. „Ich bin halt ganz unschuldig und kenn' mich da nicht aus."

„So reden wir von anderem. Sage mir, lieber Alter, was steht unserem gnädigen Herrn bevor?"

„Dem gnädigen Herrn!" entgegnete der Wegerer, „dem Kampelherrn! Ja, das ist so eine Sach'!"

„Nun?"

„Der gnädige Herr Kampelherr", sagte der Alte mit Bedenken, „wenn sich der nicht bald ändert – an dem erleben wir noch was!"

„Wohl doch nichts Schlimmes!"

„Weiß nicht. Wenn sich der nicht bald ändert, so –"

„Heraus mit der Farbe!"

„– So wird er Baron."

Der Waldmeister lachte auf. Er dachte daran, daß es nicht sein Schaden sein würde, wenn die Weissagung des Alten in Erfüllung ginge.

„Und was meinst du, Wegerer, was mir aufgesetzt ist?" fragte der Waldmeister und tat die Schnur wieder in den Lederbeutel.

„Dem Herrn Waldmeister?" sagte der alte Halter und zog dabei seine Stimme in die Länge.

„Aufrichtig sein!"

„Darf ich?"

„Ich zahl' einen Schnaps."

„Ist ein gutes Fürnehmen, Herr Waldmeister, ein sehr gutes Fürnehmen. Dem Herrn Waldmeister wird's noch recht gut gehen."

„Das hoffe ich. Will wissen, was mir für ein besonderes Glück aufgesetzt ist."

„Nach meiner Meinung", sagte der Wegerer schmunzelnd, „aber nicht für übel halten! Kein Mensch kann dafür, was ihm aufgesetzt ist. Nach meiner Meinung müßte sich der liebe Herr Waldmeister zum seligen End' an seiner Seidenschnur aufhenken."

„Und dafür willst du Schnaps haben!" fuhr der Waldmeister auf.

„Es kann auch Wein sein", sagte der Alte bescheiden.

„Schau, daß du weiter kommst!" herrschte ihm jener zu.

Der Wegerer schlich kopfschüttelnd davon. „Ich glaube gar", murmelte er bei sich, „der Mann ist beleidigt. Ei Teuxel, ist es mir akkurat aufgesetzt, daß ich den muß beleidigen, der mir einen Schnaps zahlen will."

Und huschte mißmutig davon.

EIN NARR MÜSST' EINER SEIN!

Im Herbste war's, am Frauentag, genannt Maria Geburt.

Der Jakob saß zur Feiertagsruh' an seinem Tische und blätterte wieder einmal in der Bibel. Das Blättern ging mühsam vonstatten, die Finger waren steif und ungelenk und das Papier ist keine Axt und kein Spaten. Ja, wäre es eine Axt gewesen oder ein Spaten, dem Manne hätte es besser bekommen. Die herbe Arbeit hatte ihm immer das Herz erfrischt, die Schrift machte ihn nur noch nachdenklicher, als er schon war. Und nachdenken soll ein Mensch nicht, der so betrübt ist, wie der Jakob es war.

Ein Luftzug vom offenen Fenster herein hatte auch ein wenig geblättert und schließlich das Kapitel von dem verlorenen Sohn aufgeschlagen. – Was geht den Jakob der verlorene Sohn an! Er schlug Hiob den Dulder auf – er verblätterte ihn wieder. Er suchte die Gesänge des Jeremias, aber noch bevor er sie gefunden hatte, schob sich die zwergige Dirn' zur Türe herein und berichtete kichernd, daß ein Bettelmann draußen sei.

Man solle ihm ein Stück Brot geben.

Das habe er schon bekommen, aber er sitze auf dem Antrittstein und wolle nicht fortgehen, so berichtete die Dirn unter heftigem Lachen.

Wieder blätterte in der Bibel die Luft, Jakobs Auge fiel auf die Worte des Propheten Jesaias: „Weg ist Freude und Jubel von den Fluren. In den Hainen tönet kein Jauchzen. Du magst am Morgen deine Saat säen, am Tage, da du die Ernte in Besitz nehmen willst, wird sie Schutt sein. – Was war noch an meinem Weinberg zu tun, das ich nicht getan hätte? – Der Herr wird ihn zur Wüste machen."

Es war ihm bange. Er stand auf, um hinauszugehen in seine Stallung, daß es Werktag werde um ihn. Da sah er vor der Haustür auf dem Antrittstein noch den Bettelmann; der saß müde da und stützte den Kopf auf die Hand. Der Jakob trat zu ihm, blickte ihm ins Gesicht und erschrak. – Das ist doch nicht möglich! Es kann nicht sein. Es ist nur so eine Ähnlichkeit, alte Leute sehen sich alle gleich. Und ist's doch wieder! In welchem Zustand! Zerrissen und verkommen. – Der struppige Bart des Bettelmannes ist eisgrau und bewuchert das ganze Gesicht. Die kleinen Augen zucken wirr und die Zunge kommt aus dem Munde hervor und sucht im Bart herum nach Brosamen, die etwa vom verzehrten Brotstück dort zurückgeblieben sind. Dabei ist der wetterfahle Hut schief nach einer Seite hin gestülpt, so daß das Kerlchen bei seiner Armseligkeit noch fast keck aussieht.

„Mit Verlaub", sagte der Jakob, als er eine Weile beobachtend vor dem Bettler dagestanden war, „ich muß mich doch vielleicht irren."

„Wirst dich nicht irren", antwortete der Bettelmann und trommelte mit der mausfahlen Stiefelspitze auf dem Stein. „Wirst dich nicht irren. Rösser kaufen geh' ich um, wenn du ihrer hast."

„Also richtig der Guldeisner!" rief der Jakob. „Gut ausschaust! Heißt das, alt, woltern alt werden wir halt schon miteinand'."

„Alt und letz, und arm und dumm", knurrte der andere in seinen wulstig beflickten Mantel hinein.

„Wirst nicht eine Weil' so sitzen bleiben, Nachbar, in der frostigen Herbstluft da!" sagte der Jakob, „geh' ein wenig in die Stuben hinein."

„Wenn du ein Wirtshaus hättest. Über Nacht bleiben möcht' ich da."

„Wirst Platz haben", sagte der Jakob und dachte bei sich: Armer Mensch! Mußt betteln und willst es nicht merken lassen.

Er hatte vieles vorausgesehen, aber *das* hatte er nicht erwartet. Das Mitleid kam. Er will es ihm nicht fühlen lassen, dem Guldeisner, was dieser einst in seinem Hochmut gesündigt.

„Mich freut es recht, Nachbar, daß ich dich heimen kann und daß du mein Dach nicht verschmähst", sprach der Jakob. „So, Franz, mach' dich nur bequem da in der Stuben. Brauchst nicht so still umzutun, der Peterl auf der Ofenbank, der schläft fest. Ein Krügel Holzapfelmost, wenn du magst. Dies Jahr ist er wieder einmal geronnen. Leg' ab deinen Wettermantel, leg' ab. Ist das beste Zeug, so ein alter Loden, wenn man in den Regen kommt. Ich häng' auch allemal mein altes Zeug um, wenn ich ins Gebirg' geh'. Aber daß du jetzt Rösser suchst zu Altenmoos!"

„Such' ja keine", antwortete der Guldeisner und pfusterte die Worte nur so stoßweise hervor, „Rösser! Ein Narr müßt' einer sein! Den Guldeisnerhof möcht' ich wieder kaufen. Heißt das, wenn er noch stehen tät' und wenn ich Geld hätt'. Der Kampelherr, hab' ich gehört, will ihn wieder loshaben. Will ganz Altenmoos wieder loshaben. Hat einen Kracher gemacht, beim Kampelherrn. Mir kann's gleich sein. Aber erraten hast es, Reuthofer!"

Er trank den Krug Most auf einen Zug aus.

„Wie du's nur gar so fein hast erraten mögen!" fuhr er gesprächig fort. „Oft hab' ich an dich gedacht. Aber den anderen geht's auch schlecht. Recht verzwickelt schlecht." Und nun hub er an zu erzählen von den Ausgewanderten, von solchen, die irgendwo eine Hütte hatten und darin Not litten und von solchen, die nichts hatten, und von solchen, die verschollen waren. Dann wieder lobte er die Wirtschaft des Reuthofers und rief immer wieder aus: „Daß du es aber gar so gut hast erraten mögen!"

Der Jakob konnte sich nicht genug wundern über das vertrauensselige Geplauder des einst so schroffen, wortkargen Mannes. Es hatte in der Tat den Anschein, als fühlte der Guldeisner sich jetzt als Mensch, der nichts mehr zu verlieren hat, weit behaglicher und gemütlicher, denn früher als reicher Großbauer und Herrenschlösselbesitzer.

„Dummer Bauer!" sagte der Guldeisner plötzlich und schaute den Jakob mit Verachtung an.

„So!" entgegnete dieser.

„Kommst vom Tisch bis zum Ofen und weißt nichts. In die Fremde muß man! Die Welt muß man sehen! Einen Unterschied muß man kennen lernen! – Du lebst und stirbst auf einem Fleck und meinst, was für ein Schelmenstückel du geleistet hast! Bist vierspännig gefahren? Hast Champagner getrunken? Bist betteln gegangen? Nichts hast erfahren. Ein Narr müßt' einer sein! Der Apfel hat zwei Seiten, mein lieber Reuthofer! Auf der einen ist er rot, auf der anderen gelb. Du bist hausgesessen geblieben und guckst doch sauer drein. Wenn's was gilt, Nachbar, schlafen will ich besser wie du!"

„Magst recht haben", entgegnete der Jakob und dachte bei sich: Hochmütig muß der immer sein, das einemal ist er's auf seinen Reichtum, das anderemal auf seine Bettelhaftigkeit.

Im Wandwinkel hockte die zwergige Dirn' und kicherte und kicherte. Das verdroß den Guldeisner. „Dumme Drulle, altenmooserische!" knurrte er sie an, da brach sie in ein schallendes Gelächter aus.

Als der Guldeisner und die zwergige Dirn' so nebeneinander auf der Bank saßen, er brummend und knurrend, sie kichernd und lachend, da fiel es dem Jakob ein, was die Leute sagten und daß diese zwei ungleichen Wesen näher miteinander verwandt wären, als das sonst zwischen fremden Leuten gebräuchlich und sittsam ist. Der ganz gescheite Guldeisner und die dumme Dirn'! Da sitzen sie nebeneinander und sie weiß nichts von ihm, als daß er brummt, und er weiß nichts von ihr, als daß sie lacht.

Lassen wir Gras darüber wachsen, dachte der Jakob, wer weiß, ob er eine Freude daran hätte, der Junggesell', in seinen alten Tagen eine *solche* Stütze zu finden. Besser, freilich, besser ist er immer noch daran, als der alte Ehemann, der kinderlos dasteht …

Die Abendsuppe ließ sich der Guldeisner wohl schmecken. „Mehr Milch müßt' dabei sein, wenn deine Köchin keine Dudl wär'! sagte er schließlich. „Wenn ich Wasser saufen will, so leg' ich mich in den Bach und nicht in die Schüssel."

Der Jakob freute sich dieses kritischen Ausspruches, welcher zeigte, daß der Guldeisner satt war.

„Wo aus geht morgen dein Weg, Nachbar?" fragte er.

Der Guldeisner blickte den Jakob wie befremdet an.

„Morgen?" fragte er dann, „morgen bleib' ich daheim."

Da merkte es der Reuthofer, daß in der Vorstellung des Guldeisner der Reuthof zu dessen neuer Heimat erkoren war.

„Es wäre schon recht, wenn ich dir ein Daheim geben kunnt", versetzte der Jakob zu einer höflichen Ablehnung. „Schau' dir's halt einmal an, das traurige Altenmoos."

Der Guldeisner brütete vor sich hin und murmelte: „Altenmoos! Auf diesem Fleck ist's mir auch einmal gut 'gangen." Dann fuhr er auf: „Nachschauen muß ich. Die vertrackten Kerle schlagen mir Jungwald nieder. Sag' einmal, Winkelbauer, sind da oben im Knatschelhaus, oder im Oberstöckelhaus Leut' drinnen?"

„Liegt seit fünfzehn Jahren kein Zimmerbaum mehr auf dem anderen!"

„Sind im Sandlerhof Leut' drinnen, oder im Waldstuberhäusel?"

„Wo die gestanden, da wachsen Brennesseln."

„Dodl alter", fuhr der Guldeisner den Jakob an, „wo soll einer denn nachher betteln, wenn die verdammten Nester dahin sind! Na hörst, Bauer, dieses Altenmoos ist sauber heruntergekommen!"

Eine scharfe Entgegnung lag dem Jakob auf der Zunge, er sprach sie nicht aus, er hatte Mitleid mit des Alten wirrgewordenem Kopf. Er lud ihn ein zum Schlafengehen.

Als der Guldeisner sein Leibel auszog, um es über den Strohschaub zu breiten, den ihm der Jakob in die Stube zur Schlafstätte getragen hatte, kletzelte er ein Papier aus der Tasche. „Da hab' ich – wenn's wahr ist – einen Brief", murmelte er. „Hätt' eh' bald vergessen, daß ich ihn abgib'. Dem Jakob Steinreuter gehört er" und las stockend die Adresse: „Bauer in Altenmoos bei Sandeben, letzte Post Krebsau in Steiermark. Kaisertum Österreich. – Muß weit her sein, weil er so viel umfragt in der Welt nach dem Jakob Steinreuter. Da hast ihn."

„Wie kommst du zu so einem Brief?" fragte der Jakob, das große versiegelte und verbogene Schreiben ihm aus der Hand nehmend.

„Traurig stünd's mit eurer Post, wenn unsereiner nicht wär'. Hundstraurig. Der Bot' in Sandeben – wohin ich ginge? schreit er mir nach. Heim, sag' ich, ins Altenmoos. Ob ich mir einen Botengroschen wollt' verdienen und einen Brief mitnehmen für den Reuthofer? Lumpig! sage ich, daß ihr sogar die Kavaliere belästigen müßt mit eurer Briefpost. Her den Bettel! – Sapperment, ist das einmal ein Federbett!"

Damit sank er in das Stroh. „Ah, jetzt werd' ich bald König sein", lallte er noch, dann schnarchte er auch schon.

EIN SCHREIBEN AUS NEU-ALTENMOOS

Als der Hof still und nächtig stand, die Leute alle schliefen, zündete der Jakob bedächtig eine Kerze an, um den Brief zu lesen. Da hatte er freilich noch keine Ahnung, was ihm die nächste Stunde bringen sollte. Anfangs, da wollte er dem Papier nicht trauen, dann rieb er sich die Augen, dann putzte er die Kerze. An die heiße Stirn griff er sich. Daß ihm dieser Brief so wunderlich vorkam! Will ihn jemand foppen? Der Brief ist von ganz fremder Hand und mit seinem eigenen Namen unterschrieben. Einen anderen Jakob Steinreuter gibt es nicht, soviel er weiß. – Aus Neu-Altenmoos in Oregon. Wo ist denn das? – „Mein Vater!" begann das Schreiben. Da zuckte es dem Jakob durch die Seele. *„Maria!"* schrie er auf, aber sein Weib rief er vergebens, nur der Guldeisner regte sich auf seinem Stroh, knurrte ein paar unverständliche Worte und schlief weiter.

Der Brief war mit festen Zügen geschrieben und lautete also:

„Mein Vater!

Ihr werdet von diesen Zeilen wohl sehr überrascht sein. Wie ich höre, habt Ihr mich für tot gehalten und tausendmal bitte ich um Verzeihung, daß ich so viele Jahre nichts von mir habe hören lassen. Solange es mir schlecht ergangen ist, habe ich gemeint, es wäre besser, Ihr hieltet mich für gestorben, als für verdorben. Und ist in mir Scham und Trotz gewesen. Wohl arg ist es mir ergangen, und ich habe mein Davonlaufen von den guten Eltern und von der lieben Heimat hart büßen müssen.

Ich will alles kurz erzählen, es zittern mir die Hände und das Herz, wenn ich daran denke.

Von heim fort bin ich übers Hochgebirge und ins Land hinaus. Mit Rastelbinderleuten bin ich bis nach Triest. Dort als Schiffsjunge auf einem Schiff nach Ostindien. O Vater, die Welt ist weit! Anfangs ist mir gewesen: nur fort, recht weit fort. Endlich ist's mir zu weit worden. Als Matrose siebeneinhalb Jahre lang. Zu erzählen wüßte ich viel, gewesen bin ich auf allen Meeren und in allen Weltteilen. Einmal Schiffbruch, da hätten mich und noch ihrer drei die Wilden bald aufgefressen. Engländer haben uns gerettet. Zu Kapstadt, das ist in Afrika, habe ich einen Altenmooser getroffen, einen Grubbauernsohn; der hat mir von Euch erzählt, daß die Mutter gestorben ist und der Friedel bei den Soldaten, und daß ich als tot gelte daheim. Später habe ich erfahren, daß der Friedel gefallen ist und die Angerl geheiratet hat, wo ich mich kaum mehr erinnern kann an die zwei! – und Ihr zu Altenmoos schier allein wäret. Ich habe mir vorgenommen zu schreiben, aber allweil auf das Besserwerden gewartet. Denn ich bin nach St. Francisco in Amerika gereist, nach Kalifornien und habe angefangen, in Gemeinschaft mit zwei Russen auf einem Sparpfennig eine Goldmine zu betreiben. Nach ein paar Jahren habe ich soviel Gold gehabt, daß ich ganz Altenmoos hätte kaufen können. Ist mir aber zu wenig gewesen und ist das Goldfieber über mich gekommen. Gold, nur Gold, sonst habe ich an nichts mehr gedacht und meinen Namen habe ich Jaques geschrieben. Das ist meine unseligste Zeit gewesen, da vergißt man auf alles Christentum und auf alle Nächstenliebe. Bis an die Knochen abgemagert bin ich vor lauter Begier. Zum Glücke hat es nicht lange gedauert, bei einer Spekulation mit einem tauben Bergwerk habe ich alles verloren. Mehr als alles; meine Gläubiger wollten mich totschlagen, ich bin geflohen, so arm wie aus dem lieben Altenmoos, ohne Schuh' und Hemde. Landeinwärts bin ich in das Gebirge der Sierra. Unterwegs in einer Wüstenei habe ich zwei deutsche Familien gefunden, die von einem Spekulanten nach Amerika gelockt worden waren und hilflos hätten zugrunde gehen müssen. Ich habe sie mit mir geschleppt und nach zwei Tagen sind wir in ein Gebirgstal gekommen, das noch fast unbewohnt war, aber voller Eichen- und Föhrenwälder und auch Tannen und Fichten darunter, und viel schöne Weidegründe. Aber auch Granitfelsengebirge weitum. Es wäre fast vergleichbar mit unserem Altenmoos daheim, nur daß die Bäche im Sommer versiegen. Viele Marder und Wölfe gibt es, aber die werden ausgerottet. Hier haben wir uns auf Vermittlung eines Franzosen niedergelassen und Blockhäuser gezimmert und angefangen eine kümmerliche Wirtschaft zu betreiben. Wie mühevoll und wie kümmerlich, das ist nicht zu beschreiben. Wie die ersten Menschen nach Erschaffung der Welt, so haben wir anfangen müssen, kein Mensch kann's glauben, wie schwer eine Wildnis zu roden ist, und oft habe ich mir gedacht: das ist die Strafe, daß du deine Heimat so treulos verlassen hast, jetzt mußt du dir mit blutiger Not eine schaffen, die viel schlechter ist. Denn so war mein Wille: Das Umirren in der weiten Welt habe ich satt, ich will eine Statt haben. Die Wälder reuten, die Tiere zähmen, die wilden Fruchtbäume veredeln, die Hütten schützen vor Winter und Sturm und feindlichen Überfällen und dabei Krankheit und Entbehrung leiden aller Art – oft bin ich an der Verzweiflung gewesen.

Aber unablässig und unablässig haben wir gearbeitet und nach etlichen Jahren ist es so weit gewesen, daß wir uns sagen konnten: Wir sind hier daheim. Nöten und Plagen haben freilich fortbestanden, ich kann sie nicht schildern, es ist ja auch besser geworden. Ein paar Engländer haben sich bei uns angesiedelt und selbst eine Rothautfamilie; wir vertragen uns miteinander. Meine Hütte steht auf einer Anhöhe, unten ist ein Bachbett, gegenüber am Berge ist Wald. Wir haben auch einen Weg angelegt talwärts bis zum nächsten größeren Gut Fort Fremont, das einem Franzosen gehört. Ich habe Arbeiter genommen und mein Anwesen vergrößert; ich treibe Viehzucht, die erträglich ist und etwas wenigen Ackerbau. Mein Haus habe ich Reuthof genannt und nebenan habe ich eine Kapelle gezimmert und für die aus Ahornholz eigenhändig das Bild des heiligen Jakobus geschnitzt. Und das Tal heißt Neu-Altenmoos. Wir kommen wöchentlich zweimal zusammen in meinem Hause, um unsere deutsche Sprache zu pflegen, die sonst in Gefahr wäre, vergessen zu werden, um deutsche Lieder zu singen, aus deutschen Zeitschriften und Büchern zu lesen und die Sitten der alten Heimat zu halten. Vor sieben Monaten habe ich von einer meiner deutschen Nachbarsfamilien ein Mädchen geheiratet und ich hoffe nach den Anzeichen, daß man mich in Neualtenmoos Jakob den Ersten nennen wird.

Das, mein Vater, ist in flüchtigen Zeilen mein bisheriger Lebenslauf. Und jetzt – so glaube ich – jetzt darf ich schreiben. Wie gerne möchte ich Euch sehen, aber nun bin ich hier festgenagelt, wie Ihr dort. Jetzt verstehe ich das Festgesessensein freilich besser, wie dazumal. Es ist ja wahr: Gottes ist die Erde überall und Pilger sind wir alle. Doch der rechte Mensch – ich weiß es jetzt – muß eine Heimat haben, daß er und sein Geschlecht stark sei.

Wenn es aber wäre, daß Ihr doch kommen wolltet, Vater, um das Neu-Altenmoos zu sehen, welches fast nach dem Muster des alten ist: Ihr geht einen Tag zu Fuß, fahret zwei Tage auf der Eisenbahn, eilf Tage auf dem Meere, dann wieder sieben Tage auf der Eisenbahn und endlich drei Tage mit Wagen, oder reitet auf dem Pferde, dann seid Ihr bei mir. Ich schreibe Euch noch den näheren Reiseplan. Und es könnte ja sein, daß bei dem, wie es Euch jetzt dort sein soll, die neue Heimat besser gefiele als die alte. Denn meine Gertrud ist ein braves Weib, die keinen anderen Fehler hat, als manchmal

Heimweh nach dem deutschen Vaterlande. Und sind doch alle ihre lieben Leute hier. Aber liegt nur erst, so Gott will, das Kind in der Wiege, daß sie vor sich schauen muß, statt hinter sich, dann wird auch das gut sein. Und bei Euch sollte es auch so sein, Vater. Die kleinen Kinder sind bei den Eltern daheim, und die alten Eltern bei den großen Kindern. Kommt zu uns, Vater, und überzeugt Euch, daß Euer Jackerl doch nicht so ganz umsonst davongelaufen ist. Meine Gertrud bittet mit mir, daß Ihr uns alle liebhabet.

Und vor allem – ich bitte Euch – schreibet mir, daß Ihr mir verziehen habet und meinetwegen keinen Kummer mehr leidet. Und schreibet recht viel, wie es Euch geht, und von der Angerl und ihrem Mann, die wir vielmals grüßen. Meine Adresse ist zu machen: An Herrn Jakob Steinreuter, Besitzer des Reuthofes in Neu-Altenmoos bei Fort Fremont in der Sierra. Oregon in Nordamerika.

Und nun, mein teurer Vater, lebt wohl. Und es hofft ein Wiedersehen Euer dankschuldiger Sohn

Jakob

Neu-Altenmoos, den 15. August 188*."

IM
GOTTESFRIEDEN

Jakob legte sich in derselben Nacht wohl zu Bette, aber die Lider sanken ihm nicht.

Am nächsten Morgen, als der Guldeisner im Hofe umherstolperte und knurrend nach dem Reuthofer fragte, um ihm noch einmal zu sagen, daß er ein dummer Bauer sei, war der Jakob nicht zu finden. Der alte Sauertopf, dem die Welt heute lange wieder nicht so drollig vorkam als gestern bei dem Apfelwein, mußte unverrichteter Sache weiter ziehen und den „dummen Bauern" in seinem eigenen Kopf verschimmeln lassen.

Der Jakob war auch nicht zu finden, als der Natz die Ochsen an den Pflug spannte, um damit auf die Herbstbrache zu fahren. Der Jakob tat, als wäre auch heute noch Feiertag, er strich an den Rainen hin, ging in den Schachen und auf die Au und wieder zurück am Rain, die Hände hatte er am Rücken und das Gesicht hielt er zu Boden gewendet. Voller Demut in Freud' wie in Kummer!

Um die Mittagszeit saß er auf dem Steinhaufen und schaute sinnend den tanzenden Mücken zu. Zwischen dem Ahorn und dem Sauerdorn quer durch fiel ein Sonnenstrahl und in ihm tummelte sich kreisrund ein Mückenschwarm. Ein kaum hörbares Summen war, sonst alles in tiefster Ruh'. Über der Gegend lag ein blauer wässeriger Sonnenäther, durch den die Bergzüge nur in blassen Umrissen schimmerten und der jeden Augenblick bereit schien, sich in Herbstnebel zu verdichten. Über einige Bergkämme wälzten sich jetzt bleigraue Nebelballen herein. – Kein Lufthauch, kein Vogelsang, kein Zirpen der Heimchen. Daß es gar so still sein mag in solchen verlorenen Herbsttagen! Gar so herzbeklemmend still!

Der Natz sah den Jakob sitzen und ging hinauf.

„Ist dir was, Bruder?" redete er ihn an.

Der Jakob überhörte die Frage.

„Ist's nicht, daß wir die Ochsen auf die Eicht (Futterweide) treiben sollen?" fragte der Natz.

„Die Ochsen verkaufe ich", antwortete der Jakob.

„Und spannen wir zwei uns nachher selber an den Pflug?"

„Der Pflug kann stehenbleiben", sagte der Jakob.

„Was soll denn das werden?" fragte der Natz.

„Ich reise nach Amerika", antwortete der Jakob.

Der Natz blickte ihn erschrocken an und wußte lange nicht, was da zu sagen war.

„Bruder Jakob", sagte er endlich ganz weich und zärtlich. „Du gefällst mir nicht die letzte Zeit her. Du sollst einen Arzt fragen."

Da las ihm der Jakob den Brief vor und als dieser zu Ende war, saß der Natz mit gefalteten Händen da und war ganz starr.

„Ich reise hinüber", sagte der Jakob.

Der Natz saß da mit gefalteten Händen. Eine lange Weile so, dann räusperte er sich und sagte: „Jakob! Wenn du ins Amerika gehst – dort wirst nit lang leben."

„Ich will ja nicht dort bleiben. Ich will nur meine Leute herüberholen in das Altenmoos."

„Herüberholen? Das müßte man wohl gut überlegen. Etwan geht es ihnen drüben besser als uns herüben. Dort geht's aufwärts, bei uns geht's abwärts."

„Und ich hole sie doch herüber", sagte der Jakob. „Es ist eine Sendung Gottes. Es kann nicht sein, daß das Altenmoos ganz sollt' zugrunde gehen müssen, es kann nicht sein."

„Wenn ein Gott im Himmel ist, so kann er dein festes Glauben und Vertrauen auf Altenmoos nicht zuschanden werden lassen", sprach der Natz.

„Es ist Einer im Himmel!" sagte der Jakob.

– Der Natz war still. Sein Auge richtete sich auf das Feld hinaus. Dort mitten im reifen Haferfeld graste ein Reh.

„Pst! Bruder, rühr' dich nicht!" flüsterte er mit gehobenem Finger.

Unten im Hofe mußte es auch schon bemerkt worden sein. Von dort herauf schlich hinter den Büschen mit gekrümmtem Rücken der Ferdinand und brachte das Schußgewehr.

„Ist es geladen?" fragte der Jakob, nach der Flinte langend.

„Scharf", sagte der Ferdinand und hastete wieder hinter den Büschen davon.

Der Jakob schlich an. Am Feldrain ließ er sich auf ein Knie nieder, richtete das Rohr zwischen den Halmen durch auf das Tier, das ahnungslos im Hafer stand und die Rispen von den Halmen biß.

„Halt!" rief es vom Erlenstrauch her. „Bauer, jetzt hab' ich dich!"

Der Waldmeister Ladislaus kauerte dort und fuhr mit dem Schafte seines Doppelstutzens gegen die Wange. Der Jakob hielt seine Flinte fest und als er sah, daß gegen ihn gezielt wurde, wendete er sein Rohr.

„Das Gewehr weg!" schrie der Waldmeister.

„Tust du's, so tu ich's auch", antwortete der Jakob und blieb in seiner Stellung.

„Das Gewehr weg oder ich brenne dich nieder."

„Ich wehre mich", sagte der Jakob und beide Feuerrohre waren gegeneinander gerichtet.

„Reuthofer, ergib dich!"

„Lieber sterben!" sagte der Jakob; hart an seiner Wange pfiff die Kugel vorüber – da drückte er los. Mit einem gellenden Schrei sprang der Waldmeister Ladislaus auf – und stürzte mitten im Gebüsche zu Boden ...

„So. Jetzt bin ich fertig", sagte der Jakob, warf die Flinte weg und faßte mit beiden Händen sein Haupt. – Eherne Stille, drei

Im Gottesfrieden

Augenblicke lang. Dann brach es los aus seinem Munde: „Mörder! Mörder! So muß es enden! So muß es enden!" – – –

Jetzt war auf bebenden Füßen der Natz herbeigeeilt, um den davonstürmenden Jakob zu halten. Der versetzte ihm mit der Faust einen Schlag und hub an zu springen – zu springen wie ein verfolgter Hirsch. Am Rain sprang er hin, am Feldhang sprang er hin, über die Matte sprang er abwärts gegen die Waldschlucht.

Der Natz eilte ihm nach und rief: „Jakob! Jakob! So bleib' doch stehen, ich bin ja der Natz."

Jener blieb nicht stehen. An den Ufern der Sandach – einmal am rechten, einmal am linken, oder auch mitten im Bache – liefen sie dahin. Noch sah der Natz den Fliehenden zwischen Busch und Baum, bald entschwand er ihm und der Alte brach endlich vor Erregung und Erschöpfung zusammen.

Nach einer Weile kam er wieder zu sich. „Ist es?" fragte er sich, „oder ist es nicht? Der Jakob hat den Waldmeister erschossen." – Er raffte sich auf, um dem Flüchtling neuerdings nachzueilen. Zwischen Haselnußgebüsche mußte er sich winden, zwischen Erlenstauden, zwischen Himbeer- und Brombeersträucher. Sand- und Steinhalden kamen und auf dem Sande die Spur eines Menschenfußes. Der Natz rief und rief nach dem Jakob, bis er nicht mehr rufen konnte. Und schritt weiter und wankte und schritt weiter. Große Felsblöcke, von den Bergen niedergebrochen, lagen in der Schlucht und waren von Wildfarn und Schierling umwuchert. Die Augen des Natz suchten, ob er nicht irgendwo sitze. Jetzt galt's den Steinwall zu überklettern, der Alte tat's, dann kam der stille Grund, wo das Wasser war. Senkrechte, finstergraue Felsen zu beiden Seiten. – Hier werde ich ihn einholen, dachte der Natz, denn hier kann er nicht weiter. Den Ladislaus soll er umgebracht haben? Wer sagt denn das? Ist ja gar nicht wahr. Der Jakob, der keinem Käfer was zuleide tun kann, wird den Förster umgebracht haben! – Geschossen! Aus Notwehr, es mag ja sein, aus Notwehr schießt jeder, wenn er das Rohr gegen seine Brust gerichtet sieht. Ich oder du. Natürlich! Aber getroffen hat er nichts. Der Ladislaus, dieser falsche Mensch, hat sich nur verstellt, ist nur gefallen, weil er den zweiten Schuß gefürchtet hat. Jetzt wird er aus sein und die Schergen holen. Das ginge gut, die Schergen! Die sollen lange suchen, der Wald ist groß, der Steinhöhlen sind genug und der Jakob ist unschuldig. Sind ihnen Rehe und Hirschen nimmer genug, müssen auch noch Leut' hetzen. Notwehr war's, es kann ihm nichts geschehen. – „Jakob!" schrie er noch einmal. „Jakob! So gehe doch herfür. Ich bin's! der Natz! Es ist nichts. Du triffst schandbar schlecht. Einen dummen Spaß hat er gemacht, der Waldmeister. Geh' her, wir lachen darüber, Jakob!"

Der Jakob ist nicht mehr gekommen.

Der ist gelegen mitten auf dem tiefen grünen See und hat sich langsam um sich selbst gedreht.

Dahier im Gottesfrieden, auf der stillen Wasserfläche ist der Jakob Steinreuter auf der Bahre gelegen einen ganzen Tag – das Antlitz gegen Himmel gerichtet, weit offen das gebrochene Auge.

Dann kamen die Amtspersonen aus Sandeben und aus Krebsau und von weiter her. Jetzt kümmerte sich alles um den Jakob Steinreuter. Protokoll um Protokoll wurde aufgenommen, der alte Natz saß stundenlang vor dem Verhör und sagte aus, was er gesehen und gehört hatte.

Die Leiche des Oberförsters und Oberjägers Ladislaus wurde mit Gepränge hinausgetragen auf den Kirchhof des Pfarrortes. Der Mörder und Selbstmörder wurde verscharrt in der Hochschlucht, genannt: Im Gottesfrieden. Die erste Nacht, da der Jakob ruhte in seinem Sandgrabe unter dem Felsen, war der treue Natz bei ihm und wachte. Hoch im Gewände schimmerte das Mondlicht und von fern her donnerte der Wasserfall. Der Alte saß auf einem Stein und redete halblaut auf den Grabhügel hin:

„Feierabend gemacht, Reuthofbauer! Hast recht. Auf dieser Welt ist nichts zu machen. Für uns schon gar nicht. Aber warte nur, bis wir auferstehen am Jüngsten Tag! Da wollen wir es ihnen schon zeigen, denen jenigen! Da wird's schon aufkommen, wer recht hat. Vielleicht noch früher. – Der große Säemann hat dich in die Erden gelegt, so sollst jetzt schlafen, Jakob. Schlafen in der Altenmooser Erden, die dir das Liebste ist gewesen auf der Welt. Ein schönerer Friedhof ist nimmer zu finden. Wollt' mich zu dir legen, aber ich habe mir was anderes vorgenommen. Der alte Reuthofer hat mir so viele Guttaten erwiesen, daß ich mich beim jungen dafür bedanken will, und Vaters Segen überbringen. Ich bettle mich um die halbe Weltkugel hinüber. Der Jackerl kriegt Kinder. Ich bettle mich hinüber. – Gute Nacht, Jakob!"

Am nächsten Morgen ging der Natz hinaus zum Reuthof. Hier wirtschafteten wieder die Amtmänner mit ihren Schriften. Sie schrieben den Reuthof auf die Gant. Der Alte kehrte sich nicht dran, nahm ein Stück Lärchenholz, nahm Säge und Axt und zimmerte ein Kreuz. – Das Kreuz steht heute noch in der öden Hochschlucht hart an der Felswand, nahe am See. Und auf dem Querbalken sind die Worte:

„Hier rastet im Gottesfrieden

Jakob Steinreuter,
insgemein Reuthofer, der letzte Bauer zu
Altenmoos."

Anhang

KOMMENTAR

5 **Schuld der Menschen:** In Ha1, Ha2, 7 folgt: Mich bekümmert vor Allem ein tiefer moralischer Schaden, der sich heute so tief in das Bauernthum eingefressen hat.

6 **und die schwerste ... die geachtetste sein:** Zusatz gegenüber Ha1, Ha2, 9.

7 **vom Schwinden der Treue ... sinnlichen Genüssen:** in Ha1, Ha2, 10: vom Schwinden der Anhänglichkeit und Treue, und vom Hunger nach materiellen Genüssen.

8 **zum Doktorhut:** in Ha1, Ha2, 10 folgt: und womöglich zum Adelsbrief.

9 **ein Bild von dem äußeren Wandel ... die Vorgänge:** in Ha1, Ha2, 12: ein Bild von den trostlosen äußeren Zuständen zu stellen, sondern hauptsächlich, um die Vorgänge.

9 **reuten:** roden.

13 **"Besetzel":** Gesätz, Strophe im Gebetbuch.

14 **Zeischen:** Zeisig.

14 **Jodel:** Jakob.

15 **Der Aufrechte, aber der Kopfgeneigte:** Zusatz gegenüber Ha1, Ha2, 17.

15 **Einlegerin:** Einleger, auch Einlieger: Pfründner. Einleger wurden von der Gemeinde versorgt, zogen von Hof zu Hof und mussten jeweils eine gewisse Zeit aufgenommen und verpflegt werden.

15 **"Hendl bi bi:** Gstanzl, altbairischer Kinderspruch mit bekannter Melodie. [Mit Dank – wie auch für ihre Hinweise zu den übrigen zitierten Liedern – an Dr. Eva Maria Hois, Steirisches Volksliedwerk, Graz.]

16 **ein "Bröserl":** hier: ein bisschen; von *Bröserl:* österr./süddt., Bröselein, Brotkrümlein. In ED, 242: ein wenig.

17	**Tabaksblase:** Tabakbeutel.	
18	**Lapp:** einfältiger Mensch, Dummkopf (davon läppisch).	
18	**Fretten:** österr./süddt., sich mühselig durchbringen, sich plagen.	
18	**Joch:** altes Feldmaß; jene regional unterschiedlich große Fläche, die von einem Ochsen an einem Tag gepflügt werden kann; das österr. Joch misst ca. 57,55 Ar (rund 5800 m²).	
19	**Eichtel:** ostösterr., kleine Weile; von *Eicht*, f.: Zeit, Weile.	
20	**Tausendguldenschein:** Gulden: von 1867 bis 1892 österreichisch-ungarische Währung. Ein Gulden bestand aus 100 Kreuzern.	
20	**trutz daß:** obwohl.	
21	**Sankt Jakob:** Jakobus (der Nachgeborene oder Gott schützt) der Ältere oder der Gerechte, „Bruder" Jesu, auch „Herrenbruder" genannt, 42 n. Chr. hingerichtet, erster Märtyrer unter den Aposteln.	
24	**Geschläge:** Schlag, von Bäumen befreite Fläche im Wald.	
26	**ausgereutet:** hier: ausgeklaubt, herausgesucht; zu ausreuten: ausroden, jäten.	
27	**Urständfeier:** zu Urständ: Auferstehung; erhalten in der Redewendung „fröhliche Urständ feiern".	
27	**Schachen:** dial., Waldstreifen; kleines Gehölz.	
27	**„Droben auf dem Kögerle:** Gstanzl, als Kärntner Volkslied samt Melodie bekannt.	
27	**Kögerle:** kleiner Kogel: Bergkuppe, rundlicher Berg.	
27	**Voreltern:** Vorfahren.	
30	**Vortuch:** auch Fürtuch: Schürze.	
30	**Wurzen:** dial., Wurzel.	
30	**juchtene:** aus Juchtenleder, einem festen, geschmeidigen Rinds- oder Kalbsleder.	

31	**Kaleschwagen:** von *Kalesche:* leichte, vierrädrige Kutsche mit halbem oder ohne Verdeck.
31	**verganten:** österr./süddt., schweiz., (zwangs)versteigern.
32	**Kreuzbäck:** dial., Bäck: Bäcker.
32	**gib Achting:** steir., gib acht.
32	**verraitest:** von *verraiten:* verrechnen.
32	**Urlaubnehmen:** hier: Abschiednehmen.
33	**neuding:** neuerdings.
33	**Moosbarren:** Kammer zur Aufbewahrung von Moos zum Einstreuen.
35	**Leuthen:** Leiten, Abhänge.
35	**selbander:** zu zweit.
35	**etwelchen:** österr./schweiz., einigen, etlichen.
36	**altweltisches:** altmodisches.
36	**Schößeln:** Rockschöße, die an der Taille angesetzten, wehenden Teile von Jacke, Gehrock oder Frack; Sg. Schößel, n.
36	**Bartwisch:** österr./süddt., eigentlich Handbesen, hier Rückverweis auf den Schnurrbart.
36	**Kampel:** österr./süddt., Kamm, als *pars pro toto* auch Spaßvogel, (kecker) Kerl.
39	**Rockflügel:** Rockschoß, an der Taille angesetzter, wehender Teil eines Herrenrocks.
39	**in lauter Gulden … die Gulden zu zählen:** in ED, 253, und Ha1, Ha2, 48: in lauter Zehnerbanknoten … die Zehnerbanknoten zu zählen; der Kampelherr erscheint da noch reicher.
39	**Von Leuteschuldbriefen:** in ED, 253, und Ha1, Ha2, 49: Von Staatsschuldbriefen; die Bereicherung am Individuum mutet wohl noch verwerflicher an.
39	**Gewerkschaften:** hier: Teilhabe an Bergbaubetrieben.
40	**Anschicken:** hier: einrichten, bequem machen.

40	**Wichtling:** Schwächling, Wicht.
41	**stocke:** hier: fälle, schlägere.
42	**Birkenreisern:** Birkenzweigen; von *Reis*, n.
42	**Pöller:** auch Böller; Büchsen oder Standgeräte zum Abschießen von Schwarzpulver an besonderen Festtagen.
43	**ödweiligen:** langweiligen, öden.
44	**gröhlen:** grölen, steir.: heulen, brüllen. Ha1, Ha2, 54: laut zu weinen.
44	**Angst gehabt um dich:** in Ha1, Ha2, 55: geweint.
45	**„Was hat mein Vater 'dacht":** Klage eines Bauernknechts, Kärntnerlied mit bekannter Melodie.
46	**Schoppen:** Nebenform zu Schuppen, m.; Schutzdach, seitlich offenes Gebäude.
47	**zeitig:** hier: reif.
48	**mürfelt:** muffig riecht, müffelt.
50	**pfusternd:** schwer atmend, schnaubend.
51	**Pfaiden:** Pfaid, auch Pfoad, heute n., ursprgl. f.; bäuerliches Hemd mit Stehkragen, halber Knopfleiste, Quetschfalten.
51	**Tonplutzer:** österr./süddt., Plutzer: bauchiger Tonkrug.
52	**klemmiges:** klemmig, auch klammig: eng, klamm, feucht.
52	**niedergeweiktes:** dial., durch Nässe niedergedrücktes; vgl. einweiken: einweichen.
53	**Kupons abschneide:** Den Abschnitt eines Wertpapiers konnte man zum Dividendentermin gegen Bargeld einlösen.
53	**Schneid:** österr., f., Mut.
53	**gehunzt:** hunzen: schinden, übel (wie einen Hund) behandeln.
54	**Herrenhube:** Herrengut; Hube: Gehöft mit Grundbesitz.
55	**Grabendodl:** dial., Dodl, auch Dodel: Idiot, Dummkopf.
55	**Leinwandfächer:** Leinwandfach: gewebte Leinwandbahn; die natürliche Farbe des Flachses ist beige-grau, durch die Einwirkung von Licht und Sauerstoff wird er annähernd reinweiß.

57	**Schottensterz:** Erklärung Roseggers laut Fußnote in Ha1, Ha2, 72: Ein geröstetes Mus mit Käsestoff (Schotten) versetzt.
57	**Fletzbrett:** Fußbodenbrett; Fletz, n. oder m.: Fußboden, bäuerlicher Hausflur.
58	**„Du Tretsch, du dumme Tretsch!":** in Ha1, Ha2, 74: „Du Teufel! Du Teufel!".
58	**Tretsch:** dial., f., auch Trätsche: faule, plumpe, geschwätzige Person.
59	**„Tulli ho!:** Gstanzl mit überlieferter Melodie, verbreitet vom Salzkammergut bis Kärnten.
60	**„Vormittog buß' ih:** Scherzlied, Text von Rosegger; Variante des Gedichts *A Mensch, der auf'd Welt taugt* aus P. K. Rosegger: *Zither und Hackbret. Gedichte in obersteirischer Mundart.* Mit einem Vorworte von Robert Hamerling. Graz: Verlag von Leykam-Josefsthal 2. Aufl. 1874, 86.
60	**buß':** busse, österr./süddt, 1. Person Singular von *bussen:* küssen.
62	**Büchsen:** Büchse: Gewehr.
62	**Trift:** Viehweide.
63	**Maß:** f., im 19. Jh. in Europa übliche Maßeinheit für Getränke; 1 Maßkanne = 1,0690 Liter; im alten Österreich entsprach 1 Maß (4 Seidel) etwa 1,41 Liter.
63	**Unterländer:** Wein aus dem Unterland (der Untersteiermark).
66	**Fexung:** heute Fechsung: Ernte.
67	**Hundsfötter:** Pl. von Hundsfott, m.: Feigling, Schuft.
67	**Strüppen:** Sträucher, Gestrüpp.
68	**kreuzverwindierten:** vermaledeiten; Fluchwort von *verwindiert:* vom Wind zerstört.
68	**Laufpaß:** im 18. Jahrhundert Bestätigung über die ordnungsgemäße Entlassung aus dem Militärdienst, hier im übertragenen Sinn des Fortschickens mit Anspielung auf den wörtlichen des Laufens.

68	**Poppel:** m., Dummkopf, Einfaltspinsel, mürrischer Mensch.
70	**Fletz:** n. oder m., Fußboden, Hausflur.
70	**machten lange Kragen auf den Tisch hin:** machten lange Hälse, streckten sich, um auf den Tisch zu sehen.
70	**Bauernabtrenner:** Aufkäufer bäuerlichen Grundbesitzes.
73	**Apfelmost:** vergorener Apfelsaft mit einem Alkoholgehalt von etwa 5 bis 7 Prozent.
74	**„duselte":** ugs., döste.
74	**Seidel:** n., Hohlmaß für Flüssigkeiten und Getreide; im alten Österreich entsprach ein Seidel zwei Pfiff, etwa 0,35 Liter.
75	**Pfannkoch:** n., deftiges Pfannengericht.
75	**Sakerment:** Fluchwort, Verballhornung von Sakrament.
75	**Guldenhäuteln:** Guldenhäutel, n., dial.: Geldbeutel.
76	**Bundschuhen:** Bundschuh: Haferlschuh, fester Lederschuh, hier mit Sohlennägeln beschlagen.
77	**rauschiger:** betrunkener.
79	**Leihkauf:** Erklärung Roseggers laut Fußnote in Ha1, Ha2, 101: Extrageld, Draufgabe für das Eheweib.
82	**abgehausten:** abgehaust: abgewirtschaftet, um Haus und Hof gekommen.
83	**Rauber:** Andreas Eberhard Rauber von Thalberg und Weineck (1507–1575), legendenumwobener Kriegsrat Kaiser Maximilians II., zeitweilig am Hofe Erzherzog Karls in Graz. Der auch „Deutscher Herkules" genannte Rauber war berühmt für seine Größe, seinen langen Bart und seine Körperkraft.
83	**Grätz:** Graz.
83	**Bauernfant:** Fant: junger, unreifer Mensch, Angeber.
83	**Elle:** Naturmaß, abgeleitet von der Unterarm-Länge; die Wiener Maßelle betrug ca. 777 mm.
83	**stimmten:** sprachen.

87	**Pechöllagel:** Lagel, f.: längliches Fass, Butte für flüssige und schüttbare Traglasten.
88	**lebiges:** lebendes, lebendiges.
88	**Seinem Weibe – der Maria – zu:** in Ha1, Ha2, 113: Seinem Weibe, der Maria, gegenüber.
89	**Lab' und Lieb':** Redewendung, häufiger umgekehrt, Lieb' und Lab'; Lab': von Labe, f.: Labung, körperliche oder geistige Erquickung und Stärkung.
89	**es sei ihr … vorgegangen:** sie habe geahnt.
91	**Wechselbalg:** untergeschobenes Kind dämonischen Ursprungs.
93	**Stockuhren:** Stockuhr, auch Stutzuhr: dekorative, federgetriebene Uhr mit Holzgehäuse und Glaswänden, zur Aufstellung auf Tischen und Kommoden.
93	**Lotterbett:** Sofa, weiches Bett mit erotischer oder müßiggängerischer Anmutung.
95	**hergelassen:** hier: spendiert.
97	**sintemal:** weil.
97	**rückhältig:** zurückhaltend.
98	**„Wann die Glock'n hell klingt:** Gstanzl, Text vermutlich von Rosegger; Variante des Kärntner Schnaderhüpfels *Wann die Glock'n hell klingt* (vgl. *Deutsche Volks-Lieder aus Kärnten. Bd. 1 Liebeslieder.* Ges. von B. Pogatschnigg und Em. Herrmann. Graz: Verlag von Josef Pock 1869, 253).
98	**„Im Tauern tuat's schauern:** Gstanzl mit erhaltener Melodie, als Strophe wie als ganzes Lied verbreitet, nachgewiesen in Salzburg und Kärnten.
98	**Tauern:** m., Gebirgspass. Hohe Tauern: Gebirgszug der Zentralalpen in Österreich, heute Nationalpark.
98	**Grießerln:** Griesel, m.: Schneegriesel, Eiskörnchen aus kleinen Schneekristallen.

98	„Ih Nixnutz, du Nixnutz: Gstanzl mit erhaltener Melodie und Verbreitung in Salzburg, Kärnten und der Steiermark.
98	„Z'nächst habn ma 's Wiesel g'maht: Gstanzl mit erhaltener Melodie, nachgewiesen in Niederösterreich, Kärnten und der Steiermark.
99	„'s Wetzn is lusti: Gstanzl, Text vermutlich von Rosegger. Im derb-anzüglichen Kontext des Gstanzls mit möglicher Zweideutigkeit: wetzen: dial., auch: beischlafen.
99	Pfrängers: Pfränger: Pferch, eingezäunter Raum.
100	Kalm: dial., Kalbin.
103	Gespons: Bräutigam, Gatte, von lat. *sponsus*, verlobt.
105	„Das Bauernleb'n tut mich nit freuen: Bauernklage, die Rosegger nach eigener Aussage bereits gekannt hat, als er sie 1860 in St. Kathrein am Hauenstein hörte (vgl. Heimgarten 41 (1917), 779); nachgewiesen auch im Mürztal und in Kleinraming bei Steyr. Text und Noten in: P. K. Rosegger, Richard Heuberger: *Volkslieder aus Steiermark mit Melodien*. Pest: Gustav Heckenast 1872, 9 f.
106	Saggra: Sakra, von Sakrament; Fluchwort, hier Schimpfwort: verfluchten Kerle.
106	Bauernsuppengeschlader: Geschlader, Gschloder, n., österr./ dial.: minderwertiges, auch: verdünntes Getränk.
107	Silbergulden: als Silberwährung in Österreich 1845 eingeführt, bestand bis 1857 aus sechzig, dann aus hundert Kreuzern.
107	Neuschottischen: Neuschottischer, nach der ehemaligen britischen Kolonie Neuschottland (Nova Scotia): seit den 1860er Jahren beliebter Rundtanz.
107	söllichen: dial., solchen.
110	Steirischen: Steirischer: Paartanz, Unterart des Ländlers, erste Erwähnung 1645.

110	**Kaloppen:** Kaloppe, von poln., tschech., russ. *chalupa:* Hütte, baufälliges Bauernhaus.
110	**neuzeit:** in letzter Zeit, neuerdings.
110	**Trum,** n.: auch Trumm, österr., ugs., großes Stück.
110	**Blasen:** Blase, f.: Beutel; aus Schweinsblase gemacht.
112	**Das neue Gesetz:** Im Gegensatz zum Heeresergänzungsgesetz von 1858 sieht das neue Wehrgesetz von 1868 keine zeitliche Befreiung vom Militärdienst für die „Eigenthümer von ererbten Bauernwirthschaften" mehr vor.
112	**Heimgang:** Wohnrecht im Elternhaus.
114	**Häuserschächer:** Schächer: hier eher Ableitung von schachern, Handel treiben, mit Gewinn verkaufen (nicht Schächer im Sinn von Mörder, Räuber).
114	**hoffärtig:** anmaßend, überheblich, arrogant.
115	**im Herzensgrunde aufgewühlt!:** in Ha1, Ha2, 145: aufgewühlt, es ist nicht zu sagen.
116	**außer:** dial., heraus.
117	**Tschapperl,** n.: dial., dummer, einfältiger, untüchtiger Mensch.
118	**umwalgen:** sich herumwälzen; hier übertragen: sich herumschlagen.
118	**um was anhalten:** betteln.
118	**leidvolles, freudvolles:** Vermutlich Anspielung auf Goethes als *Klärchens Lied* bekanntes Liebesgedicht: „Freudvoll / Und leidvoll / Gedankenvoll sein […]".
118	**Allotria:** Pl.; Dummheiten, Unfug.
118	**Pölli:** dial., auch Wölli: grober, ungehobelter Kerl. Ursprünglich Bezeichnung für Stier.
119	**Remmlerei:** auch Rammlerei, hier: Rauferei, Sich-Stoßen.
119	**Krammel:** f., dial., hier: baufälliges Haus; Krammel, n.: altes, wertloses Zeug, Gerümpel. [Mit Dank an Johann Reischl, den Obmann des Roseggerbundes Waldheimat Krieglach.]

119	**jetzund:** jetzt.
119	**keifelte:** hier: schwätzte.
121	**heimlicher:** hier: heimeliger.
122	**Wasserlagel:** Lagel, f., dial.: längliches Fass, Butte für flüssige und schüttbare Traglasten.
128	**kommst mir ... für:** kommst mir vor.
128	**Best:** auch Beest, n.: Biest, Bestie.
129	**Plätte:** kastenförmiges Holzboot ohne Kiel.
131	**hervorstraukelte:** hervortröpfelte; straukeln: verwandt mit strauchel, auch struchel: Schnupfen haben, schnupfen.
134	**Kaltkälbernes:** kalter Braten vom Kalb.
134	**seltsam:** hier: selten.
135	**fürnehme:** vornehme.
138	**setzte bei:** fügte hinzu.
140	**Laken:** dial., wohl von Lake: Salzbrühe; oder von *Lacke:* österr., Lache, Pfütze.
140	**mir ist's nix um:** mir liegt nichts dran.
141	**stützig:** trotzig, widerspenstig.
142	**Mehlbumpf:** Bumpf: dial., grober, ungehobelter Kerl, Grobian; hier: Papp.
143	**für die Länge:** auf lange Sicht, auf die Dauer.
144	**als Stalldirn:** In Ha1, Ha2, 59 folgt: kunnt'st sie nehmen.
144	**Lotterei:** liederliches, lasterhaftes Leben, Schlamperei. In Ha1, 184: Hurerei.
144	**das Mensch:** Frau, Mädchen; auch: Magd.
145	**Der eine war der Bräutigam:** in Ha1, Ha2, 184: Der eine war Bräutigam.
149	**Runsen:** Runse, f.: Wasserlauf, Bächlein, Rinne.
150	**kümmerten:** kümmern: kümmerlich leben, verkümmern; siechen (weidm.).

151	**Hollerbusch:** Holler: österr./süddt., Holunder.	
155	**holzen:** Holz fällen, schlägern.	
157	**Lapperl:** n., von Lapp, m.: dial., einfältiger, gutmütiger Mensch.	
158	**trutz:** dial., trotzdem.	
159	**mich vertraue:** mich getraue.	
162	**vertritschelt:** österr./süddt., vergeudet.	
162	**vertratschelt:** österr./süddt., vertratscheln: leer machen.	
164	**baß:** wohl.	
165	**Ausgeschau:** dial., Aussehen.	
165	**irren:** hier: stören.	
167	**Flötz:** n. oder m., wie Fletz: Fußboden.	
167	**Holzasen:** Ase, f.: in Bauernhäusern oben um den Ofen laufende Stange oder Gestell zum Aufbewahren und Trocknen von Brennholz und Spänen.	
168	**Raitzettel:** Rechenzettel, Quittung.	
169	**Plützerchen:** Tonkrüglein, von *Plutzer,* m., österr./süddt.	
170	**Arsenikesser:** Das als Mäuse- und Rattengift bekannte Arsenik (Arsen(III)-oxid, auch Hüttrauch oder Hüttenrauch) wurde im 19. Jahrhundert als „Dopingmittel" für Pferde eingesetzt, aber auch, vor allem von der ländlichen Bevölkerung im Alpenraum, in kleinen Dosen als leistungssteigerndes, süchtig machendes Stimulans genommen. Peter Rosegger schrieb die Erzählung *Der Arsenikesser* (Heimgarten 5 (1881), 285–288).	
172	**Strohschaub:** m., dial., Schaub: Haufen, Bündel.	
176	**Stiegel:** Übertritt, Treppchen.	
178	**als einziger Sohn des Hauses befreit:** Auch nach dem neuen Wehrgesetz (1868) war der einzige Sohn eines nicht erwerbsfähigen Vaters vom Militärdienst befreit.	
178	**geblieben:** hier: bei der Musterung für tauglich befunden.	
180	**hausen:** hier: haushalten, wirtschaften.	

182	**Tedeum:** lateinischer Hymnus der katholischen Liturgie, nach dessen ersten Worten, lat. *Te Deum laudamus*, „Dich, Gott, loben wir".
186	**ausgestört:** der fertigen Holzkohle entledigt, mit einem Störhaken ausgeräumt.
186	**woltern:** gewaltig, sehr.
187	**Felberbüschen:** von Felber, m.: Weidenbaum.
191	**„Leb' wohl, du Eh'mann, vertrauter:** Totenlied ohne Nachweis. Deutliche Anklänge an das Lied *Der Tod wird keinen verschonen*, vgl. *Sitten und Bräuche, Lieder, Sprüchwörter und Räthsel des Eifler Volkes nebst einem Idiotikon*. Hrsg. von J. H. Schmitz. Trier: Fr. Lintz'sche Buchhandlung 1854, 130.
192	**abfodern:** abfordern, zurückberufen, (von der Welt) abberufen.
193	**„Mein Altenmoos, behüt' dich Gott:** Totenlied, Text vermutlich von Rosegger.
194	**Hag:** m., hier: waldiges Gebiet, Gehölz, Jungwald.
194	**Abstiften:** Entziehung des verliehenen Gutes, der Pacht durch die Herrschaft.
195	**lieben Gesund:** Gesund, m.: Gesundheit; ältere Form, in der Mundart formelhaft erhalten.
196	**schicksam:** schicklich, passend.
198	**aufgröhlte:** hier: aufheulte.
198	**daß du seinetweg weinst:** in Ha1, Ha2, 50: wie sein Elend auch Dir hart zu Herzen geht.
199	**„Stirbt gach da liabsti Mensch hinaus:** Totenlied, Text von Rosegger. Unter dem Namenskürzel R. und dem Titel *Und woant nit mehr und locht nit mehr* in: Heimgarten 12 (1888), 233.
199	**gach:** dial., rasch, plötzlich, jäh (etymologisch verwandt).
199	**aft:** dial., dann; verwandt mit engl. *after*.
199	**Wasserstube:** Teil der Mühle, in dem das Wasserrad angebracht ist.

199	**Floße:** von Floß, m.: hier: Zufluss (auf das Mühlrad).
199	**Taufeln:** Dauben, hier: Schaufelbretter des Mühlrades.
200	**Seltsames:** hier: Seltenes.
202	**Bosnien:** Zusammen mit der Herzegowina war Bosnien ab 1878 zwar nicht formell, aber de facto Teil des Habsburgerreiches. Die Okkupation des osmanischen Reichsgebiets erfolgte nach den Beschlüssen des Berliner Kongresses, die Verwaltung durch Österreich-Ungarn wurde 1908 in eine formelle Annexion durch Kaiser Franz Joseph übergeführt.
203	**Jagdgesetz zum Schutze des Bauernstandes:** 1878 wurde in der Steiermark ein Wildschadenersatzgesetz erlassen. 1879 startete das Ackerbauministerium eine Umfrage in den Ländern zum Zwecke einer Gesetzesreform zugunsten der geschädigten Bauern und legte den Entwurf einer Novelle vor. Diese wurde in den 1880er-Jahren lebhaft diskutiert, nach Interventionen der Jagdlobby jedoch immer wieder hinausgeschoben. Erst 1887 kam es im Landtag zu einer Novellierung des Wildschadensgesetzes, die jedoch durch schwammige Formulierungen weiter für Diskussion sorgte. (Vgl. Andrea Christine Neubauer: *Jagd und Politik im franzisko-josephinischen Österreich.* Diss. Wien 2005, 202 f., 207.) Landeshauptmann der Steiermark war damals (1884–1893) Ladislaus Gundacker Graf von Wurmbrand-Stuppach.
203	**Bauernabstiftern:** jenen, die den Bauern ihren Grund entziehen wollen – gemeint sind die an Jagdrevieren interessierten Industriellen und Großgrundbesitzer.
203	**Heften:** Hefte, f.: Bindung, Sicherung.
205	**Wandschrott:** steirisch, auch Wandschrot: hervorstehender Balken bei Holzgebäuden.
205	**Radstube:** Teil der Mühle, in dem das Mühlrad angebracht ist.
207	**Gespenstern:** in Ha1, Ha2, 263: Ungethümen.

207	**Rabenäser:**	Pl. von Rabenaas, n.: grobes Schimpfwort, auch in Bezug auf Tiere.
207	**ledig:**	hier: ohne vertragliche Verpflichtung.
208	**eingeheimt:**	sich einheimen: heimisch werden.
208	**schneidigen:**	hier: schneidenden, nachdrücklichen.
210	**Pintschers:**	Pinschers; kleiner Haushund.
210	**Dörcherbande:**	Dörcher, m.: Tiroler Landfahrer, Karrenzieher, Jenischer.
210	**„Rotschiagl":**	von *schiagln*, dial.: schielen.
211	**zeihen:**	bezichtigen; üblicherweise mit Akk., hier mit Dat.
211	**Gendarmen … warme Kammer:**	Vor allem im Winter legten Landstreicher es darauf an, wegen Vagabondage festgenommen zu werden und so in den Genuss kostenloser Unterkunft und Verpflegung zu kommen.
211	**„Hascherln":**	Hascherl, n.: österr./süddt., arme, bemitleidenswerte Person, auch Kind.
211	**Bresthaften:**	Gebrechlichen; von Brest, m.: Fehler, Mangel.
211	**Siechenhaus:**	Krankenhaus insbesondere für unheilbar Kranke, Pflegeheim.
213	**krauch':**	von krauchen: kriechen, schlüpfen.
222	**herbeigeschliffelt:**	dial., herbeigeschlurft; von schliffeln, schlüffeln: müßig umherstreifen, nachlässig oder schleppend gehen.
223	**Auswärts:**	österr./süddt.: Frühling; von: das Jahr geht auswärts, gegen den Sommer.
226	**im Trockenen saß:**	finanziell abgesichert war; im Sinne von seine Schäfchen ins Trockene (in Sicherheit) bringen.
230	**Feste der Himmelfahrt des Herrn:**	Christi Himmelfahrt (*Ascensio Domini*); wird alljährlich am vierzigsten Tag der Osterzeit gefeiert, vom Ostersonntag an gezählt; daher stets an einem Donnerstag.

230	**Lolch:** m., verbreitete Grasart *(Lolium)* aus der Familie der Süßgräser *(Poaceae)*, teilweise giftig, gilt als Unkraut.
231	**buhlerische:** unzüchtige, schamlose, kokette.
236	**Krieg!:** Meint wohl die Okkupation Bosniens und der Herzegowina im Sommer 1878 durch Truppen Österreich-Ungarns gemäß den Beschlüssen des Berliner Kongresses. Die Mobilisierung von über 80.000 Mann und 13.000 Pferden begann im Juni, die Invasion am 29. Juli, am 20. Oktober war der unerwartet heftige Widerstand der (muslimischen) Bosniaken gebrochen. Die k. u. k. Armee verzeichnete über 5000 Gefallene.
247	**„Es gibt kein schöneres Leben:** Soldatenlied mit überlieferter Melodie, um 1880 in der k. u. k. Armee verbreitet.
250	**„Die Trompeten ... freiem Feld ...!":** Abgewandeltes Zitat aus dem Volkslied *O du Deutschland, ich muß marschieren.* Eine Strophe lautet: „Die Trompeten hört man blasen draußen auf der grünen Haid!"
250	**schreckbares:** schreckliches.
250	**Ableiden:** Ableben, Tod.
252	**„Auf und an:** Jägerlied mit bekannter Melodie, Text von Friedrich Förster (1813).
265	**Heiderich:** eigentl. *Hederich:* Acker-Rettich *(Raphanus raphranistrum)*, krautige Pflanze; sehr ähnlich, ebenfalls gelb blühend und zur Familie der Kreuzblütengewächse gehörig, der Falsche Hederich (Wilder Senf).
267	**Wandklumsen:** Wandritzen.
267	**Mich deucht:** mich dünkt, mir kommt vor.
267	**Kotzen:** m., grobe Wolldecke.
267	**Peter und Pauli:** Peter und Paul, Fest der Apostel Petrus und Paulus am 29. Juni.
269	**Geschlagen:** Geschlägen, Weideflächen.

269	**zaunmarterdürr:** österr., zaundürr, dürr wie ein Zaunpfahl.
269	**Falber:** von falb: fahlgelb bis gelblich-graubraun.
273	**verkostet wurde:** In Ha1, Ha2, 345 folgt: Das klügste Lachen vielleicht, das man von der zwergigen Dirn je gehört hatte.
279	**Jakobitag:** Fest des hl. Jakobus, u. a. Schutzpatron des Wetters und der Feldfrüchte, am 25. Juli.
281	**schämig:** verschämt.
282	**Goschen:** f., dial., Gosche, Maul, Mund.
283	**Haussitzer:** Hausbewohner, auch Stubenhocker.
284	**Fürnehmen:** n., Vorhaben.
285	**Teuxel:** österr., Teufel.
286	**Maria Geburt:** Fest Mariä Geburt am 8. September, sogenannter Kleiner Frauentag (im Unterschied zum Großen Frauentag, Mariä Himmelfahrt am 15. August).
286	**Antrittstein:** Steinschwelle vor der bäuerlichen Haustür.
287	**letz:** hier: linkisch, nicht bei Verstand.
288	**verzwickelt:** verwickelt, verzwickt, hier adverbiale Verstärkung.
289	**Drulle:** dial., auch Drulla: beschränktes Weibsbild.
290	**Dudl:** dial., weibliche Entsprechung zu Dodl, dumme, auch dicke Frauensperson.
291	**Sapperment:** Ausruf des Erstaunens wie des Ärgers, Verballhornung von Sakrament.
293	**Rastelbinderleuten:** Kesselflicker; in der Monarchie Drahtbinder aus der Slowakei, die in die Höfe kamen und zerbrochenes Steingut etc. reparierten. Rastel, n.: eigentlich Drahtgeflecht zum Abstellen des Bügeleisens.
301	**Gepränge:** n., feierliche Pracht, Prunk.
302	**schrieben ... auf die Gant:** schrieben zur gerichtlichen Versteigerung aus.

Texte zur Wirkungsgeschichte

Z. K. LECHER:
JACOB DER LETZTE

In: Die Presse (Wien),
Nr. 311, 41. Jg.,
9. 11. 1888

Der Held, dessen tragisches Schicksal unter vorstehendem Titel von P. K. Rosegger so herzbeweglich erzählt wird, war nicht ein ritterbürtiger Mann, über dessen Gruft das Wappenschild seines Stammes zerbrochen wird. Er war kein Vornehmer und kein Gewaltiger unter den Herren seines Gaues, und doch war er in seiner Weise ein Dynast, ein Landherr auf der eigenen ererbten Scholle, die von dem ersten Vorfahren in seiner Ahnenreihe erobert, von seinen anderen Vorvätern mannhaft geschirmt wurde und in deren zäher Verteidigung er selbst unterging. Will man dem Buch einen literarischen Gattungszettel aufkleben, so mag man es unter die sozialen Romane einreihen und die Aufschrift mit der Bezeichnung: agrarischer Tendenzroman vervollständigen. Für Leute, die alle jene Zeitfragen anwidern, welchen der Erdgeruch anklebt, und die sich deshalb nicht glattweg mit geläufigen Schlagworten aus Zeitungen und Parlamentsreden abtun lassen, mag dies genügen, um dem seltenen Kunstwerke ein mißbilligendes Urteil entgegenzubringen. Wer jedoch mit Kopf und Herz Anteil nimmt an der großen

Frage, was bei der weiteren Entwicklung unserer Gesellschaft in den derzeit eingeschlagenen Bahnen aus dem konservativen Grundstock derselben, aus der seßhaften Bauernbevölkerung, schließlich werden soll, auf den wird Roseggers neues Buch einen nachhaltigen, das Herz zusammenkrampfenden Eindruck machen durch die schlichte, naturwahre Schilderung des Loses, dem in etlichen Strichen unseres Vaterlandes die Bauern preisgegeben sind. Über den packenden sachlichen Inhalt kann es dem Leser passieren, daß er auf die Schönheit der Form vergißt und daß ihm erst nachträglich bewußt wird, er habe da einen der besten Romane durchgelesen, welche die zeitgenössische deutsche Literatur aufzuweisen hat.

Unter den zahlreichen Werken des so fruchtbaren steirischen Poeten ist *Jacob der Letzte* meiner unmaßgeblichen Meinung nach das hervorragendste. Ich stelle dasselbe weit über den *Waldschulmeister*, welchen der Dichter selbst für seine beste Schöpfung erklärt, und über den *Gottsucher*. Rosegger, der Meister in kleinen Erzählungen, verfällt in seinen größer angelegten Büchern sonst jeweil in philosophische und kulturhistorische Spekulationen oder sucht gewagte psychologische Probleme zu lösen; dadurch entstehen Breiten und wird die Komposition ungleich. *Jacob der Letzte* ist in seiner Plananlage und Durchführung vom ersten bis zum Endsatze schlicht und einfach, wie es seines Verfassers knappe Dorfgeschichten sind. Die Entwicklung der Charaktere und der tragischen Handlung, in der dieselbe sich geltend machen, ist eine natürliche, man möchte sagen, eine ganz selbstverständliche, die Episoden-Figuren sind sicher und fest gezeichnet, das landschaftliche Beiwerk, das im *Waldschulmeister* und *Gottsucher* die handelnden Menschen mitunter nur als Staffage erscheinen läßt, tritt im vorliegenden Buche zurück und dient, wie im richtigen Historienbild, nur dazu, die Stimmung des jeweiligen Abschnittes der Erzählung festzuhalten. Diese selbst schreitet rasch vorwärts, ohne sich zu überhasten und dadurch den epischen Faltenwurf zu verwirren. Vor allem aber ist das Buch vom Autor mit seinem Herzblute geschrieben; man empfindet, daß er mit jeder Fiber seines Wesens bei der Sache ist, als deren Anwalt er in die Schranken tritt, und doch dringt, abgesehen von der Vorrede, die Tendenz nirgends zwischen den Zeilen hervor; der Leser selbst muß sich die Moral aus der Geschichte ziehen und er tut dies während der Lektüre im Sinne des Autors. Nachträglich mögen ihm allerdings so mancherlei Bedenken und Zweifel aufstoßen und ihn die Empfindung anwandeln, daß er sich bei seiner warmen Teilnahme für Jacob den Letzten und dessen Schicksalsgenossen mehr als einer Ketzerei gegen unleugbar feststehende Gesetze der wirtschaftlichen Entwicklung mitschuldig gemacht habe mit dem Poeten. Wem fällt es aber ein, wenn die große Liebestragödie der Patrizierkinder aus Verona vor ihm gespielt wird, zu erwägen, daß all der Jammer eigentlich nicht notwendig gewesen wäre, wenn das Liebespaar diplomatisch klug sich hinter den Herzog gesteckt und diesen veranlaßt hätte, die willkommene Gelegenheit zu einer für die innerpolitische Lage seines Landes so wünschenswerten Versöhnung zwischen den Montecchi und Capuletti zu erwirken.

Es gibt eben keine Tragödie ohne tragische Schuld; diese erwächst ja zumeist aus dem Konflikte willensstarker Menschen mit der sie beengenden äußeren Ordnung, aus dem Zwiespalt subjektiver Rechtsüberzeugung mit den Satzungen des Staates und der Gesellschaft. Trotzdem wendet unsere Teilnahme sich den tragisch schuldigen Helden zu, wenn wir auch eingestehen müssen, daß derselbe seinen Untergang bei etwas philisterhaft kluger Erwägung seiner Lage hätte vermeiden können. Auch Jacob der Letzte hätte nicht untergehen müssen, wäre er mehr weltklug gewesen und weniger sich selber treu. Er sitzt als Bauer auf einem mittelgroßen

Hof der abgelegenen steirischen Berggemeinde Altenmoos, welche einige zwanzig Heimstätten, die paar Hütten der besitzlosen Insassen nicht mitgerechnet, umfaßt. Rings um den Besitz der kleinen Gemeinde dehnen sich herrschaftliche Waldungen bis hinauf zu den schroffen Alpenhöhen. Die Gemeinde ist eine alte und die Steinreuter, die Familie Jacobs, haben seit sieben Generationen auf dem Reuthofe den Pflug geführt, auf dessen Fluren Vieh gezüchtet und sich schlecht und recht mit dieser ehrbaren Arbeit durch das Leben geschlagen. Das Gleiche gilt von ihren Nachbarn. Nun droht aber der Gemeinde eine ernste Gefahr. Die Herrschaft Rabeneck, zu welcher die Waldungen gehören, die Altenmoos einschließen, ist in die Hände eines neuen Besitzers übergegangen, des „Kampelherren"; „sein Vater soll ein ungarischer Kornlieferant oder Sauhändler oder so was gewesen sein". Der neue steinreiche Gutsherr von Rabeneck ist ein großer Jagdfreund, er möchte seinen weitgedehnten Forstbesitz durch Aufkauf der bäuerlichen Enklaven abrunden, er möchte ganz Altenmoos erwerben, um die Gemeindeflur in Wald zu verwandeln. Sein Forstmeister, Herr Ladislaus, ist mit dem Geschäfte des Auskaufes beauftragt und unterzieht sich demselben mit allen Kniffen und Pfiffen, welche innerhalb der Schranken des Gesetzes gestattet sind. Der Kampelherr zahlt sehr gut, er überzahlt den Wert der Bauernhöfe und einige der Nachbarn Jacobs gehen auch alsbald, geblendet von den verhältnismäßig großen Summen baren Geldes, die ihnen für ihren Abzug geboten werden, auf das Geschäft ein. Dies ist im Wesentlichen die Exposition der hochdramatischen Erzählung, das Gerüste, an dem sich ihr Rankenwerk emporschlingt. Die Lage in Altenmoos wird bedenklich, sobald auch nur einige Lücken in den bisher festen und geschlossen Verband der Gemeinde gerissen sind. Noch ist aber die Aussicht auf einen erfolgreichen Widerstand keineswegs eine hoffnungslose, namentlich so lange der Guldeisner, der Großbauer, auf seinem umfangreichen Besitze fest zusammenhält mit den übrigen, noch seßhaften Gemeindegenossen. Aber auch der Guldeisner wird wankend, er verkauft. Meistermäßig ist geschildert, wie dieser reiche protzige Bauer, obwohl materiell so günstig gestellt, durch Genußsucht und Eitelkeit der rechten Bauernart bereits entfremdet war, bevor er mit dem Gelde des Kampelherrn als Rentner in sein Herrenschlößchen draußen in ein Tal der Voralpen gezogen ist. Nachdem die stattlichen Bauten des Guldeisnerhofes in den Kohlenmeiler gewandert und Waldbäume auf seiner Feldmark gepflanzt worden, beginnt nun in Altenmoos für die wenigen noch standhaft gebliebenen Bauern ein hartnäckiger Kampf ums Dasein, der sich von Jahr zu Jahr für sie ungünstiger gestaltet. So lange der Lärchenbestand auf den verkauften Nachbargründen noch nicht in die Höhe geschossen, ging es mit dem Leben und Wirtschaften in der weltfernen Häuserrotte noch halbwegs leidlich; allmählich streckt sich aber der junge Forst mächtiger und mächtiger empor, nimmt den eingesprengten bäuerlichen Ackerparzellen die Sonne und ihren Besitzern den Atem. Getreidebau ist kaum mehr möglich; wo ihn noch der Waldschatten gestatten würde, leidet ihn das sorgsam gehegte Wild nicht mehr. Die Bauern sollen sich der Viehzucht zuwenden, da Körnerbau im hochgelegenen Alpengelände, wo es acht Monate Winter und dann vier Monate kalt ist, ohnehin ein nationalökonomischer Unsinn sei in einer Zeit, in welcher man das Getreide mit den neuen Eisenbahnen so wohlfeil aus weiter Ferne bezieht, sagen ihre wohlmeinenden Berater und ihre Bedränger. Aber mit der intensiven Viehzucht will es auch nicht gehen. Früher, in der alten Zeit, hatte die Waldherrschaft gegen billigen Entgelt den Weidegang auf den Berghöhen gestattet; diese Pachtungen werden nicht mehr erneuert, weil der Wald geschont werden muß, der, ehemals in solchen Hochregionen beinahe wertlos, jetzt den Besitzern ebenfalls eine Rente abwerfen soll. Diese forstwirtschaftlichen Rücksichten werden von dem herrschaftlichen Waldamte strenge, aber allezeit mit sorgfältiger Beobachtung der gesetzlichen Form in der ausgesprochenen Nebenabsicht gehandhabt, die in Altenmoos zurückgebliebenen Besitzer endlich weich zu machen, und es gelingt auch wiederum, etliche zum Verkaufe zu bewegen. Nun gestalten sich die Verhältnisse für Jacob und seine wenigen zurückgebliebenen Nachbarn noch peinlicher. So lange die Gemeinde ungebrochen und vollzählig in ihrem alten Familienbestande geblieben, war dieselbe auch geldkräftig genug, um für ihre Gemeinde-Angelegenheiten aufzukommen, um die Schule und die Fahrstraße nach dem entfernten Pfarrorte Sandeben zu erhalten und billigen Ansprüchen auf Armenversorgung zu genügen. Die wenigen noch übrig gebliebenen Höfe müssen jedoch die Straße von der wilden Sandach verderben lassen, nachdem das Waldamt sich geweigert, auch seinerseits mit hilfreicher Hand beizuspringen; der Lehrer ihrer Winkelschule folgt dem Zuge in die Fremde und geht draußen in ein Eisenwerk; die Armen und Bresthaften aber vermindern sich nicht und fallen nun den wenigen Gemeindegenossen als Einleger zur Last. Und mittlerweile wächst der Wald höher und höher und schließt sich dichter und dichter um die noch vorhandenen Hofmarken; er nimmt jetzt denselben vollends Luft, Licht und Sonne; es mehrt sich der Wildstand noch auffälliger und der übermütige Forstmeister wird noch unangenehmer und unverschämter im Dienste des Kampelherrn, der für seine Person eigentlich gar kein so übler Mann wäre; nur hat er kein Herz und kein Verständnis für die Eigenart und den Wert der historisch seßhaften Bauernschaft. Er glaubt, mit einem gut Stück Geld lasse sich nicht bloß für Grund und Boden Ersatz bieten, sondern auch für eine wirtschaftliche und soziale Existenz, die das Ergebnis eines jahrhundertelangen organischen Werdeprozesses gewesen. Das hindert aber nicht, daß der Kampelherr als Vertreter seines Landbezirkes in den Reichsrat gewählt wird und „dort glänzende Reden hält vom Schweiße des Landmannes, der den Staat kittet".

In solcher Bedrängnis werden allmählich alle Altenmooser schwankend, selbst des Reuthofers Schwiegersohn empfindet schwer den Zwang wirtschaftlicher Nötigung. Nur Jacob bleibt unerschütterlich standhaft trotz der schweren Schicksale, die er in den Jahren des harten Kampfes erfahren mußte. Sein ältester Sohn, der ebenfalls, wie jeder Reuthofbauer seit undenklichen Zeiten, Jacob hieß und als Ahnerbe des Hofes die Geschlechtsfolge auf demselben fortsetzen sollte, ist ein unbändig wilder Range und entläuft aus seinem Vaterhaus; man hält ihn für verunglückt und liest ihm Seelenmessen. Der zweite Sohn, ein weichherziges Bübel, wächst allmählich heran und er soll nun der Hoferbe werden. Er muß aber zu den Soldaten und in den Krieg und stirbt den Heldentod bei der Rettung einer Fahne. Der Mutter ist bereits das Herz gebrochen über den Schmerz, daß ihr Sohn unter die Soldaten mußte. Noch bleibt dem Reuthofer seine schmucke Tochter, die er an einen Nachbar verheiratet hat; jedoch auch dieser gerät durch die Kniffe und Winkelzüge des Forstmeisters in eine unhaltbare Lage und verkauft seine Heimstatt, um draußen in der Niederung ein Hüttchen zu pachten. Jacob ist gebeugt durch die Schicksalsschläge, aber nicht gebrochen. Alle wohlmeinenden Ratschläge, auch er möge nun verkaufen, da er sein Vätererbe im Kampfe mit der Ungunst der Verhältnisse nicht zu behaupten in der Lage sei, weist er wie Angriffe auf seine Ehre stolz zurück. Hört und sieht er doch, wie auch die meisten der Ausgewanderten in der Fremde verkommen und verderben mußten. Sie verstanden mit dem Gelde nicht hauszuhalten, wie der Guldeisner, welcher zum bettelnden Stromer herabsinkt, oder kamen in ihren

Vermögensverhältnissen zurück, weil sie in der wärmeren Niederung hartnäckig an der Wirtschaftsweise ihrer hochgelegenen Heimat festhielten. Dies bestärkt ihn noch in seinem Entschlusse, auszuharren; „die Anderen werden wieder zurückkommen nach Altenmoos". Auf dem Reuthofe, der mit etlichen Keuschen allein übrig geblieben von der alten Gemeinde, sieht es trübe aus um den alternden Hausvater, den die Last der Jahre und der Druck seines Schicksals verschlossen und verbissen und trotzig macht. Diese Partie des Romans ist unstreitig die beste und ergreifendste desselben. Mit dem Herrn ist das Gesinde gealtert; nur ein einziger junger Knecht, eine problematische Natur, ist zugewachsen. Die Wirtschaft geht rückwärts mit Riesenschritten; während früher ein mäßig behäbiger Wohlstand die Bauern und das Gesinde froh und frisch erhalten und rüstig zur Arbeit, ist jetzt die Not eingezogen, und man muß sich mit den Resten einer früheren besseren Zeit behelfen, so gut es eben gehen will. Jacob ist zerfallen mit aller Weltordnung, weil ihm kein Schutz wird von Seite des Staates in Fällen, in denen wohl das angeborene „Gottesrecht" nach seiner Gewissens-Überzeugung zu seinen Gunsten spricht, nicht aber die geschriebene Satzung der Menschen. Im Kampfe mit dem Walde und dem Wilde wird der Mann des Waldes zum Wildschützen, nachdem er dafür, daß er ein Tier, welches seinen Garten verwüstete, niedergeschossen und dann sich selbst angezeigt, zu zwei Tagen Gefängnis verurteilt worden war. Die Kirche in Sandeben besucht er nicht mehr; er verrichtet seine Andacht in der zum Hofe gehörigen Feldkapelle des Schutzpatrons, des heiligen Jacob, wo die Totenbretter, auf denen die Leichen von sieben seiner Vorfahren aufgebahrt gewesen, angebracht sind – ein bäuerlicher Ahnensaal. Die Dinge eilen der Schlußkatastrophe entgegen. Da kommt noch ein Lichtblick, ein Brief des totgeglaubten Sohnes aus Oregon, wo derselbe, nachdem er Schiffsjunge, Matrose und Goldgräber gewesen, den Wald gereutet und eine Frau genommen hat. Jacob will nach Amerika gehen, um seinen verlorenen Sohn heimzuholen. Während er diesen Entschluß einem treuen Hausgenossen auseinandersetzt, sieht er ein Reh im Haferfelde die Rispen abäsen. Er möchte dasselbe niederbrennen, wird vom Forstmeister Ladislaus überrascht und erschießt diesen alten Gegner. Um der Justiz zu entgehen, flüchtet er in den Wald und ertränkt sich im See, wo man einst die Leiche seines Sohnes vergeblich gesucht hat. Und der Kampelherr? Der ist unterdessen verkracht.

Der Gang der Erzählung ist, wie bereits bemerkt, ein frischer und flotter. Die Bilder, die uns vorgeführt werden, sind farbig und lebfrisch. Das bittere Weh des Bauernsohnes aus dem Aelpel, welches dieser empfinden mag, wenn jetzt dort, wo er einst aus dem Vaterhause auf grüne Grasmatten getreten und seine Vorväter das Brotkorn gebaut, ein dicht geschlossener Forst alle Erinnerung an einstige Kulturen verdeckt, hat sich im Kopfe des Poeten zu einem elegisch angehauchten Humor verklärt. Bitter wird derselbe nur, wo die Schilderung menschlicher Bosheit durch den Verlauf der Geschichte bedingt ist oder wo er die Ohnmacht der in ihrer Art so tüchtigen, der Vätersitte und dem Vätererbe treuen Bauern gegenüber der neuen Ordnung der Dinge an irgend einem drastischen Beispiele veranschaulicht. Er wird da in seiner Bitterkeit bisweilen auch ungerecht. Er selbst ist, wie er eingesteht, Partei und Advokat seiner Partei, er tritt als Fürsprech der in sich abgeschlossenen gefestigten Bauernschaft auf die Tribüne. Er sieht dieser Bauernschaft den Untergang drohen und er möchte die Gefahr abgewendet wissen, die hieraus auch dem Staate und der Gesellschaft erwächst. Aus dem reichhaltigen Stoffgebiet vom Kampfe der Bauern gegenüber der kapitalistisch organisierten Gesellschaft der Gegenwart hat er eine eigenartige, nur in kleinen Gebieten der Alpen nachweisbare Spezialität herausgegriffen, die seiner dichterischen Eigenart ganz besonders zusagen mochte. Leider Gottes tritt dieser Kampf der Bauernschaft um ihr Dasein auch anderswo, wo keine Kampelherren Lärchbäume und Rehwild züchten, in noch weit häßlicheren Formen auf und bildet eine jener Zeitfragen, um deren Lösung sich die Gesellschaftslehre theoretisch und die Staatsmänner praktisch bisher vergebens bemüht haben. Die meisten der europäischen Parlamente finden alljährlich unter ihren Vorlagen Gesetzentwürfe, welche mit dieser Seite der Agrarfrage mittelbar oder unmittelbar in Beziehung stehen. Gründliche Abhilfe hat man aber noch nirgends zu schaffen verstanden und manches der Heilmittel erweist sich nachträglich als ein den Organismus untergrabender Giftstoff, und manche notwendige und wohltätige Neuerung zeigt nachträglich ihre ungeahnte Kehrseite. Hat es sich nicht bereits zum Öfteren wiederholt, daß dem notleidenden Bauernstande einer Gegend mit Einbürgerung einer gewinnbringenden Haus-Industrie für Jahrzehnte aufgeholfen wurde und daß die fleißigen Landleute diesen Erwerb als eine Existenzbasis hinnahmen und auf derselben eine neue Lebensführung einrichteten und daß kaum ein halbes Menschenalter später neue Erfindungen, neue Geschäftskonjunkturen diese neuerkämpfte Existenzbasis plötzlich zerstörten und so die Wohltat wieder in das Gegenteil umwandelten? Und haben nicht auch politische Errungenschaften von ausschlaggebender Wertbedeutung für die kulturelle menschliche Entwicklung ähnliche Nachteile gebracht? Man höre einmal alte Zunftmeister über die Gewerbefreiheit räsonieren. Von den Hochtories, welche die Schwächung ihrer Adelsprivilegien als den Anfang des Endes jeder gesunden Weltordnung ansehen, wollen wir hier nicht sprechen. Die Bauernschaft in ganz Mittel-Europa wurde in die Art ihres gegenwärtigen

Kampfes ums Dasein gedrängt durch die Befreiung aus den feudalen Banden, die sie eingeengt, aber auch festgeschlossen durch Jahrhunderte erhalten hatten. Wer wollte aber deshalb heute Robot und Hörigkeit wieder zurückwünschen? Die Bauernschaft wird ferner beeinträchtig durch die blühende Entwicklung der auf die Groß-Industrie abzielenden Richtung der Neuzeit. Wer wollte aber deshalb den Staat verurteilen, zu dem einseitigen Agrikultur-System eines früheren Zeitabschnittes der Gesittung zurückzukehren und damit im Wettkampf der Nationen um ihr Dasein vorneweg zurückzutreten? Es haben eben alle Stände, alle Gesellschaftsklassen hart zu ringen, um sich oben zu behaupten, und sie alle sehen in ihren Reihen Tragödien sich abspielen, wie jene Jacob des Letzten, und Ruinen rings um sich, wie der alte Reuthofbauer, wenn er auslugte nach den verfallenen Hofstätten seiner einstigen Nachbarn. Das rollende Rad der Zeit fordert wie der indische Götterwagen seine Menschenopfer, und unser Dichter gehört sonst nicht zu jenen, welche ihm eine rücklaufende Bewegung geben möchten ...

STEFAN ZWEIG: PETER ROSEGGER

In: Stefan Zweig: Europäisches Erbe. Frankfurt/M. 1960 [Zum Tod des Dichters am 26. Juni 1918, National-Zeitung Basel], S. 209–213

Er hat begonnen vor mehr als fünfzig Jahren als unbeholfener klobiger Bauernbub aus einem steirischen Älplerdorf, kaum der Rechtschreibung kundig, tumb und unbelehrt, ein kleiner Parsifal in Lederhosen, der mitten in der Zeit der Eisenbahnen und Telegraphen nach Wien aus seinem Dörfel fuhr, um den Kaiser Josef zu suchen (wie schön, wie rührend er diese Torheit seiner Kindheit erzählt). Und jetzt, da sein Atem innehielt, war er ein milder gütiger Greis, Welt und Zeit mit stiller Weisheit von eben demselben steirischen Heimatswinkel umfassend, der „alte Heimgärtner", der wie Lynkeus der Türmer von seiner einsamen Höhe nach den Stunden und Sternen spähte. Dazwischen liegen unzählige arbeitsvolle, hilfstätige Tage, eine Bücherreihe, die mühelos eine Wand füllt, eine reiche Lebenswanderschaft und ein großer Ruhm.

Aber Ruhm, wie vielfältig vermag dieses Wort zu sein! Ruhm, das ist Neugier, Unruhe, ist Wirkung und Menschengewalt, ist ein Denkmal und ein Sarg, ist zugleich Lärm und Vergessenheit. Und durch alle diese Phasen ist dieser alte Mann langsam durchgeschritten. Zuerst war er eine Kuriosität: irgendein Winkelredakteur hatte ein paar Gedichte von dem kleinen Schneidergesellen abgedruckt, sie machten Aufsehen, und er hatte seinen ersten Ruhm, freilich dem einer Zirkusnummer nicht allzu unähnlich: er war der dichtende Bauernbub aus der Steiermark. Aber dann begann man allmählich ihn mehr zu achten. Die Zeit war ihm günstig; Bertold Auerbach, die Birch-Pfeiffer hatten die Bauernwelt für die Literatur entdeckt, und man spürte, dieser Neue, dieser Peter Rosegger war echter als sie alle. Er hatte Wurzel und Saft, war ein gerader kerniger Erzähler, und sein Weltwinkel, wieviel Liebe strömte er aus! Damals vor vierzig Jahren begann Rosegger der Liebling des deutschen Volkes zu werden und wirklich: des Volkes! Wo sonst der Name eines Dichters nie eindringt, in die kleinen Stuben, darin noch unter brennendem Kienspan und schwelendem Petroleumlämpchen Bücher mehr durchbuchstabiert werden als gelesen, sprach man seinen Namen mit Ehrfurcht aus, seine Zeitschrift *Der Heimgarten* (die vielleicht kaum in zehn Exemplaren in die Großstädte dringt) war dort Hauspostille und Unzähligen seit vierzig Jahren darin sein Wort Meinung und Gesetz. Immer weiter wuchs des Steiermärkers Ruhm, Tolstoi, der Unerbittliche, rühmte seine Romane als „gute Bücher", in Frankreich schrieben zwei Professoren dicke Bücher über sein Werk, und ich glaube nicht zu irren, wenn ich sage, daß von keinem lebenden deutschen Autor mehr Bücher verkauft und verbreitet waren. Unermeßlich wurde allmählich sein Ruhm: mehr als Hauptmanns, als Hebbels, als Kleistens, als Gottfried Kellers war dieser Name Rosegger längst ein Begriff geworden, eine Selbstverständlichkeit. Aber eben in diesem Erstarren zum Begriff war ein stilles Sterben in seinem Ruhm: die Literatur kümmerte sich um seine Bücher nicht mehr, wertete sie kaum. Ein neuer Roseggerband zu Frühling und zu Herbst, das wurde allgemach selbstverständlich, wie die grünen Blätter am Baum im April und die gelben im September, man staunte nicht darüber und wußte, wie sie waren – eben: Rosegger –, ohne sie aufzuschlagen. Die junge Generation und die jüngste zog flüchtig den Hut vor seinem Namen und ging vorüber, ohne nur seinem Werk ins Antlitz zu sehen. Er war vergessen, eingesargt in seinem Ruhm. Und als ich im vergangenen Jahr aus dem Gefühl, einmal um ihn zu wissen, sein jüngstes Buch aufschlug und dann öffentlich sagte, eine wie hohe, wie ehrfurchtswürdige Menschlichkeit hinter diesem großen Namen sei, da kam ein Brief von ihm, zitternder Altershand, unendlichen ungläubigen Staunens voll, daß man drüben in der andern Welt, in der Stadt, bei der Jugend noch etwas an ihm müden alten Mann finden könne. Es ist mir heute ein liebes kostbares Blatt, weil darin Freude eines Menschen blinkt, der andern viel, unendlich viel Freude getan.

Und da, da ist sein Wert in der Zeit. Kein Schriftsteller, kein Dichter der letzten Generationen in Deutschland hat in so ernster sittlicher ehrlicher Weise schlichten Menschen von kleiner Welt erzählt und in ihnen die milden Lichter der Liebe zur Natur, zur Einfachheit, zur Andacht entzündet. Wie Jeremias Gotthelf, sein Schweizer Bruder, hat er ihnen immer wieder gesagt, daß an der Erde der beste Halt für den Menschen sei, und sie gewarnt vor der Verführung der Städte, hat prophetisch im Handel und in der Geldsucht den künftigen Untergang gesehn – „Mehr Pflüge, weniger Schiffe!" war sein schlagkräftiges Wort – und in vielen, vielen Legenden aus seiner *Waldheimat* (von denen manche dauern wird), in seinem *Jacob dem Letzten*, im *Erdsegen*, den tiefen Sinn des Zusammenhanges des einzelnen mit der Erde als Evangelium der Welt gekündet. Er war fromm, nicht ganz im katholischen Glauben, und sein Christusbuch *I.N.R.I.* ist bis nach Rom und auf den Index gekommen, aber in seinem gottseligen Pantheismus war etwas, was er „Heimweh nach dem Christentum" nannte. Wie er überhaupt voll Heimweh war nach vergangener Zeit: nach der ländlichen Einfachheit, nach den alten guten Sitten, nach der stilleren Welt.

Ein Heimwehmensch war er, nach rückwärts gewandt mit seiner Sehnsucht, ohne viel Hoffnung auf die künftige Zeit: darum hat die neue Jugend mit ihm so wenig anzufangen gewußt und darum lieben ihn die Alternden so sehr. Seine Bücher werden vielleicht einmal Lederstrumpfgeschichten aus unserm verlorenen Europa sein, und dann wird man von diesen steirischen Bauern lesen wie von den Rothäuten der großen Prärien. Aber dieser Heimwehmensch, dieser rückwärts gewandte, war zugleich ein wunderbar klarer und kluger Kopf: man mußte nur in dem holzschnittharten Gesicht die scharfen Augen unter der Brille sehen. Die blickten sicher in die Welt. In seinem *Heimgärtners Tagebuch* steht soviel Grundgescheites und Treffliches zum Tage in einem so kristallklaren knappen saftigen Deutsch, so erstaunlich das Geschaute in Anekdote verwandelt, daß man sich nicht wundert, wie dieses Buch Tausenden und Tausenden ein Lebensevangelium war. Wie zu Tolstoi, kamen sie in seiner Heimat zum Rosegger, wenn sie Rat brauchten, sie schrieben ihm Briefe aus Sorge und Not und er antwortete ihnen: man kann es kaum sagen, was er diesen Menschen war. Und sie werden es drüben in Österreich erst jetzt wissen, da er gegangen ist. Seine Stelle ist leer. Wir haben gute Dichter, wir haben viele Bücherschreiber. Aber wo ist der in Deutschland, der Führer und Wächter wäre für die stillen Seelen der kleinen Leute, ihnen nah und verständlich und gütig in seinem Ruhm? Ich weiß viele, für die man Verehrung hat. Aber Vertrauen des Volkes: das hat nur dieser besessen, der Petri Kettenfeier Rosegger, der jetzt in seinem Dörfel in der Steiermark still gestorben ist.

War er groß als Dichter, war er klein? Die Frage geht vorbei an einem solchen Menschen. Ich mag da nicht werten und richten. Ich weiß nur, daß ich ein Gedicht von ihm sehr liebe, das mir so schön dünkt wie manches des berühmtesten deutschen Dichters und dessen weise Wehmut mir es noch lieber macht in der Stunde seines Todes. Man fühlt, daß es seinem Alter entstammt, und ich will es hierhersetzen, weil sein Sterben darin so sanft verklingt.

> Was die Erde mir geliehen,
> Fordert sie schon jetzt zurück,
> Naht sich, mir vom Leib zu ziehen
> Sanft entwindend, Stück für Stück.
> Um so mehr, als ich gelitten,
> Um so schöner ward die Welt.
> Seltsam, daß, was ich erstritten,
> Sachte aus der Hand mir fällt. –
> Um so leichter, als ich werde,
> Um so schwerer trag ich mich.
> „Kannst Du mich, Du reiche Erde,
> Nicht entbehren?" frag ich Dich. –
> – „Nein, ich kann Dich nicht entbehren
> Muß aus Dir ein' andern bauen,
> Muß mit Dir ein' andern nähren,
> Soll sich auch die Welt anschauen.
> Doch getröste Dich in Ruh!
> Auch der andere, der bist Du."

So wollte er sterben. Still. Verklärt. Die Welt hat es nicht gewollt. Er mußte noch den Krieg erleben, seine eigene Verkündigung, den Krieg, für den er, weiser als die „großen" deutschen Dichter und Gelehrten, keine Begeisterung fand. Einige Monate vor seinem Tod besuchte ihn ein Freund, er traf ihn müde, verzweifelt. „Sie sollen mit dem Morden aufhören, sie sollen mit dem Morden aufhören" – das war sein einziges Wort. Denn wie alles hat dieser einfache Mensch und Dichter auch diese Zeit nur menschlich gefühlt. Und dies ist noch ein Ruhm zu seinem großen Ruhm.

KOMMENTAR

320 **Z. K. Lecher:** Zacharias Konrad Lecher (1829–1905), ab 1859 für die Wiener Tageszeitung *Die Presse* (gegründet 1848) tätig, 1864 Mitbegründer und erster Chefredakteur der *Neuen Freien Presse*, kehrte 1868 als Redakteur zur *Presse* zurück, deren Herausgeber er 1871 wurde; Mitbegründer des Presseclubs Concordia, Großvater von Konrad Lorenz.

321 **Waldschulmeister:** Roseggers – nicht als solcher bezeichneter – erster Roman *Die Schriften des Waldschulmeisters* erschien 1875 bei Gustav Heckenast in Pest/Budapest. (Siehe Band 3 der vorliegenden Ausgabe.)

321 **Gottsucher:** Der Roman *Der Gottsucher* (1883 bei Alfred Hartleben, Wien) greift den im steirischen Ort Tragöß für das Jahr 1493 verbürgten Mord an einem Pfarrer auf, den rebellische Bauern in seiner Kirche erschlugen. Rosegger selbst widmete seinem Buch unter dem Pseudonym J. Hofer eine durchaus nicht unkritische Rezension im *Heimgarten* (Heimgarten 7,1883, 392–396).

323 **Rabeneck:** im Roman korrekt „Rabenberg".

331 **Bertold Auerbach:** Berthold Auerbach (1812–1882), recte Moses Baruch Auerbacher, deutscher Schriftsteller, als Mitglied einer national-liberalen Burschenschaft zu Festungshaft verurteilt, weshalb ihm die Rabbiner-Laufbahn verwehrt blieb. Mit seinen *Schwarzwälder Dorfgeschichten* (1843) schuf er einen literarischen Prototyp, der u. a. Turgenjew und Tolstoi beeinflusste.

332 **Birch-Pfeiffer:** Charlotte Birch-Pfeiffer (1800–1868), deutsche Schauspielerin, Theaterdirektorin und Schriftstellerin; vor allem ihre Theaterstücke – etwa *Dorf und Stadt* oder *Die Grille* (nach Texten von Berthold Auerbach bzw. George Sand) – waren sehr erfolgreich.

333	**sein jüngstes Buch:** Dabei handelt es sich um die „Neue Folge" von *Heimgärtners Tagebuch*. Vgl. Stefan Zweig: Der alte Heimgärtner. In: *Neue Freie Presse*, 23.10.1917. Im erwähnten Dankesbrief an Zweig vom 26. Oktober 1917 (The National Library of Israel, Jerusalem) schreibt Rosegger: „Ich bin weltmüde und krank, aber die Freude, die Ihr Aufsatz mir gemacht hat, empfinde ich noch. Sie kam unerwartet!" [Mit Dank an das Stefan Zweig Centre Salzburg.]
334	**Drüben in Österreich:** Von 1917 bis 1919 lebte Zweig in Zürich auf neutralem Boden, von wo er sich als Pazifist publizistisch betätigte.
335	**Was die Erde mir geliehen:** Das Gedicht hat den Titel *Auch der andre, der bist du*, seine letzten Verse lauten korrekt: „Doch getröste dich in Ruh'./Auch der andre, der bist du." (Peter Rosegger: *Mein Lied*. Leipzig: L. Staackmann 1911, 177 f.)
335	**keine Begeisterung:** Dennoch hat Rosegger, der 1891 zu den Gründungsmitgliedern von Bertha von Suttners *Österreichischer Friedensgesellschaft* zählte, seinen Beitrag zur Kriegspropaganda geleistet.
335	**besuchte ihn ein Freund:** vermutlich der steirische Schriftsteller Rudolf Hans Bartsch (1872–1952), der mit Rosegger und Zweig befreundet war (vgl. Christian Teissl: *„Man kommt sich vor wie in der Wüste …". Der langsame Abschied des Peter Rosegger*. Wien, Graz: Styria Verlag 2018, S. 74).

Editorische Notiz

Die vorliegende Edition folgt dem Text der Ausgabe letzter Hand:

Peter Rosegger: Jakob der Letzte. Eine Waldbauerngeschichte aus unseren Tagen. Leipzig: L. Staackmann 1914 (= Gesammelte Werke. Vom Verfasser neubearbeitete und neueingeteilte Ausgabe, Bd. 12).

Berücksichtigt wurden ausgewählte frühere Drucke sowie das Manuskript der Buchausgabe.

Orthographie und Interpunktion der Vorlage wurden bis auf wenige Ausnahmen beibehalten, dies gilt auch für die zahlreichen Elisionen und Roseggers zum Teil eigenwillige Beistrichsetzung. Offensichtliche Druckfehler wurden korrigiert. Zwei Worterklärungen in den Fußnoten wurden in den Kommentar übernommen, die gelegentlichen in Klammern gesetzten Erklärungen im Fließtext wurden so belassen.

Bibliographische Nachweise

ZU
JAKOB DER LETZTE

P. K. Rosegger: Jakob der Letzte. Eine Waldbauerngeschichte aus unseren Tagen. In: Heimgarten 11 (1887), 241–255, 321–336, 412–426, 481–496, 572–585, 641–655, 721–734. Sigle ED und Seitenzahl.

P. K. Rosegger: Jakob, der Letzte. Eine Waldbauerngeschichte aus unseren Tagen. Manuskript [der erweiterten Fassung].
Nachlass Peter Rosegger. Steiermärkische Landesbibliothek, Graz.
https://egov.stmk.gv.at/stmk.gv.at/lbstdig/ee457959-b2a7-4a35-8aec-a3e1256b1ec7/00001

P. K. Rosegger: Jacob der Letzte. Eine Waldbauerngeschichte aus unseren Tagen. Wien, Pest, Leipzig: Hartleben 1888.

P. K. Rosegger: Jakob, der Letzte. Eine Waldbauerngeschichte aus unseren Tagen. Wien, Pest, Leipzig: Hartleben 1889 (= Ausgewählte Schriften Bd. 23). Sigle Ha1 und Seitenzahl.

P. K. Rosegger: Jakob, der Letzte. Eine Waldbauerngeschichte aus unseren Tagen. 6. Aufl. Wien, Pest, Leipzig: Hartleben 1895 (= Ausgewählte Schriften Bd. 23). Sigle Ha2 und Seitenzahl.

SONSTIGE WERKE / AUSGABEN ROSEGGERS

P. K. Rosegger, Richard Heuberger:
Volkslieder aus Steiermark mit Melodieen. Pest: Gustav Heckenast 1872.

Heimgarten. Eine Monatsschrift.
Gegründet und geleitet von P. K. [ab 1894: Peter] Rosegger. 1 (1877) bis 29 (1905); von 30 (1906) bis 34 (1910): Gegründet von Peter Rosegger, von 35 (1911) bis 42 (1918): Gegründet von Peter Rosegger, geleitet von Hans Ludwig Rosegger. Graz: Leykam 1876–1918.

Peter Rosegger: Mein Lied. Leipzig: L. Staackmann 1911.

LEXIKA, WÖRTERBÜCHER, SEKUNDÄRLITERATUR

Jakob und Wilhelm Grimm: Deutsches Wörterbuch. Hrsg. von der Deutschen Akademie der Wissenschaften zu Berlin. 16 in 32 Bänden. Leipzig: Hirzel 1854–1960. http://woerterbuchnetz.de/DWB/

Etymologisches Wörterbuch der deutschen Dialekte
(Projektleitung Rosemarie Lühr). https://de.scribd.com/doc/39187533/EWDD-Etymologisches-Wörterbuch-der-deutschen-Dialekte

Wörterbuchnetz (Trier Center for Digital Humanities, Universität Trier). http://www.woerterbuchnetz.de/cgi-bin/WBNetz/setupStartSeite.tcl

Johann Christoph Adelung, Dietrich Wilhelm Soltau,
Franz Xaver Schönberger: Grammatisch-kritisches Wörterbuch der Hochdeutschen Mundart mit beständiger Vergleichung der übrigen Mundarten, besonders aber der Oberdeutschen.
4 Bde. Wien: Anton Pichler 1807.
http://ds.ub.uni-bielefeld.de/viewer/toc/1873343/0/

Günther Jontes: Steirisches Schimpfwörterbuch.
[Graz:] Steirische Verlagsgesellschaft 1998.

Anton Edler von Klein: Deutsches Provinzialwörterbuch. 2 Bde.
Frankfurt, Leipzig: o.V. 1792.

Theodor Unger: Steirischer Wortschatz als Ergänzung zu Schmellers Bayerischem Wörterbuch. Graz: Leuschner u. Lubensky's Universitäts-Buchhandlung 1903.

„Fremd gemacht"? Der Volksschriftsteller Peter Rosegger.
Hrsg. von Uwe Baur, Gerald Schöpfer und Gerhard Pail.
Wien, Köln, Graz: Böhlau 1988.

Karl Wagner: Die literarische Öffentlichkeit der Provinzliteratur. Der Volksschriftsteller Peter Rosegger. Tübingen: Max Niemeyer 1991 (= Studien und Texte zur Sozialgeschichte der Literatur 36).

Peter Rosegger. 1843–1918. Hrsg. von Gerald Schöpfer. Graz 1993 [Katalog zur Steiermärkischen Landesausstellung 1993].

Peter Rosegger im Kontext. Hrsg. von Wendelin Schmidt-Dengler und Karl Wagner. Wien, Köln, Weimar: Böhlau 1999.

NACHWORT
Die Würde des Desperados

WIDERHALL UND WIDERHAKEN

An nichts weniger habe er gedacht, als ein „wohlgemessenes Kunstwerk zu machen", meinte Peter Rosegger über *Jakob der Letzte*. „Meine Sache war das Leben, die Wirklichkeit."[1] Dennoch wurde die „Waldbauerngeschichte aus unseren Tagen", die der Autor bescheiden „Erzählung" nannte, nicht nur zu einem seiner bekanntesten und erfolgreichsten Bücher – sie gilt bis heute auch als sein bester Roman. Sein Bekenntnis zur Kunst als einer unangestrengten Realitätsvermittlung legte Rosegger anlässlich des Erscheinens der Buchausgabe 1888 in seiner Zeitschrift *Heimgarten* ab, in einem als Gespräch mit einem Leser getarnten Interview mit sich selbst. Im Jahr davor war *Jakob der Letzte* in monatlichen Fortsetzungen von Jänner bis Juli ebendort veröffentlicht worden und der Herausgeber (diesbezüglich durchaus fintenreich) suchte und fand nun eine elegante Form der Selbstanzeige im eigenen Blatt.

Er selbst, bemerkt Rosegger in dieser *Unterhaltung*, kenne als Autor sein Buch nicht: „Erst durch die Wirkung, die es auf die Menschen übt, lernen wir es kennen."[2] Einiges von dieser Wirkung hatte sich im Falle von *Jakob der Letzte* bereits mit der Publikation im

Heimgarten entfaltet, der Text wurde vielfach diskutiert, und sein Autor beeilte sich, einer etwaigen negativen Kritik des Buches den Wind aus den Segeln zu nehmen. Dass er in diesem „Gegenstück" zu den *Schriften des Waldschulmeisters* (1875) gerade die „mächtigen, einflußreichen" Gesellschaftsklassen angegriffen habe, liege in der Natur des Dichters, der doch stets „für das arme Volk Partei ergreift" und die „Sünden der Großen züchtigt". Niemand Bestimmten habe er gemeint, sondern die „Gattung", alle, die am Niedergang des Bauerntums Schuld trügen, die „reichen Herren" mit ihrer Jagdpassion, aber auch den Staat. Seine subjektive Betroffenheit verleihe der Erzählung wohl „Wärme und Innigkeit", es könne aber sein, dass dies dem „künstlerischen Ebenmaße des Werkes" abträglich sei. Jedenfalls habe er die Erfahrung gemacht, dass die „erbittertsten Recensionen" und Leser-Reaktionen allemal untrügliche Zeichen für ein gutes Buch seien.

Solcherart gegen mögliche Anfeindungen und Verrisse gewappnet, konnte der Dichter doch kaum das wahre Ausmaß der Wirkung erahnen, zumal das der zustimmenden Rezeption. Was als literarische Intervention zu einem Aspekt der zeitgenössischen Agrarkrise gedacht war, bewies seine erstaunlich nachhaltige Relevanz über gesellschaftliche und politische Umbrüche hinweg bis in unsere Tage. *Jakob der Letzte* entwickelte sich zu einem Klassiker über Außenseitertum, Ohnmacht und tragischen Eigensinn. Dabei zeigte sich der ideologische Gehalt des Romans als anschlussfähig an unterschiedliche Debatten, aber auch als aktualisierbar durch unterschiedliche, ja gegnerische politische Lager.

Unter den Zeitgenossen ging Roseggers Saat einerseits auf, nicht nur Leser im ländlichen Raum nahmen das Angebot zur Identifikation mit dem bedrängten Kleinbauern an. Andererseits gab es den vom Autor erwarteten öffentlichen Protest von Seiten der adeligen wie neureichen Jagdherren und Großgrundbesitzer.[3] Die bürgerlich-liberale Presse würdigte mehrheitlich die ästhetische Lösung und die ergreifende Darstellung des Einzelschicksals, rügte jedoch Roseggers Kulturpessimismus; dass er sich mit seinem Jakob gegen Fortschritt, wirtschaftliche Vernunft und das freie Spiel der Marktkräfte stemmte, war für Liberale nicht nachvollziehbar. Z. K. Lechers Besprechung in der 1848 gegründeten *Presse* ist in dieser Hinsicht repräsentativ – Rosegger könne mit der alten Bauernherrlichkeit doch nicht Feudalsystem, Robot und Hörigkeit zurückwünschen und vom Staat den Verzicht auf Industrialisierung und internationale Konkurrenzfähigkeit verlangen: „Das rollende Rad der Zeit fordert wie der indische Götterwagen seine Menschenopfer, und unser Dichter gehört sonst nicht zu jenen, welche ihm eine rücklaufende Bewegung geben möchten ..." (S. 330)

Die Geschichte vom letzten Bauern in Altenmoos wirkte sozusagen transatlantisch. Der berühmte deutsche Nationalökonom und Soziologe Max Weber, nationalliberal, später auch sozialreformerisch engagiert, fühlte sich während einer Amerika-Reise 1904 an *Jakob der Letzte* erinnert, als er George Vanderbilts gigantisches Schloss und Mustergut Biltmore House in North Carolina besichtigte; zum einen weil der Tycoon wie der Kampelherr in Roseggers Roman die ansässigen Farmen aufgekauft hatte, zum anderen war hier auch ein riesiges ökologisches Aufforstungsprojekt umgesetzt worden, ein utopisches Modell nachhaltigen Wirtschaftens, das für den Rosegger-Leser die amerikanische Gründung Neu-Altenmoos von Jakob Steinreuter jun. heraufbeschwören musste.[4]

Eindruck machte Roseggers Schilderung vom alpenländischen Querkopf, der gegen die Übermacht von Kapital und Großgrundbesitz unterliegt, aber nicht zuletzt im Lager der Linken, die die Interessen der Kleinbauern lange sträflich vernachlässigt hatten.

1897 druckt der Berliner *Vorwärts*, das Zentralorgan der deutschen Sozialdemokraten, den Roman in Fortsetzungen ab[5], 1899 zieht die Wiener *Arbeiter-Zeitung* nach. Und 1925 bescheinigt der Austromarxist Otto Bauer dem Dichter in seiner agrarhistorischen Studie *Der Kampf um Wald und Weide* anerkennend, er habe in *Jakob der Letzte* die kapitalistische „Bodengier" und den „Untergang der von dem [sic] Kapitalisten umzingelten Bergbauern" geschildert.[6]

Zugleich ist freilich in der Zwischenkriegszeit längst eine Traditionslinie der Wirkungsgeschichte maßgeblich, die Rosegger schon für die sogenannte Heimatkunstbewegung der Jahrhundertwende attraktiv gemacht hatte. Konfrontiert mit den Erschütterungen und Anfechtungen der Moderne, war man empfänglich für die rückwärtsgewandte Utopie vom einfachen, an Körper und Seele gesunden Leben auf dem Lande, für die Metaphorik des Verwurzeltseins in der bäuerlichen Erde, die Verdammung des zivilisatorischen „Weltgifts", das Hohelied des Patriarchats, die trotzige Besinnung auf das Eigene und die Abwehr des Fremden.[7] Roseggers „konservative Konzeption"[8] von Gesellschaft wurde von seinen völkischen Lesern ins Reaktionäre gewendet und postum unter den Vorzeichen von „Blut und Boden" weiter radikalisiert.

Mit dem „Anschluss" 1938 kehrte gewissermaßen auch der steirische Volksdichter „heim ins Reich". Umstandslos wurde er als Vorkämpfer für die nationalsozialistische Sache reklamiert. Die Feierlichkeiten zu seinem 100. Geburtstag am 31. Juli 1943 übertrafen alles bisher im Lande Dagewesene. Die Gedenkfeier beim Geburtshaus am Unteren Kluppeneggerhof wurde mitten im Krieg als Volksfest inszeniert, bei dem der Gauleiter und Reichsstatthalter der Steiermark Sigfried Uiberreither dem Sohn des Dichters verkündete, der Führer habe ihn, Sepp Rosegger, nach Berlin eingeladen, damit dieser ihm das von der Familie zugedachte

Geschenk persönlich überreichen könne: das Manuskript von *Jakob der Letzte*.⁹

Eignete sich die Geschichte des Jakob Steinreuter immerhin als Präsent für Adolf Hitler, so war der Roman doch keineswegs in allen seinen Aspekten kompatibel mit der NS-Ideologie. In der 1943 begonnenen Gedenkausgabe von *Ausgewählten Werken* bei Staackmann fehlt etwa jene Passage, in der der Pfarrer von Sandeben das von den einberufenen Soldaten fröhlich angestimmte Marschlied bei sich kritisch kommentiert: „Ein Loblied auf die Menschenniedermetzelung!" (S. 247)¹⁰ In dem ihm verehrten Manuskript hätte Hitler die Stelle lesen können.

Nach dem Ende des Zweiten Weltkriegs war es gerade die pazifistisch-humanistische Seite Roseggers, die ihn aufs Neue mehrheitsfähig machte. Zugleich dockte die geschichtsvergessene offiziöse Kulturpolitik an der vermeintlich zeitlosen, vermeintlich harmlosen „Heimatliebe" des Dichters an. Auf die Aktualisierung seines Werks durch die Friedensbewegung folgte die Renaissance im Zeichen der Ökologie. Im Zeitalter des Waldsterbens schien der Steirerjanker des Waldheimatsohnes noch einmal so grün zu leuchten. *Jakob der Letzte* wurde lesbar als Plädoyer für jene, die in der Sprache der Zeit „Modernisierungsverlierer" hießen. Und aus dem Vorwort des Romans las man die Prophezeiung postmodernen Aussteigertums heraus: „Schon heute vollzieht sich alljährlich eine Völkerwanderung von den Städten aufs Land, ins Gebirge. Noch kehren sie, wenn die Blätter gilben, wieder in ihre Mauern zurück, aber es wird eine Zeit sein, da werden die wohlhabenden Stadtleute sich Bauerngründe kaufen und bäuerlich bewirtschaften (...)." (S. 8 f.)

Zum 150. Geburtstag des Dichters 1993 hält der Tiroler Felix Mitterer, der Autor „kritischer" Volksstücke, die Festrede am Alpl. Nicht ohne seiner braunen Vorgänger und Roseggers reaktionärer

Abzweigungen zu gedenken, würdigt er diesen vor allem als Sozialkritiker und Fortschrittsskeptiker, als Verfechter eines säkularen Staates und Propagandisten bäuerlicher Direktvermarktung und überhaupt als Verteidiger der kleinen Leute und des Bauerntums, von dessen besitzlosen Rändern der Redner selber kommt, weshalb er weiß: „es liegt Geborgenheit im Bauernleben."[11] So ist es nur folgerichtig, dass Felix Mitterer zwanzig Jahre später tut, was sein „Bruder im Geiste" in der besagten *Unterhaltung* mit sich selbst für „unmöglich" erklärt hat:[12] Er bringt *Jakob der Letzte* auf die Bühne. Im Sommer 2013 findet eine ausverkaufte Serie von Aufführungen seiner Spielfassung vor dem Geburtshaus statt.

Angesichts solcher Konjunktur scheint Karl Wagners Mahnung aktuell, ein „wie immer halbierter Rosegger" trage „zum Verschweigen dessen bei, was sein Werk in unsere Gegenwart hat reichen lassen".[13] Zuletzt hat man sich im Umfeld der FPÖ wieder auf Roseggers *Jakob* besonnen. Wer könnte da behaupten, die Anliegen der Rezipienten hätten mit dem im Text Angelegten nichts zu tun? Oder wie Marie von Ebner-Eschenbach es formuliert hat: „Was dein Wort zu bedeuten hat, erfährst du durch den Widerhall, den es erweckt."[14] Rosegger war sich der Wechselwirkung von Werk und Widerhall wohl bewusst.

BANKROTT UND BUCHERFOLG

Die Entstehung des Textes ist eng mit der „Waldheimat" seines Autors verbunden. Am 15. Oktober 1886 berichtete Peter Rosegger seinem väterlichen Freund und Förderer Adalbert Svoboda: „Gestern habe ich eine größere Erzählung ‚Jakob der Letzte' vollendet, die mich im Sommer beschäftigte. Dieselbe behandelt den Niedergang des Kleinbauernstandes u. den Untergang eines Bauern, der aus Heimatliebe sich von seiner Scholle nicht trennen konnte. Bei den Großgrundbesitzern u. Jagdfreunden wird die Erzählung, die demnächst im Heimgarten beginnt, viel böses Blut machen. Mir macht das nichts; ich will auch einmal ein Wort sagen für den Stand, der heute von aller Welt verlassen ist."[15]

Rosegger hatte die „Erzählung" im Mürztal geschrieben, in seiner Krieglacher Villa, nicht weit von seinem Geburtsort am Alpl. Die realen Geschehnisse dort, die gehäuften Hofverkäufe ab dem Beginn der 1870er-Jahre, liegen der Handlung von *Jakob der Letzte* zugrunde. So hat der Großbauer Franz Guldeisner, mit dessen Entscheidung für den Verkauf die Erosion der bäuerlichen Gemeinde einsetzt, ein Vorbild im Besitzer des einst stattlichen Knittlerhofes, von dem heute im Wald nur noch einige von Buschwerk überwucherte Grundmauern zu finden sind.[16] Rosegger hatte als Schneidergeselle auf der „Stör" die nähere und weitere Umgebung des väterlichen Hofes gründlich kennengelernt, Reich und Arm, soziale Abstufung, familiäre Ordnung und Unordnung aus nächster Nähe erlebt – in 67 Häusern hatte er unter der Anleitung des Meisters Ignaz Orthofer gearbeitet.[17]

Roseggers Eltern hatten den verschuldeten Kluppeneggerhof nicht halten können. Am 30. Dezember 1868 wurde er verkauft, die Übergabe an die neuen Eigentümer hatte schon im Mai stattgefunden, Lorenz und Maria Roßegger fristeten, von ihrem Sohn unterstützt, fortan ihr Dasein im Auszügler-Haus der Gemeinde. So ungetrübt das Verhältnis zur Mutter war, so schwierig war jenes zum Vater, der um das Seelenheil des in die Stadt Ausgewanderten fürchtete und später als Witwer lieber bei seinen anderen Kindern zu Gast war als bei seinem materiell abgesicherten Ältesten.[18] Der im Roman geschilderte Besuch Jakob Steinreuters bei seinen Kindern mag davon inspiriert gewesen sein. Als „verlorener Sohn" der Scholle spiegelt der Autor sich im abtrünnigen Jackerl, aber auch in dessen heimwehkrankem Bruder Friedel. Der Verlust des Vaterhauses war für ihn, der längst als aufstrebender Schriftsteller in Graz lebte, ein traumatisches Ereignis: „Ich habe keine Heimat mehr", klagte er einem Freund: „Jetzt ist alles aus, ein Fremdling scheine ich mir jetzt auf der ganzen Erde – nur eine Handvoll Heimaterde möchte ich auf mein Grab."[19]

Es war allerdings kein Kapitalist, der den Hof und Grund der Roßeggers um 1800 Gulden kaufte, sondern ein Bauer, der seinerseits bald ebenfalls abwirtschaftete.[20] Erst danach ging der Besitz in einem großen Jagdrevier auf, bis der Wiener Baumeister Wenzel Ludwig Knaur, Roseggers Freund und späterer Schwiegervater, ihn 1876 erwarb. Knaur ließ den Hof wieder aufbauen, begann aber als passionierter Jäger zugleich mit der Aufforstung der Freiflächen. Der junge Dichter hatte also allen Grund, dem Vertreter der jagdlüsternen Herrenkaste dankbar zu sein, und dies drückte er in seiner Vorrede zur ersten Ausgabe der *Waldheimat* (1877) mit einer Widmung an den Gönner auch aus. Der Triumph des Waldes über die Spuren menschlicher Arbeit erscheint hier in einem freundlichen Licht: Die „Gründe all, die durchdrungen sind von dem Schweiße des Vaters und der Thräne der Mutter – sie werden in wenigen Jahren überwoben sein mit dem grünen, heiligen Schleier des Waldes. Der liebe, lachende Frieden wird sein, Eichhörnchen, Rehe und Hirsche werden wohnen in der Waldheimat."[21]

So friedlich ist Rosegger nicht mehr gestimmt, als er sich neun Jahre darauf an die Niederschrift seines *Jakob* macht. Im Juni 1886 wird ein Disput Roseggers mit einem Oberförster in der Krieglacher Sommerfrische zum zündenden Funken für den Versuch einer literarischen Ehrenrettung des Bauernstandes.[22] Die feindseligen Ausfälle des Forstmannes gegen die Bauern finden sich im Text als Aussprüche des Waldmeisters Ladislaus wieder.

Die Buchausgabe von *Jakob der Letzte* erscheint bei Adolf Hartleben in Wien und entwickelt sich zunächst zum Bestseller, dann zum Longseller. Rosegger erhält für die erste Auflage von 5.000 Stück ein Honorar von 1.000 Gulden, noch im selben Jahr 1888 wird ein Nachdruck von 2.000 Exemplaren notwendig, für die der Verleger seinem Autor weitere 3.000 Gulden bezahlt.[23] Bis 1895 bringt der Roman es auf sechs Auflagen, er wird in eine illustrierte Prachtausgabe aufgenommen und zum ersten Band einer auf hundert Lieferungen angelegten günstigeren Volks-Ausgabe bestimmt. 1929 verzeichnet der Almanach des Leipziger Staackmann-Verlags, zu dem Rosegger 1893 wechselte und dessen erfolgreichster Autor er wurde, für *Jakob der Letzte* eine Verkaufszahl von 101.000 Exemplaren, 1957 hält man bei 194.000, eine Zahl, die unter Roseggers Büchern nur *Die Schriften des Waldschulmeisters* mit 347.000 übertreffen.

Nach eigener Aussage hat Rosegger die *Heimgarten*-Fassung von *Jakob der Letzte* für das Buch „fast um ein Drittel erweitert", der Stoff habe sich während seiner weiteren Beschäftigung mit dem Thema vermehrt und die ursprüngliche Form gesprengt.[24] Nichtsdestoweniger folgt auch die Buchversion einem kumulativen Prinzip. Zweck der „reihenden Episodentechnik" (Karl Wagner) ist es, das Phänomen des Strukturwandels und bäuerlichen Niedergangs möglichst umfassend und facettenreich darzustellen.[25] Einzelne neu hinzugekommene Episoden hat der Autor nach Abschluss der Fortsetzungen zunächst im folgenden Jahrgang des *Heimgarten* als separate Beiträge publiziert. So wird *Friedels Herzlieb. Ein Beitrag zur Geschichte von Altenmoos* später in das Buchkapitel

„Sorgenlast – Jugendlust" integriert, und die Episode mit Bertl, dem aufmüpfigen Knecht, erscheint in der Monatsschrift zuvor unter dem Titel *Will's einmal anderswo probieren. Ein Stückel aus dem Bauernleben.*[26]

Die *Heimgarten*-Fassung unterscheidet sich in manchem inhaltlichen Detail von der Buchversion. Zum Beispiel unterhalten sich hier Dullerl und Sebast beim „Kirschenessen" ausführlich über das Stricken, das der junge Sandler angeblich ebenfalls beherrscht, weshalb er sich die Begutachtung der selbstgestrickten Strümpfe des Mädchens angelegentlich sein lässt. Der sexuell unersättliche Oberförster verlangt just von Florian, dem jungen Hüttenmoser, er solle für ihn beim Fensterln bei seiner, Florians, angebeteten Angerl, Jakobs Tochter, Schmiere stehen.

In der ersten Folge des Zeitungsdrucks ist vor dem Kapitel „Der Kirchgang nach dem Gelde" „Eine Betrachtung" eingeschoben, die den argumentativen Kern des späteren Vorworts enthält. Der Autor gibt eine genderspezifische Gebrauchsanweisung, die möglicherweise erklärt, warum er die „Betrachtung" der Geschichte nicht vorangestellt hat: „Die liebe Leserin, der es nur nach Handlung geht, mag dieses Blatt füglich überschlagen."[27]

Eine Tendenz zur Glättung oder Verharmlosung ist in der Buchausgabe nicht zu erkennen, da wie dort kommt Sexuelles so wenig verblümt zur Sprache, dass Rezensenten anmerkten, der Roman sei für junge Mädchen nicht geeignet.[28] Allein das Wort „Hurerei", das Jakob in der Auseinandersetzung mit seinem Knecht sowohl im Erstdruck als auch noch in der Auflage von 1889 in den Mund nimmt[29], wurde offenbar doch für zu derb empfunden und durch „Lotterei" (S. 142) ersetzt. Sonst ist jedoch das Bemühen festzustellen, das Vokabular im Buch an etlichen Stellen eher noch volkstümlicher und stärker dialektal zu gestalten.

DER LETZTE MOHIKANER VON ALTENMOOS

Mit der Eingangsszenerie des Romans schlägt der Erzähler das Buch der Natur auf, das den Kommentar zum sozialen Geschehen liefert. Das Schneegestöber zu Pfingsten ist aus der Ordnung, wie das sich ankündigende Verlassen der Bauerngüter durch ihre angestammten oder: verwurzelten Besitzer. Dass ein Ast der Hoflinde unter der Schneelast bricht und das Dach der Kapelle durchschlägt, ist in seiner Symbolik ebenfalls von unabweisbarer Evidenz. Die Linde, der Baum der Liebe, der Fruchtbarkeit und der Treue, ist vorausdeutend gezeichnet, versehrt, das Bauwerk bäuerlichen Gottesdienstes beschädigt. Allein das Erbe des Reuthofer'schen Urvaters, das hölzerne Ebenbild des heiligen Jakob, ist heil geblieben und nimmt so das vage Versprechen der nach Amerika verpflanzten Stammlinie vorweg. Auf dieses lässt sich auch das Bild der Jakobsleiter beziehen, das Rosegger in den Roman einführt. (S. 233) Schließlich spricht der Herr oben am Ende der Leiter zu dem träumenden Jakob, dem Stammvater Israels: „Und siehe, ich bin mit dir und will dich behüten, wo du hinziehst, und will dich wieder herbringen in dies Land." (Gen. 28,15) Der andere Jakob, der Apostel Jakobus, der Schutzpatron des Hauses, ist als multifunktionaler Heiliger unter anderem auch der Patron der Pilger, der Krieger und der Feldfrüchte und als solcher den Steinreuters kongenial angemessen. An seinem Gedenktag begeht die Gemeinde die Totenfeier für den verschollenen Jakob junior.

Ungeachtet seines emphatischen Bekenntnisses zum Primat von Leben und Wirklichkeit hat Peter Rosegger auf die Gestaltung des Romans sehr wohl einige Kunstfertigkeit verwandt. In seiner Exposition vollführt er eine mehrfache Zoombewegung, vom Hof des

Reuthofer im Eingangskapitel zu den umliegenden Bergen in „Das liebe Altenmoos", von denen der Blick des Erzählers zurückgeht zu Jakobs Haus und dieses dezidiert zum Mittelpunkt macht: „Auf dem Hügel des Reuthofes stand man wie mitten in dem weiten felder- und wiesenreichen Bergkessel, und ein wellenliniges, in ferneren Höhen blauendes Waldrund schloß den Gesichtskreis." (S. 23) Das Abgeschlossene der Landschaft, der „Bergkessel", das „Waldrund" ist soziales Programm ebenso wie der Standpunkt der Betrachtung. Das Anliegen des Romans ist Gesellschaftskritik, sein Thema aber im Grunde *Der Einzige und sein Eigentum* im Sinne von Max Stirner.

Dass das hochgelegene Altenmoos mit den „Vorgegenden" im Haupttal der Freising (der Entsprechung der Mürz) „durch einen einzigen Fahrweg verbunden" ist (S. 24), deutet das Problem der Abgeschiedenheit an. Solange die Bodenhaftung der Bergbewohner hält, wird die Einöde von diesen als *splendid isolation* erlebt, die Bauern leben vorindustriell autark, verkaufen Holz und Getreide, kaufen wenig für den Eigenbedarf, die Straße garantiert den unerlässlichen Austausch mit der „Welt". Sobald über sie aber eine Art Aderlass erfolgt, weil die Grenze zwischen Bauernleben und Zivilisation „zu durchlässig geworden ist", funktioniert die „Koexistenz dieser Welten" nicht mehr, geht Altenmoos seiner Lebenskraft verlustig.[30] Was Ernst Bloch die „Gleichzeitigkeit" des Ungleichzeitigen genannt hat, das widersprüchliche Nebeneinander „von entfalteten kapitalistischen und mitgeschleppten vorkapitalistischen Produktionsweisen und Ideologien"[31], ist für den Autor des *Jakob* die Garantie für eine prekäre Balance. Folgerichtig verfällt am Ende die Straße, die selbstgewählte Isolation wird zum Gefängnis.

Die von Rosegger vorgestellte Topographie des Romangeschehens ruft wohl nicht von ungefähr den Beginn von Adalbert Stifters Erzählung *Bergkristall* (1845) in Erinnerung. Nicht nur wegen des Schneemotivs und weil auch sie mit einem kirchlichen Fest beginnt und gleich im zweiten Satz Pfingsten erwähnt wird; auch die narrative „Kamerafahrt" über Berg und Tal, die allmählich ein einzelnes Haus heranzoomt, die Abgeschiedenheit des Dorfes und die Stetigkeit seiner Bewohner, die Beschreibung des Hochgebirges und des Beckens, in das nur scheinbar kein Weg führt, haben Rosegger sichtlich inspiriert und zur Umdeutung manches Details angeregt. Wenn bei Stifter die niederen Berge „an ihrem Rande mit feingezacktem Walde am Himmel hingehen"[32], denn steht bei Rosegger an der „Linie" „zwischen Erde und Himmel" das „scharfe Zähnchen eines Tannenbaumes (...) in das Firmament auf, gleichsam wie Lanzen, die auf der Hochwacht die stille Berggemeinde Altenmoos einfriedeten." (S. 23) Roseggers Natur scheint aufgerüstet, instrumentalisiert zu Schutz und Trutz gefährdeter Menschenexistenz.

Ebenso sinnfällig liegt der Reuthof auf halber Höhe zwischen dem Tal der Walzwerke und Eisenhämmer und jenem einsamen, von Felswänden begrenzten Hochtal mit dem See und dem Wasserfall, das „Im Gottesfrieden" heißt und dessen Beschreibung gleich zu Beginn wie eine weitere Hommage an Stifter anmutet. (Rosegger besuchte ihn 1867 in Linz, ohne damals noch eine Zeile von ihm gelesen zu haben. Später sollte es ihm nicht leichtfallen, sich von Stifters übermächtigem Einfluss wieder zu befreien.[33]) Der „Gottesfrieden" wird eingeführt als ein Ort unheimlicher Stille, bald wird er zum *point of no return*. Am Ufer des Sees findet man die Schuhe des vermissten Jackerl und erklärt ihn darauf für tot. Später sieht die Mutter in ihrem Traum im Gottesfrieden ein Kreuz, das ihren eigenen Tod wie den ihres Mannes ankündigt. Dann erwählt Jakob das Felsental, den Hort des Unveränderlichen, zum Ort seines ganz persönlichen Gottesdienstes, und ebendort begegnet ihm sein Sohn Friedel als heimwehkranker Deserteur. Am Ende ist es nicht der Sohn, sondern der einst so souveräne Vater, der im Gottesfrieden ins Wasser geht und als Selbstmörder am Ufer begraben wird. Das Schlussbild zeigt das Kreuz aus dem Traum als bis in die Gegenwart überdauerndes Menetekel und Zeichen dafür, dass dieser Mann aus Sicht der Erzählinstanz vielleicht doch seinen Frieden mit Gott gemacht hat.

Rosegger hat die überindividuellen Probleme der Zeit, mit denen der Held sich konfrontiert sieht, deutlich dargestellt: die Verlockung des Bargeldes und der Ausverkauf des Grundbesitzes, die Existenzbedrohung durch Jagd und Wildhege, die Konkurrenz im Ackerbau durch die Einfuhr billigeren Getreides, die bäuerliche Verschuldung als Folge der seit 1868 freien Erbteilung. Die Optionen, die die Erzählung für ihren Protagonisten bereithält, erschöpfen sich jedoch in den Alternativen Bleiben oder Gehen, die in Wahrheit keine Alternativen sind, weil Jakob, um zu gehen, sich selbst untreu werden müsste: „aus einem einschneidenden ökonomischen Wandel wird ein moralisches Problem gemacht."[34]

Rosegger motiviert das Geschehen sorgfältig und setzt Signale von Verbrechen und Strafe, führt zugleich aber mit verstörender, weil realistischer Inkonsequenz vor, dass auch bestraft wird, wer im Sinne des Erzählers moralisch richtig handelt. Herkömmliche Bilder einer strapazierten und vergewaltigten Natur, eines kranken Körpers führen den Irrtum der Schollenflucht drastisch vor Augen, die „Auswanderungspest" (S. 111, 159) führt unweigerlich zur Kontaminierung mit dem „Weltgift" (S. 139, 144). Roseggers Katalog der Tugenden und Laster haftet etwas Altmodisches an, er wirbt aber mit erprobten Mitteln um „Parteilichkeit für die Opfer des Lasters".[35] Seine Erzählung von Abstieg und Fall der Auswanderer hat Anklänge an das Altwiener Zaubermärchen, an Ferdinand Raimunds *Der Verschwender* oder *Der Bauer als Millionär*, nur dass hier keine überirdische Macht mehr rettend eingreift. Der Nebendarsteller mit dem sprechenden Namen Guldeisner ist quasi als Bauer bereits Millionär, doch dass er seinen Reichtum zu Geld macht, bringt ihn buchstäblich an den Bettelstab. Nach der Dramaturgie der Erzählung kommt das nicht überraschend. Immerhin stiehlt der reiche Bauer dem Herrgott den Tag, pflegt ein Regiment der „Lotterei" mit seinen Mägden und trinkt zu viel Schnaps. Sein Spruch „Ein Narr müßt' einer sein!", mit dem er sein Einsteigen auf das Angebot des Kampelherrn rechtfertigt, fällt auf ihn zurück – als armer Narr kehrt er heim nach Altenmoos. Und wenn der Waldmeister Ladislaus davon träumt, so einem halsstarrigen Bauern „einmal seinen Laufpaß auf den Buckel zu brennen" (S. 68), dann hat er damit schon seinen eigenen Tod durch eine Gewehrkugel vorweggenommen.

So ist die Komposition des Romans keineswegs nur additiv, sondern folgt dem Prinzip dramatischer Steigerung. Eingestreut in die düstere Bestandsaufnahme des stetigen Verlusts sind schwankhafte Episoden wie die Bart-Wette des Bauern Dreisam mit dem Oberförster resp. Waldmeister, die dieser verliert, oder der Streit um das Eigentum an den Forellen, die als Folge einer Überschwemmung auf der Wiese des Rodel gelandet sind. Zumindest viermal kündigt sich eine Wendung zum Guten an – als Jakobs Tochter Angerl einen tüchtigen Bräutigam erhält, als Friedels Mutter vom Kaiser ihren Sohn freibitten will, als Friedel von den Soldaten heimkehrt und endlich als Jakob beschließt, zu seinem Sohn Jakob nach Amerika zu gehen. Ein jedes Mal folgt auf den vermeintlichen Aufschwung eine neuerliche Peripetie, die die Hoffnungen der Protagonisten wie der Leser zunichtemacht.

Nach dem Muster des alten Auszählreims von den *Zehn kleinen Negerlein* schreitet die Geschichte fort bis zum bitteren Ende.[36] Erzählt wird mit bewusster Zuspitzung letztlich die Geschichte einer Ausrottung, die die alpenländischen Bergbauern unter einem kolonialistischen Blickwinkel einem Stamm von Eingeborenen gleichsetzt – Stefan Zweig hat in seinem luziden Nachruf auf Rosegger diesen Zusammenhang gesehen. *Der letzte Mohikaner* (*The Last of the Mohicans*, 1826) lautet der bekannte Titel von James Fenimore Coopers Roman.

Andere archetypische Erzählungen scheinen deutlicher durch den Plot von *Jakob der Letzte*: der Kampf Davids gegen Goliath etwa, der hier für David aber mit einer Niederlage endet. Im Text selbst werden andere biblische Referenzfiguren genannt: Jeremias, der Prophet der Klage, und Hiob (S. 286), dem Jakob Steinreuter immerhin insofern gleicht, als er trotz allen Schicksalsschlägen und Prüfungen an seinem Glauben festhält. Die Geschichte vom verlorenen Sohn, die der Bauer beim Bibelstudium aufschlägt, will er ausdrücklich nicht lesen. (S. 286) Auch sie erfüllt sich in der Romanrealität nicht, es gibt kein Wiedersehen zwischen den beiden Jakobs, weder in Altenmoos noch in Neu-Altenmoos, Oregon. Auch die Legende von Ahasver, dem Ewigen Juden, wird in einem Erzählerkommentar zitiert, im Sinne eines allgemein menschlichen Verhängnisses. Als Jakob angesichts des vermeintlichen Todes von Jackerl über die schlechte Meinung sinniert, die die Steinreuterleute schon immer über Vagabunden gehabt hätten („Der rechte, echte, feste und treue Mensch muß irgendwo wurzeln"), hält er einen Selbstmord des Burschen für möglich: „Wenn er in der Heimat sterben wollte, weil er, vom bösen Zauber gehetzt, in der Heimat nicht leben konnte!" Der allwissende Erzähler freilich weiß: „Wenn ein Geschlecht sehr einseitig ist, so steht in ihm plötzlich ein Mitglied auf, das nach der entgegengesetzten Seite ausartet." (S. 91) Kaum denkbar, dass der Autor da nicht Überlegungen in eigener Sache angestellt hat.

Nicht zuletzt ist als literarische Gestalt hinter dem eigensinnigen Waldbauern auch Michael Kohlhaas wahrnehmbar. Wie Heinrich von Kleists in seinem Eigentum geschädigter Pferdehändler beginnt Jakob maßvoll und wird in seinem Beharren auf dem Richtigen zunehmend radikaler. Anders als Kohlhaas geht er zunächst nicht direkt über Leichen, sein Widerstand bleibt lange gewaltlos, doch weder der vermutete Tod seines ältesten Sohnes noch der Tod seiner Frau noch der Tod seines Jüngsten setzen einen Prozess des Nachdenkens über seine Haltung in Gang. Auch Jakobs Geschichte wirft ein Licht auf die der Macht willfährige Justiz. Solange er im Rahmen der Gesetze handelt, bekommt er sein Recht nicht. Die bewusste Gesetzesübertretung mit anschließender Selbstanzeige – er meldet den Hirsch, den er in seinem Gemüsegarten erlegt hat – wird mit Gefängnisstrafe geahndet, sodass er sich künftig auf die Wilderei verlegt. Am Ende wird Jakob zwar nicht wie Kohlhaas hingerichtet, doch er „richtet sich selbst".

TENDENZ UND WAHRHEIT

„Dieses Werk hat einen tieferen Zweck, als den, bloß zu unterhalten." (S. 5) Die Gebrauchsanleitung, die sein Autor ihm im Vorwort mitgibt, widerspricht Roseggers Äußerung im Selbstinterview, ein „Tendenzwerk" wolle das Buch „im Grunde" nicht sein.[37] Das trifft wohl für die Kritik an dem Bildungswahn der zeitgenössischen Bauern zu, die der aus größter Bildungsferne kommende Autodidakt Rosegger der Geschichte vorausschickt und die für die Handlung eigentlich ohne Bedeutung ist. Überhaupt scheint die Rechnung des Autors in *Jakob der Letzte* nicht glatt aufgegangen zu sein, in dem Buch sind vielmehr alle Ambivalenzen gespeichert, die den Zeitkritiker und Journalisten Rosegger kennzeichnen – nicht zum Schaden des Romans.

Er bestätigt einen Aphorismus Marie von Ebner-Eschenbachs: „In einem guten Buche stehen mehr Wahrheiten, als sein Verfasser hineinzuschreiben meinte."[38]

Zu den bewusst hineingeschriebenen Wahrheiten gehört die Darstellung der Agrarkrise vom Standpunkt eines konservativen Kritikers, der sich gleichermaßen gegen den Kapitalismus wie gegen den Sozialismus wendet, die Industrialisierung und Verstädterung beklagt und das künftige Heil in der Vergangenheit des altväterlich-ständischen Bauernlebens sucht und so die „nivellierte bäuerliche Mittelstandsgesellschaft" als eine „reaktionäre Utopie" ausmalt (Peter Zimmermann).[39] Damit leistet Rosegger seinen frühen Tribut an die Heimatkunstbewegung der Jahrhundertwende, deren aggressive Ausläufer in die Blut-und-Boden-Literatur der 1930er-Jahre mündeten. Dazu passt die Poetisierung und Sakralisierung der bäuerlichen Arbeit, wie sie im Kapitel „Das heilige Kornfeld" geschieht. Das Säen erscheint als „heilige Handlung" (S. 229), und das Unkraut unter dem Korn, „allerlei struppiges Gesindel und loses Volk, das in seinem Schatten erstarkt" (S. 231), wird in Roseggers „organologischer Auffassung der Gesellschaft" zum Bild für menschliches Schmarotzertum.[40]

Dazu passt auch die Ideologie des „ganzen Hauses", die eine patriarchalische Gemeinschaft von Bauer und Gesinde als gesellschaftliches Muster propagiert.[41] Roseggers Jakob gibt das Inbild des guten Hausvaters, streng, aber gerecht und fürsorglich. Der Roman übermalt jedoch nicht die Risse, die sich im Gebälk des „ganzen Hauses" um 1880 längst aufgetan haben. Beim Streit zwischen Jakob und seinem Knecht Bertl, der die Aufnahme seiner Geliebten auf dem Reuthof zur Bedingung seines weiteren Verbleibs macht, steht der Erzähler offenkundig auf der Seite des Bauern. In der Wertelogik des Romans verkörpert der rebellische Knecht die Gefährdung der alten Ordnung und das Destruktive der zentrifugalen Kräfte. Als Publizist war Rosegger jedoch ein engagierter Verfechter der Sache der Dienstboten, die im ländlichen Raum unter sklavenähnlichen Verhältnissen leben und ohne Altersversorgung ihr Dasein fristen mussten.[42]

Diese Fürsprache mag zum Teil dem Kalkül entspringen, verbesserte Lebensbedingungen würden Knechte und Mägde weiter an die Scholle binden und weniger anfällig für die klassenkämpferische Propaganda in den Fabriken machen.

Sozialistisches Gedankengut wird schließlich auch in *Jakob der Letzte* als Sprengsatz für eine wenn nicht mehr heile, so doch heilsame Ordnung betrachtet. Die Darstellung des Reuthofes als eine Art Asyl für gestrandete Existenzen bildet jedoch nicht nur die ländliche Realität ab, in der „Einleger", Behinderte und Kranke eben nicht versorgt waren, sondern folgt auch Roseggers christlich-karitativem Ethos. Seine beharrliche Parteinahme für die „Minderleister" der Gesellschaft war ein nicht unbedeutender Störfaktor bei der Eingemeindung seines Werkes in das völkisch-nationale Gedankengut. Programmatisch formuliert hat Rosegger diese Haltung in seinem Gedicht *Zum Kongreß der Schwachsinnigenfürsorge in Graz* (1908):

> Auf dem Wege zum Licht lasset keinen zurück.
> Führet jeden mit euch, der vergessen vom Glück.
> Dem die Ampel verlosch, dem die Glut nie gebrannt,
> Das Kind, das den leitenden Stern nie gekannt,
> Sie taumeln in Nacht und Verlassenheit. –
> Ihr begnadeten Pilger der Ewigkeit,
> Führt alle mit euch in Liebe und Pflicht.
> Lasset keinen zurück auf dem Wege zum Licht![43]

Roseggers profundes Interesse und Gespür für soziale Mechanismen der Ausgrenzung zeigt sich auch in Jakobs Gedanken über den „Rotschiagl" genannten Waisenknaben, den er aufgenommen hat: „Ist einer als Kind noch so brav, wenn er schielt, rotes Haar hat, ist kein Vertrauen zu ihm, nur Verdacht, er muß zu allem Schlechten fähig sein. (...) Denkt sich der: Wenn sie mir's ohnehin zeihen, warum soll ich's nicht auch tun?" (S. 210 f.) Jakob nimmt damit seinen eigenen Weg in die Gesetzlosigkeit vorweg. Er zeichnet aber auch die Geburt des Außenseitertums aus dem Teufelskreis des Vorurteils, wie dies Ebner-Eschenbach in *Das Gemeindekind* (1887) getan hat.

Charles Darwins Prinzip von der evolutionären Auslese hat auch Roseggers literarische Phantasie befruchtet, er hat den vielzitierten „Kampf ums Dasein" jedoch „in einen konservativen Rahmen eingefügt" (Werner Michler).[44] Fern von sozialdarwinistischen Schlüssen harmonierte Roseggers Hohelied auf die Treue zur angestammten Heimat freilich – man muss sagen – naturgemäß mit den Vorstellungen der Deutsch-Völkischen. Die Rolle des Schurken hat denn auch ein Pole zu spielen, Waldmeister Ladislaus, der, wiederum klischeegerecht, einen roten Bart trägt und eine „Gebirgstracht", die „nicht ganz" zu seinen „fremdartigen Bewegungen" passen will und zu seiner „scharfen" Aussprache und zu seinem Idiom, das den ortsüblichen Dialekt in seinem Mund als Fake enttarnt. (S. 56) Auch der Kampelherr, sein Dienst- und Auftraggeber, stammt nicht von hier – sein Vater war ein „ungarischer Kornlieferant oder Sauhändler" (S. 39), er wird aber mit bemühter Neutralität als emotionsloser Geschäftsmann gezeichnet. Den polnischen Oberförster stattet Rosegger nicht nur mit einer Reihe schlechter Eigenschaften, sondern auch mit der Pikanterie aus, dass er aus dem Deutschen Reich nach Altenmoos eingewandert ist und sich den Waldbauern gegenüber auf das *große deutsche Vaterland* beruft. Damit kommt er beim

Reuthofer an den Rechten: „Großes deutsches Vaterland! (...) ein gutes Schlagwort für die Bauernabtrenner, und schon gar, wenn sie aus Polen kommen. Ich aber sage: Wo keine Liebe zur festständigen Heimat ist, da ist auch keine zum Vaterland." (S. 114) Und doch ist der Einzige, der im Roman sein Glück findet, der Auswanderer Jackerl, der mit seinem mythischen Neubeginn in Amerika die Ideologie der Heimattreue Lügen straft.[45]

Distanziert Roseggers Titelheld sich im Predigtton Jesu („Ich aber sage euch") erstaunlich deutlich von der Rhetorik des Deutschnationalismus, so geht die Erzählinstanz mehrfach auf Konfrontation mit der Obrigkeit der Donaumonarchie und dem Staat an sich, der den Bauern finanziell ausbluten und dessen Steuergeld dann nicht einmal in die ländliche Infrastruktur fließen lässt. Zum Beispiel in dem Dialog zwischen Bauer und Steuereintreiber: „Seid Ihr denn nicht auch Menschen?' ‚Wieso? (...) Wir sind Staatsbeamte'." (S. 71)

Bewegt Rosegger sich damit im Rahmen liberal-konservativer Kritik, so tut er das in auffälliger Weise nicht, sobald er dem Staat die Gefolgschaft im Kriegsfall aufkündigt. Roseggers bitter-ironische Schilderung des mit der Mobilmachung ausbrechenden Hurra-Patriotismus in *Jakob der Letzte* sucht ihresgleichen in der Heimatliteratur der Zeit. Es fehlt weder die mutige Agitation Unbeteiligter noch die erotische Wirkung der Uniform auf die „Weibsleute": „Es war wie ein großes Volksfest im ganzen Lande. Natürlich, und zum Feste wird geschlachtet!" (S. 245) Als Pazifist beruft Rosegger sich auf das christliche Tötungsverbot, das er auch gegen die Jagd ins Treffen führt. Die „Weidmannslust" ist für ihn „die Lust zu morden". (S. 252) 1891 sollte der Dichter als Gründungsmitglied Bertha von Suttners „Österreichische Friedensgesellschaft" unterstützen.[46]

Die Skepsis gegen den Staat manifestiert sich im Roman nicht zuletzt als Skepsis gegen dessen Justiz, die nicht blind ist gegen Stand und Vermögen der Rechtsuchenden. Nach dem verlorenen Streit um die Forellen auf seinem Grund bleibt dem Rodel die resignierende Einsicht: „Herrenwill' ist stärker als Bauernrecht." (S. 128) Diese Erfahrung ist es, die den Titelhelden vom Wege der Legalität abbringt und in die Wilderei treibt, die er für sich als Notwehr gegen die Nahrungskonkurrenz durch das Wild rechtfertigt. Nach „Gottesrecht" (S. 272, 329) fühlt er sich unschuldig. Rosegger ergreift damit in einer wichtigen Debatte des Realismus Partei für das gottgegebene Naturrecht und gegen das positivistische Recht der Gesetzbücher. Für das Auseinanderklaffen dieser beiden Auffassungen hat Arthur Schopenhauer die „Wilddieberei" als charakteristisches Beispiel genannt: Das Eigentumsrecht schütze nur, was durch Arbeit begründet ist. Folglich würden Wilddiebe ihre bürgerliche Ehre nicht einbüßen.[47] Roseggers Jakob ist sich da nicht so sicher, er empfindet zumindest die über ihn verhängte Haft als soziale Ächtung und zieht sich danach endgültig aus der Zivilisation in seine eigentümliche notgeborene Wohngemeinschaft zurück.

Auf ähnliche Weise „gottunmittelbar" gestaltet sich Jakobs Verhältnis zu seiner katholischen Kirche, die sinnig in Altenmoos gar keine Filiale unterhält. Seine Andachten finden am Stubentisch oder in der Hauskapelle statt und werden schließlich mit pantheistischer Anmutung in die Wildnis des „Gottesfriedens" verlegt. Als Verbannter weiß Jakob nun, „wo seine Kirche stand". (S. 275) Vom Pfarrer fühlt der Bauer sich im Stich gelassen, an seiner Stelle, so lässt er ihn freimütig wissen, würde er gegen die Auswanderung predigen, „so lange ich Atem habe in der Brust. Wird doch auch sonst allerhand besprochen auf der Kanzel, was mit Reden nicht anders wird." (S. 203) Roseggers antiklerikaler Eigensinn, das markanteste Erbe seiner liberalen Phase, lässt ihn auch den von der Kirche sanktionierten Selbstmord nicht als *das* moralische Problem seines

Helden begreifen. Jakobs Freitod steht zumindest einer Versöhnung mit seinem Gott nicht im Wege.

Durchaus fortschrittlich-liberal sind auch die pädagogischen Grundsätze, die der Autor über Jakobs Geschichte vermittelt. Schon gegenüber dem Wildfang Jackerl verzichtet der Vater auf Gewaltanwendung, weil er dem Buben „vor aller Leut' Augen keine Schmach antun" will. (S. 45) Dennoch trägt seine Strenge das Ihre zu Jackerls Flucht bei und Jakob Reuthofer versucht an dem schielenden Waisenknaben Ferdinand durch Vertrauen und besondere Güte das Versäumte nachzuholen. Die Erziehungsmethoden des Pechölnatz, der in Altenmoos eine Zeit lang den Schullehrer gibt, sein Anschauungsunterricht in Wald und Flur, seine pfiffige Lektion in Sachen Tierquälerei folgen Roseggers eigenen Konzepten einer lebensnahen Schule. Am Ende ist es der alte Kinderfreund, der stellvertretend für seinen toten Gefährten den Weg über den Ozean nach Neu-Altenmoos antritt, um sich dort um dessen Enkelkinder zu kümmern.

Roseggers keineswegs lustfeindlicher Auffassung von der menschlichen Sexualität kommt in *Jakob der Letzte* die dekadente Signalwirkung in die Quere, mit der der Autor etwa das Lotterleben auf dem Guldeisnerhof ausstattet. Ihm gegenüber steht das unbekümmert geschilderte Stelldichein von Dullerl und Sebast in „Kirschenessen!", dessen Höhepunkt in beziehungsvoller Gleichzeitigkeit mit dem – ebenfalls ausgesparten – Deckakt des vom Mädchen mitgebrachten Stiers stattfindet. Das verräterische „Kirschmal" (S. 104) auf Dullerls Rücken fungiert als delikate Entsprechung für das bei der Entjungferung vergossene Blut.

Die Darstellung der weiblichen Gestalten im Roman fällt kaum einmal aus dem Rahmen von Roseggers traditionellem Frauenbild, sieht man davon ab, dass die resolute Iderl dem schüchternen Friedel beim Krebsessen die Werbung abnimmt. Der Autor verfügt jedoch über ein feines Sensorium für das, was sich die Macht gegenüber Frauen herausnimmt oder von ihnen nimmt. Die Mägde des Franz Guldeisner leben mit ihren unehelichen Kindern in gänzlich unlustiger Abhängigkeit vom fidelen Herrn des Hofes, die Knechte haben „besser lachen, als die Mägde". (S. 86) Und der Oberförster Ladislaus, der an seinem gotteslästerlichen Rosenkranz Knoten um Knoten seine Eroberungen zählt, nutzt seine Amtsgewalt schamlos zur sexuellen Freibeuterei.

EIN MANN SIEHT ROT

Kann man mit Werner Michler sagen, *Jakob der Letzte* sei „ein Buch vom gesunden Menschen unter den Bedingungen der Krankheit"?[48] Oder ist der Titelheld nicht vielmehr angekränkelt von den Erscheinungen der Zeit und macht nicht gerade das seine Faszination bis heute aus? Die Frage, ob die literarische Figur sich nicht bis zu einem gewissen Grad von ihrem Schöpfer emanzipiert und umgekehrt dieser zu ihr auf Distanz geht, ist tatsächlich fundamental für die Deutung des Romans. Man kann behaupten: Bei aller offenkundigen Sympathie, die der Erzähler seinem Jakob entgegenbringt, identifiziert er sich mit ihm doch nicht ganz und gar.[49] Immer enigmatischer erscheint im Laufe der Erzählung sein Beharrungswille, immer schwerer verständlich wird, dass Jakob lieber allein auf dem sterbenden Hof bleibt, als mit Tochter und Schwiegersohn ins Tal zu gehen. „Es ist vermessen, die kalte Erdscholle mehr zu lieben, als die Lebensgenossen. Die Menschenbrust ist unsere Heimat, sonst haben wir keine auf dieser Welt", redet der Pfarrer Jakob ins Gewissen (S. 204), und der Erzähler verleiht diesen Worten einige Plausibilität.

Jakob Steinreuter ist ein gottesfürchtiger Mann und gerade als solcher der Desperado schlechthin: einer, der nichts mehr zu verlieren hat, ein Ohnmächtiger, der sich zur Tat, zur Untat ermächtigt. Rosegger „told a story about the last Jacob, whose ladder is broken and covenant violated".[50] (Lawrence A. Scaff) Mag sein, dass der Herr den Kontrakt gegen den Sohn in Übersee zu erfüllen gedenkt. Jakobs Ende ist jedenfalls kein unschuldiges und die Frage, ob es sich bei seinem Schuss auf den Forstmeister um Notwehr handelt, bleibt offen. In dem westernwürdigen Showdown schießt Jakob erst, als sein Gegner abgedrückt hat, doch er hätte sich auch einfach ergeben können. Im Erstdruck lässt Rosegger den Ladislaus noch sagen: „es ekelt mich, Dich zu tödten", und über Jakob heißt es, „sein Auge hatte einen seltsamen Glanz".[51] Dass er selbst sich nach der Tat als Mörder bezeichnet, ist nur konsequent, da er mit dem Gebrauch des Gewehrs gegen die Rehe und Hirsche nun einmal den Pfad des Tötens beschritten hat: „Wenn man den Finger an den Hahn legt, da denkt man an kein Gebot und kein Gesetz, da denkt man nichts mehr als: treffen will ich." Schon als Wilderer ist Jakob sich selbst in Wahrheit untreu geworden, hat sich „ein böser Geist" seiner bemächtigt, sobald er die „Mordwaffe" in die Hand nahm. (S. 279)

Mit seinem Altenmoos ist auch der Steinreuter heruntergekommen. Er bekommt letztlich nicht recht. Wie Michael Kohlhaas hat er seine moralische Überlegenheit eingebüßt, in seinen Augen wie in jenen der Welt. Jakobs Tod ist das klassische Ende des Amokläufers, der hier allein dadurch entlastet wird, dass sein Opfer ein Bösewicht war. Und doch gibt Roseggers Roman dem untergegangenen Individuum seine Würde, erinnert er mit seiner „Verlust-Anzeige" an das „Verdrängte" eines Prozesses, „das der Reaktion zur politischen Bearbeitung überlassen wurde, bis es in faschistischer Gestalt wiederkehrte" (Karl Wagner).[52]

Wohl „markiert" *Jakob der Letzte* die Wandlung Roseggers vom Liberalen zum Konservativen[53], doch sie erfolgte weder reibungs- noch schlackenlos. In der *Unterhaltung* mit sich selbst reklamiert der Autor sein künstlerisches Prinzip auch für diesen Roman: „Der Wahrheit des Lebens zuzustreben, aber nicht der gemeinen, sondern der herzerschütternden oder herzerfreuenden."[54] Es ist das Prinzip des Poetischen Realismus, das mit der Widmung an den Malerfreund Franz von Defregger seine Entsprechung in der Bildenden Kunst aufruft. Doch man kann sich des Eindrucks nicht erwehren, dass in dieser gnadenlosen Apotheose des Untergangs einiges von der gemeinen Wahrheit des Lebens sichtbar wird, dass sich gleichsam gegen den Willen des Autors Hässlich-„Naturalistisches" in die Erzählung geschmuggelt hat. So wie die zahlreichen Liedtexte, die der Autor zur Anreicherung mit authentisch Volkskundlichem zitiert (einige wenige hat er selbst verfasst), sich zusehends als schmerzhaft muntere Gegenmelodie zum kruden Geschehen ausnehmen. Die von der Heimatkunstbewegung propagierte „Höhenkunst" sieht jedenfalls anders aus.[55]

Im Selbstinterview verkündet Rosegger am Ende von vier Seiten Kommentar zu seinem Roman: „Das Buch hat für sich selbst zu sprechen. Der Verfasser soll schweigen."[56] Die Gabe der Selbstironie kann man Peter Rosegger nicht absprechen.

1 A. Z. Mayer [i. e. Peter Rosegger]: Eine Unterhaltung über die Erzählung: „Jakob der Letzte". In: Heimgarten 13 (1889), 216–216, 218. Der Text erschien in der Dezember-Nr. 1888.

2 Ebd., 216. Vgl. ebd., 217 f., auch das Folgende.

3 Vgl. Karl Wagner: Die literarische Öffentlichkeit der Provinzliteratur. Der Volksschriftsteller Peter Rosegger. Tübingen: Max Niemeyer 1991 (= Studien und Texte zur Sozialgeschichte der Literatur 36), 292.

4 Vgl. Lawrence A. Scaff: Max Weber in America. Princeton University Press 2011, 127 ff.

5   Vgl. Wagner, Die literarische Öffentlichkeit der Provinzliteratur, 261.
6   Otto Bauer: Der Kampf um Wald und Weide. Studien zur österreichischen Agrargeschichte und Agrarpolitik. Wien: Wiener Volksbuchhandlung 1925, 140. Vgl. auch Wagner, Die literarische Öffentlichkeit der Provinzliteratur, 275.
7   Vgl. Karlheinz Rossbacher: Heimatkunstbewegung und Heimatroman. Zu einer Literatursoziologie der Jahrhundertwende. Stuttgart: Ernst Klett 1975 (= Literaturwissenschaft – Gesellschaftswissenschaft 13).
8   Gerhard Pail: Roseggers *Jakob der Letzte*. Vom Problem des Scheiterns. In: Zagreber Germanistische Beiträge 2 (1993), 51–63, 59.
9   Vgl. Karl Wagner: Heimat- und Provinzliteratur in den dreißiger Jahren. Am Beispiel der Rezeption Peter Roseggers. In: Klaus Amann, Albert Berger (Hg.): Österreichische Literatur der dreißiger Jahre: ideologische Verhältnisse, institutionelle Voraussetzungen, Fallstudien. Wien, Köln, Graz: Böhlau 1985, 215–246, bes. 228–237 und dort 231.
10 Vgl. Pail, Roseggers *Jakob der Letzte*, 58.
11 Vgl. Felix Mitterer: Mein Lebenslauf. Innsbruck, Wien: Haymon 2018, 233–242, Zitat 239.
12 Ebd., 465, sowie Mayer [Rosegger], Eine Unterhaltung, 218.
13 Wagner, Heimat- und Provinzliteratur, 241.
14 Marie von Ebner-Eschenbach: Aphorismen, Parabeln, Märchen und Gedichte. Berlin: Paetel 1883, 86.
15 Zit. nach Wagner, Die literarische Öffentlichkeit der Provinzliteratur, 260.
16 Vgl. Heike Dobrovolny, Jakob Hiller (Fotos): Peter Rosegger's Nachbarn. Mürzzuschlag 2013, 114 f.
17 Vgl. Hans Hegenbarth: Peter Rosegger 1983. Zur Gedächtnisausstellung im Ecksaal des Joanneum 8. Juni bis 11. Juli 1983. Graz 1983, 18.
18 Vgl. ebd., 49.
19 Brief an August Brunlechner, zit. ebd., 39.
20 Vgl. dazu und zum Folgenden ebd.
21 P.K. Rosegger: Waldheimat. Erinnerungen aus der Jugendzeit. Preßburg, Leipzig: Heckenast 1877, XI. Vgl. dazu auch Wagner, Die literarische Öffentlichkeit der Provinzliteratur, 216 f.
22 Vgl. Pail, Roseggers *Jakob der Letzte*, 62.
23 Vgl. Wagner, Die literarische Öffentlichkeit der Provinzliteratur, 261.
24 Mayer [Rosegger], Eine Unterhaltung, 218.
25 Vgl. Wagner, Die literarische Öffentlichkeit der Provinzliteratur, 269.
26 Vgl. R. [= Peter Rosegger]: Friedels Herzlieb. Ein Beitrag zur Geschichte von Altenmoos. In: Heimgarten 12 (1888), 215–218. Sowie P. K. Rosegger: Will's einmal anderswo probieren. Ein Stückel aus dem Bauernleben. In: Heimgarten 12 (1888), 141–143.
27 P. K. Rosegger: Jakob der Letzte. Eine Waldbauerngeschichte aus unseren Tagen. In: Heimgarten 11(1887), 250.
28 Vgl. Wagner, Die literarische Öffentlichkeit der Provinzliteratur, 284.
29 Rosegger, Will's einmal anderswo probieren, Heimgarten 12 (1888), 143; sowie P. K. Rosegger: Jakob, der Letzte. Eine Waldbauerngeschichte aus unseren Tagen. Wien, Pest, Leipzig: Hartleben 1889 (= Ausgewählte Schriften Bd. 23), 184.
30 Vgl. Wagner, Die literarische Öffentlichkeit der Provinzliteratur, 274.

31 Ernst Bloch: Gespräch über Ungleichzeitigkeit. In: Kursbuch 39 (April 1975), 1–9, 1.
32 Adalbert Stifter: Bergkristall. Erzählung. Stuttgart: Reclam 1975, 12.
33 Vgl. Wagner, Die literarische Öffentlichkeit der Provinzliteratur, 65–69.
34 Ebd. 270. Vgl. auch Gerald Schöpfer: Peter Rosegger. Ein glaubwürdiger Zeuge wirtschaftlicher und sozialgeschichtlicher Veränderungen? In: „Fremd gemacht"? Der Volksschriftsteller Peter Rosegger. Hrsg. von Uwe Bauer, Gerald Schöpfer und Gerhard Pail. Wien, Köln, Graz: Böhlau 1988, 25–42, 29 ff.
35 Wagner, Die literarische Öffentlichkeit der Provinzliteratur, 273.
36 Vgl. ebd., 274.
37 Mayer [Rosegger], Eine Unterhaltung, 219.
38 Ebner-Eschenbach, Aphorismen, 13.
39 Vgl. Peter Zimmermann: Der Bauernroman. Antifeudalismus – Konservativismus – Faschismus. Stuttgart: Metzlersche Verlagsbuchhandlung 1975, 99 ff.
40 Wagner, Die literarische Öffentlichkeit der Provinzliteratur, 272.
41 Rossbacher, Heimatkunstbewegung und Heimatroman, 144.
42 Vgl. Wagner, Die literarische Öffentlichkeit der Provinzliteratur, 282–285.
43 Peter Rosegger: Mein Lied. Leipzig: L. Staackmann 1911, 211.
44 Werner Michler: Darwinismus und Literatur. Naturwissenschaftliche und literarische Intelligenz in Österreich. 1859–1914. Wien, Köln, Weimar: Böhlau 1999 (= Literaturgeschichte in Studien und Quellen 2), 278. Michler resümiert: „Im Unterschied zu jenen Romanen, die Moral naturalisieren, moralisiert jedoch Rosegger Natur (288).
45 Dazu Scaff, Max Weber in America, 129: „Rosegger's vision is thus a mythic narrative of escape, tribulation, recovery, healing, and salvation. The oldest myth of America has triumphed: Europe succumbs to the ravages of industrialization, while the New World glories in humanity's redemption and rebirth."
46 1895 zog Rosegger sich aus dem Verein wieder zurück und rückte in der Folge sukzessive von einem strikten Pazifismus ab. Vgl. Wagner, Die literarische Öffentlichkeit der Provinzliteratur, 392. Eine drastische Abrechnung mit der Jagd findet sich auch in Marie von Ebner-Eschenbachs Roman *Unsühnbar* (1890).
47 Vgl. Daniela Strigl: „Mich kann man nicht verurteilen" – Naturrecht und k. k. Justiz bei Marie von Ebner-Eschenbach und Ferdinand von Saar. In: Roland Innerhofer, Daniela Strigl (Hg.): Sonderweg in Schwarzgelb? Auf der Suche nach einem österreichischen Naturalismus in der Literatur. Innsbruck: Studienverlag 2016, 111–125, 114.
48 Michler, Darwinismus und Literatur, 272.
49 Vgl. ähnlich Pail, Roseggers *Jakob der Letzte* 60 f.
50 Scaff, Max Weber in America, 128.
51 P. K. Rosegger: Jakob der Letzte. Eine Waldbauerngeschichte aus unseren Tagen. In: Heimgarten 11 (1887), 734.
52 Wagner, Die literarische Öffentlichkeit der Provinzliteratur, 296.
53 Pail, Roseggers *Jakob der Letzte* 63.
54 Mayer [Rosegger], Eine Unterhaltung, 218.
55 Vgl. Rossbacher, Heimatkunstbewegung und Heimatroman, 106.
56 Mayer [Rosegger], Eine Unterhaltung, 219.

Lebenschronik
Peter Rosegger

1843 Petri Kettenfeier Roßegger (spätere Schreibung: *Rosegger*) wird am 31. Juli in Alpl bei Krieglach in der Obersteiermark als erstes von sieben Kindern geboren. Der ungewöhnliche Vorname, zeitüblich nach dem Kalenderheiligen des folgenden (Tauf-)Tages gewählt, dient Rosegger lange Zeit auch als Unterscheidungsmerkmal gegenüber den zahlreichen Namensgenossen in der engeren Heimat. Das „P.K." wird von ihm erst 1894, nach dem Streit mit seinem Wiener Verleger Hartleben, abgelegt und in „Peter" verwandelt.

Der Vater Lorenz Roßegger (1814–1896) war von 1832 bis 1868 Besitzer des Vorderen (oder Unteren) Kluppeneggerhofes, die Mutter, Maria (1818–1872), war vor der Heirat Dienstbotin. Im Unterschied zu ihrem Ehemann konnte sie „den Druck" lesen. Die bäuerliche Wirtschaft ging schlecht, verschärft durch Naturkatastrophen wie den in Roseggers erster Lebensbeschreibung dargestellten Hagelschlag von 1859.

1848–1854 Sporadischer Unterricht durch den ehemaligen Schulmeister Michael Patterer, der in mehreren Bauernhäusern auf dem Alpl Schulunterricht gibt.

1854–1860 Aufreibende, vergebliche Versuche, ein Studium zu beginnen; Lektüre von Volkskalendern und deren Imitation; wird mit geschichtlichen und erdkundlichen Büchern, auch mit Klassikern versorgt. Er führt Buch über die wahllos entlehnten und gelesenen Bücher.

1860–1863 Schneiderlehre bei dem zumeist im Hause des jeweiligen Auftraggebers arbeitenden Schneidermeister Ignaz Orthofer; verfasst in der freien Zeit seine „Jugendschriften": Kalenderimitationen; unterhaltende und belehrende Genres, Predigten, Gespräche, Tagebuchformen.

1863 (27. April bis 5. Mai) Erste Reise nach Wien.

1864 Reise nach Graz; im Anschluss Briefverkehr mit Dr. Adalbert Viktor Svoboda, Chefredakteur der Grazer „Tagespost" (1862–1882), dem er Proben seiner Schriftstellerei schickt. Am 13. und 14. Dezember veröffentlicht Svoboda in der „Tagespost" den Entdeckungsartikel: „Ein steierischer Volksdichter", der an die Öffentlichkeit appelliert, dem Schneidergehilfen Aufnahme in Graz zu gewähren und Möglichkeiten zur Entwicklung seiner Fähigkeiten und zur Erweiterung seines Wissens zu eröffnen. Der Laibacher Buchhändler Johann Giontini offeriert eine Stelle als Lehrling in seiner Buch- und Kunsthandlung; Rosegger bleibt nur neun Tage und fährt heimwehkrank zurück nach Graz.

1865–1869 Dank Svobodas Aufruf finden sich auch in Graz Gönner, die Rosegger unterstützen und ihm den Besuch der neugegründeten Akademie für Handel und Industrie (als

Hospitant der Vorbereitungsklasse) ermöglichen. Daneben Fortsetzung der bisherigen Schreibvorhaben; er liest die Dorfgeschichten von August Silberstein und Berthold Auerbach sowie Trivialliteratur. Wichtige neue literarische Kontakte und Freundschaften: Robert Hamerling, Leopold von Sacher-Masoch (kurzzeitiger Herausgeber der „Gartenlaube für Österreich"), Robert Wagner (Buchdrucker im Leykam Verlag, Freigeist und Sozialist), August Brunlechner (Realschüler, später Mineraloge). Unerwiderte Liebe zur Kaufmannstochter Marie Haselgraber aus St. Kathrein am Hauenstein.

1867 Besuch bei Adalbert Stifter in Linz. Die Lektüre von Stifters Werk hinterlässt vor allem in Roseggers frühen Schriften deutliche Spuren.

1868 Zwangsverkauf des elterlichen Hofes. Die Eltern müssen in ein Ausgedinge ziehen.

1869 Abschluss der Schulbildung. Erste Buchveröffentlichung, mit einem Vorwort des damals berühmten Dichters Robert Hamerling, „Zither und Hackbret[t]. Gedichte in obersteierischer Mundart" im Grazer Verlag von Josef Pock, später Leykam. Ein Stipendium des Steiermärkischen Landesausschusses in der Höhe von 300 Gulden ermöglicht ihm Reisen und die Existenz als freier Schriftsteller in Graz, Wickenburggasse 5.

1870 „Sittenbilder aus dem steierischen Oberlande" erscheint bei Leykam in Graz in einer Auflage von

1.000 Exemplaren; im selben Jahr erscheint eine zweite Auflage; 1875 eine dritte, vermehrte Auflage mit dem Titel „Das Volksleben in Steiermark", ebenfalls bei Leykam.

1869–1878 Rosegger nimmt anlässlich des Erscheinens von Stifters Briefen Kontakt mit dessen ungarischem Verleger Gustav Heckenast auf. Daraus entwickelte sich ein intensiver Austausch über Stifters Werk und eine rege Verlagsbeziehung. Bis zu Heckenasts Tod erscheint in seinem Verlag jährlich mindestens ein Band mit Erzählungen, Dorfgeschichten, Reiseskizzen und Sittenbildern, aber auch Roseggers erster Roman „In der Einöde" (1872) – später erweitert und umgearbeitet unter dem Titel „Heidepeters Gabriel" (1882) – sowie 1875 der Tagebuchroman „Die Schriften des Waldschulmeisters". Im Jahr 1877 erscheint die erste Ausgabe der „Waldheimat", eine Sammlung von autobiographischen Erzählungen aus seiner bäuerlichen Herkunftswelt, die er später sukzessive erweitert und in der „Ausgabe letzter Hand" (1913–1916) in vier Bänden vorgelegt hat. Heckenast gibt auch den von Rosegger redigierten Volkskalender „Das neue Jahr" heraus; nach dessen Tod 1878 erscheinen nur mehr zwei Jahrgänge bei Manz in Wien. Rosegger gründet 1876 die Monatsschrift „Heimgarten", die er bis zur Übernahme durch seinen Sohn Hans Ludwig 1910 herausgibt.

1871–1889 Freundschaft mit Ludwig Anzengruber, der mit dem „Pfarrer von Kirchfeld", ein Volksstück mit Gesang, 1870 seinen ersten literarischen Erfolg feiert. Anlässlich der Galavorstellung des „Pfarrer von Kirchfeld" in Graz am

2. Mai 1871 kommt es zur ersten persönlichen Begegnung. Im Juli Reise nach Ungarn zu Gustav Heckenast.

1872 Am 16. Jänner stirbt Roseggers Mutter im Alter von 54 Jahren. Im August und September Italienreise mit Adalbert Svoboda und Hubert Janitschek, der in seiner Grazer Studienzeit als Kritiker in der „Tagespost" schreibt.

1873 Am 13. Mai heiratet Rosegger die Grazer Hutfabrikantentochter Anna Pichler (1851–1875). Gemeinsame Wohnung in Graz, Sackstraße 31. Heckenast verlegt Roseggers erstes Jugendbuch „Aus dem Walde. Ausgewählte Geschichten für die reifere Jugend".

1874 Am 20. Februar Geburt des Sohnes Josef Peter (Sepp); gestorben 1948.

1875 Am 16. März, zwölf Tage nach Geburt des zweiten Kindes, Anna, stirbt Roseggers Frau.

1877 Im April Besuch bei Gustav Heckenast in Pressburg; am 1. September erster Aufenthalt im neu erbauten Sommerhaus in Krieglach.

1878 Vorlesungen in steirischer Mundart in Wien; Heckenast stirbt am 10. April; im November Lesereise durch Norddeutschland.

1879 Rosegger heiratet Anna Knaur (1860–1932), die Tochter des Wiener Bauunternehmers Wenzel Ludwig Knaur, der

1876 Roseggers Elternhaus erworben hat (siehe Dedikation und Vorwort zur „Waldheimat", 1877).

1880 Am 19. August Geburt des Sohnes Hans Ludwig. Ab 1. November neuer Wohnsitz in Graz, Burggasse 12 (bis 1893 und dann wieder ab 1897).

1881–1894 Rosegger findet mit dem Wiener Verlag Hartleben einen neuen, angesehenen Verleger. Der Verlagswechsel ermöglicht ihm eine Sichtung und Selektion seiner bei Heckenast erschienenen Bücher in 12 Bänden und zugleich eine Werkausgabe in Fortsetzungen. Bis zum Bruch mit Hartleben (1894) erscheinen 30 Bände „Ausgewählte Schriften"; davon sind die ersten 12 Bände eine redigierte Auswahl aus seinen bisherigen Veröffentlichungen. In den 1880er-Jahren führt Rosegger zahlreiche Lesereisen durch, die er penibel verzeichnet. Sein Verzeichnis der Veranstalter vor Ort gibt einen guten Einblick in die Vereinskultur der damaligen Zeit und in die unterschiedlichen Interessen, die man mit dem Namen des berühmten Vorlesers verknüpft hat.

1883 Am 20. Juni Geburt von Tochter Margarethe (gestorben 1948).

1888 Roseggers Roman „Jakob der Letzte" erscheint; er schildert das Bauernsterben in der Obersteiermark, das traurige Symptom eines epochalen Geschehens.

1889 Ludwig Anzengruber stirbt am 10. Dezember, kurz nach seinem 50. Geburtstag und der Eröffnung des Deutschen

Volkstheaters in Wien mit seinem Stück „Der Fleck auf der Ehr'". Tod Robert Hamerlings am 13. Juli.

1890 Rosegger schreibt einen Artikel über die erste 1.-Mai-Feier der österreichischen Arbeiterbewegung, an der er in Graz teilnahm und gefeiert wurde: „Der Weltfeiertag. Ein Zeitbild von P. K. Rosegger". In: Heimgarten 14 (1890), S. 703–708. Am 24. August Geburt von Tochter Martha (gestorben 1948).

1892 Rosegger wird Mitglied in Bertha von Suttners „Verein der Friedensfreunde". Die ihm angetragene Ehrenmitgliedschaft des „Vereins zur Abwehr des Antisemitismus" nimmt er nicht an.

1893 ff Streit und öffentliche Polemik mit Hartleben, die zu einem Prozess führen und schließlich zu einem Verlagswechsel. Rosegger geht daraufhin zum Leipziger Staackmann Verlag, der damals den Erfolgsautor Friedrich Spielhagen unter Vertrag hat. Der Streit ist ein Vorwand, um mit Hartleben zu brechen. Rosegger pocht auf sein Recht als Autor, für die von Hartleben geplante Volksausgabe seiner Schriften Korrekturen vornehmen zu dürfen. Als die Volksausgabe dann bei Staackmann erscheint, ist von diesem Recht nicht mehr die Rede und es wird auch nicht eingeräumt. Staackmann stellt dafür eine neue Gesamtausgabe in Aussicht. 1899 übernimmt Staackmann die Rosegger-Bestände Hartlebens und die damit verbundenen Rechte. Er verpflichtet sich zur Fortsetzung der von Hartleben begonnenen Volksausgabe.

1894 Es erscheint der 30. und letzte Band der „Ausgewählten Schriften" („Spaziergänge in der Heimat") bei Hartleben; 1895 als erster Band bei Staackmann „Als ich jung noch war", der bewusst die Reihe der Waldheimatgeschichten fortsetzt.

1899 Roseggers Roman „Erdsegen" greift in die Debatten um Heimat- und Provinzkunst ein, in die Rosegger auch durch das von Hermann Bahr angeregte Feuilleton „Die Entdeckung der Provinz. Ein flüchtiges Plaudern" (1899) involviert ist.

1899–1901 Staackmann verlegt „Als ich noch der Waldbauernbub war" in drei Bändchen. „Für die Jugend ausgewählt aus den Schriften Roseggers vom Hamburger Jugendschriftenausschuß". Roseggers erfolgreichste Publikation aus dem „Waldheimat"-Komplex.

1900 Rosegger ermöglicht am Höhepunkt der Los-von-Rom-Bewegung mit einer Bitte um Spenden den Bau der evangelischen Heilandskirche in Mürzzuschlag; sie wurde noch im selben Jahr eingeweiht und auf Roseggers Wunsch mit einem Marienbild (einer Kopie von Defreggers Bild „Die heilige Familie") versehen.

1902 Am 28. September feierliche Eröffnung der Waldschule in Alpl; der Schulbau wurde durch einen Spendenaufruf Roseggers ermöglicht.

1903 Feierlichkeiten zu Roseggers 60. Geburtstag; u. a. Verleihung des Ehrendoktorats der Universität Heidelberg.

1905 Roseggers Jesus-Roman „I.N.R.I." erscheint, ganz im Trend der religiösen Weltanschauungsliteratur der Jahrhundertwende, an dem er schon mit dem Buch „Mein Himmelreich" (1901) erfolgreich partizipiert hat. Unter dem Titel „I.N.R.I. – Ein Film der Menschlichkeit" wurde dieser Roman als erstes Buch Roseggers 1923 verfilmt (Regie: Robert Wiene).

1907 Rosegger wird zum Mitglied der Londoner *Royal Society of Literature* ernannt; zu Beginn des Ersten Weltkriegs legt er diese Auszeichnung zurück.

1909 Erfolgreicher und folgenreicher Aufruf („2.000 Kronen mal 1.000 sind 2 Millionen Kronen") für den „Deutschen Schulverein", in den gemischtsprachigen Grenzgebieten der Monarchie deutsche Schulen zu errichten. Rosegger exponiert sich damit im Nationalitätenkonflikt, u. a. trägt dazu auch sein Engagement bei der völkisch-antisemitischen „Südmark", dem Grazer Zweig des „Deutschen Schulvereins", bei.

1913 70. Geburtstag; zahlreiche nationale und internationale Würdigungen. Ehrendoktorat der Universität Wien. Der Geburtstag ist auch Anlass für die Veröffentlichung der „Ausgabe letzter Hand" seiner Werke bei Staackmann. Im Jubiläumsjahr erscheint die erste Abteilung in 10 Bänden. 1916 liegt die revidierte Gesamtausgabe in vier

Abteilungen mit insgesamt 40 Bänden vor. Die „Waldheimat" findet sich mit vier Bänden in der Zweiten Abteilung; diese Bände werden 1917 als Sonderausgabe ausgekoppelt.

1913 Rosegger wird als Kandidat für den Literaturnobelpreis lanciert, was heftige Polemiken insbesondere in den deutschen und tschechischen Blättern der Monarchie auslöst. Der Nobelpreis geht an Rabindranath Tagore.

1914–1918 Wie viele andere ehemalige „Friedensfreunde" (1914 hätte in Wien der Weltkongress der Friedensfreunde stattfinden sollen, mit G. B. Shaw als Hauptredner; Bertha von Suttner hatte auch Rosegger dafür gewinnen wollen) engagiert sich Rosegger für den Krieg und die „deutsch-österreichische Waffenbrüderschaft". Die Zusammenarbeit mit dem chauvinistischen Priesterdichter Ottokar Kernstock gipfelt im „Steirischen Waffensegen" (1916); sie dokumentiert eine Haltung, die nach Roseggers Tod u. a. durch seinen Sohn Hans Ludwig weiter radikalisiert wird und so der späteren nationalsozialistischen Vereinnahmung zuarbeitet.

1917 Ehrendoktorat der Universität Graz.

1918 Großkreuz des Franz-Joseph-Ordens. Am 26. Juni stirbt Rosegger in Krieglach. Unter den zahlreichen Nachrufen ist jener von Stefan Zweig in der „Basler Zeitung", später in den Band „Das europäische Erbe" aufgenommen, hervorzuheben.

Inhalt

Vorwort	5
ERSTER TEIL	**11**
Ein seltsames Pfingstfest	13
Das liebe Altenmoos	22
Der Mann mit den Tausendern siedelt ab	26
Der Kirchgang nach dem Gelde	35
Franz, bleib' daheim!	46
Wie der Jackerl aus Anhänglichkeit daheim bleibt	57
Der Waldmeister schüttelt den Baum	61
Der Guldeisner fällt	73
Der Jackerl ist ein Engerl worden	87
Kirschenessen	93
Das Fest der Auswanderer	105
Ein Weibchen und kein Nest dazu	116
Wie der Rodel vertrieben worden ist	121
Der Jakob besucht seine früheren Nachbarn	133
Der Bertl wills einmal anderswo probieren	140

ZWEITER TEIL   147

Sorgenlast – Jugendlust	149
Die Liebe ist da!	164
Noch einmal paart sich's zu Altenmoos	171
Der Kaiser kommt!	178
Mein Altenmoos, behüt' dich Gott!	186
Auch die Letzten ziehen fort	199
Das fremde Daheim und ein Gruß aus der Ferne	208
Jakob besucht seine Kinder	217
Das heilige Kornfeld	229
O Heimat, Heimat, du bist mein Verderben!	234
Fürs Vaterland	244
Herrensünde – Bauernbuße	252
Die Schatten wachsen	265
Feierliche Wildnis. Das Jauchzen verboten	274
Ein Narr müßt' einer sein!	286
Ein Schreiben aus Neu-Altenmoos	292
Im Gottesfrieden	297

ANHANG 303

Kommentar 304

Texte zur Wirkungsgeschichte 320
    Z. K. Lecher: Jacob der Letzte. 320
    Stefan Zweig: Peter Rosegger. 331
    Kommentar 336

Editorische Notiz 338
Bibliographische Nachweise 339
Nachwort – Die Würde des Desperados 342
Lebenschronik Peter Rosegger 370

Die Drucklegung dieser Ausgabe wurde gefördert
vom Bundeskanzleramt Österreich

BUNDESKANZLERAMT ÖSTERREICH

und vom Land Steiermark.

STYRIA
BUCHVERLAGE

Wien – Graz – Klagenfurt
© 2018 by Styria Verlag Wien
in der Verlagsgruppe Styria GmbH & Co KG
Alle Rechte vorbehalten.
ISBN 978-3-222-13597-2

Bücher aus der Verlagsgruppe Styria gibt es
in jeder Buchhandlung und im Online-Shop
www.styriabooks.at

Umschlagfoto: iStock/Vladimirovic
Umschlaggestaltung: Emanuel Mauthe
Buchgestaltung und Satz: Ivonne Stark
Schriften: Korpus, Korpus Grotesk
Beratung: Judith Schalansky
Lektorat: Johannes Sachslehner

Druck und Bindung: Christian Theiss GmbH, St. Stefan im Lavanttal
Printed in the EU
7 6 5 4 3 2 1